NO SALGAS DE NOCHE

Nos gusta la adrenalina y la tensión que vivimos al leer un thriller. Ese hilito de sangre, ese tictac que hará detonar lo imposible, no saber quién es el culpable y también intentar deducir el final.

Nos intriga saber que la muerte pudo ser solo una coartada, la vuelta de tuerca, el reto que nos ponen al contarnos cada historia.

En el cine, la ansiedad nos lleva al borde de la butaca, y con los libros nos hundimos en el sofá, sudamos en la cama, devoramos cada párrafo a la velocidad de nuestras emociones.

Sentir que falta el aliento cuando la trama nos recuerda que la vida es un suspiro le da sentido a varios de nuestros días.

Nuestro compromiso es poner ante tus ojos solo autores que te provoquen todo eso que los buenos thrillers y novelas negras tienen.

Queremos que te sumes a esta comunidad a la que guía una gran sed de buen entretenimiento. Porque lo tendrás en cada uno de nuestros libros.

¡Te damos la bienvenida!

Únete al grupo escaneando el código QR:

Willingham, Stacy
No salgas de noche / Stacy Willingham. - 1a ed. - Ciudad Autónoma de Buenos Aires : Trini Vergara Ediciones, 2022.
416 p. ; 23 x 15 cm.

Traducción de: Carmen Bordeu.
ISBN 978-987-8474-22-9

1. Narrativa Estadounidense. 2. Novelas Psicológicas. 3. Novelas de Suspenso. I. Bordeu, Carmen, trad. II. Título.
CDD 813

Título original: *A Flicker in the Dark*
Edición original: Minotaur Books

Traducción: Carmen Bordeu
Corrección de estilo: Sara Moreno Yunta
Diseño de colección y cubierta: Raquel Cané
Diseño interior: Florencia Couto

ISBN: 978-987-8474-22-9
Hecho el depósito que prevé la ley 11.723

Primera edición en México: mayo 2022
Impreso en Litográfica Ingramex S.A. de C.V.
Printed in Mexico · Impreso en México

NO SALGAS DE NOCHE

Stacy Willingham

Traducción: Carmen Bordeu

Quien con monstruos lucha, cuide de no convertirse a su vez en monstruo. Si miras largo tiempo el abismo, el abismo también mirará dentro de ti.

Friedrich Nietzsche

Personajes en *No salgas de noche*

Chloe Davis, psicóloga, adicta a los ansiolíticos.
Dick Davis, padre de Chloe, encarcelado por asesinar a seis niñas.
Cooper Davis, hermano de Chloe.
Patrick Briggs, prometido de Chloe.
Aaron Jansen, periodista que investiga los nuevos casos.

Víctimas por las que fue encarcelado Dick Davis:

Lena
Robin
Margaret
Carrie
Susan
Jill

PRÓLOGO

Creía que sabía lo que eran los monstruos.

De niña, solía pensar en ellos como sombras misteriosas que rondaban detrás de la ropa colgada, debajo de mi cama, en el bosque. Eran una presencia que podía sentir físicamente detrás de mí, acercándose mientras caminaba a casa desde la escuela bajo el resplandor del atardecer. No sabía cómo describir la sensación; simplemente, de alguna manera *sabía* que estaban ahí. Mi cuerpo podía percibirlos, percibir el peligro, como cuando se te eriza la piel justo antes de que alguien te apoye una mano sobre un hombro desprevenido, en ese momento en el que te das cuenta de que la sensación inexorable que experimentaste era un par de ojos clavados en la parte posterior de tu cráneo, acechando detrás de las ramas de un arbusto crecido.

Pero entonces volteas y los ojos han desaparecido.

Recuerdo la sensación de mis tobillos delgados que se doblaban sobre el terreno irregular mientras apresuraba el paso por el camino de grava que llevaba a mi casa, y el humo del tubo de escape del autobús escolar que se alejaba formando nubes detrás de mí. Las sombras del bosque bailaban mientras el sol se colaba entre las ramas de los árboles y mi propia silueta se cernía amenazante como un animal listo para atacar.

Respiraba profundamente y contaba hasta diez. Cerraba los ojos y apretaba los párpados.

Y luego corría.

Todos los días corría por ese tramo de camino solitario, con mi casa en la distancia, que parecía alejarse cada vez más en lugar de acercarse. Mis zapatillas de tenis levantaban trozos de hierba, guijarros y polvo mientras competía contra… algo. Lo que fuera que estuviera *allí*, observando. Esperando. Esperándome. Me tropezaba con los lazos de las zapatillas, trepaba los escalones de mi casa y me arrojaba a los cariñosos brazos extendidos de mi padre y su aliento caliente que me susurraba al oído: "Tranquila, estoy aquí. Tranquila, estoy aquí". Sus dedos acariciaban los mechones de mi pelo y el aire en los pulmones me hacía arder el pecho. Mi corazón golpeaba con fuerza y una sola palabra se formaba en mi mente: *seguridad*.

O eso creía yo.

Aprender a tener miedo debería entrañar una evolución lenta, una progresión gradual del Santa Claus del centro comercial al viejo de la bolsa debajo de la cama; de la película no recomendada para menores que te deja ver la niñera al hombre detrás de las ventanillas ahumadas de un coche con el motor encendido, que te mira fijamente durante un segundo de más mientras caminas por la acera al anochecer. Observarlo acercarse a tu visión periférica, sentir los latidos de tu corazón subir desde tu pecho hasta la garganta y el fondo de tus ojos. Es un proceso de aprendizaje, una progresión continua de una amenaza percibida a la siguiente, la subsiguiente más peligrosa que la anterior.

Pero no para mí. Para mí, el concepto del miedo me invadió con una fuerza que mi cuerpo adolescente nunca había experimentado. Una fuerza tan asfixiante que me dolía respirar. Y ese instante, ese momento de irrupción, me hizo darme cuenta de que los monstruos no se escondían en el bosque; no eran sombras en los árboles ni cosas invisibles que acechaban en rincones oscuros.

No, los verdaderos monstruos se movían a la vista de todos.

Tenía doce años cuando esas sombras empezaron a adoptar una forma, un rostro. Dejaron de ser apariciones y se tornaron más concretas. Más reales. Cuando empecé a darme cuenta de que tal vez los monstruos vivían entre nosotros.

Y había un monstruo en particular a quien aprendí a temer más que a todos los demás.

MAYO DE 2018

CAPÍTULO 1

Me pica la garganta.

Es casi imperceptible al principio. Como si la punta de una pluma se arrastrara por el interior de mi esófago, de arriba abajo. Vuelvo a meter la lengua en la garganta e intento rascarme.

No funciona.

Espero no estar enfermándome. ¿He estado cerca de una persona enferma últimamente? ¿Alguien resfriado? En realidad, no hay forma de estar segura. Estoy rodeada de gente todo el día. Ninguno parecía enfermo, pero el resfriado común puede ser contagioso antes de mostrar ningún síntoma.

Intento rascarme de nuevo.

O tal vez sea alergia. Los niveles de polen artemisa son más altos de lo normal. De hecho, son altísimos. Ocho de cada diez alérgenos en el rastreador de alérgenos son de artemisa. El pequeño molinete de mi aplicación meteorológica estaba en rojo.

Levanto mi vaso de agua y bebo un trago. Hago unos buches antes de tragarla.

Sigue sin funcionar. Carraspeo.

—¿Sí?

Miro a la paciente que tengo delante, rígida como una tabla de madera amarrada a mi enorme sillón de cuero reclinable. Tiene los dedos apretados en el regazo; unos cortes delgados y brillantes son prácticamente invisibles en la piel, por lo demás perfecta, de sus manos. Observo que lleva un brazalete en la muñeca, un intento por ocultar la cicatriz más desagradable, de un púrpura intenso e irregular. Cuentas de madera con un dije de plata en forma de cruz cuelgan como un rosario.

Vuelvo a mirar a la joven y observo su expresión, sus ojos. No hay lágrimas, pero aún es temprano.

—Lo siento, Lacey —digo, y bajo la vista hacia mis notas—. Me pica un poco la garganta. Por favor, continúa.

—Ah —exclama ella—. Está bien. Bueno, en fin, como estaba diciendo… A veces me enfado mucho, ¿sabes? Y no sé realmente por qué. Es como si el enfado se acumulara y se acumulara y entonces, antes de darme cuenta, necesito…

Se mira los brazos y abre las manos en abanico. Hay pequeños cortes por todas partes, como cabellos de cristal, escondidos en los huecos de la piel entre sus dedos.

—Es una liberación —agrega—. Me ayuda a calmarme.

Asiento con la cabeza tratando de ignorar el escozor en mi garganta. Está empeorando. Quizá sea el polvo, me digo, aquí hay mucho polvo. Me vuelvo hacia el alféizar de la ventana, la biblioteca, los diplomas enmarcados en la pared, todos ellos con una fina capa de gris, reflejando la luz del sol.

“Concéntrate, Chloe”.

Me vuelvo hacia la chica.

—¿Y por qué crees que es eso, Lacey?

—Te lo acabo de decir. No lo sé.

—¿Y si tuvieras que especular?

La joven suspira, mira a un lado y se queda con la vista fija en nada en particular. Está evitando el contacto visual. Las lágrimas están cerca.

—Probablemente tenga algo que ver con mi padre —aventura. Su labio inferior tiembla ligeramente. Se aparta el pelo rubio de la frente—. Con el hecho de que se haya marchado y todo eso.

—¿Cuándo se marchó tu padre?

—Hace dos años —dice. Como en respuesta a una señal, una única lágrima brota de su conducto lagrimal y se desliza por su mejilla pecosa. Se la limpia con rabia—. Ni siquiera se despidió. Ni siquiera nos dio una puta razón. Simplemente se *fue*.

Asiento con la cabeza y garabateo más notas.

—¿Crees que sería correcto asegurar que todavía estás bastante enfadada con tu padre por haberte dejado así?

Su labio vuelve a temblar.

—¿Y que, como no se despidió, no pudiste decirle cómo te hizo sentir lo que hizo?

Lacey asiente con la cabeza hacia la biblioteca en el rincón, todavía evitándome.

—Sí —admite—. Supongo que sí.

—¿Estás enfadada con alguien más?

—Con mi madre, supongo. No sé muy bien por qué. Siempre supuse que ella tuvo la culpa de que se fuera.

—De acuerdo —digo—. ¿Alguien más?

Se queda callada y se rasca con la uña un trozo de piel levantada.

—Conmigo misma —susurra sin molestarse en enjugar el charco de lágrimas que se le acumula en las comisuras de los ojos—. Por no ser lo suficientemente buena para que él quisiera quedarse.

—No es malo estar enfadada —le aseguro—. Todos estamos enfadados. Y ahora que te sientes cómoda verbalizando por qué lo estás, podemos trabajar juntas para ayudarte a manejar ese enfado un poco mejor. A manejarlo de una manera que no te haga daño. ¿Te parece un buen plan?

—Es una tremenda idiotez —murmura.

—¿Qué?

—Todo. Él, esto. Estar aquí.

—¿Qué tiene de idiotez estar aquí, Lacey?

—No debería *tener* que estar aquí.

Está gritando. Me reclino con tranquilidad y enlazo mis dedos. La dejo gritar.

—Sí, estoy enfadada —declara—. ¿Y qué? Mi padre me abandonó, carajo. Me *abandonó*. ¿Sabes lo que se siente? ¿Sabes lo que se siente al ser una hija sin padre? ¿Ir a la escuela y que todo el mundo te mire? ¿Que hablen de ti a tus espaldas?

—La verdad es que lo sé —respondo—. Sé cómo es. No es divertido.

Ahora está callada, las manos le tiemblan en el regazo, las yemas del pulgar y el índice frotan la cruz de su brazalete. De arriba abajo, de arriba abajo.

—¿Tu padre también te dejó?

—Algo así.

—¿Qué edad tenías?

—Doce años.

Asiente con la cabeza.

—Yo tengo quince.

—Mi hermano tenía quince.

—¿Entonces lo entiendes?

Esta vez, asiento con la cabeza y sonrío. Crear confianza, la parte más difícil.

—Lo entiendo —respondo, y me inclino de nuevo hacia delante, acortando la distancia entre nosotras. Ahora se gira hacia mí, sus ojos anegados en lágrimas se clavan en los míos, suplicantes—. Lo entiendo perfectamente.

CAPÍTULO 2

Mi profesión se nutre de clichés, lo sé. Pero hay una razón por la que existen los clichés.

Es porque son ciertos.

Una chica de quince años que se corta con una hoja de afeitar probablemente tenga algo que ver con sentimientos de incapacidad y la necesidad de sentir dolor físico para ahogar el dolor emocional que la consume por dentro. Un chico de dieciocho años con problemas para controlar la ira claramente tiene algo que ver con un conflicto sin resolver con los padres, con sentimientos de abandono y una necesidad de demostrar su valor. La necesidad de parecer fuerte cuando se está rompiendo por dentro. Una joven universitaria de veinte años que se emborracha y se acuesta con cada chico que le compra un vodka-tonic de dos dólares y luego se arrepiente por la mañana, apesta a baja autoestima y a un anhelo por llamar la atención porque debió luchar para conseguirla en su casa. Un conflicto interno entre la persona que es y la que cree que todos quieren que sea.

Problemas con el padre. Síndrome de hijo único. Un producto del divorcio.

Son clichés, pero son verdaderos. Y está bien que yo lo diga, porque yo también soy un cliché.

Miro mi reloj inteligente: la grabación de la sesión de hoy parpadea en la pantalla: 1:01:52. Pulso "Enviar a iPhone" y observo cómo el pequeño temporizador pasa de color gris a verde mientras el archivo se envía a mi móvil y luego se sincroniza simultáneamente con mi computadora. *La tecnología.* Cuando era niña, recuerdo que cada psicólogo abría mi historia clínica y la hojeaba página tras página mientras yo permanecía sentada en alguna versión distinta del mismo sillón reclinable gastado y observaba sus archivos llenos de problemas de otras personas. Llenos de gente como yo. De alguna manera, me hacía sentir menos sola, más normal. Aquellos archivos metálicos de cuatro gavetas simbolizaban la posibilidad de que algún día pudiera expresar mi dolor —verbalizarlo, gritarlo, llorarlo—, y que cuando el temporizador de sesenta minutos llegara a cero, pudiéramos simplemente cerrar la carpeta, devolverla al archivo, cerrarlo con llave y olvidar su contenido hasta otro día.

Las cinco en punto, hora de cerrar.

Observo la pantalla de mi computadora, el bosque de íconos al que se han reducido mis pacientes. Ahora ya no existe la *hora de cerrar.* Siempre tienen formas de encontrarme —el correo electrónico, las redes sociales—, al menos las tenían antes de que finalmente me rindiera y borrara mis perfiles, cansada de revisar los mensajes de pánico de mis clientes en sus peores momentos. Yo estoy siempre alerta, siempre lista, como una tienda abierta las veinticuatro horas con un letrero de neón de "Abierto" parpadeando en la oscuridad, esforzándose por no apagarse.

La notificación de la grabación aparece en la pantalla, hago clic en ella y coloco el nombre —Lacey Deckler, Sesión 1— al archivo antes de levantar la vista de la computadora y dirigirla con los ojos entrecerrados hacia el alféizar de la ventana cubierto de polvo; la suciedad de este lugar es aún más evidente con el resplandor del atardecer. Vuelvo a carraspear y toso un par de veces. Me inclino hacia un lado y tomo la manija de madera, abro la gaveta inferior de mi escritorio y rebusco dentro de mi propia farmacia personal que guardo en el consultorio. Observo los envases de píldoras, que van desde el típico ibuprofeno hasta recetas más difíciles de pronunciar: alprazolam, clordiazepóxido, diazepam. Los hago a un lado y tomo una caja de Emergen-C. Vierto un sobre en mi vaso de agua y lo revuelvo con el dedo.

Bebo un par de tragos y empiezo a redactar un correo electrónico.

Shannon:
¡Feliz viernes! Acabo de tener una excelente primera sesión con Lacey Deckler; gracias por derivármela. Quería consultarte algo con respecto a su medicación. Veo que no le has recetado nada. Basándome en nuestra sesión de hoy, creo que le iría bien empezar con una dosis baja de Prozac. ¿Qué te parece? ¿Alguna objeción?
Chloe

Presiono "Enviar", me reclino en la silla y me bebo el resto del agua con sabor a mandarina. Los restos de Emergen-C atrapados en el fondo del vaso bajan como un pegamento, lento y pesado, y cubren mis dientes y mi lengua con una arenilla naranja. En pocos minutos, recibo una respuesta.

Chloe:
¡De nada! Me parece bien. Consúltame todas las veces que quieras.
P.D.: ¿Nos vemos para tomar algo? ¡Necesito detalles sobre el inminente GRAN DÍA!
Shannon Tack, médica

Desde el teléfono del consultorio, marco el número de la farmacia de Lacey, la misma —muy cómoda— que frecuento yo. La llamada es derivada directamente al buzón de voz. Dejo un mensaje.

—Hola, sí, soy la doctora Chloe Davis: C-h-l-o-e D-a-v-i-s, y llamo por una receta para Lacey Deckler: L-a-c-e-y D-e-c-k-l-e-r; fecha de nacimiento 16 de enero de 2003. He recomendado que la paciente empiece con 10 miligramos de Prozac al día; provisión para ocho semanas. Sin reposición automática, por favor.

Hago una pausa y tamborileo con los dedos sobre el escritorio.

—También me gustaría pedir una reposición para otro paciente. Patrick Briggs: P-a-t-r-i-c-k B-r-i-g-g-s; fecha de nacimiento, 2 de mayo de 1981. Xanax, 4 miligramos diarios. Le repito mi nombre, soy la doctora Chloe Davis. Número de teléfono 555-212-4524. Muchas gracias.

Cuelgo y clavo la mirada en el teléfono, ahora muerto en el receptor. Vuelvo los ojos hacia la ventana, el sol poniente tiñe mi consultorio color caoba de un tono anaranjado no muy distinto del residuo pegajoso que ha quedado estancado en el fondo de mi vaso. Consulto mi reloj —las cinco y media— y empiezo a cerrar mi computadora, pero el timbre del teléfono me sobresalta. Lo miro: el consultorio está cerrado y es viernes. Sigo recogiendo mis cosas, ignorando el timbre, hasta que se me ocurre que podría ser alguien de la farmacia con una pregunta sobre las recetas que acabo de pedir. Dejo que suene una vez más antes de responder.

—Doctora Davis —digo.

—¿Chloe —responde una voz de hombre.

—Doctora Chloe Davis —corrijo—. Sí, soy yo. ¿En qué puedo ayudarlo?

—Vaya, es usted una mujer difícil de encontrar.

—Lo siento, ¿es usted un paciente?

—No soy un paciente —explica la voz—, pero he estado llamando todo el día. *Todo* el día. Su recepcionista se negó a pasarme la llamada, así que pensé en intentarlo fuera del horario de atención y ver si la llamada era desviada directamente al buzón de voz. No esperaba que atendiera.

Hago un gesto de preocupación.

—Bueno, este es mi consultorio. No recibo llamadas personales aquí. Melissa solo me pasa las llamadas de los pacientes. —Me detengo, confundida por estar dando explicaciones sobre mí y el funcionamiento interno de mi consultorio a un desconocido. Adopto un tono de voz más severo—. ¿Puedo preguntarle el motivo de su llamada? ¿Quién es usted?

—Mi nombre es Aaron Jansen —responde—. Soy periodista de *The New York Times*.

Se me corta la respiración. Toso, pero suena más bien como si me hubiera atragantado.

—¿Está usted bien? —pregunta.

—Sí, por supuesto —respondo—. Me estoy recuperando de un problema en la garganta. Lo siento… ¿*The New York Times*?

En el mismo instante en el que formulo la pregunta, me odio a mí misma. Sé por qué está llamando este hombre. Para ser sincera, lo estaba esperando. Esperando algo. Tal vez no el *Times*, pero algo.

—Sí, ya sabe —vacila—, el periódico.

—Sí, claro que lo sé.

—Estoy escribiendo una historia sobre su padre y me gustaría mucho sentarme a conversar con usted. ¿Puedo invitarla un café?

—Lo siento —repito interrumpiéndolo. *Mierda*. ¿Por qué sigo disculpándome? Respiro hondo y lo vuelvo a intentar—. No tengo nada que decir sobre eso.

—Chloe —aventura.

—Doctora Davis.

—*Doctora Davis* —repite con un suspiro—. Se acerca el aniversario. Veinte años. Estoy seguro de que lo sabe.

—Desde luego que lo sé —replico—. Han pasado veinte años y nada ha cambiado. Esas chicas siguen muertas y mi padre sigue en prisión. ¿Por qué les sigue interesando?

Aaron guarda silencio en el otro extremo; ya le he dado demasiado, lo sé. Ya he satisfecho ese impulso periodístico enfermizo que se alimenta de abrir las heridas de los demás justo cuando están a punto de sanar. Lo he satisfecho lo suficiente como para que tenga un sabor metálico y sed de más: un tiburón atraído hacia la sangre en el agua.

—Pero usted ha cambiado —replica—. Usted y su hermano. Al público le encantaría saber cómo están, cómo lo están sobrellevando.

Pongo los ojos en blanco.

—Y su padre —continúa—. Quizá *él* haya cambiado. ¿Ha hablado con él?

—No tengo nada que decirle a mi padre —preciso—. Y no tengo nada que decirle a usted. Por favor, no vuelva a llamar aquí.

Cuelgo con más fuerza de lo que tenía pensado. Bajo la mirada y noto que me tiemblan los dedos. Me pongo el pelo detrás de la oreja, en un intento por ocuparme en algo, y miro otra vez hacia la ventana: el cielo se está tornando de un azul oscuro intenso y el sol es ahora una burbuja en lo alto del horizonte, a punto de estallar.

Vuelvo la atención al escritorio, tomo el bolso y empujo la silla hacia atrás mientras me pongo de pie. Observo la lámpara sobre el escritorio y suelto el aire despacio antes de apagarla y dar un paso tembloroso hacia la oscuridad.

CAPÍTULO 3

Hay muchas formas sutiles en las que las mujeres nos protegemos inconscientemente a lo largo del día; nos protegemos de las sombras, de depredadores invisibles. De las fábulas y las leyendas urbanas. De hecho, son estrategias tan sutiles que casi no nos damos cuenta de que lo hacemos.

Salir del trabajo antes de que anochezca. Sujetar el bolso contra el pecho con una mano, sostener las llaves entre los dedos de la otra, como un arma, mientras arrastramos los pies hacia el coche aparcado estratégicamente bajo las luces de la calle por si *no* hemos podido salir del trabajo antes de que anochezca. Acercarnos al coche, escudriñar el asiento trasero antes de desbloquear las puertas. Aferrar el móvil con fuerza, con el dedo índice lo más cerca posible del 911. Entrar. Volver a bloquear las puertas. No quedarse en el coche con el motor encendido. Marcharse enseguida.

Arranco, dejo el lugar cercano al edificio de mi consultorio y me alejo por la ciudad. Me detengo en un semáforo en rojo, miro por el espejo retrovisor, supongo que por costumbre, y me sobresalto al ver mi reflejo. Tengo un aspecto desaliñado. Fuera hay mucha humedad, tanta que mi piel está como resbaladiza; mi pelo castaño, normalmente lacio, está rizado en las puntas, un efecto encrespado que solo el verano de Luisiana puede lograr.

El verano de Luisiana.

Una frase tan engañosa. Yo crecí aquí. Bueno, no *aquí*. No en Baton Rouge. Pero sí en Luisiana. En una pequeña ciudad llamada Breaux Bridge, la capital mundial del cangrejo. Es una particularidad de la que, por alguna razón, estamos orgullosos. De la misma manera que Cawker City, en Kansas, debe de estar orgullosa de su madeja de hilo de 2300 kilos. Aporta un significado superficial a un lugar de otro modo insignificante.

Breaux Bridge tiene una población de menos de diez mil habitantes, lo que significa que todo el mundo se conoce. Y más concretamente, todo el mundo me conoce a mí.

De joven, solo vivía para los veranos. Tengo muchísimos recuerdos de los pantanos: avistar cocodrilos en el lago Martin y dar un grito cuando descubría los ojitos brillantes que acechaban debajo de una alfombra de algas. Mi hermano se reía mientras corríamos en dirección contraria y gritábamos "¡Hasta luego, cocodrilo!". Hacer pelucas con el musgo español que colgaba en nuestro jardín trasero de varias hectáreas y luego pasarme los días siguientes quitándome las chinches rojas del pelo y aplicando esmalte de uñas transparente en las ronchas rojizas que tanto picaban. Retorcer la cola de los cangrejos recién hervidos y chuparles la cabeza hasta dejarla seca.

Pero los recuerdos del verano también traen consigo memorias de miedo.

Yo tenía doce años cuando las chicas empezaron a desaparecer. Niñas no mucho mayores que yo. Era julio de 1998 y se perfilaba como otro caluroso y húmedo verano de Luisiana.

Hasta que un día no lo fue.

Recuerdo que una mañana entré en la cocina temprano, frotándome los ojos para quitarme el sueño y arrastrando mi manta verde menta por el suelo de linóleo. Había dormido con esa manta desde que era un bebé, me encantaban sus bordes sin rematar. Recuerdo que retorcí la tela entre mis dedos, un tic nervioso, cuando vi a mis padres acurrucados frente al televisor, preocupados. Susurrando.

—¿Qué pasa?

Se volvieron, abrieron los ojos como platos al verme y apagaron el televisor antes de que pudiera ver la pantalla.

Antes de que *creyeran* que no había visto la pantalla.

—Oh, cielo —dijo mi padre. Caminó hacia mí y me abrazó más fuerte de lo habitual—. No pasa nada, cariño.

Pero sí pasaba. Incluso entonces, supe que algo pasaba. La forma en la que mi padre me abrazaba, la forma en la que le temblaba el labio a mi madre cuando se volvió hacia la ventana, la misma forma en la que había temblado el labio de Lacey esta tarde mientras intentaba procesar el haber tomado conciencia de algo que había sabido todo el tiempo. Algo que había estado tratando de alejar, que había intentado fingir que no era cierto. Mis ojos habían captado el titular rojo brillante en la parte inferior de la pantalla; ya se había grabado en mi psique, una colección de palabras que alteraría para siempre la vida tal como yo la conocía.

JOVEN DE BREAUX BRIDGE DESAPARECIDA

A los doce años, *joven desaparecida* no tiene las mismas implicaciones siniestras que cuando uno es mayor. Tu mente no salta automáticamente a todos esos lugares horribles: secuestro, violación, asesinato. Recuerdo haber pensado: "¿Desaparecida en *dónde*?". Pensé que tal vez se había perdido. La vieja casa de antes de la guerra de mi familia estaba situada en un terreno de más de cuatro hectáreas; yo me había perdido muchas veces mientras cazaba sapos en el pantano o exploraba partes desconocidas del bosque, mientras grababa mi nombre en la corteza de un árbol sin dueño o construía fortalezas con palos empapados de musgo. En una ocasión me quedé atrapada en una pequeña cueva, la guarida de algún animal, con una entrada estrecha, atemorizante y tentadora al mismo tiempo. Recuerdo que me acosté boca abajo y mi hermano me ató un trozo de cuerda vieja al tobillo, y luego avancé sobre mi estómago, zigzagueando en el frío y oscuro vacío, con un llavero linterna entre los labios apretados. Que dejé que la oscuridad me tragara por completo mientras me arrastraba más y más profundamente y, por último, recuerdo el terror absoluto que me acometió cuando me di cuenta de que no podía salir. Así que cuando vi las imágenes de los equipos de rescate que rastreaban la frondosa vegetación y vadeaban los pantanos, no pude evitar preguntarme qué pasaría si alguna vez yo estuviera "desaparecida", si la gente saldría en mi busca como lo hacían con ella.

Ya aparecerá, pensé. Y cuando lo haga, apuesto a que se sentirá una tonta por haber causado tanto lío.

Pero no apareció. Y tres semanas más tarde, desapareció otra chica.

Cuatro semanas después de esta, otra.

Para el final del verano, habían desaparecido seis chicas. Un día estaban allí y al siguiente ya no estaban. Se habían esfumado sin dejar rastro.

Ahora bien, seis chicas desaparecidas siempre serán seis chicas desaparecidas más, pero en un lugar como Breaux Bridge, una ciudad tan pequeña que se genera un vacío apreciable en un aula cuando un niño abandona la escuela, o un barrio se ve más despoblado cuando una sola familia se muda, seis chicas era un peso demasiado grande para soportarlo. Era imposible ignorar su ausencia; era una desgracia que pesaba en el aire de la misma manera que una tormenta inminente te hace vibrar los huesos. Era posible sentirlo, paladearlo, verlo en los ojos de cada persona con la que te cruzabas. Una desconfianza profunda se había adueñado de una ciudad antes confiada; el recelo se había apoderado de todos. Una única pregunta tácita sobrevolaba entre nosotros:

¿Quién será la siguiente?

Se dispusieron toques de queda; las tiendas y los restaurantes cerraban al atardecer. Yo, como las demás chicas de la ciudad, tenía prohibido salir de la casa después del anochecer. Incluso de día, sentía que el mal acechaba detrás de cada esquina. La anticipación de que me tocaría a mí —de que *yo* sería la siguiente— estaba siempre ahí, siempre presente, siempre asfixiante.

—Estarás bien, Chloe. No tienes nada de qué preocuparte.

Recuerdo esa mañana, mi hermano se estaba colgando la mochila antes del campamento de verano y yo lloraba, de nuevo, demasiado asustada para salir de casa.

—Sí tiene algo de qué preocuparse, Cooper. Esto es serio.

—Es demasiado pequeña —respondió él—. Solo tiene doce años. Al tipo le gustan las adolescentes, ¿recuerdas?

—Cooper, por favor.

Mi madre se inclinó hasta el suelo, se colocó a la altura mis los ojos y me arregló un mechón de pelo detrás de la oreja.

—Esto es serio, cariño, pero solo tienes que tener cuidado. Estar atenta.

—No te subas a un coche con desconocidos —agregó Cooper con un suspiro—. No camines sola por callejones oscuros. Es todo bastante obvio, Chlo. O sea, no seas estúpida.

—Esas chicas no eran estúpidas —replicó mi madre con voz tranquila, pero cortante—. Tuvieron mala suerte. Estaban en el lugar equivocado en el momento equivocado.

Entro en el aparcamiento de la farmacia y me dirijo a la ventanilla de atención para automovilistas. Un hombre detrás de la ventana corrediza está ocupado cerrando con una grapadora unas bolsas de papel con varios frascos. Desliza la ventana y no se molesta en levantar la vista.

—Nombre.

—Patrick Briggs.

Me mira, claramente no soy Patrick. Pulsa unas cuantas teclas en la computadora que tiene delante y vuelve a hablar.

—¿Fecha de nacimiento?

—2 de mayo de 1981.

Voltea y revuelve el interior de la cesta. Lo veo tomar una bolsa de papel y caminar hacia mí. Aferro con fuerza el volante para evitar que mis manos se muevan. El hombre apunta su escáner al código de barras y oigo un pitido.

—¿Tiene alguna pregunta con respecto a la receta?

—No —digo, y sonrío—. Todo bien.

Empuja la bolsa a través de su ventana y de mi ventanilla. La tomo, la guardo en el fondo de mi bolso y vuelvo a subir la ventanilla. Me alejo sin despedirme.

Conduzco durante unos minutos más; mi bolso en el asiento del pasajero resplandece por la mera presencia de las píldoras en su interior. Solía sorprenderme lo fácil que era recoger recetas a nombre de otras personas; siempre y cuando sepas la fecha de nacimiento que coincide con el nombre registrado, la mayoría de los farmacéuticos no piden ni siquiera la licencia de conducir. Y si lo hacen, las explicaciones sencillas suelen funcionar.

"Ay, perdón, la dejé en el otro bolso. En realidad, soy su prometida, ¿necesita que le dé la dirección que está registrada?".

Giro hacia mi barrio, el Garden District, y comienzo el viaje por un tramo de kilómetro y medio de camino que siempre me deja desorientada, como imagino que se sienten los buzos cuando se encuentran envueltos en la oscuridad total; tan profunda que, aunque colocaran una mano a centímetros de su rostro, no la verían.

Pierdo todo sentido de la orientación. Pierdo todo sentido del control.

Sin casas que iluminen la carretera ni luces que revelen las ramas retorcidas de los árboles que bordean la calle, cuando el sol se pone este camino produce la ilusión de que uno está conduciendo en línea recta hacia un mar de tinta, que desaparece en una vasta nada y cae interminablemente en un agujero sin fondo.

Contengo la respiración y aprieto el acelerador un poco más.

Por fin, noto que me acerco al sitio donde debo girar. Enciendo la luz de giro, aunque no hay nadie detrás de mí, solo más oscuridad. Giro a la derecha, entro en nuestro callejón sin salida y suelto el aire cuando paso junto a la primera farola que deja al descubierto el camino que lleva a mi hogar.

Hogar.

Otra palabra engañosa. Un hogar no es solo una casa, una colección de ladrillos y tablas unidas por cemento y clavos. Es algo más emocional. Un hogar es seguridad, protección. El lugar al que vuelves cuando el reloj del toque de queda marca las nueve.

Pero ¿qué pasa si tu hogar no es seguro? ¿Si no te brinda protección?

¿Y si los brazos extendidos en los que caes en los escalones del porche son los mismos brazos de los que deberías huir? ¿Los mismos brazos que aferraron a esas chicas, les apretaron el cuello, enterraron sus cuerpos y luego se lavaron las manos?

¿Y si tu hogar es el lugar donde empezó todo, el epicentro del terremoto que hizo temblar tu ciudad hasta la médula? El ojo del huracán que destrozó familias, vidas, a ti. Todo lo que habías conocido.

¿Qué pasa entonces?

CAPÍTULO 4

Detengo el coche en el sendero de entrada y, con el motor encendido, rebusco en mi bolso y extraigo la bolsa de la farmacia. La abro y encuentro el envase naranja dentro. Giro la tapa y dejo caer una píldora en la palma de mi mano antes de hacer una bola con la bolsa y meterla, junto con el envase, en la guantera.

Observo el Xanax en mi mano, inspeccionando la pequeña tableta blanca. Pienso en la llamada telefónica que recibí en el consultorio: Aaron Jansen. *Veinte años.* El pecho se me contrae al recordarlo y me meto la pastilla en la boca antes de pensarlo dos veces. Me la trago en seco. Respiro y cierro los ojos. Ya siento que mi pecho se afloja, que mis vías respiratorias se abren. Me invade la calma, la misma sensación de calma que experimento cada vez que mi lengua toca una píldora. No sé realmente cómo describir esta sensación de otro modo que no sea alivio puro y simple. El mismo alivio que sentirías después de abrir la puerta del vestidor y no encontrar nada más que ropa en el interior; la desaceleración del ritmo cardíaco, el vértigo eufórico que se cuela en tu cerebro cuando te das cuenta de que estás a salvo. Que nada se va a abalanzar sobre ti desde las sombras.

Abro los ojos.

Hay un leve olor a especias en el aire cuando salgo del coche y cierro la puerta. Pulso dos veces el botón del cierre automático en mi llavero. Vuelvo la nariz hacia el cielo y huelo, tratando de identificar el olor. Mariscos, quizá. O pescado. Tal vez los vecinos están haciendo una barbacoa y, por un segundo, me siento ofendida por no haber sido invitada.

Comienzo a recorrer el largo sendero de guijarros hacia la puerta principal: la oscuridad se cierne ante mí. Llego a mitad de camino y me detengo para observar. Cuando compré esta casa, hace años, era solo eso. Una casa. Un cascarón listo para que le infundieran vida como a un globo desinflado. Era una casa preparada para convertirse en un hogar, ansiosa y emocionada como un niño el primer día de colegio. Pero yo no tenía ni idea de cómo convertirla en un hogar. El único que había conocido casi no podía llamarse hogar, al menos ya no. No en retrospectiva. Recuerdo cuando atravesé la puerta principal por primera vez, con las llaves en la mano. Mis tacones sobre la madera dura resonaron en el inmenso vacío; las paredes blancas y desnudas estaban llenas de marcas de clavos donde antes colgaban los cuadros, prueba de que era posible, que aquí se podían crear recuerdos, que se podía forjar una vida. Abrí mi pequeña caja roja de herramientas Craftsman, que Cooper había comprado mientras recorríamos Home Depot y yo observaba boquiabierta cómo él dejaba caer llaves inglesas y martillos y pinzas en su interior como si estuviera llenando una bolsa de caramelos ácidos en la tienda de golosinas. No tenía nada que colgar, ni cuadros ni adornos, así que clavé un solo clavo en la pared y colgué la argolla metálica con la llave de la casa. Una única llave y nada más. Me pareció un progreso.

Miro todo lo que le he hecho desde entonces hasta ahora para dar la apariencia de que tengo mi vida bajo control, el equivalente superficial de maquillar un magullón multicolor o enrollar un rosario en una muñeca con cicatrices. No sé por qué me importa tanto la aceptación de mis vecinos cuando pasan frente a mi jardín correa en mano. El sillón colgante atornillado al techo del porche está siempre cubierto por una capa de polen amarillo pálido, por lo que es imposible fingir que alguien se sienta allí alguna vez. Las plantas que compré y planté con tanto entusiasmo han sido ignoradas hasta la muerte; las ramas esqueléticas y marrones de mis dos helechos colgantes se asemejan a los huesos regurgitados de un pequeño animal que encontré mientras disecaba un búho en la clase de biología, en octavo. La alfombra de bienvenida rasposa y de color café que dice "¡Bienvenidos!". El buzón de bronce con forma de sobre enorme atornillado al revestimiento de la pared externa, tan poco práctico como exasperante, con una rendija demasiado pequeña para que quepa una mano entera, ni qué decir de un par de tarjetas postales enviadas por antiguos compañeros de estudios devenidos en agentes inmobiliarios después de que la promesa de sus títulos no resultase tan prometedora.

Comienzo a caminar de nuevo y decido en este momento que voy a deshacerme del estúpido sobre y usar un buzón normal como todo el mundo. También en este momento me doy cuenta de que mi casa parece abandonada. Es la única en la manzana sin luces que iluminen las ventanas o el destello del televisor detrás de las cortinas cerradas. La única sin ningún indicio de vida en su interior.

Me acerco, el Xanax envuelve mi mente en una calma artificial. Aun así, hay algo que me molesta. Algo anda mal. Hay algo *diferente*. Miro alrededor del jardín: pequeño pero bien cuidado. La cerca de madera natural rodea el césped cortado y los arbustos; las ramas tortuosas de un roble proyectan sombras sobre el garaje en el que nunca he guardado el coche. Levanto la vista hacia la casa, ahora a pocos centímetros de mí. Creo vislumbrar un movimiento detrás de una cortina, pero meneo la cabeza y me obligo a seguir caminando.

"No seas ridícula, Chloe. Sé realista".

Mi llave está en la puerta principal, ya girando, cuando me doy cuenta de lo que está mal, de lo que es diferente.

La luz del porche está apagada.

La luz del porche que siempre *siempre* dejo encendida —incluso cuando duermo y a pesar del rayo de luz que arroja sobre mi almohada a través del hueco de la cortina— está apagada. Nunca apago la luz del porche. Creo que nunca he tocado siquiera el interruptor. Por eso la casa se ve sin vida, me doy cuenta. Nunca la había visto tan oscura, tan completamente desprovista de luz. Incluso con las luces de la calle, aquí está *oscuro*. Alguien podría acercarse por detrás de mí y yo ni siquiera…

—¡SORPRESA!

Suelto un grito y meto la mano enseguida en el bolso para buscar el aerosol de pimienta. Las luces del interior se encienden y me encuentro con una multitud de personas en mi sala de estar —treinta, quizá cuarenta— que me miran fijamente y sonríen. El corazón me late con fuerza dentro del pecho; casi no puedo hablar.

—Ay, Dios…

Tartamudeo y observo a mi alrededor. Busco una razón, una explicación. Pero no encuentro ninguna.

—Ay, Dios mío. —Soy consciente al instante de que mi mano dentro del bolso está aferrando el aerosol con una intensidad que me asusta. Una oleada de alivio me invade cuando lo suelto; limpio el sudor de mi mano contra la tela interior—. ¿Qué… qué es esto?

—¿Qué te parece? —Una voz irrumpe a mi izquierda; me vuelvo hacia un lado y veo que la multitud se abre y un hombre se adelanta hacia el espacio vacío—. Es una fiesta.

Es Patrick, vestido con unos jeans oscuros desgastados y

una chaqueta azul ajustada. Me sonríe, sus dientes blancos resultan cegadores contra su piel bronceada y lleva el pelo rubio hacia un lado. Siento que mi corazón se tranquiliza; mi mano se desliza del pecho a la mejilla y noto que se está calentando. Esbozo una sonrisa avergonzada cuando Patrick me acerca una copa de vino; la tomo con la mano libre.

—Una fiesta para nosotros —agrega, y me aprieta con fuerza. Puedo oler su gel de baño y su desodorante especiado—. Una fiesta de compromiso.

—Patrick. ¿Qué… qué haces aquí?

—Bueno, vivo aquí.

Una ola de risas estalla entre la multitud y Patrick. me aprieta el hombro, sonriendo.

—Se supone que estarías fuera de la ciudad —preciso—. Creí que no volverías hasta mañana.

—Ah, sí, eso. Mentí —admite, y eso provoca más risas—. ¿Te sorprendimos?

Observo el mar de personas que se mueven inquietas en sus lugares. Siguen mirándome, expectantes. Me pregunto si grité demasiado fuerte.

—¿No *parecí* sorprendida?

Levanto las manos y la multitud rompe a reír. Alguien en el fondo empieza a vitorear y el resto lo imita, todos silban y aplauden mientras Patrick me abraza y me besa en la boca.

—¡Vayan a un hotel! —grita alguien.

La multitud vuelve a reír y, esta vez, los invitados se dispersan por la casa; rellenan sus bebidas, se mezclan unos con otros y se sirven montañas de comida en platos de papel. Por fin identifico el olor del exterior: es aderezo para pescado. Veo cangrejos hervidos y humeantes sobre la mesa de picnic en nuestro porche trasero y enseguida me avergüenzo de haberme sentido excluida de la fiesta ficticia que había inventado en la casa vecina. Patrick me mira, sonriendo y conteniendo la risa. Le doy un golpecito en el hombro.

—Te odio —le digo, aunque le devuelvo la sonrisa—. Me diste un susto de muerte.

Se ríe, esa risa ancha y resonante que me atrajo doce meses atrás y que todavía me tiene cautivada. Lo atraigo hacia mí otra vez y lo vuelvo a besar, esta vez como es debido, sin la mirada de todos nuestros amigos. Siento el calor de su lengua en mi boca y disfruto de la forma en la que su presencia calma físicamente mi cuerpo. Tranquiliza los latidos de mi corazón, mi respiración, igual que el Xanax.

—No me diste mucha opción —responde, y bebe un trago de vino—. Tuve que hacerlo así.

—Ah, ¿sí? —pregunto—. ¿Y por qué?

—Porque te niegas a organizar nada —explica—. Ni despedida de soltera, ni fiesta con amigas.

—No soy una universitaria, Dan. Tengo treinta y dos años. ¿No te parece un poco adolescente?

Me mira, enarcando una ceja.

—No, no me parece *adolescente*. Me parece divertido.

—Bueno, ya sabes, no tengo a nadie que me ayude a planificar ese tipo de cosas —respondo con los ojos clavados en el vino mientras hago girar la copa—. Sabes que Cooper no va a organizar una despedida y mi *madre*…

—Lo sé, Chlo. Estoy bromeando. Te mereces una fiesta, así que te organicé una fiesta. Así de simple.

Una oleada de calidez me llena el pecho y le aprieto la mano.

—Gracias. Esto es realmente increíble. Casi me da un ataque al corazón…

Se ríe de nuevo y se bebe el resto del vino.

—…pero significa mucho para mí. Te amo.

—Yo también te amo. Ahora ve con los invitados. Y bébete el vino —añade, y usa su dedo para inclinar la base de mi copa todavía sin tocar—. Relájate un poco.

Me llevo la copa a los labios y la vacío, luego me adentro entre la multitud en la sala. Alguien recoge mi copa y se ofrece a rellenarla mientras otra persona me acerca un plato con queso y galletas.

—Debes de estar hambrienta. ¿Siempre trabajas hasta tan tarde?

—Por supuesto que sí. ¡Es Chloe!

—¿Quieres chardonnay, Chlo? Creo que antes estabas bebiendo pinot; pero, de verdad, ¿en qué se diferencian?

Pasan los minutos, o tal vez las horas. Cada vez que entro en una nueva parte de la casa, otra persona se acerca con palabras de felicitación y una copa nueva, y una combinación diferente de las mismas preguntas fluye con más rapidez que las botellas que se amontonan en el rincón.

—¿Esto puede contar como "tomar algo pronto"?

Me doy la vuelta y veo a Shannon de pie detrás de mí, con una amplia sonrisa. Se ríe, me abraza y planta un beso en mi mejilla como hace siempre; sus labios se quedan pegados a mi piel. Recuerdo el correo electrónico que me envió esta tarde.

> P.D.: ¿Tomamos algo pronto? ¡Necesito detalles sobre el inminente GRAN DÍA!

—Mentirosa —digo, y trato de contener las ganas de limpiar los restos de lápiz labial que quedaron en mi mejilla.

—Soy culpable —admite con una sonrisa—. Tenía que asegurarme de que no sospecharas nada.

—Bueno, misión cumplida. ¿Cómo está la familia?

—Todos bien —responde Shannon mientras hace girar el anillo en su dedo—. Bill fue a la cocina a servirse otra copa. Y Riley…

Contempla alrededor de la habitación; sus ojos atraviesan el mar de cuerpos que se mueven como olas. Parece encontrar a quien busca y sonríe, meneando la cabeza.

—Riley está en el rincón, con su móvil. *Como siempre.*

Me vuelvo y veo a una adolescente encorvada en una silla y tecleando furiosamente en su iPhone. De pelo castaño claro, lleva un vestido rojo corto y zapatillas deportivas blancas. Parece increíblemente aburrida y no puedo evitar reírme.

—Bueno, tiene quince años —interviene Patrick.

Miro a mi lado y Patrick está de pie allí, sonriendo. Se acerca, me rodea la cintura con el brazo y me besa la frente. Siempre me ha maravillado la forma en la que se desliza en cualquier conversación con tanta facilidad y deja caer una frase acertada, como si siempre hubiera estado allí.

—Y que lo digas —replica Shannon—. Está castigada, por eso la hemos arrastrado con nosotros. No le hace ninguna gracia que la hayamos obligado a pasar el rato con un grupo de *viejos*.

Sonrío, mis ojos siguen fijos en la chica, en la forma en la que se retuerce el pelo distraídamente alrededor de un dedo, cómo se muerde el lado del labio mientras analiza el texto que acaba de aparecer en su teléfono.

—¿Por qué está castigada?

—Por escaparse —explica Shannon con una expresión de exasperación—. La descubrimos huyendo por la ventana de su habitación *a medianoche*. Hizo una cuerda con las sábanas, igual que en las malditas películas. Menos mal que no se rompió el cuello.

Vuelvo a reír y me llevo la mano a la boca abierta.

—Les juro que cuando Bill y yo estábamos saliendo y me dijo que tenía una hija de diez años, no le di mucha importancia —susurra Shannon sin quitarle la vista a su hijastra—. Sinceramente pensé que había tenido suerte. Una niña a la carta, sin toda la parte de los pañales sucios y los llantos toda la noche. Era un encanto. Pero es increíble cómo en el momento en el que se convierten en adolescentes todo cambia. Se transforman en monstruos.

—No durará toda la vida —la consuela Patrick con una sonrisa—. Un día, esto será un recuerdo lejano.

—Dios, eso espero. —Shannon se ríe y bebe otro trago de vino—. Realmente es un ángel, ¿sabes?

Ahora me está hablando a mí, pero hace una señal en dirección de Patrick y le da un golpecito en el pecho.

—Haber organizado todo esto. No creerías el tiempo que le llevó reunir a todos en un solo lugar.

—Sí, lo sé —respondo—. No lo merezco.

—Menos mal que no renunciaste una semana antes, ¿no?

Me da un codazo y sonrío, con el recuerdo de nuestro primer encuentro tan nítido como siempre. Fue uno de esos encuentros fortuitos que podrían no haber significado nada. Chocar contra un hombro en el autobús, murmurar un simple "perdón" antes de que cada uno siga su camino. Pedir prestado un bolígrafo al hombre en el bar cuando el tuyo se queda sin tinta o correr con el portamonedas que ha quedado en el fondo de un carro de supermercado hasta el coche aparcado fuera antes de que se aleje. La mayoría de las veces, estos encuentros no conducen a nada más que una sonrisa y una palabra de agradecimiento.

Pero a veces conducen a algo. O quizás incluso a todo.

Patrick y yo nos habíamos conocido en el Hospital General de Baton Rouge; él entraba y yo salía. Más bien yo salía dando tumbos, con el peso del contenido de mi consultorio, que amenazaba con romper el fondo de una caja de cartón. Habría pasado sin detenerme junto a él; la caja me tapaba la visión y caminaba con la cabeza gacha, siguiendo con la mirada mis pasos hacia la puerta principal. Habría pasado sin detenerme si no hubiera oído su voz.

—¿Necesitas ayuda?

—No, no —respondí mientras cambiaba el peso de un brazo a otro, sin dejar de avanzar. La puerta automática estaba a un metro de distancia, o menos. Mi coche estaba afuera, con el motor en marcha—. Yo puedo.

—Espera, deja que te ayude.

Oí pasos corriendo a mis espaldas y sentí que el peso se alivianaba cuando introdujo su brazo entre los míos.

—Dios mío —se quejó—. ¿Qué hay aquí dentro?

—Libros, en su mayoría.

Me aparté un mechón de pelo sudoroso de la frente mientras él se hacía cargo de la caja. Ese fue el primer vistazo que tuve de su cara: pelo rubio y pestañas del mismo color, dientes que eran producto de una ortodoncia adolescente costosa y quizá de un tratamiento de blanqueamiento o dos. Su camisa azul claro dejaba entrever sus bíceps abultados mientras levantaba el contenido de mi vida en el aire y lo ponía en equilibrio sobre su hombro.

—¿Te han despedido?

Giré la cabeza hacia él al instante; abrí la boca, dispuesta a corregirlo, hasta que él se volvió hacia mí y vi su expresión. Los ojos tiernos, que parecían suavizarse a medida que contemplaba mi rostro y lo recorría de arriba abajo. Me miraba como si estuviera mirando a un viejo amigo; sus pupilas se paseaban por mi piel, como si buscaran rastros de familiaridad en mis facciones. Sus labios se curvaron en una sonrisa cómplice.

—Es una broma —aclaró, y volvió su atención a la caja—. Pareces demasiado feliz para que te hayan despedido. Además, ¿no debería haber unos guardias escoltándote y sujetándote de las axilas antes de arrojarte a la acera? ¿No es así como funciona?

Sonreí y dejé escapar una carcajada. Ya estábamos en el aparcamiento y él colocó la caja en el techo de mi coche antes de cruzar los brazos y volverse hacia mí.

—Renuncié —expliqué. Las palabras resonaron en mí con una firmeza que, por un segundo, casi me hizo llorar. El Hospital General de Baton Rouge había sido mi primer trabajo, mi único trabajo. Mi compañera de tareas, Shannon, se había convertido en mi mejor amiga—. Hoy fue mi último día.

—Bueno, felicidades —dijo—. ¿Qué harás ahora?

—Voy a abrir mi propio consultorio. Soy médica psicóloga.

Silbó y metió la cabeza dentro de la caja sobre mi coche. Algo le llamó la atención y torció la cabeza con aire distraído. Luego se inclinó para tomar un libro.

—¿Te gustan los asesinatos? —preguntó mientras inspeccionaba la cubierta.

Sentí un nudo en el pecho y mis ojos se desviaron enseguida a la caja. En ese momento recordé que junto a mis textos de psicología había montones de libros sobre crímenes reales: *El diablo en la ciudad blanca*, *A sangre fría*, *El monstruo de Florencia*. Pero a diferencia de la mayoría de la gente, yo no los leía para entretenerme. Los leía para estudiar. Para intentar comprender, para diseccionar a todas esas personas que se cobran vidas como una forma de vida, y devoraba las historias en papel casi como si fueran mis pacientes, recostados en el sillón de cuero reclinable y susurrando sus secretos a mi oído.

—Se podría decir que sí.

—No es una crítica —precisó, y giró el libro en sus manos para que yo pudiera ver la cubierta, *Medianoche en el jardín del bien y el mal*, antes de abrirlo y empezar a pasar las páginas—. Me encanta este libro.

Sonreí con amabilidad, sin saber qué responder.

—Debería irme —comenté en vez de hacerlo. Hice un gesto hacia mi coche y extendí la mano—. Gracias por tu ayuda.

—El placer fue mío, ¿doctora…?

—Davis —respondí—. Chloe Davis.

—Bueno, doctora Chloe Davis, si alguna vez necesitas mover más cajas… —Buscó en su bolsillo trasero, extrajo una tarjeta comercial y la deslizó entre las páginas abiertas. Cerró el libro y me lo entregó—. Ya sabes dónde encontrarme.

Me sonrió y me guiñó un ojo antes de volverse y entrar en el edificio. Cuando las puertas automáticas se cerraron detrás de él, miré el libro que tenía en las manos y pasé los dedos por la cubierta brillante. Había un pequeño espacio entre las páginas donde había quedado la tarjeta y metí la uña para abrirlo. Bajé la mirada y sentí una extraña opresión en el pecho cuando mis ojos leyeron el nombre.

De alguna manera, supe que no sería la última vez que vería a Patrick Briggs.

CAPÍTULO 5

Me disculpo con Shannon y Patrick y salgo por la puerta corrediza. La cabeza me da vueltas para cuando llego al porche trasero con mi copa llena de la cuarta variedad de vino que probé hasta ahora. Las interminables conversaciones triviales me zumban en los oídos y la cantidad de vino que me he bebido me zumba en el cerebro. Todavía hace mucho calor afuera, pero la brisa me refresca. La casa se estaba volviendo sofocante, con las paredes que exhalaban el calor de los cuerpos ebrios de cuarenta personas.

Me dirijo a la mesa de picnic, donde grandes cantidades de cangrejos, maíz, salchichas y papas siguen humeando sobre papel de periódico. Dejo mi copa de vino, tomo un cangrejo y lo retuerzo; el jugo de la cabeza se desliza por mi muñeca.

Entonces oigo movimiento a mis espaldas: pasos. Y una voz.

—No te asustes, soy yo.

Me vuelvo y mis ojos se adaptan en la oscuridad al cuerpo que tengo delante. La punta rojo cereza de un cigarrillo brilla entre sus dedos.

—Sé que no te gusta que te sorprendan.

—¡Coop!

Dejo caer el cangrejo sobre la mesa y camino hacia mi

hermano; le rodeo el cuello con los brazos e inspiro su característico olor. Nicotina y goma de mascar de menta. Estoy tan sorprendida de verlo que paso por alto el comentario sobre la fiesta sorpresa.

—Hola, hermanita.

Retrocedo para inspeccionar su rostro. Parece más viejo que la última vez que lo vi, pero eso es normal en Cooper. Parece que envejece años en cuestión de meses; sus sienes se están volviendo canosas y las arrugas de preocupación en su frente se hacen más profundas con cada día que pasa. Pero, aun así, Coop es uno de esos hombres que parecen volverse más atractivos con la edad. En la universidad, mi compañera de habitación se había referido a él una vez como un *zorro plateado* cuando su nuca comenzó a motearse de un vello entrecano. Por alguna razón, eso se me quedó grabado. Era una descripción bastante acertada. Cooper se ve maduro, elegante, reflexivo, tranquilo. Como si hubiera visto más del mundo en treinta y cinco años de lo que la mayoría de la gente ha visto en su vida. Le suelto el cuello.

—¡No te vi allí dentro! —exclamo, con un tono más alto de lo que pretendía.

—Es que te tenían acaparada —responde, riendo. Da una última calada antes de dejar caer el cigarrillo al suelo y apagarlo con el pie—. ¿Qué se siente cuando cuarenta personas se arremolinan a tu alrededor?

Me encojo de hombros.

—Como si estuviera practicando para la boda, supongo.

Su sonrisa flaquea un poco, pero se recobra enseguida. Los dos lo ignoramos.

—¿Dónde está Laurel? —pregunto.

Se mete las manos en los bolsillos y mira más allá de mis hombros con expresión distante. Ya sé lo que se viene.

—Se terminó.

—Lo lamento —confieso—. Me gustaba. Parecía agradable.

—Sí —asiente con la cabeza—. Lo era. A mí también me gustaba.

Nos quedamos en silencio un rato, escuchando el murmullo de las voces dentro. Ambos entendemos lo complejo que es entablar relaciones después de pasar por lo que hemos pasado; entendemos que, la mayoría de las veces, simplemente no funcionan.

—Cuéntame, entonces, ¿estás contenta? —pregunta, y mueve la cabeza en dirección de la casa—. ¿Con la boda y todo eso?

Me río.

—¿Y *todo eso*? Tienes una gran habilidad con las palabras, Coop.

—Sabes a qué me refiero.

—Sí, sé a qué te refieres. Y sí, estoy contenta. Deberías darle una oportunidad.

Cooper me mira y entrecierra los ojos. Me balanceo un poco.

—¿De qué estás hablando? —pregunta.

—De Patrick —preciso—. Sé que no te cae bien.

—¿Qué te hace decir eso?

Ahora soy yo quien entrecierra los ojos.

—¿De verdad vamos a hacer lo mismo otra vez?

—¡Me cae bien! —asegura, y levanta las manos en señal de rendición—. ¿Me puedes recordar de nuevo a qué se dedica?

—Vende drogas medicinales.

—¿Vende drogas? —se burla—. ¿En serio? No parece ese tipo de persona.

—Medicinales, drogas *medicinales* —puntualizo.

Cooper se ríe, busca el paquete de cigarrillos en el bolsillo y se mete otro entre los labios. Me ofrece el paquete y niego con la cabeza.

—Eso tiene más lógica —concede—. Esos zapatos lustrados no son de alguien que vende drogas en una esquina.

—Vamos, Coop —lo regaño, y me cruzo de brazos—. Esto es justamente de lo que estoy hablando.

—Solo creo que es demasiado rápido —replica. Lleva la llama de su encendedor al cigarrillo e inhala—. ¿Hace cuánto que se conocen… un par de meses?

—Un año —lo corrijo—. Hace un año que estamos juntos.

—*Se conocen* desde hace un año.

—¿Y?

—¿Cómo puedes conocer a alguien tan bien en un año? ¿Te ha presentado a su familia?

—Bueno, no —admito—. No tienen una relación cercana. Pero vamos, Coop. ¿Realmente vas a juzgarlo por su familia? Tú deberías ser el último en hacer algo así. Las familias son una mierda.

Cooper se encoge de hombros y fuma en lugar de responder. Su hipocresía me pone furiosa. Mi hermano siempre ha tenido esta forma displicente de irritarme, de persistir hasta dejarme en carne viva. Y lo que es peor, actúa como si ni siquiera lo intentara. Como si no se diera cuenta de lo hirientes que son sus palabras, de lo mucho que duelen. Tengo el repentino deseo de devolverle el daño.

—Mira, siento que las cosas no hayan funcionado con Laurel, ni con nadie, en todo caso, pero eso no te da derecho a estar celoso —le reprocho—. Si te permitieras abrirte a la gente en lugar de ser un idiota todo el tiempo, te sorprendería lo que puedes aprender.

Cooper se queda callado y sé que he ido demasiado lejos. Creo que es el vino. Me está volviendo anormalmente atrevida. Anormalmente mala. Cooper da una fuerte calada a su cigarrillo y exhala el humo. Suspiro.

—No quise decir eso.

—No, tienes razón —acepta, y camina hacia el borde de la terraza. Se apoya en la barandilla y cruza una pierna delante de la otra—. Lo admito. Pero el tipo acaba de organizarte una fiesta sorpresa, Chloe. Tienes miedo de la oscuridad. Carajo, tienes miedo de todo.

Tamborileo los dedos contra mi copa de vino.

—Apagó todas las luces de la casa y les pidió a cuarenta personas que gritaran cuando tú entraras. Casi te mata de un susto. Vi cómo tu mano salió volando al interior de tu bolso. Sé lo que ibas a hacer.

Guardo silencio, avergonzada de que haya notado eso.

—Si realmente supiera lo paranoica que eres, ¿crees realmente que lo habría hecho?

—Tenía buenas intenciones —le digo—. Lo sabes.

—Estoy seguro de que sí, pero esa no es la cuestión. No te *conoce*, Chloe. Y tú no lo conoces a él.

—Por supuesto que me conoce —salto con brusquedad—. Me conoce, Cooper. Solo que no me deja tener miedo de mi propia sombra todo el tiempo. Y le estoy agradecida por eso. Es saludable.

Suspira, termina el cigarrillo y lo lanza por encima de la barandilla.

—Todo lo que estoy diciendo es que somos diferentes de ellos, Chloe. Tú y yo somos diferentes. Hemos pasado por mucha mierda.

Hace un gesto hacia la casa y me vuelvo; observo a las personas en el interior. Todos los amigos que se han convertido en familia ríen y socializan sin la más mínima preocupación; y de pronto, en lugar de sentir el amor que había sentido minutos antes, experimento un vacío en mi interior. Porque Cooper tiene razón. Somos diferentes.

—¿Lo sabe? —me pregunta despacio. En voz baja.

Me vuelvo y le lanzo una mirada furibunda en la oscuridad. Me muerdo el interior de la mejilla en lugar de responder.

—¿Chloe?

—Sí —respondo por fin—. Sí, claro que lo sabe, Cooper. Claro que se lo he dicho.

—¿Qué le has contado?

—Todo, ¿de acuerdo? Lo sabe todo.

Veo cómo dirige los ojos hacia la casa, hacia los sonidos apagados de la fiesta que se desarrolla sin nosotros, y vuelvo a guardar silencio, con el interior de la mejilla en carne viva de tanto morderla. Creo que siento gusto a sangre.

—¿Qué ocurre entre ustedes dos? —pregunto finalmente sin energía en la voz—. ¿Qué les pasó?

—No pasó nada —dice—. Es que… no sé. Siendo tú como eres y eso, y nuestra familia… Solo espero que esté contigo por las razones correctas. Eso es todo lo que voy a decir.

—¿Las *razones correctas*? —protesto más fuerte de lo que debería—. ¿Qué mierda significa eso?

—Cálmate, Chloe.

—No —respondo—. No, no lo haré. Porque lo que me estás diciendo es que no es posible que me quiera *de verdad*, Cooper. Que se haya enamorado *de verdad* de alguien tan jodida como yo. De *Chloe la jodida.*

—Oh, vamos —protesta—. No te pongas dramática.

—No me pongo dramática —grito—. Solo te pido que por una vez dejes de ser un egoísta. Te pido que le des una oportunidad.

—Chloe…

—Quiero que vengas a mi boda —lo interrumpo—. De verdad lo quiero. Pero sucederá contigo o sin ti, Cooper. Si vas a obligarme a elegir…

Oigo que la puerta se abre detrás de mí y me vuelvo; mis ojos se posan en Patrick. Me sonríe, aunque puedo ver que sus ojos van de un lado a otro entre Cooper y yo, con una pregunta silenciosa en los labios. Me pregunto cuánto tiempo habrá estado de pie allí, justo detrás de la puerta de cristal. Me pregunto qué habrá oído.

—¿Todo bien? —aventura, y se acerca a nosotros. Me rodea la cintura con un brazo; siento que me acerca a él y me aleja de Cooper.

—Sí —respondo, tratando de calmarme—. Sí, todo bien.

—Cooper —dice Patrick, y le tiende la mano libre—. Me alegro de verte, viejo.

Cooper sonríe y estrecha con firmeza la mano de mi prometido a modo de respuesta.

—Por cierto, no he tenido ocasión de darte las gracias. Por toda tu ayuda.

Me vuelvo hacia Patrick y lo miró con preocupación.

—¿Ayuda con qué?

—Ayuda con esto. —Patrick sonríe—. Con la fiesta. ¿No te contó?

Miro a mi hermano, las palabras furibundas que acabo de lanzarle atraviesan mi mente. De pronto, me quiero morir.

—No —respondo, sin quitarle la vista a Cooper—. No me contó nada.

—Pues sí —continúa Patrick— Fue mi salvación. No podría haber hecho nada de esto sin él.

—No fue nada —dice Cooper mirándose los pies—. Encantado de ayudar.

—Cómo que no fue nada —dice Patrick—. Llegó temprano, cocinó al vapor todos los cangrejos. Estuvo trabajando en ello durante horas, asegurándose de condimentarlos a la perfección.

—¿Por qué no me contaste nada? —le pregunto.

Cooper se encoge de hombros, avergonzado.

—No fue para tanto.

—De todas maneras, deberíamos volver adentro —sugiere Patrick, y tira de mí hacia la puerta—. Hay algunas personas que me gustaría que Chloe conociera.

—Cinco minutos —le pido, y planto mis pies sólidamente en el suelo. No puedo dejar a mi hermano así, y no puedo disculparme delante de Patrick sin revelar la conversación que estábamos teniendo justo antes de que él apareciera—. Nos vemos dentro.

Patrick me mira y luego se vuelve hacia Cooper. Por un momento parece que va a protestar, sus labios se separan un poco, pero en lugar de eso solo sonríe de nuevo y me aprieta el hombro.

—De acuerdo —concede, y saluda a mi hermano por última vez—. Cinco minutos.

La puerta se cierra y espero a que Patrick se pierda de vista antes de voltear y enfrentar a mi hermano.

—Cooper. —Empiezo por fin, con los hombros caídos—. Lo siento. No lo sabía.

—Está bien —responde—. En serio.

—No, no está bien —insisto—. Deberías haber dicho algo. Estoy aquí, portándome como una desgraciada, llamándote *egoísta*…

—Está bien —repite. Se aparta de la barandilla y camina hacia mí para eliminar la distancia entre nosotros. Me abraza—. Haría cualquier cosa por ti, Chloe. Lo sabes. Eres mi hermanita.

Suspiro y lo rodeo con mis brazos también, dejando que la culpa y la rabia se desvanezcan. Después de todo, esta es nuestra danza, la de Cooper y mía. Discrepamos, gritamos, discutimos. No nos hablamos durante meses, pero cuando por fin lo hacemos es como si volviéramos a ser esos niños que corrían descalzos entre los aspersores en el jardín trasero, construían fortalezas con cajas de mudanza en el sótano y hablaban durante horas sin darse cuenta de que ya no quedaba nadie a su alrededor. A veces creo que culpo a Cooper por hacerme recordar quién soy, quiénes son nuestros padres. Su mera existencia es un recordatorio de que la imagen que proyecto al mundo no es real, sino cuidadosamente fabricada. Que un pequeño tropiezo más será suficiente para quebrarme en un millón de pedazos y revelar quién soy en verdad.

Es una relación complicada, pero somos familia. Somos la única familia que tenemos.

—Te quiero —digo, y lo estrecho con más fuerza—. Veo que lo estás intentando.

—Lo estoy intentando —asegura Cooper—. Es solo que quiero protegerte.

—Lo sé.

—Quiero lo mejor para ti.

—Lo sé.

—Supongo que estoy acostumbrado a ser el hombre de tu vida, ¿sabes? El que te cuida. Y ahora otra persona lo será. Es difícil dejar de hacerlo.

Sonrío y cierro los ojos con fuerza antes de que se me escape una lágrima.

—Ah, ¿entonces sí tienes corazón?

—Vamos, Chlo —susurra—. Estoy hablando en serio.

—Lo sé —vuelvo a decir—. Sé que es así. Estaré bien.

Nos quedamos un rato en silencio, abrazados. Los invitados que estaban aquí para verme parecían no haberse dado cuenta de que yo había desaparecido durante Dios sabe cuánto tiempo. Mientras abrazo a mi hermano, recuerdo la llamada telefónica que recibí más temprano: Aaron Jansen. *The New York Times*.

"Pero usted ha cambiado", había dicho el periodista. "Usted y su hermano. Al público le encantaría saber cómo están... cómo lo están sobrellevando".

—Oye, Coop —aventuro, y levanto la cabeza—. ¿Puedo preguntarte algo?

—Claro.

—¿Recibiste una llamada hoy?

Me mira, desconcertado.

—¿Qué tipo de llamada?

Vacilo.

—Chloe —agrega percibiendo que me estoy echando

atrás. Me toma de los brazos con más fuerza—. ¿Qué clase de llamada?

Empiezo a abrir la boca, pero me interrumpe.

—Ah… ¿sabes qué?, sí —agrega—. Mierda. De la residencia de mamá. Me dejaron un mensaje y lo olvidé por completo. ¿A ti también te llamaron?

Suelto el aire y asiento enseguida.

—Sí —miento—. Yo tampoco les devolví la llamada.

—Nos toca una visita —señala—. Es mi turno. Lo siento, no debí posponerla.

—No hay problema —le aseguro—. De verdad, puedo ir yo si estás muy ocupado.

—No —asegura y menea la cabeza—. No, ya tienes demasiadas cosas de qué ocuparte. Iré este fin de semana, lo prometo. ¿Estás segura de que eso es todo?

Mi mente retrocede a Aaron Jansen, a nuestra conversación en el teléfono del consultorio, aunque no creo que pueda llamarse conversación a lo que tuvimos. *Veinte años*. Parece algo que debería contarle a mi hermano: que *The New York Times* está husmeando en nuestro pasado. Que este tal Aaron Jansen está escribiendo una historia sobre papá, sobre nosotros. Pero entonces me doy cuenta: si Aaron tuviera los datos de Cooper, ya lo habría llamado. Él mismo lo había dicho: llevaba todo el día intentando localizarme. Si no podía hacerlo, ¿no habría intentado comunicarse con mi hermano? ¿Con el otro hijo de Davis? Si aún no ha llamado a Coop, eso significa que no ha podido averiguar su número, su dirección, nada.

—Sí —confirmo—. Eso es todo.

Decido no agobiarlo con esto. En el mejor de los casos, la noticia de que un periodista del *Times* me llame al trabajo para buscar trapos sucios sobre nuestra familia lo enfurecerá lo suficiente como para que se fume el resto del paquete de cigarrillos de su bolsillo trasero uno detrás de otro; en el peor de los casos, él mismo lo llamaría y lo mandaría a la mierda.

Y entonces Jansen *tendría* su número y ambos estaríamos jodidos.

—Bueno, tu novio te está esperando —concluye Cooper, y me da dos palmaditas en la espalda. Me esquiva y empieza a bajar los escalones del porche, hacia el jardín trasero—. Deberías volver adentro.

—¿No vas a entrar? —pregunto, aunque ya sé la respuesta.

—Ya socialicé suficiente por una noche —responde—. Hasta luego, cocodrilo.

Sonrío, vuelvo a tomar mi copa y la levanto a la altura de mi barbilla.

Cada vez que escucho esa frase de la infancia en los labios de mi hermano, ahora casi de mediana edad, es como si el tiempo no hubiera pasado; me resulta casi chocante, y vuelvo a escuchar su voz adolescente pronunciar esas palabras que me remontan a décadas atrás, cuando la vida era sencilla, divertida y libre. Pero al mismo tiempo, tiene sentido, porque nuestro mundo dejó de girar hace veinte años. Nos quedamos varados en el tiempo, para siempre jóvenes. Igual que esas chicas.

Me tomo el resto del vino y saludo con la mano en dirección a Cooper. La oscuridad lo ha envuelto, pero sé que sigue ahí. Observando.

—Te veo, chico feo —susurro, con la vista clavada en las sombras.

El crujido de las hojas bajo sus pies rompe el silencio y, en cuestión de segundos, sé que se ha ido.

CAPÍTULO 6

Mis ojos se abren de golpe. La cabeza me late con fuerza rítmica, como un tambor tribal que hace vibrar la habitación. Giro en la cama y miro el despertador. Las diez y cuarenta y cinco. ¿Cómo demonios he podido dormir hasta tan tarde?

Me siento en la cama y me froto las sienes con los ojos entrecerrados por la luminosidad de la habitación. Cuando me mudé aquí, cuando era *mi* dormitorio, no el *nuestro*, una *casa*, no un *hogar*, había querido que todo fuera blanco. Las paredes, la alfombra, la manta, las cortinas. El blanco es limpio, puro, seguro.

Pero ahora, el blanco es brillante. Demasiado brillante. Me doy cuenta de que las cortinas de lino que cuelgan frente a las ventanas de suelo a techo son inútiles: no sirven para tapar el sol cegador que ahora golpea mi almohada. Emito un gemido.

—¿Patrick? —grito.

Me inclino hacia la mesita de noche y tomo un envase de Advil. Hay un vaso con agua sobre un posavasos de mármol, está recién servido. El hielo aún está congelado, los cubos flotan en la superficie como boyas en un día tranquilo. Puedo ver la condensación que gotea por el lateral del vaso y se acumula en la base.

—¿Por qué me estoy muriendo, Patrick?

Oigo a mi prometido reírse mientras entra en la habitación. Lleva una bandeja con crepes y beicon de pavo y enseguida me pregunto qué he hecho para merecer a alguien que me traiga el desayuno a la cama. Lo único que falta es una flor silvestre recién cortada en un pequeño jarrón y la escena podría estar sacada de una película Hallmark, excepto por esta resaca feroz.

"Tal vez sea el karma", me digo. "Me tocó una familia de mierda, así que ahora me corresponde un esposo perfecto".

—Dos botellas de vino pueden hacerte sentir así —comenta, y me besa la frente—. Sobre todo, si son botellas diferentes.

—La gente no paraba de darme copas —protesto. Tomo un trozo de beicon y lo muerdo—. Ni siquiera sé qué bebí.

De pronto me acuerdo del Xanax. De haber tomado la pequeña pastilla blanca segundos antes de que me dieran un trago tras otro. No es de extrañar que me sienta tan mal; no es de extrañar que los eventos de la noche sean tan borrosos, como si los estuviera viendo a través del fondo de un vaso helado. Mis mejillas están rojas y me arden, pero Patrick no se da cuenta. En cambio, se ríe y desliza sus dedos por mi pelo enmarañado. El suyo, en comparación, se ve perfecto. Ahora me doy cuenta de que se ha duchado: tiene la cara bien afeitada y el pelo rubio peinado con gel y una raya muy delgada. Huele a loción y a colonia.

—¿Vas a algún lado?

—A Nueva Orleans. —Me hace un gesto de preocupación—. ¿Recuerdas? Te lo conté la semana pasada. La conferencia.

—Ah, cierto —respondo, y asiento con la cabeza aunque, en realidad, no me acuerdo—. Lo siento, todavía tengo una nebulosa en el cerebro. Pero… hoy es sábado. ¿Es el fin de semana? Acabas de llegar a casa.

Nunca me interesé en las ventas de productos farmacéuticos antes de conocer a Patrick. En realidad, lo único que sabía tenía que ver con el dinero; en particular, que se ganaba mucho en ese trabajo. O que al menos se podía ganar si lo hacías bien. Pero ahora sé más; por ejemplo, los constantes viajes que requiere el trabajo. El territorio de Patrick abarca la mitad de Luisiana y Mississippi, así que durante la semana casi siempre está en el coche. Madrugadas, altas horas de la noche, horas y horas conduciendo de un hospital a otro. También hay muchas conferencias: desarrollo de ventas y capacitación, marketing digital para dispositivos médicos, seminarios sobre el futuro de los productos farmacéuticos. Sé que me echa de menos mientras está fuera, pero también sé que le gusta: el vino, las cenas, los hoteles lujosos, codearse con los médicos. Además lo hace muy bien.

—Esta noche hay un evento en el hotel para establecer contactos —explica con lentitud—. Y un torneo de golf mañana antes de que empiece la conferencia el lunes. ¿No recuerdas nada de esto?

El corazón me da un vuelco en el pecho. "No", pienso. "No recuerdo nada de esto". Pero en cambio, sonrío, aparto el plato del desayuno y le echo los brazos al cuello.

—Lo siento —digo—. Creo que todavía estoy borracha.

Patrick se ríe, como yo sabía que haría, y me acaricia la cabeza como a un niño a punto de batear en un partido de béisbol.

—Estuvo divertido anoche —comento para desviar la conversación. Apoyo la cabeza en su regazo y cierro los ojos—. Gracias.

—De nada. —La punta de su dedo ahora dibuja formas en mi pelo. Un círculo, un cuadrado, un corazón. Se queda en silencio durante un segundo, el tipo de silencio intenso que pesa en el aire, hasta que finalmente habla—. ¿De qué estabas hablando con tu hermano? Cuando estaban fuera, digo.

—¿A qué te refieres?

—Ya sabes a qué me refiero —replica—. Cuando los sorprendí fuera.

—Ah, ya sabes —respondo con los párpados pesados de nuevo—. Típicas cosas de Cooper. Nada de qué preocuparse.

—Lo que sea que estuvieran hablando…, parecían un poco tensos.

—Le preocupa que no te cases conmigo por las *razones correctas* —preciso, y levanto los dedos para dibujar comillas en el aire—. Pero como te dije, son típicas cosas de mi hermano. Es sobreprotector.

—¿Eso fue lo que te dijo?

Siento que la espalda de Patrick se pone rígida mientras retira la mano de mi pelo. Deseo poder tragarme las palabras tan pronto como las pronuncio; de nuevo, es el vino todavía en mi torrente sanguíneo. Hace que mis pensamientos se desborden como un vaso demasiado lleno que mancha la alfombra.

—Olvida lo que dije —le pido, y abro los ojos. Supuse que me estaría mirando, pero tiene los ojos clavados en el frente, directamente en la nada—. Terminará por quererte como yo, sé que lo hará. Lo está intentando.

—¿Dijo por qué lo piensa?

—Patrick, en serio —insisto, y me siento en la cama—. Ni siquiera vale la pena hablar del tema. Cooper es protector. Siempre lo ha sido, desde que yo era una niña. Nuestro pasado, ya sabes. Es como que presupone lo peor de las personas. En ese sentido somos parecidos.

—Sí —concede Patrick. Sigue mirando al frente, con los ojos vidriosos—. Sí, supongo que sí.

—Sé que te casas conmigo por las razones correctas —asevero, y apoyo la palma de mi mano en su mejilla. Se sobresalta, el contacto con mi piel parece despertarlo de su trance—. Como, por ejemplo, por mi culo duro gracias a pilates y mi *coq au vin* orgásmico.

Se vuelve hacia mí, incapaz de evitar que sus labios se separen en una sonrisa y luego una carcajada. Cubre mi mano con la suya y aprieta mis dedos antes de ponerse de pie.

—No trabajes todo el fin de semana —sugiere, y se estira las arrugas de sus pantalones planchados—. Sal de la casa. Haz algo divertido.

Pongo los ojos en blanco y tomo otro trozo de beicon, lo doblo por la mitad antes de metérmelo todo en la boca.

—O termina de planificar algo de la boda —añade—. Ya estamos en la cuenta regresiva.

—Dos meses —señalo con una sonrisa.

El hecho de que hayamos reservado la boda para julio, el mes en que se cumplen veinte años de la desaparición de las chicas, no me pasa inadvertido. Lo pensé en el momento en el que entramos en Establos Los Cipreses, con los robles que goteaban sobre un precioso pasillo empedrado y las sillas pintadas de blanco alineadas perfectamente con las cuatro enormes columnas de la casa. Hectáreas y hectáreas de tierra virgen se extendían hasta donde alcanzaba la vista. Todavía recuerdo haberle echado el ojo al granero restaurado en el límite de la propiedad, que podía utilizarse como espacio para la recepción, con sus gigantescos pilares de madera decorados con guirnaldas luminosas y plantas y magnolias blancas. Una valla blanca cercaba a los caballos que pastaban en la pradera; un pantano quebraba la extensión verde en la distancia y zigzagueaba despacio a través del horizonte como una vena gruesa y azul.

—Es perfecto —comentó Patrick en cuanto vimos el lugar, y me apretó la mano—. ¿No es perfecto, Chloe?

Asentí con la cabeza y sonreí. Era perfecto, pero la inmensidad del lugar me recordaba a mi casa. A mi padre, cubierto de fango, saliendo de entre los árboles con una pala sobre el hombro. Al pantano que rodeaba nuestras tierras como un foso que mantenía a la gente fuera, pero también nos confinaba dentro. Contemplé la casa de campo y traté de imaginarme cruzando el gigantesco porche cubierto, con mi vestido de novia, antes de bajar los escalones hacia Patrick. Un movimiento me llamó la atención y tuve que mirar dos veces; había una chica en el porche, una adolescente recostada en una mecedora. Tenía las piernas estiradas y sus botas de montar de cuero empujaban suavemente contra las columnas del porche y movían la silla a un ritmo perezoso. Se enderezó al darse cuenta de que yo la miraba, se bajó el vestido y cruzó las piernas.

—Es mi nieta —explicó la mujer ante la que estábamos. Aparté los ojos de la niña y me volví hacia ella—. Esta tierra ha pertenecido a nuestra familia durante generaciones. Le gusta venir aquí a veces después de la escuela. Hace sus deberes en el porche.

—Muchísimo mejor que en una biblioteca —acotó Patrick con una sonrisa. Levantó el brazo y saludó a la joven. Ella inclinó un poco la cabeza, con timidez, antes de devolverle el saludo. Patrick volvió a dirigir su atención a la mujer—. Está decidido. ¿Qué disponibilidad tiene?

—Déjenme ver —respondió ella, y miró el iPad que tenía en las manos. Lo rotó varias veces hasta que pudo poner la pantalla en posición vertical—. De momento, tenemos casi todo reservado para el año que viene. ¡Han tardado ustedes demasiado en venir!

—Acabamos de comprometernos —expliqué mientras hacía girar el diamante de mi sortija alrededor de mi dedo, un nuevo hábito.

El anillo que me había regalado Patrick era una reliquia familiar: una joya de la época victoriana heredada de su tatarabuela. Estaba visiblemente desgastado, pero era una verdadera antigüedad, de esas que no pueden replicarse. Años de historias familiares habían dejado sus huellas en la piedra central de talla ovalada rodeada por un halo de diamantes de talla rosa; la banda era de oro amarillo pálido, pero ligeramente opaco, de catorce quilates.

—No queremos ser una de esas parejas que esperan durante años y retrasan lo inevitable.

—Sí, somos viejos —agregó Patrick—. El reloj corre.

Me dio una palmadita en el estómago y la mujer sonrió en tanto deslizaba el dedo por la pantalla como si estuviera pasando páginas. Intenté no ruborizarme.

—Como les dije, todos los fines de semana de este año están reservados. Podemos pasarlo para 2019 si quieren.

Patrick negó con la cabeza.

—¿Todos los fines de semana? No puedo creerlo. ¿Y los viernes?

—La mayoría de los viernes también están reservados para los ensayos —explicó la mujer—. Aunque parece que nos queda uno libre. El 23 de julio.

Patrick me miró y enarcó las cejas.

—¿Crees que podrás hacer un hueco en tu agenda?

Estaba bromeando, yo lo sabía, pero la mención de *julio* me aceleró el corazón.

—Julio en Luisiana —respondí con una mueca—. ¿Crees que los invitados podrán soportar el calor? Sobre todo fuera.

—Podemos instalar algún sistema de refrigeración para exteriores —intervino la mujer—. Carpas, ventiladores, lo que sea.

—No sé —vacilé—. También es época de insectos.

—Fumigamos el terreno todos los años —añade ella—. Puedo garantizarle que los insectos no serán un problema. ¡Tenemos bodas en verano siempre!

Me di cuenta de que Patrick me miraba fijamente, inquisitivo, con los ojos clavados en un lado de mi cabeza como si creyera que si los concentraba allí lo suficiente podría desentrañar los pensamientos que se agolpaban en el interior. Pero yo me negaba a volverme, a mirarlo a la cara. Me negaba a admitir la razón completamente irracional por la que el mes de julio transformaba mi ansiedad en algo debilitante, en una enfermedad progresiva que empeoraba a medida que transcurría el verano. Me negaba a reconocer la creciente sensación de náuseas en mi garganta o la forma en la que el olor penetrante del estiércol en la distancia parecía mezclarse con las magnolias dulces o el sonido repentinamente ensordecedor de las moscas que podía oír zumbando en algún lugar, dando vueltas alrededor de algo muerto.

—De acuerdo —acepté, y asentí con la cabeza. Volví a mirar hacia el porche, pero la chica ya no estaba ahí; la silla vacía se mecía lentamente con el viento—. Será en julio entonces.

CAPÍTULO 7

Observo cómo el coche de Patrick retrocede por el sendero de entrada; sus luces se despiden con un parpadeo mientras él me saluda a través del parabrisas. Le devuelvo el saludo, con la bata de seda apretada alrededor del pecho y una taza de café humeante en las manos.

Cierro la puerta a mis espaldas y recorro la casa: todavía hay copas de la noche anterior sobre varias mesas, las botellas de vino vacías llenan los cestos de reciclaje en la cocina y moscas que aparentemente han nacido durante la noche vuelan alrededor de sus bocas pegajosas. Empiezo a ordenar: recojo los platos y los coloco en el fregadero mientras hago un esfuerzo por ignorar el dolor de cabeza provocado por el medicamento y el vino, que atormenta mi cerebro.

Pienso en la receta que tengo guardada en el coche; el Xanax que receté a nombre de Patrick y del que él no tiene idea ni necesita. Pienso en la gaveta de mi consultorio, que contiene diversos analgésicos que con toda seguridad calmarían las punzadas en mi cráneo. Es tentador saber que están ahí. Una parte de mí quiere subirse al coche y conducir hasta ellos, estirar los dedos y tomar algunos. Acurrucarme en el sillón reclinable destinado a los pacientes y volver a dormirme.

En lugar de eso, me bebo el café.

El acceso a las drogas no es la razón por la que escogí esta profesión, aunque Luisiana es uno de los tres estados donde los psicólogos pueden recetar medicamentos a sus pacientes. Excepto aquí, en Illinois y Nuevo México, normalmente tenemos que depender de que un médico o psiquiatra nos haga una receta. Pero aquí no. Aquí podemos hacerlas nosotros mismos. Aquí nadie más tiene que saberlo. Si eso es una feliz coincidencia o un golpe de mala suerte peligrosa, no lo he terminado de decidir. Pero insisto, esa no es la razón por la que hago lo que hago. No me convertí en psicóloga para aprovechar este resquicio legal, para evitar a los traficantes de drogas del centro de la ciudad a favor de la seguridad de la ventanilla de atención para automovilistas y de este modo intercambiar una bolsa de plástico por una de papel con un logotipo que incluye un comprobante de pago y cupones de cincuenta por ciento de descuento en pasta de dientes y un litro de leche. Me convertí en psicóloga para ayudar a la gente; de nuevo con los clichés, pero es cierto. Me convertí en psicóloga porque entiendo el trauma; lo entiendo de una manera que ningún tipo de formación académica podría enseñar. Entiendo la forma en la que el cerebro puede joder fundamentalmente todos los demás aspectos de tu cuerpo; la forma en la que tus emociones pueden distorsionar las cosas, emociones que ni siquiera sabías que tenías. La forma en la que esas emociones pueden impedirte ver con claridad, pensar con claridad, hacer algo con claridad. La forma en la que pueden hacer que te duela desde la cabeza hasta la punta de los dedos, un dolor sordo, palpitante y constante que nunca desaparece.

En mi adolescencia visité muchos médicos, un ciclo interminable de terapeutas, psiquiatras y psicólogos que formulaban la misma serie de preguntas guionadas en un intento por resolver la interminable galería de trastornos de ansiedad que se sucedían en mi psique. Cooper y yo éramos materia de libros de texto por aquel entonces, yo con mis ataques de pánico, hipocondria, insomnio y nictofobia; todos los años se sumaba un nuevo malestar a la lista. Cooper, en cambio, se replegaba sobre sí mismo. Yo sentía demasiado y él sentía demasiado poco. Su fuerte personalidad se redujo a un susurro; prácticamente desapareció.

Los dos juntos éramos un trauma infantil envuelto en un lazo y depositado en la puerta de todos los médicos de Luisiana. Todo el mundo sabía quiénes éramos; todo el mundo sabía lo que nos pasaba.

Todo el mundo lo sabía, pero nadie podía curarlo. Así que decidí hacerlo yo misma.

Arrastro los pies por la sala de estar y me dejo caer en el sofá; se me derrama un poco de café por un lado de la taza. Me la llevo a la boca y lamo el líquido. Las noticias de la mañana ya están sonando de fondo en el canal preferido de Patrick. Me estiro para tomar mi MacBook y pulso repetidamente el botón "Enter" para desactivar el modo de suspensión. Abro mi correo y me desplazo por los mensajes personales en mi bandeja de entrada, casi todos ellos relacionados con la boda.

> ¡Faltan solo dos meses, Chloe! Concretemos el pastel, ¿te parece? ¿Has decidido entre las dos opciones? ¿La cubrimos con caramelo o con crema de limón?

> Hola, Chloe. La florista tiene que cerrar la decoración de las mesas. ¿Le digo que te facture por veinte o al final las reducirás a diez?

Hace unos meses, habría consultado a Patrick sobre cada cosa. Cada pequeño detalle era una decisión conjunta, de los dos. Pero a medida que pasa el tiempo, la pequeña boda privada que yo había imaginado, una ceremonia al aire libre seguida de una celebración íntima para los amigos más cercanos, una mesa larga y estrecha con Patrick y yo sentados en la cabecera, picoteando nuestra comida favorita entre tragos de vino rosado y grandes carcajadas, se ha convertido en algo totalmente distinto. Una mascota exótica que ninguno de los dos sabe cómo domesticar. Está la constante toma de decisiones, los interminables correos electrónicos sobre detalles que parecen tan triviales. Patrick ha dejado recaer en mí las decisiones sobre casi todo, un gesto que probablemente piensa que es correcto, dada la reputación de las novias por querer ejercer el control. Pero la responsabilidad me ha hecho sentir más estresada que nunca, con el peso de todo sobre mis hombros. Sus únicas opiniones firmes giran en torno al hecho de que odia el pastel con fondant y se niega a enviar una invitación a sus padres, dos exigencias que estoy más que dispuesta a cumplir.

Nunca se lo admitiría, pero estoy lista para que todo esto termine de una vez. Todo el asunto. Doy las gracias en silencio por el compromiso rápido y comienzo a escribir mis respuestas.

Prefiero el caramelo, ¡gracias!

¿Qué te parece un término medio y quedamos en 15?

Me desplazo por unos cuantos correos más antes de hacer clic en uno de mi planificadora de bodas y me quedo congelada.

Hola, Chloe. Lamento seguir insistiendo con esto, pero tenemos que concretar los detalles de la ceremonia para poder terminar de decidir la distribución de los asientos. ¿Has decidido quién quieres que te lleve al altar? Avísame cuando puedas.

El cursor se desplaza sobre "Borrar", pero esa molesta voz de psicóloga, *mi* voz, resuena a mi alrededor.

"La clásica estrategia de evasión, Chloe. Sabes que eso nunca elimina el problema, solo lo pospone".

Pongo los ojos en blanco ante mi propio consejo interno y tamborileo los dedos sobre el teclado. En cualquier caso, la idea de que un padre lleve a su hija al altar es muy anticuada. Que alguien me *entregue* me revuelve el estómago, como si fuera una propiedad que se vende al mejor postor. Bien podríamos restaurar la dote.

Pienso en Cooper, lo más parecido a una figura paterna que he tenido desde los doce años. Imagino su mano alrededor de la mía y su cuerpo que me conduce hacia el altar.

Pero entonces recuerdo sus palabras de anoche. La desaprobación en sus ojos, en su tono.

"No te conoce, Chloe. Y tú no lo conoces a él".

Cierro la computadora y la empujo sobre el sofá mientras mis ojos se vuelven hacia el televisor, que suena de fondo. Una barra roja brillante atraviesa la parte inferior de la pantalla: "NOTICIA DE ÚLTIMA HORA". Busco el control remoto y subo el volumen.

> **Las autoridades siguen buscando pistas en relación con la desaparición de Aubrey Gravino, una estudiante de quince años de Baton Rouge, Luisiana. Los padres de Aubrey denunciaron su desaparición hace tres días; fue vista por última vez caminando sola cerca de un cementerio cuando volvía a casa de la escuela el miércoles por la tarde.**

Una foto de Aubrey aparece en la pantalla y me estremezco. Cuando yo era niña, las personas de quince años me parecían muy maduras, adultas. Soñaba con las cosas que haría cuando tuviera quince años; sin embargo, el paso de los años me ha hecho darme cuenta de lo dolorosamente joven que se es a esa edad. De lo joven que *ella* es, que todas ellas eran. Aubrey me resulta vagamente familiar, aunque supongo que eso es porque se parece a todas las estudiantes de bachillerato que veo arrellanadas en el sillón de mi consultorio: delgada como solo el metabolismo adolescente es capaz de hacerte ver, ojos mal delineados con lápiz negro, el pelo inalterado por las tinturas o el calor o cualquiera de las cosas destructivas que las mujeres se hacen a sí mismas a medida que envejecen en un esfuerzo por volver a parecer jóvenes. Me obligo a no pensar en qué aspecto tendrá ahora: pálida, rígida, fría. La muerte envejece el cuerpo, vuelve la piel gris, ensombrece los ojos. Los seres humanos no deberían morir tan jóvenes. Es antinatural.

Aubrey desaparece del televisor y aparece una nueva imagen: un mapa aéreo de Baton Rouge. Mis ojos se dirigen inmediatamente hacia donde se encuentran mi casa y mi consultorio, en el centro de la ciudad, cerca del Mississippi. Un punto rojo sobre el cementerio Los Cipreses indica la última ubicación conocida de Aubrey.

Los equipos de rescate están registrando el cementerio hoy, aunque los padres de Aubrey mantienen la esperanza de que su hija pueda ser encontrada con vida.

El mapa desaparece y comienza a reproducirse un video en el que un hombre y una mujer, ambos de mediana edad y severamente privados de sueño, están de pie en un podio; la leyenda los identifica como los padres de Aubrey. El hombre permanece en silencio a un lado mientras la mujer, la madre, suplica a la cámara.

—Aubrey —dice—, dondequiera que estés, te estamos buscando, cariño. Te estamos buscando y te vamos a encontrar.

El hombre moquea, se enjuga los ojos con la manga de la camisa y se frota los mocos debajo de la nariz con el dorso de la mano. La mujer le da unas palmaditas en el brazo y continúa.

—A quienquiera que la tenga o que tenga alguna información sobre su paradero, le rogamos que se presente. Solo queremos recuperar a nuestra hija.

El hombre empieza a llorar ahora, con sollozos espasmódicos. La mujer sigue adelante, sin apartar los ojos de la cámara. Es una táctica que te enseña la policía, he aprendido. Mirar a la cámara. Hablar a la cámara. Hablarle a *él*.

—Queremos recuperar a nuestra niña.

CAPÍTULO 8

Lena Rhodes fue la primera chica. La *originaria*. La que empezó todo.

Recuerdo bien a Lena, y no de la forma en la que la mayoría de la gente recuerda a las chicas muertas. No de la forma en la que los compañeros de clase distantes inventan recuerdos para parecer importantes, de la manera en la que los examigos publican fotos viejas en Facebook y repiten chistes privados y recuerdos compartidos y omiten el hecho de que, en realidad, no se han hablado durante años.

Breaux Bridge recuerda a Lena únicamente por la foto elegida para el póster de DESAPARECIDA, como si ese momento congelado en el tiempo fuera el único que tuvo. El único momento importante. Nunca entenderé cómo una familia elige una foto para encapsular toda una vida, toda una personalidad. Parece una tarea demasiado abrumadora, demasiado importante y al mismo tiempo imposible. Al elegir esa foto, estás eligiendo su legado. Eliges el único momento aislado que el mundo recordará, ese momento y nada más.

Pero yo recuerdo a Lena. No de modo superficial, la recuerdo de verdad. Recuerdo todos sus momentos, los buenos y los malos. Su fuerza y sus defectos. Recuerdo quién era realmente.

Era ruidosa, vulgar y maldecía de una manera que yo solo había escuchado cuando mi padre se cortó accidentalmente la punta del pulgar con un hacha en su taller. Las obscenidades que brotaban de la boca de Lena no concordaban con su aspecto y eso la hacía aún más fascinante. Era alta, delgada, con unos pechos desproporcionadamente grandes en comparación con su figura quinceañera de otro modo varonil. Era extrovertida, llena de vida, y llevaba el pelo de un rubio intenso peinado en dos trenzas francesas. La gente la miraba cuando caminaba y ella lo sabía; la atención la envalentonaba de la misma manera que a mí siempre me había hecho encogerme; los ojos vueltos hacia ella la hacían brillar aún más, caminar todavía más erguida.

A los chicos les gustaba. A mí me gustaba. En realidad, la envidiaba. Todas las chicas de Breaux Bridge la envidiaban, hasta que su rostro apareció en la pantalla del televisor aquella horrible mañana de martes.

Sin embargo, hay un momento que se destaca especialmente. Un momento con Lena. Un momento que nunca olvidaré, por mucho que lo intente.

Después de todo, ese fue el momento que envió a mi padre a la cárcel.

Apago el televisor y observo mi reflejo en la pantalla muerta. Todas esas conferencias de prensa son iguales. He visto suficientes para saberlo.

La madre siempre toma el control. La madre siempre mantiene sus emociones a raya. La madre siempre habla de manera uniforme, constante, mientras el padre se mueve con humillación en un segundo plano, incapaz de levantar la cabeza lo suficiente para que el hombre que se llevó a su hija lo mire a los ojos. La sociedad quiere que pensemos que es al revés, que el hombre de la familia toma el control y la mujer llora en silencio, pero no es así. Y yo sé por qué.

Es porque los padres piensan en el pasado: Breaux Bridge me lo enseñó. Los padres de las seis chicas desaparecidas me lo enseñaron. Se avergüenzan de sí mismos; piensan *qué hubiera pasado si*. Se suponía que eran los protectores. Se suponía que debían mantener a sus hijas a salvo y fallaron. Pero las madres piensan en el presente; formulan un plan. No pueden permitirse pensar en el pasado porque el pasado ya no importa, es una distracción. Una pérdida de tiempo. No pueden permitirse pensar en el futuro porque el futuro es demasiado aterrador, demasiado doloroso; si dejan que su mente se pierda allí, puede que nunca vuelva. Podría romperse.

Así que, en lugar de eso, solo piensan en el presente. Y en lo que pueden hacer hoy para traer a sus niñas de regreso mañana.

Bert Rhodes, el papá de Lena, era una ruina absoluta. Nunca había visto a un hombre llorar así, su cuerpo entero se convulsionaba con cada gemido atormentado. Solía ser un hombre bastante atractivo, con su típico aspecto rudo de clase obrera: brazos tonificados que hacían sobresalir las costuras de su camisa, mandíbula bien definida, piel ambarina. Casi no lo reconocí en aquella primera entrevista televisada, con los ojos hundidos en el cráneo, ahogados en dos charcos color púrpura. Su cuerpo caía hacia delante como si su propio peso fuera físicamente demasiado para soportarlo.

Mi padre fue arrestado a finales de septiembre, casi tres meses completos después de que hubiera comenzado su reinado del terror. Y la noche de su arresto, pensé en Bert Rhodes casi enseguida, antes de pensar en Lena o en Robin o en Margaret o en Carrie o en cualquiera de las otras chicas que habían desaparecido en el transcurso de ese verano. Recuerdo las luces rojas y azules que iluminaron nuestra sala de estar; Cooper y yo corrimos hacia la ventana y atisbamos hacia fuera mientras los hombres armados irrumpían a través de la puerta principal y gritaban: "¡Alto!". Recuerdo a mi padre en su sillón reclinable, el viejo La-Z-Boy de cuero tan desgastado en el centro que era suave como el fieltro; ni siquiera se molestó en levantar la cabeza y mirar a los hombres. Ignoró por completo a mi madre, que sollozaba descontroladamente en el rincón. Recuerdo las cáscaras de semillas de girasol, su tentempié preferido, pegadas a sus dientes, al labio inferior, a sus uñas. Recuerdo cómo se lo llevaron; la pipa de nogal cayó de sus labios al suelo y la ceniza lo ensució de negro mientras la bolsa de semillas se derramaba en cascada sobre la alfombra.

Recuerdo cómo sus ojos se clavaron en los míos, impávidos y enfocados. En los míos y luego en los de Cooper.

"Pórtense bien", dijo.

Luego lo arrastraron a través de la puerta y salieron al aire húmedo de la noche. Golpearon su cabeza contra el coche patrulla y sus gruesas gafas se partieron en señal de protesta; las luces intermitentes le daban a su piel un tono carmesí enfermizo. Lo metieron dentro del coche y cerraron la puerta.

Lo observé allí sentado, en silencio, con la mirada fija en la malla metálica divisoria, el cuerpo completamente inmóvil; el único movimiento descifrable era el hilo de sangre que se deslizaba por el puente de su nariz y que él no se molestaba en limpiar. Lo observé y pensé en Bert Rhodes. Me pregunté si conocer la identidad del hombre que se llevó a su hija lo haría sentir mejor o peor. Si le haría las cosas más fáciles o más difíciles. Era una elección imposible de afrontar, pero si tuviera que elegir, ¿preferiría que su hija fuera asesinada por un completo desconocido —un intruso en su ciudad, en su vida— o por una cara conocida, alguien que él hubiera recibido en su casa? ¿Su vecino, su amigo?

En los meses siguientes, la única vez que vi a mi padre fue en la televisión: con sus gafas con la montura rota, la mirada en el suelo, las manos esposadas fuertemente detrás de la espalda, la piel de las muñecas con marcas y rosada. Me acercaba casi hasta tocar la pantalla con la nariz y veía cómo la gente se alineaba en la calle que llevaba al tribunal con carteles caseros garabateados con palabras horribles y desagradables, y lo abucheaba a su paso.

"¡Asesino! ¡Pervertido! ¡Monstruo!"

Algunos de los carteles mostraban los rostros de las jóvenes, las chicas que habían aparecido en las noticias en un flujo triste y constante a lo largo de aquel verano. Chicas que no eran mucho mayores que yo. Las conocía a todas; había memorizado sus rasgos. Había visto sus sonrisas, había mirado sus ojos, antes prometedores y vivos.

Lena, Robin, Margaret, Carrie, Susan, Jill.

Esos rostros eran la razón por la que se me había impuesto un toque de queda por las noches. Eran la razón por la que no se me permitía caminar sola después de que se pusiera el sol. Mi padre había sido el encargado de imponer esa norma y quien me azotaba hasta dejarme la piel en carne viva cuando no cumplía con el horario o me olvidaba de cerrar mi ventana por la noche. Había infundido en mi corazón el miedo más absoluto, un temor debilitante hacia esa persona invisible que era la causa de las desapariciones. Esa persona que era el motivo por el que esas chicas se habían visto reducidas a fotos en blanco y negro pegadas a cartones viejos. Esa persona que sabía dónde estaban cuando daban su último aliento, y cómo se veían sus ojos cuando la muerte finalmente se las llevaba.

Lo supe cuando lo arrestaron, por supuesto. Lo supe desde el momento en el que la policía irrumpió en nuestra casa, el momento en el que mi padre nos miró a los ojos y nos susurró: "Pórtense bien". En realidad, lo había sabido antes, cuando por fin dejé que las piezas encajasen. Cuando me obligué a enfrentarme a la figura que sentía que acechaba a mis espaldas. Pero fue en ese momento —sola en la sala de estar, con la cara pegada a la pantalla del televisor, con mi madre que se iba desarmando en pedazos poco a poco en su habitación y Cooper que se encogía hasta convertirse en la nada en el fondo de la casa—, fue en *ese* momento, al escuchar el traqueteo de las cadenas en los tobillos de mi padre y observar su semblante inexpresivo mientras lo trasladaban de los coches de policía a las prisiones y a los tribunales. Fue en ese momento en el que el peso de todo se derrumbó y me enterró viva entre los escombros.

Esa persona era él.

CAPÍTULO 9

De pronto mi casa me parece al mismo tiempo demasiado grande y demasiado pequeña. Siento claustrofobia, sentada aquí, confinada entre estas cuatro paredes, atrapada en este aire reciclado y rancio. Pero también me resulta extremadamente solitaria; demasiado grande para llenarla únicamente con los pensamientos silenciosos de una sola alma. Tengo la repentina necesidad de moverme.

Me levanto del sofá y me dirijo al dormitorio. Me cambio la bata holgada por unos jeans y una camiseta gris, me recojo el pelo en una coleta y prescindo de todo maquillaje que suponga más esfuerzo que pasarme una barra hidratante por los labios. Salgo en menos de cinco minutos y los latidos de mi corazón se desaceleran considerablemente en cuanto mis zapatos pisan la calle.

Entro en el coche y arranco el motor; conduzco mecánicamente cruzando mi barrio y hacia la ciudad. Alargo la mano hacia la radio, pero la detengo en el aire y la devuelvo al volante.

—Está todo bien, Chloe —pronuncio en voz alta, y mi voz resuena dolorosamente aguda en el silencio del coche—. ¿Qué te preocupa? Dilo.

Tamborileo los dedos contra el volante, decido doblar a la izquierda y enciendo la luz de giro. Me hablo a mí misma de la misma manera en que les hablo a mis pacientes.

—Ha desaparecido una chica —digo—. Ha desaparecido una chica de la zona y eso me preocupa.

Si se tratara de un paciente, lo siguiente que le preguntaría sería: "¿Por qué? ¿Por qué te preocupa?".

Las razones son obvias, lo sé. Una chica joven ha desaparecido. Quince años de edad. Fue vista por última vez a poca distancia de mi casa, de mi consultorio, de mi vida.

—No la conoces —me respondo en voz alta—. No la conoces, Chloe. No es Lena. No es ninguna de esas chicas. Esto no tiene nada que ver contigo.

Suspiro, reduzco la velocidad hasta detenerme ante un semáforo en rojo y miro al otro lado de la carretera. Veo a una madre que cruza llevando a su hija de la mano; un grupo de adolescentes patina a mi izquierda, un hombre y su perro corren más adelante. El semáforo se pone verde.

—Esto no tiene nada que ver contigo —repito mientras atravieso el cruce y giro hacia la derecha.

He estado conduciendo sin rumbo, pero me doy cuenta de que estoy cerca del consultorio, a pocas calles del refugio seguro de las pastillas escondidas en la gaveta de mi escritorio. A pocas calles de que una cápsula desacelere los latidos de mi corazón y me permita respirar con regularidad, del enorme sillón reclinable de cuero, la puerta cerrada y las pesadas cortinas que bloquean la luz.

Me quito el pensamiento de la cabeza.

No tengo un problema. No soy una adicta ni nada parecido. No voy a los bares y bebo hasta caer en coma ni tengo sudores nocturnos cuando me niego de noche esa copa de merlot. Puedo pasar días, semanas, meses sin una pastilla o un vaso de vino o cualquier tipo de sustancia química para adormecer el miedo constante que vibra a lo largo de mis venas; es como una cuerda de guitarra punteada que resuena a través de mis huesos y los hace crujir. Pero lo tengo controlado. Todos mis trastornos, todas esas palabras rebuscadas contra las que he luchado durante tanto tiempo —*insomnio, nictofobia, hipocondria*— tienen un rasgo común, una cualidad significativa que los une a todos, y es el control.

Temo todas las situaciones en las que no tengo el control. Imagino las cosas que me pueden pasar mientras duermo, indefensa. Las que pueden ocurrirme en la oscuridad, desprevenida. Imagino todos los asesinos invisibles que pueden estrangularme y extinguir la vida de mis células antes de que me dé cuenta de que me están asfixiando; imagino sobrevivir a lo que sobreviví, vivir lo que viví, solo para morir por no haberme lavado las manos o por un cosquilleo en la garganta.

Imagino a Lena y la falta total de control que debió de haber sentido cuando esas manos se cerraron alrededor de su cuello y lo apretaron. Cuando su tráquea se cerró, cuando sintió punzadas en los ojos y su visión comenzó a aclararse antes de pasar a oscurecerse más y más hasta que, por fin, ya no vio nada.

Mi farmacia es mi salvavidas. Sé que está mal hacer recetas innecesarias; peor aún, es ilegal. Podría perder mi licencia para ejercer, incluso ir a la cárcel. Pero todo el mundo necesita un salvavidas, una balsa en la distancia cuando sientes que empiezas a hundirte. Cuando me doy cuenta de que estoy perdiendo el control, sé que las pastillas están ahí, listas para arreglar lo que sea que haya que arreglar dentro de mí. La mayoría de las veces, solo pensar en ellas me calma los nervios. Una vez le dije a una paciente claustrofóbica que llevara una pastilla de Xanax en su bolso cada vez que subiera a un avión, que su sola presencia era lo bastante fuerte como para provocar una reacción mental, una respuesta física. Era probable que ni siquiera necesitara tomarla, le expliqué; el mero hecho de saber que había una salida al alcance de la mano sería suficiente para aliviar el peso asfixiante de su pecho.

Y así era. Por supuesto que sí. Yo lo sabía por experiencia.

Ahora alcanzo a ver mi consultorio a lo lejos: el viejo edificio de ladrillos que asoma detrás de los robles recubiertos de musgo. El cementerio está a unas pocas calles al oeste; cambio de idea y decido dirigirme hacia allí; conduzco hasta la puerta de hierro forjado, una boca abierta que me invita a entrar. Aparco el coche y apago el motor.

El cementerio Los Cipreses. El último lugar donde Aubrey Gravino fue vista con vida. Oigo un ruido y miro por la ventana; un equipo de búsqueda en la distancia recorre el lugar como si fueran hormigas acechando un trozo de carne olvidada. Se abren paso a través de la hierba crecida, esquivando las lápidas deterioradas, restregando sus zapatillas de tenis contra los senderos de tierra que zigzaguean entre las tumbas. Este cementerio se extiende a lo largo de más de ocho hectáreas; es un terreno extremadamente grande. La perspectiva de encontrar lo que sea que esperan encontrar parece, en el mejor de los casos, incierta.

Salgo del coche, atravieso la entrada y me acerco al grupo. El terreno está salpicado de cipreses calvos —el árbol emblema de Luisiana y, por lo tanto, el homónimo del cementerio— con sus troncos gruesos, rojos y agrietados como tendones. Velos de musgo español cuelgan de sus ramas como telarañas que se pudren en un rincón olvidado. Me escabullo por debajo de la cinta policial y hago lo posible por pasar inadvertida: trato de evitar a los agentes de policía y a los periodistas con cámaras colgadas del cuello que deambulan sin rumbo entre las docenas de voluntarios que intentan encontrar a Aubrey.

O *no* encontrar a Aubrey. Porque lo último que quiere encontrar un equipo de búsqueda es un cuerpo, o peor: trozos de un cuerpo.

Los equipos de búsqueda de Breaux Bridge no habían encontrado ningún cuerpo. Tampoco trozos. Yo le había rogado a mi madre que me dejara participar; veía las multitudes de gente reunidas en la ciudad, que distribuían linternas y radios portátiles y botellas de agua. Gritaban instrucciones antes de disiparse como mosquitos espantados con un periódico enrollado. Por supuesto, no me dejó. Me vi obligada a quedarme en casa y observar en la distancia el destello de las linternas que se abrían paso a través del abismo aparentemente interminable de pastizales altos. Era la sensación de mayor impotencia, observar. Esperar. Sin saber qué encontrarían. Fue incluso peor cuando el equipo de rescate llegó al jardín trasero de mi propia casa y yo pegaba los ojos a la ventana mientras la policía recorría cada centímetro de nuestras cuatro hectáreas después de que mi padre hubiera sido detenido. Pero eso también fue en vano.

No, esas chicas siguen ahí afuera, en algún lugar, y la capa de tierra que cubre sus huesos se vuelve más gruesa con cada año que pasa. La idea de que nunca las encuentren me resulta inimaginable, aunque, a estas alturas, sé que probablemente nunca lo harán. No es una cuestión de injusticia, ni de la imposibilidad de un cierre para las familias, ni siquiera de la idea de que esas chicas se descompongan de la misma manera en que se descomponía la rata de campo muerta que encontré una vez debajo de nuestro porche trasero, despojadas de su humanidad junto con su piel y su pelo y su ropa hecha jirones. Toda una vida reducida a un motón de huesos que, en realidad, no son diferentes de los tuyos o los míos o incluso de los de esa rata de campo. No, no es ninguna de esas cosas lo que me mantiene despierta por las noches, lo que me impide perder la esperanza de que algún día las encuentren.

Es el hecho de pensar cuántos cuerpos ocultos podrían estar enterrados bajo mis pies en cualquier momento, con el mundo encima de ellos, completamente ajeno a su existencia.

Por supuesto, hay cuerpos enterrados bajo mis pies en este mismo momento. Muchos cuerpos. Pero los cementerios son diferentes. Estos cuerpos fueron colocados aquí, no fueron arrojados. Están aquí para ser recordados, no olvidados.

—¡Creo que encontré algo!

Miro hacia mi izquierda, a una mujer de mediana edad vestida con zapatillas de tenis blancas, pantalones militares color caqui y una camiseta holgada, el uniforme no oficial de una ciudadana preocupada que participa en la búsqueda. Está arrodillada en la tierra, con los ojos entrecerrados hacia algo debajo de ella. Mientras agita locamente el brazo izquierdo en dirección a los otros buscadores, su mano derecha sostiene una radio portátil de las que se compran en la sección de juguetes de Walmart.

Observo a mi alrededor: soy la persona más cercana en varios metros. El resto se acerca corriendo en nuestra dirección, pero yo estoy aquí, ahora. Me aproximo un paso más y ella se vuelve hacia mí, con ojos nerviosos y a la vez suplicantes, como si quisiera que este objeto tuviera algún tipo de significado, algún tipo de sentido, pero al mismo tiempo no lo quisiera. No lo quiere, desesperadamente.

—Mira —dice, y me hace un gesto para que me acerque—. Mira ahí.

Me acerco más y estiro el cuello; una descarga eléctrica recorre mi cuerpo cuando mis ojos se enfocan en el objeto en la tierra. Lo tomo sin pensarlo —una especie de acto reflejo, como si alguien me hubiera golpeado la rodilla con un martillo— y lo levanto del suelo. Un policía se acerca corriendo a mis espaldas, jadeante.

—¿Qué pasa? —pregunta inclinándose sobre mí. Su voz suena extrañamente ahogada, como si su aliento tratara de atravesar un bosque de flemas. Como si respirase por la boca. Con los ojos desorbitados, grita al ver el objeto en mi mano—. ¡Cielos, no lo toque!

—Lo siento —murmuro, y se lo entrego—. Lo siento, no me di cuenta… Es un pendiente.

La mujer me mira mientras el oficial se arrodilla, con su respiración agitada, y extiende un brazo a un lado para evitar que los demás se acerquen demasiado. Toma el pendiente de mi palma con su mano enguantada y lo inspecciona. Es pequeño, de plata, con tres diamantes en la parte superior que forman un triángulo invertido y la punta del triángulo unida a una perla que cuelga en la parte inferior. Es bonito, algo que me habría llamado la atención en la vitrina de la joyería local. Demasiado bonito para una quinceañera.

—De acuerdo —dice el policía mientras se aparta mechones de pelo de la frente empapada de sudor. Se relaja un poco—. Bien, esto es bueno. Lo guardaremos en una bolsa, pero recuerden: estamos en un lugar público. Hay miles de tumbas aquí, lo que significa cientos de visitantes diarios. Este pendiente podría ser de cualquiera.

—No. —La mujer niega con la cabeza—. No, no es así. Es de Aubrey.

La mujer hurga en el bolsillo de su pantalón militar y extrae un trozo de papel, doblado en cuartos. Lo abre: es el póster de DESAPARECIDA de Aubrey. Reconozco la imagen, la vi esta mañana desplegada en la pantalla del televisor. La imagen única que definirá su existencia. Luce una amplia sonrisa, ese delineador de ojos negro corrido en los párpados y un brillo de labios rosado que refleja el *flash* de la cámara. La imagen está cortada justo por encima del pecho, pero puedo ver que lleva un collar, un collar en el que no me había fijado antes, asentado en el hueco de piel entre las clavículas: tres pequeños diamantes unidos a una perla. Y allí, sujetos a los lóbulos que asoman por detrás del abundante pelo castaño acomodado detrás de las orejas, hay un par de pendientes con el mismo diseño.

CAPÍTULO 10

Lena no era una buena chica, pero era buena conmigo. No voy a inventar excusas; no voy a endulzar los hechos. Era problemática, un eterno grano en el culo que parecía disfrutar incomodando a los demás, observándolos retorcerse. ¿Por qué otro motivo, si no, llevaría una chica de quince años un sujetador *push up* a la escuela y haría girar su trenza francesa alrededor de una uña mientras se mordía sus gruesos labios? Era una mujer en un cuerpo de niña o una niña en un cuerpo de mujer; ambas cosas parecían tener sentido. Demasiado vieja y demasiado joven a la vez: una figura y una mente que superaban su edad. Pero había partes de ella, en algún lugar, ocultas bajo las profundidades de su capa de maquillaje y la nube de humo de cigarrillo que parecía envolverla todos los días después de que sonara el timbre de la escuela, que te recordaban que solo era una chica. Solo una chica perdida y sola.

Por supuesto, a mis doce años, yo no veía ese lado de ella. Siempre la vi como una adulta, a pesar de que tenía la misma edad que mi hermano. Cooper nunca me pareció un adulto con sus eructos y su Game Boy y sus revistas pornográficas escondidas en la tabla suelta del suelo debajo de su cama. Nunca olvidaré el día en que las encontré, husmeando en su habitación en busca de dinero oculto. Quería comprarme una sombra de ojos, un bonito rosa pálido que le había visto usar a Lena. Mi madre se negaba a comprarme maquillaje antes de que terminara la escuela primaria, pero yo lo quería. Lo deseaba tanto como para robar el dinero para conseguirlo. Así que me colé en la habitación de Cooper, levanté aquel tablón chirriante y me topé con un par de tetas que me hicieron retroceder tan rápido que me golpeé la nuca contra el somier de la cama. Y se lo conté inmediatamente a mi padre.

El Festival del Cangrejo había sido a principios de mayo de ese año, el prólogo del verano. Hacía calor, pero no demasiado. Calor para la mayoría de los estándares inestables de los Estados Unidos, pero no *el calor de Luisiana*. Eso no llegaría hasta agosto, cuando el húmedo aliento de los pantanos soplaría por las calles de la ciudad cada mañana como una nube de lluvia en busca de sequía.

También para agosto, tres de las seis chicas habrían desaparecido.

Suelo bromear sobre Breaux Bridge —*la capital mundial del cangrejo*—, pero el Festival del Cangrejo es realmente algo de lo cual jactarse. El de 1998 fue mi último festival, pero también mi favorito. Recuerdo haber paseado sola por la feria, con los sonidos y olores de Luisiana que impregnaban mi piel. La música popular del pantano resonaba desde los altavoces en el escenario principal y el olor de los cangrejos en sus distintas elaboraciones —fritos, hervidos, en sopas, en salchichas— llenaba el ambiente. Me había acercado a la carrera de cangrejos y giré la cabeza hacia la derecha cuando advertí la mata de pelo castaño de Cooper que asomaba entre un grupo de muchachos apoyados contra el coche de mi padre. Por aquel entonces, mi hermano parecía estar siempre rodeado de chicos; en ese sentido, éramos opuestos. Se arremolinaban en torno a él y lo seguían como una nube de mosquitos en un día húmedo. Sin embargo, nunca pareció importarle. Con el tiempo, se convirtieron en parte de él: *la banda*. De vez en cuando los golpeaba, molesto. Y ellos obedecían, se dispersaban. Buscaban otra persona a quien apegarse. Pero nunca se alejaban; siempre encontraban el camino de vuelta.

Cooper debió percibir mi mirada, porque unos minutos después vi que sus ojos se asomaban por encima de las cabezas de los demás y se fijaban en los míos. Lo saludé con la mano y sonreí con timidez. No me importaba estar sola, en serio no me importaba, pero odiaba la forma en que me veían los demás. En especial Cooper. Lo vi abrirse paso entre sus amigos y rechazar a un chico flacucho con un golpe de muñeca cuando intentó seguirlo. Luego se acercó a mí y me pasó el brazo por el hombro.

—Te apuesto una bolsa de palomitas al número siete.

Sonreí, agradecida por la compañía y por el hecho de que nunca admitiera que yo pasaba la mayor parte de mi vida sola.

—Trato hecho.

Me volví hacia la carrera, a punto de comenzar. Recuerdo el grito del comisario: "¡Ils sont partis!", los vítores de la multitud, los pequeños cangrejos rojos que avanzaban entre chasquidos hacia el objetivo a lo largo de la tabla de tres metros pintada con aerosol. En cuestión de segundos, yo había perdido y Cooper había ganado, así que nos dirigimos al quiosco para que pudiera cobrar su recompensa.

De pie en la fila, nunca me había sentido tan feliz. Esos primeros días de verano acarreaban tantas promesas, era como si la alfombra roja de la libertad se desplegara bajo mis pies y se extendiera tanto en la distancia que parecía no acabar nunca. Cooper tomó la bolsa de palomitas, se llevó un puñado a la boca y chupó la sal mientras yo pagaba. Entonces nos volvimos, y Lena estaba allí.

—Hola, Coop. —Le sonrió antes de fijar su mirada en mí. Llevaba una botella de Sprite en la mano y giraba la tapa hacia un lado y el otro entre los dedos—. Hola, Chloe.

—Hola, Lena.

Mi hermano era un chico popular, un deportista que practicaba lucha libre en la escuela de Breaux Bridge. La gente conocía su nombre, y siempre me desconcertaba ver cómo él hacía amigos con la misma naturalidad con la que yo evitaba hacerlo. Cooper no discriminaba cuando se trataba de compañía. Solía juntarse con sus compañeros de lucha libre un día y sostener conversaciones triviales con unos fumados al día siguiente. En general, su atención parecía hacerte sentir importante, como si de alguna manera fueras digno de algo valioso y único.

Lena también era popular, pero por las razones equivocadas.

—¿Quieren un trago?

La observé con detenimiento; su vientre plano asomaba por debajo de una camiseta Henley ceñida que parecía dos tallas más pequeña y empujaba sus pechos hacia arriba y a través de los botones. Noté un destello de algo brillante en su estómago —un piercing en el ombligo— y levanté la cabeza enseguida, tratando de no mirar. Me sonrió y se llevó la botella a los labios. Una gota de líquido se deslizó por su barbilla antes de que se la limpiara con el dedo anular.

—¿Te gusta? —Se levantó la camiseta y tomó el piercing entre los dedos. Tenía un dije colgando debajo, una especie de insecto—. Es una luciérnaga —precisó, como si leyera mi mente—. Son mis favoritas. Brillan en la oscuridad.

Se colocó las manos alrededor del estómago y me indicó que mirara dentro del hueco que había formado con ellas; lo hice, con la frente pegada a sus manos. En el interior, el insecto se había vuelto verde neón brillante.

—Me gusta atraparlas —reveló— y ponerlas en un recipiente.

—Yo también lo hago —dije, sin dejar de espiar a través del hueco de sus manos.

Pensé en las luciérnagas que salían de nuestros árboles por la noche, en cómo las perseguía corriendo en la oscuridad y las espantaba como si estuviera nadando entre las estrellas.

—Y luego las aplasto entre los dedos. ¿Sabías que puedes escribir tu nombre en la acera con su brillo?

Di un respingo; no podía imaginarme aplastando un insecto con mis propias manos, escuchar cómo explotaba. Aunque parecía bastante genial eso de poder frotarse el líquido entre los dedos y ver cómo despedía brillo de cerca.

—Nos están mirando —señaló, y dejó caer las manos.

Levanté la cabeza y seguí la dirección de sus ojos, directamente a mi padre. Estaba al otro lado de la multitud, mirándonos. Mirando a Lena, con la camiseta subida hasta el sostén. Ella le sonrió y lo saludó con la mano libre. Él inclinó la cabeza y siguió caminando.

—Entonces —agregó Lena, empujó la botella de Sprite en dirección a Cooper y la agitó en el aire—. ¿Quieres un trago o no?

Cooper se volvió hacia donde había estado mi padre y encontró un espacio vacío en vez de su mirada vigilante. Luego se volvió hacia la botella, se la arrebató de la mano a Lena y bebió un trago con rapidez.

—Yo también quiero un poco —intervine, y le quité la botella—. Tengo mucha sed.

—No, Chloe…

Pero la advertencia de mi hermano llegó demasiado tarde; la botella ya estaba en mis labios y el líquido se deslizó dentro de mi boca y bajó por mi garganta. No tomé un trago, tomé un *buen trago*. Un trago con gusto a batería oxidada que quemó mi esófago durante todo el trayecto. Aparté la botella y sentí náuseas; la sensación de vómito me subió por la garganta. Mis mejillas se inflaron y empecé a tener arcadas, pero en lugar de vomitar, me obligué a bajar el líquido para poder respirar.

—*¡Aj!* —exclamé atragantándome, y me limpié la boca con el dorso de la mano. Mi garganta estaba en llamas; mi lengua estaba en llamas. Por un segundo, imaginé que podría haber sido envenenada y sentí pánico—. *¿Qué es eso?*

Lena se rio, me quitó la botella de la mano y se la terminó. La bebió como si fuera agua; me sorprendió.

—Es vodka, tonta. ¿Nunca probaste vodka?

Cooper observó a su alrededor, con las manos hundidas en los bolsillos. Yo no podía hablar, así que habló por mí.

—No, nunca probó vodka. Tiene doce años.

Lena se encogió de hombros, sin inmutarse.

—Por algo hay que empezar.

Cooper me ofreció palomitas de maíz y me llevé un puñado a la boca para tratar de quitarme ese gusto horrible. Sentía que el fuego viajaba desde mi garganta hasta mi estómago y ardía en la boca de mi vientre. La cabeza empezaba a darme vueltas ligeramente; era raro, pero divertido. Sonreí.

—¿Ves?, le gusta —comentó Lena mirándome y me devolvió la sonrisa—. Ese fue un trago impresionante. Y no solo para una niña de doce años.

Luego se bajó la camiseta y se cubrió la piel, la luciérnaga. Se echó las trenzas detrás de los hombros y giró sobre los talones, un giro al estilo de una bailarina que puso todo su cuerpo en movimiento. Cuando empezó a alejarse, no pude dejar de observarla; sus caderas se balanceaban al unísono con su pelo y sus piernas eran delgadas, pero tonificadas en todos los lugares correctos.

—Deberías llevarme en ese coche tuyo alguna vez —gritó, y levantó la botella en el aire.

Estuve borracha durante el resto del día. Cooper pareció molesto al principio, molesto conmigo. Por mi estupidez, por mi ingenuidad. Por la forma en la que arrastraba las palabras y mis risitas tontas y por chocar con los postes de luz. Había dejado a sus amigos por mí y ahora tenía que cuidarme

—*borracha*—, pero ¿cómo iba a saber yo que eso era alcohol? No sabía que el alcohol venía en botellas de Sprite.

—Deberías relajarte un poco —le había sugerido mientras tropezaba conmigo misma.

Levanté la vista hacia él y vi la expresión de sorpresa en su rostro al bajar la cabeza para observarme con atención. Al principio pensé que estaba enfadado; empecé a arrepentirme. Pero entonces sus hombros se aflojaron, su expresión rígida se transformó en una sonrisa y luego en una carcajada. Me pasó la mano por el pelo y meneó la cabeza, y mi pecho se hinchó con algo que parecía orgullo. Después de eso, me compró una salchicha de cangrejo y observó divertido cómo la engullía de dos bocados.

—Esto estuvo divertido —señalé mientras volvíamos juntos al coche, de la mano.

Ya no me sentía borracha; me sentía decaída. Ya estaba oscureciendo; nuestros padres se habían ido hacía horas; nos habían dejado un billete de veinte dólares para la cena, un beso en mi frente y la orden de estar en casa a las ocho. Cooper acababa de obtener la licencia de conducir y me había ordenado que no hablara cuando los vio caminar hacia nosotros, una medida de precaución contra mi lengua pesada y mis palabras lentas. Así que no lo hice. En lugar de eso, observé. Observé la forma en la que mi madre charlaba sin cesar sobre "otro año exitoso" y "santo cielo, cómo me duelen los pies" y "vamos, Dick dejemos a los niños y vamos a casa". Observé cómo sus mejillas se enrojecían y cómo el viento rizaba los bordes de su vestido. Volví a sentir que se me henchía el pecho, pero esta vez no era orgullo. Era alegría, amor. Amor por mi madre, por mi hermano.

Entonces me volví hacia mi padre y, casi de inmediato, la sensación se esfumó. Estaba… ausente. Preocupado. Distraído, de alguna manera, pero no por nada de lo que estaba sucediendo a nuestro alrededor. Como con la mente distraída.

Intenté olfatear mi aliento, preocupada de que pudiera sentir el olor a vodka en mí. Me pregunté si habría visto a Lena cuando nos dio la botella… después de todo, yo lo había visto mirando. Mirándola a ella.

—Apuesto a que sí —convino Cooper con una sonrisa—. Pero que no se vuelva una costumbre, ¿de acuerdo?

—¿Una costumbre?

—Ya sabes a qué me refiero.

Arrugué la frente.

—Pero tú lo hiciste.

—Sí, pero soy mayor. Es diferente.

—Lena dijo que por algo hay que empezar.

Cooper meneó la cabeza.

—No la escuches. No quieras ser como Lena.

Pero yo quería. Yo quería ser como Lena. Quería tener su seguridad, su luminosidad, su espíritu. Lena era como esa botella de Sprite; por fuera parecía una cosa, pero por dentro era algo completamente diferente. Peligrosa, como el veneno. Pero también adictiva, liberadora. Me había dado a probar un poco, y yo me había quedado con ganas de más. Recuerdo haber llegado a casa esa noche y haber contemplado las luciérnagas en el camino de entrada; resplandecían como constelaciones en el cielo, como siempre lo hacían. Pero esa noche, había algo diferente. *Las luciérnagas* parecían diferentes. Recuerdo haber atrapado una en la palma de la mano y sentirla revolotear entre mis dedos mientras la llevaba adentro para colocarla con delicadeza en un vaso de agua cuya boca luego cubrí con un plástico. Pinché el plástico para hacer pequeños agujeros por los que le entrase el aire y me quedé observándola parpadear en la oscuridad durante horas, atrapada, mientras yo yacía bajo las sábanas en mi habitación, respirando despacio, pensando en Lena.

Memoricé todo lo relacionado con Lena aquel día: su pelo, que se encrespaba en las raíces y formaba una especie de halo rubio cuando el aire se tornaba húmedo. La forma en la que coqueteaba con la gente, agitaba su botella y contoneaba las caderas, y cuando movió los dedos mientras saludaba en dirección a mi padre. La forma en que llevaba el pelo y la ropa, y especialmente esa pequeña luciérnaga que colgaba de su ombligo, la forma en la que brillaba en la oscuridad cuando ella ahuecó las manos alrededor de su estómago y me pidió que me acercara.

Y por eso la recordé tan vívidamente cuando la volví a ver, cuatro meses después, escondida en el fondo del vestidor de mi padre.

CAPÍTULO 11

La aparición del pendiente de Aubrey no es algo bueno. Verlo sobre la tierra me heló la sangre; las implicaciones del hallazgo descendieron sobre todo el equipo de búsqueda como una manta de fuego que extinguió la llama que había estado ardiendo a través del cementerio minutos antes. Los hombros de todos se hundieron un poco más después de eso; sus cabezas colgaban un poco más bajo.

Y yo me quedé pensando en Lena.

Salgo del cementerio Los Cipreses y conduzco directamente al consultorio; no podía soportarlo más. No podía soportar los ruidos: el molesto canto de las cigarras y el crujido de los zapatos contra la hierba muerta, los ocasionales bufidos y escupitajos del equipo de rescate, el zumbido de un mosquito seguido de una palmada solitaria sobre la piel en la distancia. Después de que el policía se alejó con el descubrimiento bien sellado dentro de una bolsa de evidencia, la mujer de los pantalones militares color caqui pareció creer que a partir de entonces ella y yo éramos un equipo. Se enderezó de su posición en cuclillas con las manos en las caderas y me miró expectante, como si yo tuviera que decirle adónde debíamos ir a buscar la siguiente pista. Me sentí como una intrusa en ese momento, como si no debiera estar allí. Como si estuviera interpretando un papel en una película, pretendiendo ser algo que no soy. Así que me volví y me alejé sin pronunciar palabra. Pude sentir las miradas en mi espalda hasta el momento en el que subí a mi coche y me alejé, e incluso entonces, todavía sentía que me observaban.

Aparco fuera de mi edificio y subo frenéticamente los escalones; introduzco la llave en la cerradura, la giro y la empujo. Enciendo las luces de la sala de espera vacía y entro en el consultorio; las manos me tiemblan un poco menos con cada paso que me acerca a mi escritorio. Me dejo caer en la silla y respiro; me inclino hacia un lado y abro la última gaveta. El montón de envases me devuelve la mirada, cada uno suplicando ser elegido. Los observo a todos y me mordisqueo el interior de la mejilla. Tomo uno, luego otro, los comparo uno junto a otro, antes de decidirme por un miligramo de Ativan. Estudio la pequeña tableta pentagonal blanca en la palma de mi mano, la A en relieve. Es una dosis baja, razono. Suficiente para echar un manto de tranquilidad sobre mi cuerpo. Me la meto en la boca y la trago en seco antes de cerrar la gaveta con el pie.

Me muevo a un lado y a otro en la silla mientras pienso antes de mirar el teléfono y ver una luz roja parpadeante: un mensaje. Enciendo el contestador y escucho la voz familiar que resuena en la habitación.

"Doctora Davis, soy Aaron Jansen, del *New York Times*. Hablamos por teléfono antes y, bueno, le agradecería mucho que me dedicase una hora de su tiempo para conversar. El artículo se publicará sea como sea y me gustaría darle la oportunidad de hacer escuchar su voz. Puede llamarme directamente a este número".

A continuación solo había silencio, pero se podía oírlo respirar. Pensar.

"También me pondré en contacto con su padre. Pensé que querría saberlo".

Clic.

Me hundo más en la silla. He evitado a mi padre durante los últimos veinte años, en todo el sentido de la palabra. Hablar con él, pensar en él, hablar de él. Fue difícil al principio, justo después de su arresto. La gente nos acosaba, se aparecía en casa por las noches para gritar obscenidades y agitar carteles como si nosotros también hubiéramos participado en el asesinato de esas jóvenes inocentes. Como si nosotros de alguna manera lo hubiéramos sabido y hubiéramos hecho la vista gorda. Arrojaron huevos a la casa, cortaron las ruedas de la camioneta de mi padre, que aún estaba aparcada en el jardín, escribieron PERVERTIDO con aerosol rojo en la pared lateral. Una noche, alguien rompió la ventana de la habitación de mi madre con una piedra y el cristal hecho añicos cayó sobre su cuerpo mientras dormía. Salió en todas las noticias: el descubrimiento de que Dick Davis era el asesino en serie de Breaux Bridge. Y luego estaban esas palabras: "asesino en serie". Sonaba tan formal… Por alguna razón, nunca pensé en mi padre como un *asesino en serie* hasta que vi las palabras en los periódicos que lo etiquetaban como tal. Parecía demasiado duro para mi padre, un hombre amable con una voz amable. Fue él quien me enseñó a montar en bicicleta, corriendo a mi lado con sus manos en el manubrio. La primera vez que me soltó me estrellé contra la valla; choqué directamente con el travesaño de madera y sentí un dolor punzante en la mejilla. Recuerdo que él se acercó corriendo por detrás, me alzó en sus brazos y más tarde presionó una toalla húmeda y tibia contra la herida debajo de mi ojo. Secó mis lágrimas con la manga de su camisa y besó mi pelo enmarañado. Luego me abrochó el casco con más fuerza y me hizo intentarlo de nuevo. Mi padre me arropaba por las noches, inventaba sus propios cuentos para la hora de ir a dormir, se afeitaba con la forma de los bigotes de los dibujos animados solo para verme reír cuando salía del baño y fingir que no entendía por qué yo hundía la cara en los cojines del sofá mientras gritaba y las lágrimas caían por mis mejillas. Ese hombre no podía ser un *asesino en serie*. Los asesinos en serie no hacían esas cosas… ¿o sí?

Pero lo era, y sí, lo hacían. Él mató a esas chicas. Él mató a Lena. Recuerdo cómo la miró ese día en el festival; sus ojos recorrieron su cuerpo de quince años como un lobo que observa a un animal moribundo. Siempre atribuiré a ese momento el comienzo de todo. A veces me culpo a mí misma: después de todo, ella estaba hablando conmigo. Se estaba levantando la camiseta para mí, para mostrarme el piercing en su ombligo. Si yo no hubiera estado allí, ¿la habría visto mi padre así? ¿Habría *pensado* en ella así? Aquel verano fue varias veces a casa para regalarme ropa que ya no usaba o CD usados, y cada vez que mi padre entraba en mi habitación y la veía allí, tumbada boca abajo en el suelo de madera, con las piernas pataleando libremente en el aire y el culo que asomaba de sus pantalones cortos gastados, se detenía. Se quedaba mirando. Se aclaraba la garganta y luego se marchaba.

El juicio fue televisado; lo sé porque lo vi. Al principio mi madre no dejaba que Cooper o yo lo viéramos y nos echaba de la sala cuando entrábamos y la encontrábamos acurrucada en el suelo, con la nariz prácticamente tocando la pantalla. "Esto no es para que lo vean los niños", declaraba. "Vayan a jugar fuera, tomen aire fresco". Actuaba como si se tratara de una película para adultos, como si nuestro padre no estuviera siendo juzgado por homicidio en la televisión.

Pero un día, hasta eso cambió.

Recuerdo el sonido chocante del timbre de la puerta; había reverberado en nuestra casa perpetuamente silenciosa, haciendo vibrar el reloj de pie con un zumbido metálico que me erizó la piel de los brazos. Todos dejamos de hacer lo que estábamos haciendo y nos volvimos hacia la puerta. Ya nadie nos visitaba, y los que lo hacían habían abandonado esas formalidades hacía tiempo. Aparecían gritando, arrojando cosas; o peor aún, sin hacer ni un solo ruido. Durante un tiempo habíamos encontrado huellas esparcidas por todo el terreno, dejadas por algún desconocido que se escabullía en nuestro jardín por las noches para espiar por las ventanas con una fascinación enfermiza. Me hacía sentir como si fuéramos una colección de curiosidades preservadas detrás de la vitrina de un museo, algo maldito y extraño. Me acuerdo del día en que por fin lo sorprendí. Yo iba por el sendero de tierra y alcancé a ver la parte posterior de su cabeza mientras él espiaba el interior, pensando que no había nadie en la casa. Recuerdo que me subí las mangas y me abalancé a ciegas sobre él, impulsada por la adrenalina y la rabia.

"¿QUIÉN ERES?", chillé, con mis pequeños puños apretados a los lados. Estaba harta de que nuestra vida estuviera en constante exposición. De que la gente nos tratara como si no fuéramos humanos, como si no fuéramos reales. Él se volvió y me miró con los ojos muy abiertos y las manos levantadas, como si ni siquiera hubiera considerado el hecho de que todavía había gente viviendo allí. Resultó que él también era un niño. Un poco mayor que yo.

"Nadie", tartamudeó. "N-no soy nadie".

Nos habíamos acostumbrado tanto a eso —a los intrusos y merodeadores y las amenazas por teléfono— que cuando oímos sonar el timbre cortésmente aquella mañana, nos dio más miedo saber quién estaba detrás de esa gruesa placa de cedro, esperando pacientemente a que lo invitáramos a entrar.

—Mamá —dije , mirando hacia la mesa de la cocina, donde ella estaba sentada, con las manos entrelazadas en su pelo, que ya comenzaba a ralear—. ¿Vas a ver quién es?

Me miró con desconcierto, como si mi voz fuera algo ajeno, como si las palabras ya no fueran inteligibles. Su apariencia parecía cambiar día tras día. Las arrugas cada vez más profundas surcaban su piel flácida y unas sombras oscuras se extendían debajo de sus ojos enrojecidos y agotados. Finalmente, se puso de pie sin decir nada y se asomó a la pequeña mirilla. El crujido de las bisagras; su voz suave y sorprendida.

—Ah, Theo. Hola. Pasa.

Theodore Gates, el abogado defensor de mi padre. Lo observé entrar en la casa con sus pasos lentos y torpes. Recuerdo su maletín lustroso y el anillo de oro grueso en su dedo anular. Me había sonreído con empatía, pero yo le había respondido con una mueca. No entendía cómo podía defender lo que mi padre había hecho y aun así dormir de noche.

—¿Quieres un café?

—Claro, Mona. Sí, sería estupendo.

Mi madre se movió tambaleándose por la cocina y apoyó la taza de cerámica sobre la encimera. Aquel café llevaba tres días en la cafetera; observé cómo lo servía y luego lo revolvía distraídamente con una cuchara, aunque no le había echado leche. Luego se lo entregó al señor Gates. El abogado tomó un pequeño trago y se aclaró la garganta antes de volver a dejar la taza sobre la mesa y apartarla con el dedo meñique.

—Escucha, Mona. Tengo algunas novedades. Quería ser el primero en contártelas.

Mi madre guardó silencio y clavó la mirada en la pequeña ventana sobre el fregadero de la cocina, teñida de verde por el moho.

—Conseguí un arreglo para tu esposo. Es un buen arreglo. Lo aceptará.

Ella levantó la cabeza de pronto, como si esas palabras hubieran cortado un elástico que hubiera mantenido su nuca en tensión.

—Hay pena de muerte en Luisiana —agregó el abogado—. No podemos arriesgarnos.

—Niños, vayan arriba.

Nos miró a Cooper y a mí, que seguíamos sentados en la alfombra de la sala; yo hurgaba con el dedo el agujero quemado donde había caído la pipa de mi padre. Obedecimos, nos pusimos de pie, cruzamos en silencio la cocina y subimos las escaleras. Pero cuando llegamos a nuestras habitaciones, cerramos las puertas con ruido y volvimos de puntillas para sentarnos en el último escalón. Y entonces escuchamos.

—Es imposible pensar que lo sentencien a la *pena de muerte* —susurró ella—. Casi no hay pruebas. Ni arma homicida, ni cuerpos.

—Hay pruebas —respondió él—. Lo sabes. Las has visto.

Mi madre suspiró; la silla de la cocina chirrió cuando ella la retiró y tomó asiento.

—Pero ¿te parece que eso es suficiente para pedir... la muerte? Quiero decir, estamos hablando de la pena de muerte, Theo. Eso es irreversible. No pueden estar seguros, más allá de una duda razonable...

—Estamos hablando de seis chicas asesinadas, Mona. *Seis*. De pruebas físicas encontrada dentro de tu casa, testimonios de testigos que confirman que Dick había estado en contacto con al menos la mitad de ellas en los días previos a su desaparición. Y ahora están circulando historias, Mona. Estoy seguro de que las has escuchado. Sobre que Lena no fue la primera.

—Esas historias son pura especulación —replicó ella—. No hay ninguna prueba que indique que él fue el responsable de lo de esa otra chica.

—*Esa otra chica* tiene un nombre —exclamó él—. Deberías decirlo en voz alta. Tara King.

—*Tara King* —dije en voz baja, con curiosidad por saber cómo se sentiría el nombre en mis labios.

Nunca había oído hablar de esa tal Tara King. La mano de Cooper salió disparada hacia un lado y me dio en el brazo.

—*Chloe* —susurró entre dientes—. *Cállate.*

El silencio reinó en la cocina; mi hermano y yo contuvimos la respiración, esperando que mi madre apareciera al pie de la escalera. Pero en lugar de eso, siguió hablando. No debió de habernos oído.

—Tara King huyó de su casa —señaló—. Les dijo a sus padres que se iba. Dejó una nota casi un año antes de que todo esto comenzara. No encaja en el patrón.

—Eso no importa, Mona. Sigue desaparecida. Nadie ha sabido nada de ella y el jurado es un hervidero. Se están dejando llevar por las emociones.

Mi madre guardó silencio, negándose a responder. Yo no podía ver la cocina, pero me la imaginaba sentada allí, de brazos cruzados. Su mirada en algún punto lejano, cada vez más distante. Estábamos perdiendo a mi madre, y la estábamos perdiendo con rapidez.

—Es difícil, ¿sabes? —agregó Theo—. Con un caso tan sensacionalista, su rostro está todo el día en la televisión. La gente ya ha tomado una decisión, no importa lo que argumentemos.

—Así que quieres que se rinda.

—No, quiero que viva. Que se declare culpable y así descartar la pena de muerte. Es nuestra única opción.

La casa se quedó en silencio, un silencio tan profundo que empecé a preocuparme de que pudieran oír nuestra respiración, callada y lenta, mientras permanecíamos sentados fuera de la vista.

—A menos que tengas algo más que nos pueda servir —añadió—. Cualquier cosa que no me hayas contado.

Volví a contener la respiración en un esfuerzo por oír en medio del silencio ensordecedor. El corazón me latía en la frente, en los ojos.

—No —respondió mi madre por fin con tono derrotado—. No, no tengo nada más para decirte. Ya lo sabes todo.

—De acuerdo —dijo Theo con un suspiro—. Eso supuse. Y, Mona...

Entonces imaginé a mi madre alzando la vista hacia él, con lágrimas en los ojos. Toda su lucha ya desaparecida.

—Como parte del trato, ha accedido a revelar dónde están los cuerpos.

El silencio volvió a ser total, pero esa vez, todos nos quedamos sin palabras. Porque cuando Theodore Gates salió de casa ese día, en un instante, todo cambió. Mi padre ya no era un presunto culpable; *era* culpable. Lo estaba admitiendo, no solo ante el jurado, sino también ante nosotros. Y poco a poco, mi madre dejó de intentarlo. Dejó de preocuparse. Pasaron los días y sus ojos se volvieron opacos, como si se hubieran transformado en vidrio. Dejó de salir de casa, luego de su habitación, luego de su cama, y Cooper y yo nos quedamos con la nariz apretada contra la pantalla. Mi padre se declaró culpable y cuando finalmente se dictó la sentencia, lo vimos todo.

—¿Por qué lo hizo, señor Davis? ¿Por qué mató a esas chicas? —Observé a mi padre apartar los ojos del juez y bajarlos hacia su regazo.

La sala estaba en silencio, una respiración colectiva contenida flotaba con pesadez en el aire. Parecía estar considerando la pregunta, pensándola realmente, masticándola en su mente como si fuera la primera vez que se hubiera detenido a considerar las palabras *por qué*.

—Hay una oscuridad dentro de mí —explicó por fin—. Una oscuridad que surge por las noches.

Miré a Coop y observé su rostro en busca de algún tipo de explicación, pero él, hipnotizado, no se despegó del televisor. Me volví.

—¿Qué tipo de oscuridad? —inquirió el juez.

Mi padre meneó la cabeza. Una única lágrima brotó de uno de sus ojos y se deslizó por su mejilla. La sala estaba tan silenciosa que podría haber jurado que oí el golpecito cuando cayó sobre la mesa.

—No lo sé —susurró—. No lo sé. Es tan fuerte, no pude luchar contra ella. Lo intenté durante mucho tiempo. Mucho mucho tiempo. Pero no pude luchar más contra ella.

—¿Y me está diciendo que esta *oscuridad* lo obligó a matar a esas chicas?

—Sí. —Asintió con la cabeza. Las lágrimas corrían entonces por su cara y los mocos goteaban de sus fosas nasales—. Así es. Es como una sombra. Una sombra gigante que acecha en el rincón de la habitación. De cada habitación. Traté de mantenerme al margen, traté de mantenerme en la luz, pero no pude hacerlo más. Me atrajo, me tragó por completo. A veces pienso que podría ser el mismo diablo.

En ese momento me di cuenta de que nunca había visto llorar a mi padre. En los doce años que habíamos vivido bajo el mismo techo, jamás había derramado una lágrima en mi presencia. Ver llorar a tus padres debería ser una experiencia dolorosa, incluso incómoda. Una vez, después de la muerte de mi tía, había irrumpido en la habitación de mis padres y había sorprendido a mi madre llorando en la cama. Cuando levantó la cabeza, la huella de su cara había quedado impresa en la almohada; las lágrimas, los mocos y la saliva ocupaban los espacios donde habían estado sus rasgos, como una especie de cara sonriente de una casa de la risa marcada en la tela. Fue una escena chocante, casi de otro mundo: la piel con manchas, la nariz enrojecida y la inseguridad con la que intentó apartarse el pelo húmedo y pegado a un lado de su mejilla y me sonrió, fingiendo que todo estaba bien. Recuerdo que me quedé en el marco de la puerta, aturdida, antes de retroceder despacio y cerrarla sin pronunciar una sola palabra. Pero al ver a mi padre sollozar en la televisión nacional —ver cómo las lágrimas se acumulaban en el pliegue sobre su labio antes de manchar el bloc de notas que estaba en la mesa debajo de él— lo único que sentí fue asco.

Su emoción parecía auténtica, pensé, pero su explicación sonaba forzada, guionada. Como si estuviera leyendo un libreto, representando el papel del asesino en serie que confiesa sus pecados. Me di cuenta de que buscaba generar empatía. Estaba echando la culpa en todas las direcciones menos en la propia. No lamentaba lo que había hecho; lamentaba que lo hubieran atrapado. Y el hecho de que culpara de sus acciones a esa cosa ficticia —ese demonio que merodeaba en los rincones y obligaba a sus manos a apretar los cuellos de esas chicas— disparó una punzada de ira incomprensible a través de mi cuerpo. Recuerdo haber cerrado los puños y haberme clavado las uñas en las palmas hasta hacerlas sangrar.

—Cobarde de mierda —exclamé. Cooper me miró, sorprendido por mi lenguaje, por mi rabia.

Y esa fue la última vez que vi a mi padre: su rostro en la pantalla del televisor mientras describía al monstruo invisible que lo forzó a estrangular a esas chicas y a enterrar sus cuerpos en el bosque detrás de nuestro terreno de cuatro hectáreas. Cumplió su promesa de llevar a la policía allí. Recuerdo el ruido de las puertas de los coches patrulla al cerrarse; ni siquiera quise mirar por la ventana mientras mi padre guiaba al equipo de detectives hacia los árboles. Encontraron algunos restos de las chicas —cabellos, fibras de ropa—, pero ningún cuerpo. Algún animal debió de haberlas encontrado primero, un caimán o un coyote o alguna otra criatura oculta del pantano, desesperada por comida. Pero yo sabía que era verdad porque lo había visto una noche: una figura oscura que había salido de entre los árboles, cubierta de tierra. Con la pala apoyada en el hombro, había caminado encorvado hacia la casa, sin darse cuenta de que yo estaba observando desde la ventana de mi habitación. La idea de que hubiera enterrado un cuerpo antes de volver a casa y darme un beso de buenas noches me dio ganas de cavar un hoyo profundo y desaparecer. Desaparecer para siempre.

Suspiro; el Ativan me hace sentir un cosquilleo en las extremidades. El día que apagué esa pantalla del televisor fue el día en que decidí que mi padre estaba muerto. No lo está, por supuesto. El acuerdo con la fiscalía se encargó de eso. En cambio, está cumpliendo seis cadenas perpetuas consecutivas en la Penitenciaría Estatal de Luisiana sin posibilidad de libertad condicional. Pero para mí está muerto. Y me gusta que sea así. Aunque, de pronto, cada vez se hace más difícil creer mi mentira. Más y más difícil olvidar. Tal vez sea la boda, la idea de que no me llevará al altar. Quizá sea el aniversario *—veinte años—* y que Aaron Jansen me obligue a reconocer este horrible hito del que nunca quise ser parte. O tal vez sea Aubrey Gravino. Otra chica de quince años que se ha ido demasiado pronto.

Vuelvo la vista a mi escritorio y mis ojos se posan en mi computadora. Levanto la tapa, la pantalla resplandece al encenderse y abro una nueva ventana del navegador, con los dedos revoloteando sobre las teclas. Empiezo a escribir.

Primero busco "Aaron Jansen, *The New York Times*", en Google. Varias páginas de artículos llenan la pantalla. Salto a uno, luego a otro. Luego a otro. Es evidente que este hombre se gana la vida escribiendo sobre asesinatos y desgracias de otras personas. Un cuerpo sin cabeza encontrado en los arbustos de Central Park, una serie de mujeres desaparecidas en la Carretera de las Lágrimas. Hago clic en su biografía. La foto de su cara es pequeña, circular, en blanco y negro. Es una de esas personas cuyo rostro no encaja con su voz, como si se la hubieran agregado con posterioridad, dos tallas más grande. Su voz es profunda, masculina, pero su imagen dista mucho de eso. Es delgado, tal vez treintañero, y usa gafas de carey que, en realidad, no parecen graduadas. Más bien se asemejan a esas con filtro de luz azul hechas para personas que desearían usar gafas.

Primer punto en contra.

Lleva una camisa a cuadros ceñida, con las mangas arremangadas hasta los codos y una corbata que cuelga floja contra su pecho delgado.

Segundo punto en contra.

Examino el artículo en busca de un tercer punto. En busca de otra razón para descartar a este Aaron Jansen como otro periodista idiota que pretende explotar a mi familia. Ya me han pedido este tipo de entrevistas antes, muchas veces. Ya he escuchado antes el "me gustaría escuchar tu versión de la historia". Y les había creído. Les había abierto la puerta. Les había contado mi versión de la historia, solo para leer con espanto días después artículos que describían a mi familia como una especie de cómplice de los crímenes de mi padre. Que culpaban a mi madre por las aventuras amorosas que se habían descubierto a raíz de la investigación; por haber engañado a mi padre y haberlo convertido en alguien *emocionalmente vulnerable y enojado con las mujeres*. La culpaban por haber recibido a las chicas en casa, por haber estado demasiado distraída con sus pretendientes para darse cuenta de que mi padre las miraba, que salía a escondidas por la noche y volvía a casa con la ropa llena de tierra. Algunos de los artículos incluso sugerían que ella lo había sabido, que ella *conocía* la oscuridad de mi padre y que simplemente había hecho la vista gorda. Que tal vez por eso lo había engañado; por la pedofilia y la rabia que habitaban en él. Y que la culpa la había vuelto loca; la culpa por su papel en todo aquello la había hecho replegarse sobre sí misma y abandonar a sus hijos cuando más la necesitaban.

Y los niños. Mejor ni hablar de los niños. Cooper, el chico de oro, al que mi padre supuestamente envidiaba. Veía la forma en la que las muchachas lo miraban, con su aspecto juvenil y sus bíceps de luchador y su encantadora media sonrisa. Cooper guardaba revistas pornográficas en casa, como cualquier adolescente normal, pero mi padre las había descubierto gracias a mí. Tal vez eso había sido lo que provocó que la oscuridad se colara por los rincones; tal vez hojear esas revistas había desatado algo en él que había estado reprimido durante años. Una violencia latente.

Y luego estaba yo, Chloe, la hija púber que había empezado a maquillarse y a afeitarse las piernas y a subirse la camisa para mostrar el ombligo como había hecho Lena aquel día en el festival. Y yo me paseaba así por mi casa. Alrededor de mi padre.

Había sido un típico caso de culpabilización de la víctima. Mi padre, otro hombre blanco de mediana edad con una maldad que no podía explicar. No ofreció explicaciones concretas, ninguna razón válida. Solo planteó *la oscuridad*. Y sin duda, eso no podía ser posible: la gente se negaba a creer que un hombre blanco por lo demás común asesinara sin una razón. Y entonces *nosotros* nos convertimos en la razón: la desatención de su esposa, la provocación de su hijo, la promiscuidad floreciente de su hija. Había sido demasiado para su frágil ego y, finalmente, se había quebrado.

Todavía recuerdo aquellas preguntas, esas preguntas que me habían hecho hacía años. Mis respuestas fueron tergiversadas, impresas y guardadas en internet, con la posibilidad de ser recuperadas en cualquier momento a través de la pantalla de una computadora.

—¿Por qué crees que lo hizo tu padre?

Recuerdo haber golpeado mi bolígrafo contra la placa con mi nombre sobre el escritorio, todavía brillante y nuevo; esa entrevista había tenido lugar durante mi primer año en el Hospital General de Baton Rouge. Se suponía que iba a ser una de esas historias optimistas que se publican los domingos por la mañana: la hija de Dick Davis se había convertido en psicóloga; había canalizado su trauma infantil para ayudar a otras almas jóvenes atormentadas.

—No lo sé —había admitido después de unos minutos—. A veces estas cosas no tienen una respuesta clara. Es obvio que tenía una necesidad de dominio, de control, que yo no advertí cuando era niña.

—Pero tu madre debería haberlo advertido, ¿no?

Me detuve y lo miré con fijeza.

—No era tarea de mi madre percibir cada señal de alerta que daba mi padre —repliqué—. Muchas veces no hay señales de advertencia evidentes hasta que es demasiado tarde. Basta con mirar a Ted Bundy o a Dennis Rader. Tenían novias y esposas, familias en casa completamente ajenas a lo que ellos hacían por las noches. Mi madre no era responsable de él ni de sus acciones. Ella tenía su propia vida.

—No hay duda de que tenía su propia vida. Durante la lectura de la sentencia salió a la luz que tu madre había tenido varias aventuras extramatrimoniales.

—Sí —concedí—. Está claro que no era perfecta, pero nadie lo es…

—Una, en concreto, con Bert Rhodes, el padre de Lena.

Me quedé callada; la imagen mental del desmoronamiento de Bert Rhodes todavía seguía fresca en mi mente.

—¿Acaso descuidó a tu padre, emocionalmente? ¿Tenía pensado dejarlo?

—No —aseguré, y meneé la cabeza—. No, no lo descuidó. —Eran felices… o yo creía que lo eran. *Parecían* felices…

—¿A ustedes también los descuidó? Porque después de la sentencia intentó suicidarse. Con dos niños pequeños, todavía menores de edad, que aún dependían de ella.

En ese momento supe que la historia ya estaba escrita; que nada de lo que pudiera decir haría cambiar la narración. Peor aún, estaban utilizando mis palabras —mis palabras como psicóloga, mis palabras como hija— para reforzar su opinión ciega. Para demostrar su punto de vista.

Salgo de la página de internet del *Times* y abro una ventana nueva, pero antes de que pueda empezar a tipear, un aviso de noticia de último momento aparece en la pantalla:

APARECIÓ EL CUERPO DE AUBREY GRAVINO

JUNIO DE 2018

CAPÍTULO 12

Ni siquiera me molesto en hacer clic en la alerta de noticias. En cambio, me levanto del escritorio y cierro la computadora; la niebla del Ativan me transporta por el consultorio y me lleva al coche. Floto con ligereza por la carretera, por la ciudad, por mi barrio, por la puerta de mi casa y finalmente me encuentro en el sofá, con la cabeza hundida en los cojines y los ojos clavados en el techo.

Y ahí me quedo durante el resto del fin de semana.

Es lunes por la mañana y la casa todavía huele a limón químico del detergente que utilicé el sábado para limpiar las encimeras de la cocina empapadas de vino. Alrededor se ve todo limpio, pero yo no me siento así. No me he duchado desde que volví del cementerio Los Cipreses y todavía puedo ver la tierra del pendiente de Aubrey debajo de mis uñas. Tengo las raíces del pelo húmedas y grasientas; cuando me paso los dedos, los mechones se quedan pegados en lugar de caer en cascada sobre mi frente como suele ocurrir. Necesito ducharme antes de ponerme a trabajar, pero no encuentro la motivación.

"Lo que estás experimentando se asemeja a los síntomas del trastorno de estrés postraumático, Chloe. Sentimientos de ansiedad que persisten a pesar de la ausencia de un peligro inmediato".

Por supuesto, es más fácil dar consejos que aceptarlos. Me siento como una hipócrita, una impostora, recitando las palabras que le diría a un paciente e ignorándolas voluntariamente cuando la destinataria soy yo misma. El teléfono móvil vibra a mi lado y se desliza por la isla de mármol. Miro la pantalla: un nuevo mensaje de texto de Patrick Deslizo el dedo por la pantalla y leo el párrafo frente a mí.

> Buenos días, cariño. Estoy yendo a la sesión de apertura, no estaré disponible la mayor parte del día. Que tengas un buen día. Te echo de menos.

Mis dedos tocan la pantalla; las palabras de Patrick me quitan un poco la pesadez de los hombros. Patrick me produce este efecto que no puedo explicar. Es como si él supiera lo que estoy haciendo en este momento; la forma en la que me estoy hundiendo bajo el agua, demasiado cansada para buscar una rama a la que aferrarme, y él es la mano que sobresale de los árboles, me toma de la camisa y me lleva de vuelta a tierra, de vuelta a la seguridad, justo a tiempo.

Le escribo un mensaje de respuesta y dejo el teléfono sobre la encimera; luego enciendo la cafetera, voy al baño y abro el grifo para darme una ducha. Me deslizo debajo del agua caliente; el chorro violento se clava como agujas en mi cuerpo desnudo. Dejo que me queme un rato, que me deje la piel en carne viva.

Intento no pensar en Aubrey, en su cuerpo encontrado en el cementerio. Intento no pensar en su piel, arañada y sucia y cubierta de gusanos arremolinados con ansiedad en torno a lo que para ellos es comida. Trato de no pensar en quién pudo haberla encontrado; tal vez fue ese policía de voz nasal y jadeante que se había llevado el pendiente a la seguridad de su coche patrulla cerrado. O quizás la mujer de los pantalones caqui, que saltó dentro de una zanja o en un área de pastizales particularmente densos y el grito quedó atrapado en su garganta y brotó como un sonido ahogado y sollozante.

En cambio, pienso en Patrick Pienso en lo que está haciendo ahora mismo, entrando en un frío auditorio de Nueva Orleans. Lleva en la mano un café de cortesía en un vaso de plástico y su nombre colgando de un cordel alrededor del cuello mientras busca entre el público una silla vacía. No tiene problemas para conocer gente, me imagino. Patrick puede hablar con cualquiera. Después de todo, le bastaron unos meses para convertir en su prometida a una desconocida emocionalmente reservada que conoció en el vestíbulo de un hospital.

Sin embargo, fui yo quien tomó la iniciativa en la primera cita. Lo reconozco. Después de todo, él había deslizado su tarjeta comercial entre las páginas de mi libro aquel día. Yo tenía su número, pero él no tenía el mío. Recuerdo vagamente que volví a colocar el libro en la caja que estaba sobre el techo de mi coche antes de depositarla en el asiento trasero y alejarme, viéndolo desaparecer junto con el Hospital General de Baton Rouge en mi espejo retrovisor. Recuerdo que pensé que era simpático, atractivo. Su tarjeta decía "Visitador médico", lo que explicaba por qué estaba allí. También me hizo preguntarme si habría coqueteado conmigo por eso: yo podía ser un cliente más para él. Un ingreso adicional.

No me olvidé de la tarjeta; siempre supe que estaba ahí, llamándome en silencio desde el rincón. La dejé allí todo el tiempo que pude, y no toqué esa caja de libros hasta tres semanas después, cuando era la última que quedaba. Recuerdo haber tomado varios libros por el lomo, polvorientos y agrietados, para deslizarlos en sus lugares en la biblioteca hasta que, al final, solo quedó uno. Miré dentro de la caja vacía; en la cubierta del libro, los ojos de bronce de la chica de la estatua de los pájaros me devolvieron una mirada fría.

Medianoche en el jardín del bien y del mal. Me incliné y lo levanté, lo giré hacia un lado. Pasé los dedos por el borde de las páginas y toqué el espacio donde todavía estaba la tarjeta comercial. Introduje el pulgar y abrí el libro; me quedé mirando una vez más su nombre.

Patrick Briggs.

Sostuve la tarjeta entre los dedos, pensando. Su número me devolvió la mirada, un desafío silencioso. Comprendí la aversión de mi hermano a las citas, a acercarse demasiado a alguien. Por un lado, mi padre me había enseñado que es posible amar a alguien sin conocerlo realmente, y ese pensamiento me mantenía despierta por las noches. Cada vez que me interesaba en un hombre, no podía evitar preguntarme: ¿qué está escondiendo? ¿Qué no me dice? ¿En qué armario acechan sus esqueletos, ocultos en la oscuridad? Al igual que aquella caja en el fondo del vestidor de mi padre, me aterraba la idea de encontrarlos, de conocer su verdadera esencia.

Pero, por otro lado, Lena me había enseñado que también es posible amar a alguien y perderlo sin motivo alguno. Encontrar a una persona perfectamente buena y despertar una mañana y enterarse de que se ha ido sin dejar rastro, ya sea por la fuerza o por voluntad propia. ¿Qué pasaría si yo *encontraba* a alguien, a alguien bueno, y me lo quitaban también?

¿No sería más fácil estar sola en la vida?

Así que eso es lo que había hecho durante años. Había estado sola. Pasé por el bachillerato envuelta en una especie de aturdimiento. Después de que Cooper se graduara y yo me quedara sola en la escuela, empecé a recibir ataques en el gimnasio, de chicos duros que intentaban demostrar su desprecio por la violencia contra las mujeres cortándome el antebrazo con una navaja, tallando zigzags en mi piel. "Esto es por tu padre", me insultaban, sin la más mínima conciencia de la ironía de todo aquello. Recuerdo que volvía a casa con la sangre que goteaba de mis dedos como la cera derretida de un candelabro, una pequeña línea de puntos que zigzagueaba por la ciudad como un mapa del tesoro. La *X* marca el lugar. Recuerdo que me dije a mí misma que si lograba entrar en la universidad podría salir de Breaux Bridge. Podría alejarme de todo.

Y eso fue lo que hice.

Ya en la universidad estatal de Luisiana, salí con chicos, pero la mayoría de las veces fueron relaciones superficiales; ligues ocasionales estando borracha en la parte trasera de un bar abarrotado, incursiones en el dormitorio de una fraternidad con la puerta entreabierta para asegurarme de poder oír el ruido sordo de la fiesta que se desarrollaba fuera. La música de mierda que vibraba a través de las paredes, las risas de las chicas en manada que resonaban en el pasillo, sus palmas abiertas que golpeaban la puerta. Sus susurros y miradas furiosas cuando salíamos de la habitación con el pelo revuelto y las cremalleras abiertas. Las palabras balbuceantes del chico a quien yo había elegido horas antes, el objetivo de mi meticulosa lista de control que minimizaba todo riesgo de que se encariñara demasiado o me matara en los oscuros rincones de su dormitorio. Nunca era demasiado alto ni demasiado musculoso. Si se montaba encima de mí, podía quitármelo de encima con facilidad. Tenía amigos (no podía arriesgarme con un solitario enfadado), pero tampoco era el alma de la fiesta (tampoco podía arriesgarme con un fanfarrón empoderado, uno de esos tipos que considera el cuerpo de una mujer como un juguete de su propiedad). Siempre estaba en el punto justo de embriaguez, ni demasiado borracho como para que no se le levantara ni lo bastante para tambalearse y tener los ojos vidriosos. *Yo* también estaba en el punto justo de embriaguez: excitada, confiada y atontada, con las inhibiciones lo bastante bajas para permitir que me besara el cuello sin retirarme, pero no lo suficiente para perder la lucidez, la coordinación, el sentido del peligro. Tal vez él no recordaría mi cara por la mañana; y seguro que no recordaría mi nombre.

Y así era como me gustaba que fuese: anónimo, algo que nunca obtuve en mi infancia. El lujo de la cercanía, el latido de otro corazón contra mi pecho, el temblor de los dedos entrelazados con los míos sin la posibilidad de salir herida. Mi única relación semi seria no terminó bien; no estaba preparada para salir con nadie. No estaba preparada para confiar plenamente en otra persona. Pero lo hice para sentirme normal. Para ahogar la soledad, para que la presencia física de otro cuerpo engañara al mío, para que se sintiera menos solo.

De alguna manera, produjo lo contrario.

Una vez graduada, el hospital me había dado amigos, compañeros de trabajo, una comunidad de la que podía rodearme durante las horas diurnas antes de retirarme a casa por la noche e instalarme en mi rutina aislada. Y había funcionado durante un tiempo, pero desde que había abierto mi propia clínica, me había encontrado *completamente* sola. Todo el día y toda la noche. El día que volví a tener la tarjeta de Patrick en la mano, no había hablado con otro ser humano en semanas, fuera de los ocasionales mensajes de texto de Coop o Shannon o de la residencia de mamá para recordarme que fuera a visitarla. Sabía que eso cambiaría una vez que los pacientes empezaran a llegar, pero no era lo mismo. Además, se suponía que ellos acudían a mí en busca de apoyo, y no al revés.

La tarjeta comercial de Patrick me quemaba en las manos. Recuerdo que me acerqué al escritorio, me senté y me recliné en la silla. Levanté el teléfono y marqué; el timbre en el otro extremo se prolongó tanto que casi colgué. Entonces, de pronto, una voz.

—Hola, soy Patrick.

Me quedé callada, con la respiración atrapada en la garganta. Esperó unos segundos antes de volver a intentarlo.

—¿Hola?

—Patrick —pronuncié por fin—. Soy Chloe Davis.

El silencio al otro lado me revolvió el estómago.

—Nos conocimos hace unas semanas —le recordé, nerviosa—. En el hospital.

—Doctora Chloe Davis —respondió. Pude oír cómo iba formándose una sonrisa en los labios—. Estaba empezando a pensar que no ibas a llamar.

—He estado de mudanza —expliqué. Los latidos de mi corazón estaban disminuyendo—. Yo... había perdido tu tarjeta, pero acabo de encontrarla, en el fondo de la última caja.

—¿Así que ya te has mudado?

—Más o menos —respondí y eché una mirada alrededor del consultorio desordenado.

—Eso hay que celebrarlo. ¿Quieres que tomemos algo?

Nunca había accedido a tomar algo con un desconocido; todas las citas reales que había tenido habían sido organizadas por amigos comunes, como un favor bien intencionado motivado sobre todo por la incomodidad que se generaba cuando yo era la única de un grupo que se presentaba sola. Dudé, estuve a punto de inventar la excusa de que estaba ocupada. Pero en cambio, como si mis labios se movieran para oponerse al cerebro que los controlaba, me oí a mí misma aceptar. Si ese día no hubiera estado tan desesperada por conversar, por cualquier tipo de interacción humana, esa llamada telefónica probablemente habría sido el punto final de todo.

Pero no lo fue.

Una hora más tarde, estaba sentada en la barra del River Room haciendo girar una copa de vino en mi mano. Desde el taburete contiguo, Patrick estudiaba mi figura.

—¿Qué pasa? —pregunté, y me puse el pelo detrás de la oreja con incomodidad—. ¿Tengo comida entre los dientes o algo así?

—No —se rio meneando la cabeza—. No, es que... No puedo creer que esté sentado aquí. Contigo.

Me había quedado mirándolo, tratando de evaluar su comentario. ¿Estaba coqueteando conmigo o era algo más siniestro? Había buscado "Patrick Briggs" en Google antes de nuestra cita, por supuesto, y este era el momento en el que iba a averiguar si él había hecho lo mismo. La búsqueda no había arrojado más que una página de Facebook con varias fotografías: en varios bares de azotea con un vaso de whisky, con un palo de golf en una mano y una cerveza en la otra, sentado al estilo indio en un sofá con un bebé y un pie de foto que lo identificaba como el hijo de su mejor amigo. Había encontrado su perfil de Linkedin, que confirmaba su profesión como visitador médico. Su nombre aparecía en un artículo de un periódico de 2015 que publicaba el tiempo que había hecho en la Maratón de Luisiana: cuatro horas y diecinueve minutos. Todo era muy normal, inocente, casi aburrido, incluso. Exactamente lo que yo quería.

Pero si él me había buscado en Google a mí, habría encontrado más. Mucho más.

—Bueno —comentó—, doctora Chloe Davis, háblame de ti.

—¿Sabes? No tienes que llamarme así todo el tiempo. *Doctora Chloe Davis*. Es demasiado formal.

Sonrió y tomó un trago de su whisky.

—¿Cómo debería llamarte entonces?

—Chloe —respondí y lo miré—. Solo Chloe.

—De acuerdo, Solo Chloe... —Reí y le di en el brazo con el dorso de la mano. Me devolvió la sonrisa—. Pero no, en serio, háblame de ti. Estoy aquí sentado tomando una copa con una desconocida; lo menos que podrías hacer es asegurarme que no eres peligrosa.

Sentí que se me ponía la piel de gallina y se me erizaba el vello de los brazos.

—Soy de Luisiana —comencé, como para tantear el terreno. No se inmutó—. No de Baton Rouge, sino de una pequeña ciudad a unas horas de aquí.

—Yo, nacido y criado en Baton Rouge —aseguró, e inclinó el vaso hacia su pecho—. ¿Por qué te mudaste aquí?

—Por estudios —respondí—. Me doctoré en la universidad estatal de Luisiana.

—Impresionante.

—Gracias.

—¿Algún hermano mayor posesivo del que deba saber?

Volví a sentir una agitación en el pecho; todos estos comentarios podían ser un coqueteo inocente, pero también podían percibirse como un hombre que intentaba sonsacarme una verdad que ya había conocido por sí mismo. Me vinieron a la mente todas mis primeras citas malogradas: el momento en el que me había dado cuenta de que la persona con la que estaba conversando ya sabía todo lo que había que saber. Algunos me habían preguntado directamente: "Eres la hija de Dick Davis, ¿verdad?", con los ojos ávidos de información, mientras que otros esperaban impacientes y tamborileaban los dedos sobre la mesa en tanto que yo hablaba de otras cosas, como si admitir que compartía el ADN con un asesino en serie fuera algo que debiera estar ansiosa por revelar.

—¿Cómo lo supiste? —inquirí esforzándome por mantener un tono despreocupado—. ¿Es tan obvio?

Patrick se encogió de hombros.

—No —dijo, y se volvió hacia la barra—. Es que tuve una hermana menor y sé que yo lo era. Me conocía a todos los tipos que la miraron alguna vez. Mierda, si fueras ella, probablemente ya estaría acechando en el rincón de este bar ahora mismo.

No me había buscado en Google, me enteraría más tarde. Mi paranoia sobre su batería de preguntas había sido solo eso: paranoia. Ni siquiera había oído hablar de Breaux Bridge, ni de Dick Davis, ni de todas esas chicas desaparecidas. Solo tenía diecisiete años cuando ocurrió; no veía las noticias. Imagino que su madre trató de ocultárselo de la misma manera en que la mía habría tratado de ocultármelo a mí. Le conté la historia una noche mientras estábamos recostados en el sofá de mi sala de estar; no sé qué me hizo elegir ese momento en particular. Supongo que me había dado cuenta de que, en algún momento, tenía que sincerarme. Que mi verdad, mi historia, sería el momento decisivo que determinaría nuestra vida en común y nuestro futuro, o la falta de ambos.

Así que empecé a hablar; vi cómo su frente se arrugaba cada vez más con cada minuto que pasaba, con cada detalle horripilante. Le conté *todo*: le hablé de Lena y el festival y que había visto cómo arrestaban a mi padre en nuestra sala de estar, las palabras que había pronunciado antes de que se lo llevaran en medio de la noche. Le conté lo que había visto a través de la ventana de mi habitación —a mi padre, esa pala—, que la casa de mi infancia seguía allí, vacía. Abandonada en Breaux Bridge, los recuerdos de mi juventud la habían convertido en una casa embrujada de la vida real, en una historia de fantasmas, en un lugar por el que los niños pasaban corriendo con la respiración contenida por miedo a convocar a los espíritus que seguramente rondaban entre sus paredes. Le hablé sobre mi padre en la cárcel. Su acuerdo para declararse culpable y sus cadenas perpetuas consecutivas. El hecho de que no lo había visto ni hablado con él durante casi veinte años. En ese punto, había perdido toda noción y los recuerdos fluían de mí como las entrañas rancias de un pescado destripado. No me había dado cuenta de lo mucho que necesitaba quitármelos de encima, cómo me estaban envenenando por dentro.

Cuando terminé, Patrick guardó silencio. Empecé a tirar de un hilo deshilachado del sofá avergonzada.

—Pensé que tenías que saberlo —concluí con la cabeza gacha—. Si es que vamos a..., ya sabes..., *salir* o algo así. Y entiendo perfectamente si te resulta excesivo. Si te da ganas de salir corriendo, créeme, lo entiendo...

Entonces acarició con ambas manos mis mejillas y me levantó la cabeza con suavidad para mirarme a los ojos.

—Chloe —susurró—. No es excesivo. Te quiero.

Después Patrick me dijo que entendía mi dolor; no de la manera artificial en la que los amigos y la familia dicen *saber por lo que estás pasando*, sino que lo entendía de verdad. Había perdido a su hermana cuando él tenía diecisiete años; ella también había desaparecido, el mismo año que las chicas de Breaux Bridge. Durante un segundo espantoso, la cara de mi padre atravesó mi mente. ¿Había matado fuera de la ciudad? ¿Había viajado una hora hasta Baton Rouge y había asesinado aquí también? Pensé brevemente en Tara King, la otra chica desaparecida que no era como el resto. La que rompía el patrón. La que no encajaba, todavía un misterio, veinte años después. Y aunque Patrick meneó la cabeza, no dio más explicaciones que su nombre. *Sophie*. Tenía trece años.

—¿Qué pasó? —pregunté por fin, con la voz convertida en un susurro lejano.

Había rezado por una resolución, por una prueba concreta de que mi padre no podía haber estado involucrado de ninguna manera. Pero no la obtuve.

—No lo sabemos realmente —admitió Patrick—. Esa es la peor parte. Estaba en casa de una amiga una noche y regresó caminando a casa. Eran solo unas pocas calles; lo hacía a menudo. Y nunca había pasado nada malo, hasta esa noche.

Asentí con la cabeza mientras me imaginaba a Sophie caminando sola por un viejo camino abandonado. No tenía ni idea de su aspecto, así que su rostro estaba oscurecido. Era solo un cuerpo. El cuerpo de una chica. El cuerpo de Lena.

Tengo la piel ardiendo, de un rojo brillante antinatural, mientras los dedos de mis pies encuentran el camino a la alfombra de baño. Me envuelvo en la toalla y entro en el vestidor; mis dedos se deslizan entre un puñado de blusas antes de seleccionar una percha al azar y colgarla en la manija de la puerta. Dejo caer la toalla y empiezo a vestirme recordando las palabras de Patrick. *Te quiero*. No tenía ni idea de lo ávida que había estado de esas palabras; de lo escandalosamente ausentes que habían estado de mi vida hasta ese momento. Cuando Patrick las había pronunciado a solo un mes de nuestro noviazgo, durante un fugaz segundo me había devanado los sesos para intentar recordar la última vez que las había escuchado, la última vez que me las habían dicho a mí y solo a mí.

No pude recordarlo.

Me dirijo a la cocina, me sirvo un café en mi taza para llevar y me paso los dedos con fuerza por el pelo todavía húmedo para tratar de secar los mechones. Se podría pensar que esa extraña coincidencia entre Patrick y yo habría puesto distancia entre nosotros —mi padre era un secuestrador y su hermana había sido secuestrada— pero fue todo lo contrario. Nos acercó, generó un vínculo silencioso entre nosotros. Hizo que Patrick se volviera casi posesivo conmigo, pero en el buen sentido. De un modo afectuoso. De la misma manera en que Cooper es posesivo, supongo, porque ambos entienden el peligro inherente de existir como mujer. Porque los dos entienden la muerte y lo rápido que puede llevarte. Con cuánta injusticia puede reclamar la posesión de su próxima víctima.

Y ambos me entienden a *mí*. Entienden por qué soy como soy.

Camino hacia la puerta con el café en una mano y el bolso en la otra y salgo al aire húmedo de la mañana. Es increíble lo que un solo mensaje de texto de Patrick puede hacer en mí; cómo pensar en él puede alterar todo mi estado de ánimo, mi visión de la vida. Me siento renovada, como si el agua de la ducha hubiera arrastrado con ella no solo la suciedad de mis uñas, sino los recuerdos que la habían acompañado. Por primera vez desde que había visto la imagen de Aubrey Gravino en la pantalla del televisor, la sensación de miedo inminente que se había cernido sobre mí se ha evaporado casi por completo.

Empiezo a sentirme normal. Empiezo a sentirme segura.

Me subo al coche y arranco el motor; el trayecto al trabajo es automático. Mantengo la radio apagada, sé que sentiré la tentación de encender las noticias y escuchar los espeluznantes detalles del cuerpo recuperado de Aubrey. No necesito saberlo. No quiero saberlo. Imagino que es noticia de primera plana; evitarlo será imposible. Pero por ahora, quiero permanecer al margen. Llego al consultorio y abro la puerta principal; la luz interior indica que mi recepcionista ya ha llegado. Entro en el vestíbulo y giro hacia el centro de la sala, anticipando ver su habitual vaso de Starbucks encima del escritorio y escuchar su voz cantarina saludándome.

Pero esa no es la escena frente a mí.

—Melissa —digo, y me detengo con brusquedad. Está de pie en el centro de la sala, con las mejillas rojas. Ha estado llorando—. ¿Estás bien?

Niega con la cabeza y esconde la cara entre las manos. Oigo un lloriqueo antes de que rompa a sollozar sobre sus palmas; las lágrimas caen al suelo entre sus dedos.

—Es tan horrible —se lamenta, y menea la cabeza una y otra vez—. ¿Viste las noticias?

Respiro y me relajo un poco. Está hablando del cuerpo de Aubrey. Por un segundo, me irrito. No quiero hablar de esto ahora. Quiero seguir adelante; quiero olvidar. Sigo caminando hacia la puerta cerrada del consultorio.

—Sí, las vi —respondo, e introduzco mi llave en la cerradura—. Tienes razón, es horrible. Pero al menos sus padres ahora podrán seguir adelante.

Levanta la cabeza de las manos y me mira fijamente, con expresión desconcertada.

—Su cuerpo —aclaro—. Al menos lo encontraron. No ocurre siempre.

Melissa sabe lo de mi padre, mi historia. Sabe lo de las chicas de Breaux Bridge y que esos padres no tuvieron la suerte de recuperar los cuerpos. Si el homicidio se juzgara en una escala gradual, *dar por muerto* sería el extremo. No hay nada peor que la falta de respuestas. La falta de certeza, a pesar de que todas las pruebas apuntan directamente a la cara de la horrible realidad que sabes en tu corazón que es cierta, pero que, sin cuerpo, no puedes probar. Siempre queda esa pizca de duda, esa pizca de esperanza. Pero la falsa esperanza es peor que no tener ninguna.

Melissa vuelve a resoplar.

—¿De qué... de qué estás hablando?

—De Aubrey Gravino —respondo con un tono más severo de lo que me gustaría—. Encontraron su cuerpo el sábado en el cementerio Los Cipreses.

—No estoy hablando de Aubrey —desliza con lentitud.

Me vuelvo hacia ella con una mueca en el rostro. Mi llave sigue en la cerradura, pero aún no la he girado. Mi brazo cuelga inerte en el aire. Melissa se acerca a la mesita de café, recoge el control remoto y apunta al televisor colgado en la pared. Por lo general, mantengo la tele apagada durante las horas de consulta, pero ahora la enciende y la pantalla negra cobra vida para revelar otro brillante titular rojo.

NOTICIA DE ÚLTIMA HORA: DESAPARECE UNA SEGUNDA CHICA EN BATON ROUGE

Encima del recuadro de información que se desplaza por la pantalla aparece el rostro de otra adolescente. Me fijo en sus rasgos: el pelo rubio oculta unos ojos azules y unas pestañas blancas; las pecas apagadas caen en cascada sobre su piel pálida de porcelana. Estoy hipnotizada por su tez perfectamente clara, su piel parece la de una muñeca, intocable, hasta que el aire abandona mis pulmones y mi brazo cae a un lado.

La reconozco. Conozco a esta chica.

—Estoy hablando de Lacey —precisa Melissa, y una lágrima rueda por su mejilla mientras mira los ojos de la chica que estuvo sentada en esta misma sala hace tres días—. Lacey Deckler ha desaparecido.

CAPÍTULO 13

ROBIN MCGILL FUE LA SEGUNDA chica de mi padre, la siguiente. Era callada, reservada, pálida y muy delgada, con el pelo del color naranja encendido de la puesta de sol, algo así como una cerilla andante. No se parecía en nada a Lena, pero eso no importaba. No la salvó. Porque tres semanas después de Lena, Robin también desapareció.

El miedo que siguió a la desaparición de Robin duplicó el que siguió a la de Lena. Cuando una única chica desaparece, se le puede echar la culpa a muchas cosas. Tal vez estaba jugando en el pantano, se resbaló al agua y su cuerpo fue arrastrado por las fauces de una criatura que acechaba en algún lugar bajo la superficie. Un accidente trágico, pero no un asesinato. Tal vez fue un crimen pasional; tal vez enfureció a demasiados chicos. O tal vez quedó embarazada y huyó; estas teorías habían flotado por la ciudad tan espesas y viciadas como la niebla del pantano hasta el día en que la cara de Robin empezó a aparecer en la pantalla del televisor y todo el mundo supo que Robin no había quedado embarazada ni había huido. Robin era inteligente, aficionada a los libros. Robin era reservada y nunca llevaba un vestido por encima de la mitad de la pantorrilla. Hasta la desaparición de Robin, yo había creído esas teorías. Una adolescente fugitiva no parecía *tan* improbable, especialmente en el caso de Lena. Además, ya había ocurrido antes. Había pasado con Tara. En una ciudad como Breaux Bridge, un homicidio parecía mucho más descabellado.

Pero cuando dos chicas desaparecen en el transcurso de un mes, no es una coincidencia. No es un accidente. No es una circunstancia. Es calculado y astuto y mucho más aterrador que cualquier cosa que hayamos experimentado antes. Cualquier cosa que hayamos creído posible.

La desaparición de Lacey Deckler no es una coincidencia. Lo sé en lo más profundo. Lo sé como lo supe hace veinte años cuando vi el rostro de Robin en las noticias. Ahora mismo, de pie en la sala de estar de mi consultorio, con los ojos pegados a la pantalla del televisor mientras la cara pecosa de Lacey me devuelve la mirada, yo bien podría tener doce años otra vez, estar bajando del autobús escolar a mi regreso del campamento de verano al anochecer y correr por el viejo y polvoriento camino. Veo a mi padre, en cuclillas en el porche, y corro hacia él cuando debería haber corrido en la dirección contraria. El miedo me atenaza como una mano que aprieta mi garganta.

Hay alguien ahí fuera. Otra vez.

—¿Estás *bien*? —La voz de Melissa me arranca de mi estupor; me está observando con expresión preocupada—. Te pusiste pálida.

—Estoy bien —le aseguro, y asiento con la cabeza—. Son solo… recuerdos, ¿sabes?

Melissa asiente; sabe que no debe insistir.

—¿Puedes cancelar mis pacientes de hoy? —le pido—. Vete a casa después. Descansa un poco.

Asiente de nuevo, con cara de alivio, camina hacia de su escritorio y busca sus auriculares. Me vuelvo hacia el televisor, levanto el control remoto en el aire y subo el volumen. La voz del presentador llena la habitación en forma creciente, de suave a fuerte.

> **Para aquellos que acaban de sintonizarnos, hemos recibido la noticia de que fue denunciada la desaparición de otra chica de la zona de Baton Rouge, Luisiana, la segunda en solo una semana. Reiteramos, hemos confirmado que dos días después de que el cuerpo de Aubrey Gravino, de quince años, fuera encontrado en el cementerio Los Cipreses el sábado 30 de mayo, hay una denuncia de desaparición de otra chica. Esta vez se trata de Lacey Deckler, de quince años, también de Baton Rouge. Nuestra colega Angela se encuentra en este momento en la escuela de Baton Rouge. ¿Angela?**

La cámara se aleja de la mesa de redacción y la imagen de Lacey desaparece de la pantalla verde; ahora estoy viendo una escuela situada a pocas calles de mi consultorio. La reportera asiente, con el dedo puesto en el auricular, antes de empezar a hablar.

> **Gracias, Dean. Estoy aquí en la escuela de Baton Rouge donde Lacey Deckler está terminando su primer año. La madre de Lacey, Jeanine Deckler, le ha contado a las autoridades que recogió a su hija aquí el viernes por la tarde, después del entrenamiento de atletismo, antes de llevarla a una cita a pocas calles de aquí.**

Se me corta la respiración; me vuelvo hacia Melissa para ver si ha captado el comentario, pero no está escuchando. Está hablando por teléfono y tipea en su portátil mientras reprograma los pacientes del día. Me siento mal por hacerla cancelar un día entero de esta manera, pero no puedo imaginar atender pacientes en este momento. No sería justo cobrarles por mi tiempo cuando no estaría prestándoselo. La verdad es que no. Porque tendría la mente en otra parte. En Aubrey, Lacey y Lena.

Vuelvo a mirar el televisor.

Después de la cita, Lacey debía ir caminando a casa de una amiga, donde planeaba pasar el fin de semana. Pero nunca llegó.

La cámara pasa ahora a enfocar a una mujer identificada como la madre de Lacey; está llorando de frente a la pantalla y explica que simplemente pensó que Lacey había apagado su teléfono, como hace a veces: "No es como otros chicos, que viven pegados a Instagram; Lacey necesita desconectar a veces. Es muy sensible". Está contando que el hallazgo del cuerpo de Aubrey había sido el catalizador que necesitaba para denunciar oficialmente a su hija como desaparecida y, al mejor estilo femenino, siente la necesidad de estar a la defensiva, de demostrarle al mundo que es una buena madre, una madre atenta. Que esto no es culpa suya. Escucho sus sollozos: "Nunca se me ocurrió que le podría haber pasado algo; de lo contrario, lo habría denunciado enseguida", cuando de pronto me doycuenta: Lacey se marchó de la sesión conmigo el viernes por la tarde y nunca llegó a su siguiente destino. Salió por mi puerta y desapareció, lo que significa que este consultorio, *mi* consultorio, es el último lugar donde la habrían visto con vida, y yo soy la última persona que lo habría hecho.

—¿Doctora Davis?

Me vuelvo. La voz no pertenece a Melissa, que está de pie detrás de su escritorio, con la vista clavada en mí y las manos en los auriculares colgados del cuello. Es más grave, una voz masculina. Mis ojos se dirigen hacia el marco de la puerta y veo a un par de agentes de policía de pie fuera del consultorio. Trago saliva.

—¿Sí?

Ambos entran y el de la izquierda, el más bajo de los dos, levanta el brazo para mostrar su placa.

—Soy el detective Michael Thomas y este es mi colega, el agente Colin Doyle —dice, y señala con la cabeza al hombre grandote a su derecha—. Nos gustaría hacerle unas preguntas sobre la desaparición de Lacey Deckler.

CAPÍTULO 14

Hacía calor en la comisaría, un calor incómodo. Recuerdo los ventiladores colocados alrededor de la oficina del sheriff; el aire viciado y reciclado soplaba en todas las direcciones imaginables y las notas adhesivas pegadas a su escritorio se agitaban en la brisa cálida. Los mechones de mi pelo bailaban en el fuego cruzado y me hacían cosquillas en la mejilla. Observé las gotas de humedad que resbalaban por el cuello del sheriff Dooley: empapaban el cuello de su camisa y dejaban una mancha oscura y húmeda. El primer día de otoño había llegado y se había ido, pero, aun así, el calor era agobiante.

—Chloe, cariño —sugirió mi madre mientras apretaba mis dedos en su mano sudada—. ¿Por qué no le enseñas al sheriff lo que me enseñaste esta mañana?

Bajé la mirada a la caja que tenía en el regazo evitando mirarlo directamente. No quería mostrársela. No quería que supiera lo que yo sabía. No quería que viera las cosas que yo había visto, las cosas de esta caja, porque una vez que lo hiciera, todo se acabaría. Todo cambiaría.

—Chloe.

Alcé la vista hacia el sheriff, que se inclinaba hacia mí desde el otro lado del escritorio. Su voz era profunda, severa, pero al mismo tiempo dulce, probablemente por el inconfundible acento sureño que hacía que cada palabra sonara densa y lenta como la miel al gotear. Estaba observando la caja sobre mi regazo; el viejo joyero de madera en el que mi madre solía guardar sus pendientes de diamantes y los broches antiguos de mi abuela antes de que mi padre le comprara uno nuevo la Navidad anterior. Tenía una bailarina en su interior que giraba cuando se abría la tapa y danzaba al ritmo de delicadas campanillas.

—Todo está bien, cariño —aseveró él—. Estás haciendo lo correcto. Empieza por el principio. ¿Dónde encontraste la caja?

—Estaba aburrida esta mañana —comencé. Sostenía la caja contra mi estómago mientras trataba de quitar una astilla en la madera—. Todavía hacía mucho calor y no quería salir, así que decidí jugar con el maquillaje, con mi pelo, ese tipo de cosas.

Me ruboricé y tanto mi madre como el sheriff fingieron no darse cuenta. Yo había sido siempre una especie de marimacho que prefería pelearme con Cooper en el jardín antes que cepillarme el pelo, pero desde aquel día con Lena, había empezado a notar cosas sobre mí que nunca antes había notado. Cosas como la manera en la que mis clavículas parecían sobresalir cuando me peinaba con el flequillo hacia atrás o cómo mis labios parecían más gruesos cuando los untaba con brillo de vainilla. Solté la caja en ese momento y me limpié la boca con el antebrazo; repentinamente cohibida porque todavía llevaba puesto un poco de brillo.

—Entiendo, Chloe. Continúa.

—Entré en la habitación de mamá y papá y empecé a rebuscar en el vestidor. No era mi intención husmear… —continué y me volví hacia mi madre—. En serio, no lo era. Pensaba tomar un pañuelo o algo para atarme el pelo, pero entonces vi tu joyero con todos los broches bonitos de la abuela.

—Está bien, querida —susurró ella y una lágrima cayó por su mejilla—. No estoy enfadada.

—Así que lo tomé —proseguí, y volví a mirar hacia la caja—. Y lo abrí.

—¿Y qué encontraste dentro? —preguntó el sheriff.

Mis labios empezaron a temblar; abracé la caja con más fuerza.

—No quiero ser una chivata —murmuré—. No quiero meter a nadie en problemas.

—Solo queremos saber lo que hay en la caja, Chloe. Nadie se va a meter en problemas. Veamos qué hay en la caja y después ya se verá.

Negué con la cabeza; de pronto comprendí la gravedad de la situación. Nunca debí mostrarle la caja a mamá; nunca debí decir nada. Debí haber cerrado la tapa, haberla devuelto a ese rincón polvoriento y haberme olvidado de ella. Pero no lo hice.

—Chloe —me urgió el sheriff, y se enderezó en la silla—. Esto es serio. Tu madre ha hecho una acusación importante y tenemos que ver qué hay en esa caja.

—Cambié de opinión —exclamé presa del pánico—. Creo que me confundí o algo parecido. Estoy segura de que no es nada.

—Eras amiga de Lena Rhodes, ¿verdad?

Me mordí la lengua y asentí con lentitud. Los rumores vuelan en una ciudad pequeña.

—Sí, señor —respondí—. Ella siempre fue buena conmigo.

—Bueno, Chloe, alguien asesinó a esa chica.

—Sheriff —intervino mi madre, y se inclinó hacia delante. El hombre extendió el brazo y siguió mirando en mi dirección.

—Alguien mató a esa chica y la abandonó en un lugar tan espantoso que aún no hemos podido encontrarla. No hemos podido encontrar su cuerpo y devolvérselo a sus padres. ¿Qué piensas de eso?

—Creo que es horrible —murmuré, y una lágrima resbaló por mi mejilla.

—Yo creo lo mismo —coincidió—. Pero eso no es todo. Cuando esta persona terminó con Lena, no se detuvo allí. Esta misma persona asesinó a cinco chicas más. Y tal vez asesine a cinco más antes de que termine el año. Así que si sabes algo acerca de quién puede ser esta persona, necesitamos saberlo, Chloe. Necesitamos saberlo antes de que lo haga de nuevo.

—No quiero mostrarle nada que pueda meter a mi papá en problemas —insistí con las lágrimas corriendo por mis mejillas—. No quiero que se lo lleven.

El sheriff se acomodó de nuevo en la silla, con expresión comprensiva. Guardó silencio durante un minuto antes de inclinarse hacia delante y volver a hablar.

—¿Aunque eso pueda salvar una vida?

Alzo la mirada hacia los dos hombres que están frente a mí: el detective Thomas y el agente Doyle. Están en mi consultorio, sentados en las sillas normalmente reservadas para los pacientes, y me observan con atención. Esperan. Están esperando que yo diga algo, igual que el sheriff Dooley había esperado veinte años atrás.

—Lo siento —me disculpo, y me enderezo un poco en la silla—. Me perdí en mis pensamientos por un segundo. ¿Podrían repetir la pregunta?

Los hombres se miran entre sí antes de que el detective Thomas empuje una fotografía a través de mi escritorio.

—Lacey Deckler —dice, y le da unos golpecitos a la imagen—. ¿Le suena el nombre o la imagen?

—Sí —admito—. Sí, Lacey es una paciente nueva. La vi el viernes por la tarde. A juzgar por las noticias, imagino que por eso están aquí.

—Correcto —señala el oficial Doyle.

Es la primera vez que oigo hablar al oficial y giro el cuello hacia él. Reconozco su voz. La he escuchado antes: ese sonido áspero y ahogado. Lo escuché este mismo fin de semana en el cementerio. Es el mismo oficial que se acercó corriendo cuando encontramos el pendiente de Aubrey. El mismo oficial que me lo arrebató de la mano.

—¿A qué hora se marchó Lacey de su consultorio el viernes por la tarde?

—Eh…, fue mi última paciente —explico; despego los ojos del oficial Doyle y los dirijo de nuevo al detective—. Así que imagino que fue alrededor de las seis y media.

—¿La vio irse?

—Sí —digo—. Bueno, no. La vi salir del consultorio, pero no la vi salir del edificio.

El agente me estudia con curiosidad, como si también me reconociera.

—O sea, que hasta donde usted sabe, podría no haber salido nunca del edificio.

—Creo que es razonable suponer que abandonó el edificio —replico, y me trago el enfado—. Una vez que uno sale del vestíbulo, no hay realmente ningún otro lugar adonde ir que no sea afuera. Hay una habitación del conserje que está siempre cerrada por fuera y un baño pequeño junto a la puerta principal. Eso es todo.

Los hombres asienten, al parecer satisfechos.

—¿De qué hablaron durante la sesión? —pregunta el detective.

—No puedo decírselo —respondo, y me muevo en la silla—. La relación entre terapeuta y paciente es estrictamente confidencial; no comparto nada de lo que mis pacientes me cuentan dentro de estas paredes.

—¿Aunque eso pueda salvar una vida?

Siento un puñetazo en el pecho, como si me hubiera

quedado sin aire en los pulmones. Las chicas desaparecidas, la policía haciendo preguntas. Es demasiado, demasiado parecido. Parpadeo con fuerza para intentar librarme de la luz intensa que está surgiendo en mi visión periférica. Por un segundo, creo que voy a desmayarme,

—Lo siento —tartamudeo—. ¿Qué acaba de decir?

—Si Lacey le hubiera dicho algo durante la sesión del viernes que pudiera salvar potencialmente su vida, ¿nos lo diría?

—Sí —reconozco con la voz temblorosa. Miro la gaveta de mi escritorio, mi santuario de pastillas casi al alcance de la mano. Necesito una. Necesito una ahora—. Sí, por supuesto. Si me hubiera dicho algo que me hubiera hecho sospechar en lo más mínimo que estaba en peligro, se lo diría.

—Entonces, ¿para qué vino ella a ver a una terapeuta si no tenía ningún problema?

—Soy psicóloga —preciso con los dedos temblando—. Fue la primera cita, una sesión introductoria. Solo para conocernos. Ella tiene algunos… temas familiares con los que necesita ayuda.

—Temas familiares—repite el agente Doyle. Sigue mirándome con desconfianza, o al menos eso creo.

—Sí —aseguro—. Y lo siento, pero eso es realmente todo lo que puedo decirles.

Me pongo de pie, una señal no verbal de que es hora de que se vayan. Estuve en la escena del crimen donde se encontró el cuerpo de Aubrey; este mismo agente se me acercó cuando yo tenía una prueba *en mi mano,* por el amor de Dios, y ahora soy la última persona que Lacey vio antes de desaparecer. Estas dos coincidencias, sumadas a mi apellido, me colocarían de lleno en el centro mismo de esta investigación, en un lugar en el que no quiero estar por nada del mundo. Echo un vistazo alrededor del consultorio en busca de cualquier pista que pueda revelar mi identidad, mi pasado. No guardo ningún recuerdo personal aquí, ninguna foto familiar, ninguna alusión a Breaux Bridge. Tienen mi nombre y solo mi nombre, pero si quisieran saber más, con eso sería suficiente.

Se miran nuevamente y se ponen de pie al mismo tiempo; el chirrido de las sillas me eriza el vello de los brazos.

—Bueno, doctora Davis, le agradecemos su tiempo —concluye el detective Thomas mientras asiente con la cabeza—. Si se le ocurre algo que pueda ser pertinente para la investigación, cualquier cosa que crea que debamos saber…

—Les avisaré —digo con una sonrisa amable. Se dirigen hacia la puerta y la abren de par en par antes de asomarse a la sala, ahora vacía. El agente Doyle voltea y vacila.

—Lo siento, doctora Davis, una cosa más —aventura—. Me resulta usted muy familiar y no consigo ubicarla. ¿Nos hemos visto antes?

—No —respondo y cruzo los brazos—. No, no lo creo.

—¿Está segura?

—Estoy bastante segura —asevero—. Ahora, si me disculpan, tengo un día muy ocupado. Mi paciente de las nueve debería llegar en cualquier momento.

CAPÍTULO 15

Salgo a la sala de espera del consultorio; la silenciosa quietud amplifica el sonido de mi propia respiración. El detective Thomas y el agente Doyle se han ido. El bolso de Melissa no está, su computadora está apagada. El televisor sigue a todo volumen; la cara de Lacey ronda la habitación con su presencia invisible.

Le mentí al oficial Doyle. Nos hemos visto antes, en el cementerio Los Cipreses, cuando él tomó el pendiente de la chica muerta de la palma de mi mano. También mentí sobre que tenía citas hoy. Melissa las canceló, se lo pedí explícitamente, y ahora son las nueve y cuarto de la mañana del lunes y no tengo otra cosa que hacer que sentarme en el consultorio vacío y dejar que la oscuridad de mis propios pensamientos me devore por completo antes de regurgitar mis huesos.

Pero sé que no puedo hacerlo. Otra vez no.

Sostengo el móvil en la mano y pienso con quién puedo hablar, a quién puedo llamar. Cooper está descartado: se preocuparía demasiado. Me haría preguntas que no quiero responder, sacaría conclusiones que estoy tratando de evitar. Me miraría con preocupación, sus ojos se desviarían hacia la gaveta de mi escritorio y regresarían a mí, y se preguntaría en silencio qué tipo de medicamentos tengo ahí, escondidos en la oscuridad. Qué clase de pensamientos retorcidos están creando y haciendo dar vueltas en mi mente. No, necesito calma, racionalidad. Algo que me tranquilice. Mi siguiente pensamiento es Patrick, pero está en una conferencia. No puedo molestarlo con esto. El problema no es que esté demasiado ocupado para escucharme, al contrario. El problema es que dejaría todo y saldría corriendo a ayudarme y no puedo dejar que lo haga. No puedo arrastrarlo a esto. Además, ¿qué es *esto* en realidad? No son más que mis propios recuerdos, mis propios demonios no resueltos, emergiendo a la superficie. No hay nada que él pueda hacer para solucionar el problema, nada que pueda decirme que no me hayan dicho antes. Eso no es lo que necesito ahora. Solo necesito a alguien que me escuche.

Levanto la cabeza de golpe. De pronto, sé adónde tengo que ir.

Recojo mi bolso y las llaves y cierro la puerta con llave antes de subirme al coche y dirigirme al sur. En cuestión de minutos, paso por delante de un cartel que reza "Residencia Riverside para mayores" y un grupo de edificios conocidos de color amarillo que asoman en la distancia. Siempre supuse que la elección del color era una manera de evocar la luz del sol, la felicidad…, cosas positivas como esas. En un momento dado realmente lo creí, me convencí de que el color de la pintura podía elevar artificialmente el estado de ánimo de los residentes atrapados en el interior. Pero el amarillo antaño brillante se había descolorido, los efectos despiadados del clima y los años habían desteñido el revestimiento, los agujeros en las cortinas convertían las ventanas en sonrisas desdentadas y la maleza se asomaba a través de las grietas de la acera como si los tallos también estuvieran luchando por escapar. Cuando me acerco a los edificios, ya no veo la luz del sol que brilla en mi dirección, ni el color que trasmite calidez, energía y alegría. En vez de eso, veo abandono, como una sábana manchada o dientes amarillentos por el descuido.

Si yo fuera una paciente, ya sé lo que me diría.

"Estás proyectando, Chloe. ¿Será posible que la sensación de abandono que te producen estos edificios tenga que ver con que sientes que has abandonado a alguien en su interior?".

Sí, sí. Sé que la respuesta es sí, pero eso no lo hace más fácil. Aparco en un espacio vacío cerca de la entrada y cierro con un portazo algo excesivo antes de entrar por la puerta automática y llegar a la recepción.

—¡Mira quién está aquí! ¡Hola, Chloe!

Me vuelvo hacia el mostrador de recepción y sonrío a la mujer que saluda en mi dirección. Es grande y pechugona; lleva el pelo recogido en un rodete apretado y su uniforme estampado parece descolorido y suave. Le devuelvo el saludo antes de apoyar los brazos en el mostrador.

—Hola, Marta, ¿cómo estás hoy?

—Bueno, nada mal, nada mal. ¿Has venido a ver a tu mamá?

—Sí, señora. —Sonrío.

—Hacía tiempo que no venías —comenta mientras toma el libro de visitas y lo empuja hacia mí. Hay enjuiciamiento en su tono, pero trato de ignorarlo; en cambio, miro el libro. La página está en blanco y escribo mi nombre en la parte superior; advierto la fecha en el extremo superior derecho: lunes 1 de junio. Trago con fuerza e intento ignorar la presión en mi pecho. Ya estamos en junio.

—Lo sé —respondo por fin—. He estado ocupada, pero eso no es excusa. Debería haber venido antes.

—Falta poco para la boda, ¿no?

—El mes que viene —preciso—. ¿Puedes creerlo?

—Me alegro por ti, cariño. Me alegro por ti. Sé que tu mamá está contenta por ti.

Vuelvo a sonreír, agradecida por la mentira. Me gustaría pensar que mi madre está contenta por mí, pero la verdad es que es imposible saberlo.

—Adelante —agrega, y coloca el libro en su regazo—. Ya conoces el camino. Debería haber una enfermera con ella.

—Gracias, Marta.

Volteo y miro hacia el interior de la recepción; hay tres pasillos que salen en direcciones opuestas. El de la izquierda lleva a la cafetería y a la cocina, donde los residentes reciben su comida industrial todos los días a la misma hora: sartenes rebosantes de huevos revueltos aguados, espaguetis con salsa de carne, guisos de pollo con semillas de amapola acompañados de lechuga marchita ahogada en un aderezo salado. El del centro lleva a la sala de estar, un área amplia con televisores y juegos de mesa y sillones sorprendentemente cómodos en los que me he quedado dormida más de una vez. Tomo el pasillo de la derecha, plagado de puertas, el pasillo número tres, y recorro la interminable extensión de linóleo veteado hasta llegar a la habitación 424.

—Toc, toc —digo golpeando la puerta parcialmente abierta—. ¿Mamá?

—¡Pasa, pasa! Nos estamos aseando.

Me asomo y veo a mi madre por primera vez en un mes. Como siempre, tiene el mismo aspecto, pero diferente. El mismo que ha tenido durante los últimos veinte años, pero diferente de la forma en la que mi mente todavía elige recordarla: joven, hermosa, llena de vida. Vestidos de verano coloridos que rozaban sus rodillas bronceadas, su pelo largo y ondulado recogido a los lados y sus mejillas sonrojadas por el calor del verano. Ahora veo sus piernas pálidas y frágiles detrás de la bata entreabierta, y a ella, sentada en su silla de ruedas, sin expresión alguna en el rostro. La enfermera le está cepillando el pelo, cortado sobre los hombros, y ella mira por la ventana que da al aparcamiento.

—Hola, mamá —la saludo, y me acerco. Me siento en un lado de la cama y sonrío—. Buenos días.

—Buenos días, querida —responde la enfermera. Esta es nueva. No la reconozco. Parece percibirlo y continúa hablando—. Me llamo Sheryl. Tu madre y yo nos hemos hecho amigas estas últimas semanas, ¿no es así, Mona?

Toca el hombro de mi madre y sonríe, le cepilla un poco más el pelo y luego deja el cepillo en la mesita de noche y gira la silla hacia mí. El rostro de mamá todavía me impresiona, incluso después de todos estos años. No está desfigurada ni nada parecido; no tiene ninguna deformidad más allá de lo esperable. Pero está diferente. Las pequeñas cosas que la hacían ser *ella* han cambiado: sus cejas, que solía mantener depiladas, están demasiado crecidas y le dan a su cara una apariencia más masculina. Tiene el cutis cerúleo y sin maquillar, y el champú barato con el que le lavan el pelo le deja las puntas ásperas y encrespadas.

Y su cuello. Esa cicatriz larga y gruesa que todavía atraviesa su cuello.

—Las dejo solas —añade Sheryl, y camina hacia la puerta—. Si necesitan algo, avísame.

—Gracias.

Quedoa solas con mi madre, sus ojos clavados en los míos, y los sentimientos de abandono vuelven con fuerza. A mamá la internaron en una residencia en Breaux Bridge después de su intento de suicidio. Todavía éramos demasiado pequeños para cuidarla nosotros —con doce y quince años, nos llevaron a vivir con una tía a las afueras de la ciudad—, pero el plan era sacarla de allí cuando pudiéramos. Cuidarla cuando pudiéramos. Después Cooper cumplió dieciocho años y fue obvio que no iba a ocuparse de ella. Cooper no se quedaba en un sitio mucho tiempo. No podía estarse quieto. Y ella necesitaba una rutina. Una rutina ordenada y sencilla. Así que cuando yo entré en la universidad en Baton Rouge, decidimos trasladarla aquí. La idea era que yo me haría cargo cuando terminara mis estudios… pero entonces fueron surgiendo más excusas. ¿Cómo iba a poder cursar mi doctorado y a la vez atender a una madre dependiente y discapacitada? ¿Cómo iba a conocer a alguien, salir con alguien, casarme…? Aunque lo cierto es que había tenido bastante éxito en sabotear mis posibilidades en ese sentido sin tener que recurrir a ella. Así que la mantuvimos aquí, en Riverside, sin dejar de repetirnos que era algo temporal. Cuando yo me graduara. Cuando tuviéramos ahorros suficientes. Cuando yo abriera mi consultorio propio. Los años fueron transcurriendo y calmamos nuestro sentimiento de culpa visitándola todos los fines de semana. Luego empezamos a turnarnos, Cooper y yo, para ir cada dos semanas; visitas apresuradas, encajadas entre otras obligaciones, nuestros móviles siempre en la mano. Ahora venimos cuando las enfermeras nos llaman y nos lo piden. Son buenas personas, pero seguro que hablan de nosotros cuando no estamos. Nos juzgan por abandonar a nuestra madre, por dejar su destino en manos de extraños. Pero lo que no entienden es que ella también nos abandonó a nosotros.

—Siento no haber venido a visitarte durante un tiempo —comienzo. Mis ojos estudian su rostro en busca de alguna señal de movimiento, de vida—. La boda es en julio y hay muchas cosas que hacer de última hora. —El silencio entre nosotras se extiende con lentitud, aunque ya estoy acostumbrada. A hablar sola. Sé que no va a responder—. Te prometo que vendré pronto con Patrick para que lo conozcas —continúo—. Te gustará. Es un gran tipo.

Parpadea un par de veces y golpea con el dedo el apoyabrazos. Mis ojos se desvían con rapidez a su mano. Sin dejar de mirarla, pregunto de nuevo.

—¿Te gustaría conocerlo?

Vuelve a golpear suavemente con el dedo, y yo sonrío.

Encontré a nuestra madre tendida en el suelo del vestidor

poco después de que papá fue sentenciado: el vestidor donde encontré la caja. La caja que selló el destino de mi padre. El simbolismo poético no me pasó inadvertido, incluso a los doce años. Mamá había intentado ahorcarse con uno de los cinturones de cuero de papá, hasta que la viga de madera se rompió y ella se estrelló contra el suelo. Cuando la encontré, tenía el rostro morado, los ojos desorbitados y espasmos en las piernas. Recuerdo haber llamado a Cooper a grito pelado, haberle gritado que dijera algo, que hiciera algo. Lo recuerdo de pie en el pasillo, aturdido, inmóvil. "¡HAZ ALGO!", grité de nuevo, y lo observé parpadear, agitar la cabeza y luego correr hacia el vestidor y tratar de hacerle los primeros auxilios. En algún momento se me ocurrió llamar al 911, así que lo hice. Y logramos salvar parte de ella, pero no todo.

Estuvo en coma durante un mes; Cooper y yo no teníamos edad suficiente para tomar ninguna decisión médica, así que eso recayó en nuestro padre, desde la prisión. Se negó a desconectarla. No podía ir a visitarla, pero el estado de mamá era inequívoco: nunca podría volver a caminar, hablar ni hacer nada por sí misma. Pero, aun así, él no perdió la esperanza. Ese simbolismo poético tampoco me pasó inadvertido; que se hubiera pasado sus días fuera de una celda quitando vidas y que, después de ser encarcelado, estuviera aparentemente decidido a salvarlas. Semana tras semana vimos a nuestra madre yacer inmóvil en la cama del hospital; su pecho subía y bajaba con ayuda de una máquina, hasta que una mañana hizo un movimiento por sí misma y abrió los ojos.

Nunca recuperó el movimiento. Nunca recuperó el habla. Había padecido anoxia, una importante falta de oxígeno en el cerebro, y esto la había dejado en lo que los médicos llamaron un *estado de conciencia mínima.* Utilizaron palabras como *generalizado* e *irreversible.* Estaba desconectada, pero no del todo. Su nivel de comprensión todavía es incierto; algunos días, cuando me sorprendo divagando sobre mi vida o la de Cooper, sobre todas las cosas que hemos presenciado y hecho en los años desde que ella decidió que ya no éramos lo bastante importantes para que ella siguiera viva, puedo ver un destello en sus ojos que me dice que me escucha. Ella entiende lo que estoy diciendo. Lo lamenta.

Pero otras veces, cuando miro sus pupilas negras como la tinta, solo veo mi propio reflejo.

Hoy es un buen día. Me escucha. Me entiende. No puede comunicarse verbalmente, pero puede mover los dedos. A lo largo de los años he aprendido que esos golpecitos significan algo, son su manera de asentir con la cabeza, creo, una indicación sutil de que está siguiendo mis palabras.

O tal vez solo sea una expresión de deseo mía. Tal vez no signifiquen nada en absoluto.

Miro a mi madre, la encarnación viviente del dolor que ha causado mi padre. Si soy sincera conmigo misma, esa es la verdadera razón por la que la he dejado aquí durante todos estos años. Sí, es una gran responsabilidad cuidar a una persona con una discapacidad tan grave como la suya, pero podría hacerlo si realmente quisiera. Tengo el dinero para contratar ayuda, tal vez incluso conseguir una enfermera a tiempo completo. La verdad es que no quiero hacerlo. No puedo imaginar mirarla a los ojos todos los días y verme obligada a revivir el momento en el que la encontramos una y otra y otra vez. No puedo imaginarme permitir que los recuerdos invadan mi casa, el único lugar en el que me he esforzado tanto por mantener una apariencia de normalidad. Abandoné a mi madre porque es más fácil así. Al igual que abandoné la casa de nuestra infancia y me negué a rebuscar entre nuestras pertenencias y a revivir los horrores que tuvieron lugar allí; en lugar de eso dejé que se derrumbara, como si negarme a reconocer su existencia la hiciera menos real.

—Lo traeré antes de la boda —digo, esta vez en serio.

Quiero que Patrick conozca a mi madre y quiero que mi madre conozca a Patrick. Le apoyo una mano en la pierna; es tan frágil que casi doy marcha atrás; veinte años de inmovilidad deterioraron los músculos y dejaron solo piel y hueso. Me obligo a mantenerla ahí y la aprieto ligeramente.

—Pero en realidad, mamá, no es de eso de lo quería hablarte. No es la razón por la que estoy aquí.

Bajo la vista a mi regazo; sé muy bien que una vez que las palabras escapen de mis labios, no podré retroceder ni retractarme de ellas. Quedarán atrapadas en la mente de mi madre: una caja cerrada con una llave perdida. Y una vez que estén ahí, ella no podrá soltarlas. No podrá hablar de eso, ni verbalizarlo, ni desahogarse de la manera en la que yo puedo hacerlo, de la manera en que lo *estoy* haciendo, aquí y ahora. De pronto, me siento increíblemente egoísta. Pero no puedo evitarlo. Lo digo de todas maneras.

—Hay más chicas desaparecidas. Chicas muertas. Aquí en Baton Rouge.

Creo ver que abre un poco más los ojos, pero de nuevo podría ser lo que yo deseo.

—Encontraron el cuerpo de una chica de quince años en el cementerio Los Cipreses el sábado. Yo estaba ahí, con el grupo de búsqueda. Encontraron su pendiente. Luego, esta mañana, desapareció otra. También de quince años. Y esta vez, la *conozco*. Es una paciente mía.

El silencio reina en la habitación y, por primera vez desde que tenía doce años, anhelo la voz de mi madre. Necesito con desesperación que sus palabras prácticas pero protectoras desciendan sobre mis hombros como una manta que en invierno me mantiene a salvo. Me mantiene tibia.

"Esto es serio, cariño, pero solo tienes que tener cuidado. Estar atenta".

—Me resulta familiar —prosigo mirando por la ventana—. Algo en todo esto me resulta…, no sé, igual. Es como si estuviera teniendo un *déjà vu*. La policía fue a hablar conmigo, al consultorio, y me hizo recordar...

Me interrumpo, miro a mi madre y me pregunto si ella también puede recordar nuestra conversación en la oficina del sheriff Dooley. El aire húmedo, las notas adhesivas que se agitaban con la brisa, la caja de madera en mi regazo.

—De pronto resurgen conversaciones enteras —preciso—. Como si estuviera las teniendo exactamente de nuevo. Pero entonces pienso en la última vez que me pasó esto...

Me detengo nuevamente y tomo conciencia de que *este* es un recuerdo que mi madre ciertamente no comparte. No sabe nada de la última vez, de la época de la universidad, en la que los recuerdos me acometieron otra vez, recuerdos tan reales que no podía separar el pasado del presente, el *entonces* del *ahora*. Lo real de lo imaginado.

—Con esto de que se acerca el aniversario, supongo que me estoy poniendo paranoica —conjeturo—. Ya sabes, más de lo habitual, quiero decir.

Me río y quito mi mano de su pierna para ahogar el ruido. Mi mano me roza la mejilla y la siento húmeda: una lágrima se desliza por mi cara. No me había dado cuenta de que lloraba.

—De todas maneras, necesitaba decirlo en voz alta, supongo. Decírselo a alguien para que me ayude a escuchar lo estúpido que suena. —Me enjugo la lágrima de la mejilla y me froto la mano contra el pantalón—. Dios, me alegro haber venido antes de decírselo a nadie más. No sé por qué estoy tan preocupada. Papá está en la cárcel. No hay forma de que pueda estar involucrado.

Mi madre me mira con fijeza, sus ojos están llenos de preguntas que sé que quiere hacer. Miro su mano, el imperceptible movimiento de sus dedos.

—¡He vuelto!

Me sobresalto y giro hacia la voz a mis espaldas. Es Sheryl, de pie en la puerta. Me llevo la mano al pecho y respiro.

—No quise asustarte, querida —se ríe—. ¿Lo están pasando bien?

—Sí —respondo, y asiento con la cabeza. Me vuelvo hacia mi madre—. Está bueno ponerse al día.

—Esta semana estás recibiendo muchas visitas, ¿verdad, Mona?

Sonrío, aliviada al saber que Cooper ha cumplido su promesa.

—¿Cuándo estuvo mi hermano?

—No, no era tu hermano —aclara Sheryl. Camina detrás de mi madre, apoya las manos en el respaldo de la silla de ruedas y suelta el freno con el pie—. Era otro hombre. Dijo que era amigo de la familia.

La miro con un gesto de preocupación.

—¿Qué otro hombre?

—Tenía aspecto elegante, no era de por aquí. Dijo que estaba de visita en la ciudad.

Siento una opresión en el pecho.

—¿Pelo castaño? —pregunto—. ¿Gafas de carey?

Sheryl chasquea los dedos antes de señalarme con el índice.

—¡Ese mismo!

Me levanto y tomo el bolso de la cama.

—Tengo que irme —anuncio. Camino enérgicamente hacia mi madre y le rodeo el cuello con los brazos—. Lo siento, mamá. Por… todo.

Salgo corriendo por la puerta abierta y el largo pasillo. La rabia crece en mi pecho con cada golpe de mis tacones en el suelo. ¿Cómo se atreve? ¿Cómo se *atreve*? Llego a la recepción y me dejo caer sobre el mostrador, jadeando. Tengo una idea de quién puede ser este misterioso visitante, pero necesito saberlo con certeza.

—Marta, necesito ver el libro de visitas.

—Ya lo firmaste, querida. ¿No lo recuerdas? Cuando llegaste.

—No, necesito ver las visitas previas. De este fin de semana.

—No estoy segura de que pueda dejarte hacerlo, cariño…

—Alguien en este edificio dejó entrar a un hombre no autorizado a ver a mi madre. Dijo que era un amigo de la familia, pero no es un amigo. Es peligroso y necesito saber si estuvo aquí.

—¿Peligroso? Cariño, no dejamos entrar a gente que no…

—Por favor —insisto—. Por favor, solo déjame mirar.

Me observa fijamente durante un segundo antes de inclinarse y tomar el libro de su escritorio. Lo desliza por el mostrador y yo susurro un "gracias" antes de hojear las páginas llenas de firmas de días anteriores. Encuentro la sección de ayer, domingo 31 de mayo, el día que me pasé en el sofá de mi sala de estar, y reviso la lista de nombres. Mi corazón se detiene al encontrar el que esperaba desesperadamente no ver.

Allí, con una letra confusa, está la prueba que había estado buscando.

Aaron Jansen estuvo aquí.

CAPÍTULO 16

El teléfono suena dos veces antes de que esa voz familiar me salude.

—Aaron Jansen.

—*Imbécil* —lo increpo sin molestarme en presentarme.

Estoy atravesando el aparcamiento, furiosa, en dirección a mi coche. Llamé al buzón de voz del consultorio luego de devolver el libro de visitas y volví a escuchar el último mensaje que Aaron me había enviado el viernes por la tarde.

"Puede llamarme directamente a este número: 555-293-4728".

—Chloe Davis —responde—. Me imaginé que tendría noticias tuyas hoy. —Deja adivinar una sonrisa en la voz al tutearme por primera vez.

—¿Has visitado a mi *madre*? No tenías derecho a hacerlo.

—Te dije en mi mensaje que me pondría en contacto con tu familia. Te avisé con tiempo.

—No —replico, y niego con la cabeza—. Dijiste con mi padre. Me importa un carajo mi padre, pero mi madre es zona prohibida.

—¿Por qué no nos vemos? Estoy en la ciudad. Te explicaré todo.

—Vete a la mierda —exclamo—. No pienso encontrarme contigo. Lo que hiciste fue poco ético.

—¿De verdad vas a hablarme de ética?

Me detengo a centímetros de mi coche aparcado.

—¿Qué se supone que significa eso?

—Reúnete conmigo hoy. Seré breve.

—Estoy ocupada —miento. Abro el coche y me hundo dentro—. Tengo pacientes.

—Entonces iré a tu consultorio. Esperaré en la sala hasta que tengas un momento libre.

—No... —Suspiro y cierro los ojos. Apoyo la frente en el volante. Me doy cuenta de que este tira y afloja no tiene sentido. El tipo no se va a rendir. Ha volado desde Nueva York a Baton Rouge para encontrarse conmigo y si quiero que deje de hurgar en mi vida, voy a tener que hablar con él. Cara a cara—. No, por favor, no lo hagas. Me reuniré contigo, ¿de acuerdo? Me reuniré contigo ahora mismo. ¿Adónde quieres ir?

—Todavía es temprano —responde—. ¿Qué te parece un café? Yo invito.

—Hay un local a orillas del río —propongo mientras me presiono el puente de la nariz—. Brew House. Nos vemos ahí en veinte minutos.

Cuelgo antes de colocar la marcha atrás y conducir en dirección al Mississippi. Estoy a solo diez minutos de la cafetería, pero quiero llegar ahí antes que él. Quiero estar sentada en la mesa que yo elija en el momento en que él entre por la puerta. Quiero controlar esta conversación y no sentirme una espectadora impotente. No quiero estar a la defensiva, ni que me sorprenda con la guardia baja como acaba de hacerlo.

Aparco cerca y entro en la pequeña cafetería, una joya escondida en River Road, parcialmente cubierta por robles siempre verdes de follaje gris-verdoso. Hay poca luz en el interior y pido un café con leche. Mis ojos se posan en el tablón de anuncios junto a la vitrina de la crema y el azúcar. Encajada entre pequeños anuncios que publicitan clases de violín y el póster de un concierto inminente está la cara de Lacey Deckler: la palabra DESAPARECIDA escrita con rotulador la cruza por encima. La fotografía está colocada encima de otro trozo de papel que asoma por los bordes. Me acerco, aparto la foto a un lado con el dedo y dejo al descubierto el póster de Aubrey que está detrás: ya ha sido sustituida, descartada como una máquina rota.

Me siento ante una mesa en el rincón; escojo el asiento que mira hacia la puerta de entrada. Mis dedos golpean ansiosamente el borde de mi taza y me obligo a mantenerlos quietos, a pesar de la energía nerviosa que irradia cada uno de mis poros. Entonces espero.

Quince minutos después, mi café con leche está frío. Considero la posibilidad de levantarme para pedir que lo calienten, pero antes de que pueda moverme, veo entrar a Aaron. Lo reconozco enseguida por su foto en internet. Lleva otra camisa azul a cuadros y las mismas estúpidas gafas con filtro azul, aunque no está tan delgado como en la foto. Es más musculoso de lo que me esperaba, el maletín de cuero de la computadora colgado del hombro le ajusta la tela contra un bíceps que yo no esperaba ver. Me pregunto de qué época será la fotografía; supongo que justo de después de la universidad, cuando todavía era un niño. Sigo mirando y lo observo atravesar la cafetería, ojear el mostrador de la pastelería y entrecerrar los ojos hacia el menú detrás de la barra de café. Pide un capuchino y paga con dinero en efectivo; se humedece los dedos con tranquilidad antes de contar los billetes y dejar caer el cambio en el tazón de las propinas. Luego contempla los cuadros decorativos en la pared mientras le preparan el expreso. El ruido del vaporizador de leche me eriza la piel.

Por alguna razón, su tranquilidad me molesta. Esperaba que entrara corriendo, ansioso por adelantárseme con la misma ansiedad con la que yo había querido adelantarme a él.

Lo quería jadeante, sudoroso, jugando a atraparme. Sorprendido por encontrarme ya esperando. En cambio, llega tarde. Actúa como si tuviera todo el tiempo del mundo. Como si fuera él quien tiene el control, y entonces me doy cuenta.

Sabe que estoy aquí. Sabe que lo estoy observando.

Este comportamiento relajado, esta actitud despreocupada, es un espectáculo montado solo para mí. Está tratando de ponerme nerviosa, de inquietarme. La idea me enfada más de lo que debería.

—Aaron —lo llamo y agito la mano con demasiado entusiasmo. Él levanta la cabeza y mira en mi dirección—. Estoy aquí.

—Hola, Chloe —dice con una sonrisa. Se acerca a la mesa y apoya el bolso en la silla—. Gracias por reunirte conmigo.

—Doctora Davis —lo corrijo—. Y la verdad es que no me dejaste demasiadas opciones.

Sonríe.

—Estoy esperando mi capuchino —agrega—. ¿Puedo invitarte a algo?

—No —replico, y señalo la taza en mis manos—. Estoy bien, gracias.

—¿Llevas mucho tiempo aquí? —pregunta—. Tu café parece estar frío.

Lo miro y me pregunto cómo puede saberlo. Debo parecer desconcertada, porque veo que sonríe ligeramente antes de señalar las gotas de condensación en el borde interior de mi taza.

—Ya no humea.

—Solo un par de minutos —respondo.

—Ah —dice él mirando mi café—. Bueno, si quieres que pida que te lo calienten…

—No. Empecemos de una vez.

Sonríe y asiente con la cabeza. Luego se dirige a la barra a recoger su capuchino.

"Bueno, está confirmado", pienso, y me llevo el café con leche a los labios. Hago una mueca porque el líquido está tibio, pero me obligo a beberlo. "Es un imbécil". Aaron se sienta en la silla frente a mí y saca un cuaderno del maletín mientras yo dejo mi taza. Echo un vistazo a la credencial de prensa que lleva sujeta con un clip en el borde de la camisa, con el logotipo de *The New York Times* impreso en la parte superior.

—Antes de que empieces a tomar notas, quiero ser clara —comienzo—. Esto no es una entrevista. Es una conversación muy franca en la que te digo que dejes de acosar a mi familia.

—No creo que llamarte dos veces se considere acoso.

—Visitaste la residencia donde está internada mi madre.

—Sí, eso —precisa, y se sube las mangas hasta los codos—. Estuve en su habitación dos, tres minutos como máximo.

—Estoy segura de que obtuviste muchísima información —digo, con mirada furibunda—. Es muy conversadora, ¿verdad?

Se queda un rato en silencio, mirándome con fijeza desde el otro lado de la mesa.

—Sinceramente, no sabía que su... discapacidad... era tan severa. Lo lamento.

Asiento, satisfecha con esta pequeña victoria.

—Pero no fui para hablar con ella —continúa—. La verdad que no. Pensé que tal vez podría obtener algo de información, pero fui sobre todo porque sabía que llamaría tu atención. Sabía que te obligaría a reunirte conmigo.

—¿Y por qué estás tan desesperado por reunirte conmigo? Ya te lo dije. No hablo con mi padre. No tenemos ninguna relación. No puedo decirte nada que pueda servirte. De verdad, estás perdiendo tu tiempo...

—La historia ha cambiado —me interrumpe—. Ese ya no es el enfoque...

—De acuerdo —convengo, insegura de hacia dónde

se dirige ahora esta conversación—. ¿Cuál es el enfoque entonces?

—Aubrey Gravino —declara—. Y ahora, Lacey Deckler.

Siento que el corazón se me acelera. Mis ojos recorren el local, aunque la cafetería está prácticamente vacía. Bajo la voz a un susurro.

—¿Por qué creerías que yo tengo algo que decir sobre esas chicas?

—Porque sus desapariciones… No creo que sean una coincidencia. Creo que tienen algo que ver con tu padre. Y creo que puedes ayudarme a descubrir qué es.

Niego con la cabeza y aprieto las manos con fuerza alrededor de la taza para evitar que tiemblen.

—Estás exagerando. Sé que crees que puede haber una buena historia detrás de esto, pero como seguro ya sabes, en vista de que te especializas en este tipo de noticias, estas cosas suceden todo el tiempo.

Aaron sonríe impresionado.

—Me has estado investigando.

—Bueno, tú lo sabes todo sobre mí.

—De acuerdo —concede—. Pero mira, Chloe, hay similitudes. Similitudes que no puedes negar.

Pienso en la conversación con mi madre esta misma mañana. En la escalofriante sensación de *déjà vu* que yo había confesado hacía un rato, en la inquietante familiaridad de todo el asunto. Pero no es la primera vez que me he sentido así, la primera vez que he recreado los crímenes de mi padre en mi mente. Esto ya ha ocurrido, y la última vez me equivoqué. Me equivoqué mucho.

—Tienes razón, hay similitudes —acepto—. Algún degenerado que deambula por las calles está asesinando chicas adolescentes. Es lamentable, pero, como dije, sucede todo el tiempo.

—Se acerca el vigésimo aniversario, Chloe. Los secuestros son habituales, pero los asesinatos en serie no. Hay una razón por la que esto está sucediendo aquí y ahora. Sabes que la hay.

—¡Espera! ¿Quién ha hablado de asesinatos en serie? Te estás precipitando con esa conclusión. Tenemos un cuerpo. Uno. Por lo que sabemos, Lacey huyó de su casa.

Aaron me observa con cierta decepción en los ojos. Ahora es él quien baja la voz.

—Tú y yo sabemos que Lacey no huyó de su casa.

Suspiro y alzo la vista por encima de su hombro y a través de la ventana. La brisa se está intensificando, el musgo español se mece en el viento. Me doy cuenta de que el color del cielo está cambiando con rapidez: de azul intenso al gris de las nubes de tormenta; incluso dentro puedo sentir la pesadez de la lluvia inminente. Lacey me mira fijamente desde su póster de DESAPARECIDA; sus ojos me han seguido hasta aquí, hasta esta misma mesa. No me atrevo a enfrentarme a ellos.

—Entonces, ¿qué crees que está pasando exactamente? —pregunto, todavía contemplando los árboles en la distancia—. Mi padre está en la cárcel. Es un monstruo, no lo niego, pero no es el viejo de la bolsa. Ya no puede hacerle daño a nadie.

—Lo sé —responde—. Sé que no es él, eso es obvio. Pero creo que es alguien que intenta *ser* él.

Vuelvo mi mirada hacia Aaron y me muerdo el interior del labio.

—Creo que nos enfrentamos a un imitador. Y estoy dispuesto a apostar a que antes de que termine la semana, alguien más morirá.

CAPÍTULO 17

Cada asesino en serie tiene su firma. Como el nombre garabateado en un cuadro o un detalle secreto insertado en las escenas de una película, los artistas desean que su trabajo sea reconocido, inmortalizado. Recordado después de su muerte.

No siempre es tan macabro como lo pintan las películas: nombres en código grabados en la piel, partes de un cuerpo que aparecen en distintos lugares de la ciudad. A veces es tan simple como la pulcritud de la escena del crimen o la forma en la que se colocan los cuerpos en el suelo. Métodos de acecho que los testigos van entrelazando o procedimientos al estilo de rituales que ocurren una y otra vez hasta que finalmente surge un patrón. Un patrón que no es muy diferente de la forma en que la gente común ejecuta sus rutinas metódicamente cada mañana, como si no hubiera otra forma de hacer la cama, de lavar los platos. He aprendido que los seres humanos son criaturas de hábitos, y el acto de quitar una vida puede revelar mucho sobre una persona. Cada asesinato es único, como una huella digital. Pero mi padre no dejó ningún cuerpo en el que plasmar su marca, ni escenas del crimen donde preservar su autógrafo, ni huellas dactilares para levantar o analizar. Y esto hizo que la ciudad se preguntara: ¿cómo es posible dejar una firma si no hay un cuadro?

La respuesta es que no es posible.

El departamento de policía de Breaux Bridge se pasó el verano del 98 rastreando Luisiana en busca de una sola pista sobre la identidad del asesino. Estuvieron atentos a rumores de pruebas que apuntaran en la dirección de un sospechoso viable, una firma oculta en una escena del crimen que parecía no existir. Pero, por supuesto, no encontraron nada. Seis chicas muertas y ni un solo testigo podía señalar a un hombre que hubiera rondado la piscina del condado o un coche que hubiera avanzado por la calle de noche, acechando a su presa. Al final, fui yo quien encontró la respuesta. Una niña de doce años que estaba jugando a disfrazarse con el maquillaje de su madre y hurgó en el fondo de un vestidor en busca de pañuelos para atarse el pelo. Y fue entonces, con aquella cajita de madera en las manos, cuando lo vi: lo que nadie más había podido ver.

Que, en lugar de dejar pruebas, mi padre se las llevaba.

—¿Aunque eso pueda salvar una vida, Chloe?

Observé el sudor que resbalaba por el cuello del sheriff Dooley. Me miraba con una intensidad que nunca había visto antes. Me miraba con fijeza, con los ojos clavados en la caja que yo aferraba en mis manos.

—Si entregas esa caja, podrías salvar una vida. Piénsalo. ¿Qué te parecería que alguien pudiera haber salvado la vida de Lena, pero hubiera decidido no hacerlo por miedo a provocar problemas?

Bajé la vista a mi regazo y asentí ligeramente. Luego empujé los brazos hacia delante antes de que tuviera tiempo de cambiar de opinión.

El sheriff me rodeó las manos con sus manos enguantadas, la goma resbaladiza pero tibia, y me quitó la caja con suavidad. Observó la tapa antes de poner los dedos en el borde y abrirla de par en par: el sonido de las campanillas llenó la habitación. Evité ver su expresión y miré la bailarina, que giraba en círculos lentos y perfectos.

—Son joyas —comenté sin quitar la vista de la bailarina. Era hipnotizante verla girar con ese tutú rosado desteñido y los brazos en alto. Me recordaba a Lena, la forma en la que daba vueltas en el festival.

—Ya lo veo. ¿Sabes a quién pertenecen?

Asentí con la cabeza. Sabía que buscaba algo más que una respuesta, pero no me atrevía a decirlo. Al menos no voluntariamente.

—¿A quién pertenecen las joyas, Chloe?

Mi madre lanzó un sollozo a mi lado y me volví en su dirección. Con una mano sobre la boca, meneaba la cabeza con violencia. Ella ya había visto el contenido de la caja, yo se lo había mostrado en casa. Había querido que me diera una explicación distinta de la que se estaba formando en mi mente. La única explicación que tenía sentido. Pero no había podido.

—¿Chloe?

Me volví de nuevo hacia el sheriff.

—El piercing es de Lena —respondí—. Ese que está ahí, en el centro.

El sheriff introdujo la mano en el joyero y extrajo la pequeña luciérnaga de plata. Parecía muerta, después de haber pasado semanas en la oscuridad. Sin la luz del sol para avivar su brillo.

—¿Cómo lo sabes?

—Lena lo llevaba puesto en el Festival del Cangrejo. Ella misma me lo mostró.

El sheriff asintió con la cabeza y volvió a guardarlo en la caja.

—¿Y el resto?

—Reconozco ese collar de perlas —intervino mi madre con voz llorosa. El sheriff la miró antes de volver a meter la mano en la caja y tomar un collar. Las perlas eran grandes, rosadas, y se ataban en la parte posterior con una cinta—. Es de Robin McGill. Yo… yo… se lo vi puesto. Un domingo en la iglesia. Comenté que me gustaba mucho y que era distinto. Dick estaba conmigo. Él también lo vio.

El sheriff suspiró, asintió otra vez y lo devolvió a la caja. Durante la hora siguiente, el resto de las joyas serían identificadas: los pendientes de diamantes de Margaret Walker, el brazalete de plata de Carrie Hollis, el anillo de zafiro de Jill Stevenson, los pendientes de oro blanco de Susan Hardy. No se encontró ADN en ninguna de las joyas; habían sido limpiadas con meticulosidad, al igual que la caja, pero los padres de las chicas confirmaron nuestras sospechas. Eran regalos de la graduación de primaria, la confirmación, de un cumpleaños. Obsequios destinados a celebrar los hitos en el crecimiento de sus hijas que, en cambio, se convirtieron en un recordatorio permanente de sus muertes prematuras.

—Esto es muy útil, Chloe. Gracias.

Asentí con la cabeza; el ritmo de las campanillas me envolvía en una especie de estupor. El sheriff Dooley cerró la tapa de un golpe y me liberó del trance. Levanté la cabeza con brusquedad; con la mano apoyada sobre la caja cerrada, él me miraba con intensidad otra vez.

—¿Alguna vez viste a tu padre relacionarse con Lena Rhodes o con alguna de las otras chicas desaparecidas?

—Sí —dije, y mi mente regresó al festival. A la forma en que él la había observado, a ella y a su estómago largo y suave. Cómo había bajado la cabeza cuando se dio cuenta de que lo habían sorprendido—. Lo vi mirándola una vez en el Festival del Cangrejo. Cuando ella me estaba mostrando su piercing.

—¿Qué estaba haciendo?

—Solo… mirando —respondí—. Lena tenía la camiseta levantada. Lo sorprendió mirando y lo saludó.

Mi madre dejó escapar un sonido burlón y negó con la cabeza.

—Gracias, Chloe —añadió el sheriff—. Sé que no ha sido fácil para ti, pero has hecho lo correcto.

Asentí con la cabeza.

—Antes de que te dejemos ir, ¿hay algo más que quieras contarnos sobre tu padre? ¿Algo que pueda ser importante que sepamos?

Suspiré y me abracé con fuerza. Hacía calor allí dentro, pero de pronto, tuve escalofríos.

—Una vez lo vi con una pala —evité los ojos de mi madre. Esto era nuevo para ella—. Estaba atravesando el jardín; venía del pantano, detrás de la casa. Estaba oscuro, pero... estaba ahí.

Hubo un silencio absoluto, esta nueva revelación descendió sobre la habitación como una pesada niebla matutina.

—¿Dónde estabas cuando lo viste?

—En mi habitación. No podía dormir, y tengo un sillón, justo debajo de la ventana, donde me gusta leer... Lamento no haberlo dicho antes —agregué—. Yo... no sabía...

—Claro que no lo sabías, cariño —aseguró el sheriff Dooley—. Por supuesto que no lo sabías. Has hecho más que suficiente.

Un trueno estremece ahora mi casa y las copas de vino que cuelgan boca abajo en el mueble bar suenan como el castañeteo de dientes. Es otra tormenta de verano. Puedo sentir la carga eléctrica en el aire, el olor de la lluvia inminente.

—¿Me estás escuchando, Chlo?

Levanto la vista de mi copa de vino, medio llena de cabernet. El recuerdo de la oficina del sheriff Dooley empieza a desvanecerse con lentitud; en su lugar, veo a Patrick, de pie junto a la encimera de la cocina, con las mangas arremangadas hasta los codos y un cuchillo de carnicero en la mano. Había regresado de su conferencia esta tarde; cuando llegué a casa del consultorio, lo encontré bailando al ritmo de Louis Armstrong en la cocina con mi delantal de cuadros y los ingredientes para la cena de esta noche extendidos sobre la isla. La imagen me hace sonreír.

—Lo siento, no —admito—. ¿Qué dijiste?

—Dije que has hecho más que suficiente.

Aprieto un poco más la copa, el delicado tallo amenaza con romperse por la presión de mis dedos. Me devano los sesos para tratar de recordar de qué estábamos hablando. He estado perdida en mis pensamientos estos últimos días, consumida por los recuerdos. Especialmente con la ausencia de Patrick y la casa vacía, ha sido como si estuviera viviendo en el pasado de nuevo. Cuando las palabras salen de los labios de Patrick, no puedo saber si realmente venían de él o si las imaginé, si las invoqué desde los recovecos de mi mente y las puse en su boca para que las repitiera. Abro los labios para hablar, pero me interrumpe.

—Esos policías no tenían ningún derecho de presentarse en tu consultorio de esa manera —continúa con los ojos en la tabla de cortar que tiene debajo. Pica unas zanahorias moviendo el cuchillo con movimientos rápidos y fluidos antes de apartarlas a un lado de la tabla y pasar a los tomates—. Gracias a Dios que no estabas con un paciente. Eso podría haber dañado tu reputación, ¿sabes?

—Sí, claro —respondo. Ahora lo recuerdo. Habíamos estado hablando de Lacey Deckler, de que el detective Thomas y el agente Doyle me habían interrogado en el trabajo. Sentí que era algo que debía contarle a Patrick por si la última ubicación conocida de Lacey se hacía pública—. Bueno, supongo que fui la última persona que la vio con vida.

—Puede que aún esté viva —sugiere—. Todavía no han encontrado su cuerpo. Han pasado cuatro días.

—Eso es cierto.

—Y la otra chica… estuvo desaparecida durante, ¿cuánto, tres días antes de que la encontraran?

—Sí —respondo y hago girar el vino en mi copa—. Sí, tres días. Veo que has estado siguiendo toda esta historia.

—Sí, ya sabes. Ha salido en todos los informativos. Es difícil de evitar.

—¿Incluso en Nueva Orleans?

Patrick sigue cortando, el jugo de los tomates corre por la tabla de cortar y se derrama sobre la mesa. Otro trueno hace vibrar la casa. No responde.

—¿Te parece que podría haber sido la misma persona? —comento, y trato de mantener un tono despreocupado—. ¿Crees que están..., ya sabes, relacionados?

Patrick se encoge de hombros.

—No lo sé —responde, y limpia el jugo de tomate de la hoja del cuchillo con el dedo antes de llevárselo a la boca—. Creo que es demasiado pronto para decirlo. Pero dime, ¿qué clase de preguntas te hicieron esos tipos?

—La verdad es que no fueron muchas. Intentaron que les contara lo que habíamos hablado en nuestra sesión. Obviamente no lo hice y les molestó un poco.

—Bien hecho.

—Me preguntaron si la había visto salir del edificio.

Patrick me mira con cara de preocupación.

—¿La viste?

—No —digo—. La vi salir del consultorio, pero no salir del edificio. Quiero decir, supongo que lo hizo. Realmente no hay ningún otro lugar adonde ir. A menos que alguien la haya atrapado dentro, pero... —Me interrumpo y observo el líquido rojo rubí que colorea mi copa—. Parece poco probable.

Patrick asiente con la cabeza y vuelve su atención a la tabla de cortar para recoger las verduras picadas y colocarlas en una sartén caliente. El olor a ajo invade la cocina.

—Aparte de eso, fue bastante insustancial —agrego—. Tengo la impresión que ni siquiera saben por dónde empezar.

Una cortina de agua comienza a caer fuera y la casa se llena con el sonido de millones de dedos tamborileando sobre el techo, ansiosos por entrar. Patrick mira a través de la ventana antes de acercarse y entreabrirla; el olor a tierra mojada de la tormenta de verano inunda la cocina y se mezcla con el aroma de la comida casera. Me quedo observándolo un rato, la forma en la que se desliza por la cocina con tanta naturalidad: muele pimienta sobre la sartén de verduras salteadas, frota especias de Marruecos sobre el trozo de salmón rosado. Se pone un paño de cocina sobre el hombro musculoso y una tibieza enorme embarga mi corazón ante tamaña perfección. Todo en Patrick es perfecto. Nunca entenderé por qué me eligió a mí, a *Chloe la jodida*. Actúa como si me hubiera amado desde el momento en el que me conoció, desde que supo mi nombre. Pero todavía hay muchas cosas sobre mí que no conoce. Muchas cosas que no entiende. Pienso en la pequeña farmacia escondida en mi consultorio, mi salvavidas, y en la colección de recetas falsas que hago a su nombre para aprovisionarla. Pienso en mi infancia, en mi pasado. Las cosas que he visto. Las cosas que he hecho.

"No te conoce, Chloe".

Intento quitarme de la cabeza las palabras de Cooper, pero sé que tiene razón. Excepto mi familia, Patrick me conoce más que nadie en el mundo, pero eso no es mucho decir. Todavía es algo superficial. Una puesta en escena. Porque sé que si le mostrara la totalidad de mí, si le mostrara a *Chloe la jodida*, si expusiera mi esencia pestilente y palpitante, a la primera bocanada retrocedería. No le gustaría lo que vería.

—Basta de hablar de este tema —declara, y se inclina sobre la encimera para llenar mi copa cada vez más vacía—. ¿Qué tal el resto de la semana? ¿Adelantaste algo de la boda?

Retrocedo al sábado por la mañana, cuando Patrick se había marchado a Nueva Orleans. Había tenido la intención de ocuparme de algunas cosas de la boda; había abierto mi computadora y respondido algunos correos antes de que la noticia de Aubrey Gravino llenara mi sala de estar y los recuerdos me atraparan dentro de mi propia mente como un coche sumergido en el agua. Recuerdo que salí de casa y conduje sin pensar por la ciudad, que me crucé con el grupo de búsqueda en el cementerio Los Cipreses, encontré el pendiente de Aubrey y me marché minutos antes de que apareciera su cuerpo. Pienso en Aaron Jansen visitando a mi madre y en la teoría que compartió conmigo y que he hecho lo imposible por negar durante toda la semana. Ya es viernes; Aaron predijo que para el lunes aparecería otro cuerpo. Hasta ahora, no ha sucedido, y cada día que pasa, me quito un pequeño peso de encima. Un momento de alivio porque podría estar equivocado.

Pienso por un segundo en lo que debería contarle a Patrick y decido que aún no estoy preparada para que me conozca, al menos no esta parte de mí. La parte que se automedica para calmar los nervios. La parte que se une al equipo de rescate en el cementerio en un intento por encontrar respuestas a las preguntas que me he estado haciendo durante los últimos veinte años. Porque Patrick no me deja esconderme; no me deja tener miedo. Se ríe de todos mis miedos irracionales y me organiza fiestas sorpresa y planea una boda en julio. Si supiera lo que he hecho durante la semana que estuvo fuera —tomar pastillas hasta atontarme; considerar el argumento ficticio de un periodista; arrastrar a mi madre a todo esto a pesar de su incapacidad para protestar, para replicar—, se avergonzaría. *Yo* me avergüenzo.

—Todo bien —respondo por fin, y bebo un trago de mi copa—. Me decidí por el pastel con caramelo.

—¡Todo un progreso! —exclama Patrick, y se inclina más sobre la encimera para besarme en los labios. Le devuelvo el beso antes de apartarme ligeramente y observar sus rasgos. Él estudia mi rostro, sus ojos exploran la superficie de mi piel—. ¿Qué pasa? —pregunta, y hunde su mano en mi pelo. Me acaricia la cabeza y yo me reclino en su mano extendida—. ¿Qué pasa, Chloe?

—No pasa nada —respondo con una sonrisa.

Una orquesta de truenos resuena suavemente en la habitación y siento que se me eriza la piel; no sé si es una reacción al ruido del rayo que cae afuera o a la forma en la que los dedos de Patrick me acarician el cuello, dibujando círculos lentos en la delicada piel justo debajo de la oreja. Cierro los ojos.

—Me alegro de que estés en casa.

CAPÍTULO 18

SIGUE LLOVIENDO CUANDO ME DESPIERTO, el tipo de lluvia lenta e indolente que amenaza con inducirte a volver a dormir. Permanezco tendida en la oscuridad, con el calor de a mi lado, su piel desnuda apretada contra la mía. Su respiración rítmica y tranquila. Escucho la llovizna afuera, los estruendos sordos de los truenos. Cierro los ojos e imagino a Lacey, su cuerpo semienterrado en el fango en algún lugar y la lluvia que barre cualquier rastro de pruebas que pueda haber quedado.

Es sábado por la mañana. Una semana desde el hallazgo del cuerpo de Aubrey. Cinco días desde la noticia de la desaparición de Lacey y mi encuentro cara a cara con Aaron Jansen.

—¿Qué te hace pensar que esto es obra de un imitador? —le pregunté, inclinada sobre mi café frío—. A estas alturas no se sabe casi nada de estos casos.

—El lugar, el momento. Dos chicas de quince años que encajan en el perfil de las víctimas de tu padre desaparecen y una de ellas aparece muerta semanas antes del vigésimo aniversario de la desaparición de Lena Rhodes. No solo eso, sino que esto ocurre en Baton Rouge, la ciudad donde ahora vive la familia de Dick Davis.

—De acuerdo, pero también hay diferencias. Los cuerpos de las víctimas de mi padre no aparecieron nunca.

—Cierto —admitió Aaron—. Pero creo que este imitador *quiere* que los cuerpos sean descubiertos. Quiere que se reconozca su trabajo. Abandonó a Aubrey en un cementerio, en su última ubicación conocida. Era solo cuestión de tiempo antes de que la encontraran.

—Sí, pero a eso me refiero. No parece que esté copiando a mi padre. Parece que seleccionó a Aubrey al azar, la mató en el acto y dejó su cuerpo allí de forma precipitada. Eso no fue un crimen calculado.

—O el lugar donde la dejó tiene algún tipo de significado. Un significado especial. Tal vez haya pistas en el cuerpo que él quería que se descubrieran.

—El cementerio Los Cipreses no tiene ningún significado especial para mi padre —replico con cierta agitación—. El momento del homicidio es solo una coincidencia...

—¿Y también es una coincidencia que Lacey fuera sorprendida minutos después de salir de *tu* consultorio?

Dudé.

—No me sorprendería que hubieras visto a este tipo merodeando antes, Chloe. Los imitadores copian por alguna razón. Tal vez veneran al tipo que intentan emular o tal vez lo denuestan, pero, de cualquier manera, copian su estilo. Sus víctimas. Tratan de *convertirse* en el asesino que los precedió, tal vez incluso derrotarlo en su propio juego.

Enarco las cejas y bebo otro trago de café.

—Los imitadores asesinan porque están obsesionados con otro asesino —continuó Aaron. Apoyó los brazos y se inclinó hacia adelante—. Saben todo sobre ellos, lo que significa que esta persona bien podría conocerte. Podría estar observándote. Podría haber visto a Lacey saliendo de tu consultorio. Solo te pido que confíes en tu intuición. Presta atención a lo que está pasando y escucha tu instinto.

Recordé el cementerio Los Cipreses y la sensación de ser observada mientras caminaba hacia mi coche y conducía al consultorio. Me moví en la silla, cada vez más incómoda. Hablar de mi padre siempre me hacía sentir llena de culpa, pero nunca podía saber hacia dónde se suponía que debía estar dirigida esa culpa. ¿Me sentía culpable por haberlo traicionado, por haber sido el único dedo que señaló en su dirección y lo encerró en una celda por el resto de sus días? ¿O me sentía culpable por compartir su sangre, su ADN, su apellido? Muchas veces, cuando se hablaba de mi padre, sentía la imperiosa necesidad de disculparme. Quería disculparme con Aaron, con los padres de Lena, con la ciudad de Breaux Bridge. Quería disculparme con todo el mundo por el simple hecho de existir. Habría mucho menos dolor en el mundo si Dick Davis no hubiera nacido nunca. Pero lo hizo, y, por ende, yo también.

Pero lo hizo, y, por ende, yo también.

Siento un movimiento a mi lado y echo un vistazo sobre el hombro. Patrick está despierto y mira en mi dirección. Me está observando, viendo cómo mis ojos se mueven recorriendo el techo mientras reproduzco en mi mente la conversación con Aaron.

—Buenos días. —Suspira con la voz ronca mientras me rodea con sus brazos por detrás y me acerca a él. Su piel es tibia, segura—. ¿En qué estás pensando?

—En nada —digo, y me adentro aún más en sus brazos. Le rozo las caderas y sonrío, el bulto en su ropa interior toca mi pierna. Me vuelvo para quedar frente a él antes de apretar mis piernas con fuerza alrededor de sus caderas, y pronto empezamos a hacer el amor, en un silencio mutuo y somnoliento. Nuestros cuerpos están pegados, ligeramente húmedos por el sudor temprano de la mañana, y Patrick me besa con intensidad, su lengua en mi garganta y sus dientes sobre mi labio. Sus manos comienzan a moverse por mi cuerpo, suben por mis piernas y recorren mi estómago antes de pasar por mi pecho y dirigirse hacia mi garganta.

Sigo besándolo, trato de ignorar la sensación de sus manos alrededor de mi cuello. Espero que las mueva hacia otro lugar, a cualquier otro lugar. Pero no lo hace. Continúa, sus manos permanecen ahí mientras se mueve cada vez más y más fuerte, más y más rápido. Empieza a apretar y suelto un grito antes de retroceder con brusquedad y alejarme de él todo lo que puedo.

—¿Qué pasa? —exclama, y se incorpora. Me mira con cara de asombro—. ¿Te hice daño?

—No —respondo con el corazón acelerado—. No, para nada. Es solo que…

Observo la expresión desconcertada en su rostro. La preocupación en sus ojos por el temor de haberme lastimado, el dolor que debe sentir ante la posibilidad de que yo retroceda físicamente ante su contacto, como si sus dedos fueran cerillas que dejan marcas de quemaduras en mi piel. Pero entonces me acuerdo de cómo me besó anoche, en la cocina. La forma en la que sintió el pulso bajo mi mandíbula con sus dedos, la forma en la que me tomó el cuello, con suavidad pero con firmeza.

Apoyo la cabeza en la almohada y suspiro.

—Lo siento —me disculpo y cierro los ojos. Necesito salir de mi cabeza—. Estoy muy tensa. Estoy nerviosa, por no sé qué.

—No pasa nada —asegura, y me rodea la cintura con el brazo. Sé que he estropeado el momento; su excitación ha desaparecido y la mía también, pero de todas maneras me sostiene cerca de él—. Son demasiadas cosas.

Sé que sabe que estoy pensando en Aubrey y en Lacey, pero ninguno de los dos lo menciona. Guardamos silencio durante un rato, escuchando la lluvia. Justo cuando pienso que podría haberse quedado dormido otra vez, su voz emerge en un susurro.

—¿Chloe?

—¿Mmm?

—¿Hay algo que quieras decirme?

Me quedo callada, mi silencio le dice todo lo que necesita saber.

—Puedes hablar conmigo —añade—. Sobre cualquier cosa. Soy tu prometido. Para eso estoy aquí.

—Lo sé —digo.

Y le creo. Después de todo, le he contado a Patrick todo sobre mi padre, mi pasado. Pero una cosa es contar los recuerdos con desapego, transmitirlos como simples hechos que sucedieron y nada más. Otra cosa es revivirlos completamente en su presencia. Ver el rostro de mi padre en cada rincón oscuro, escuchar las palabras de mi madre en las voces de otros. Y es incluso peor porque esto ya *ha* ocurrido antes, esta sensación de *déjà vu*. Nunca olvidaré la expresión de Cooper aquel día, hace años, cuando yo intentaba explicarme, explicarle mi razonamiento. La expresión de preocupación mezclada con miedo genuino.

—Estoy bien —lo tranquilizo—. En serio. Son muchas cosas a la vez. La desaparición de esas chicas, el aniversario de mi padre que se acerca…

Mi móvil vibra con violencia en mi mesita de noche y la luz de la pantalla ilumina parcialmente la habitación, todavía a oscuras. Me apoyo en un codo y entrecierro los ojos al ver el número desconocido que intenta comunicarse conmigo.

—¿Quién es?

—No estoy segura —respondo—. No debería ser por trabajo tan temprano un sábado por la mañana.

—Adelante, atiende —me urge, y se vuelve—. Nunca se sabe.

Tomo el teléfono y dejo que vibre en mi mano antes de deslizar la pantalla y acercarlo a mi oído. Me aclaro la garganta antes de atender.

—Habla la doctora Davis.

—Hola, doctora Davis, soy el detective Michael Thomas. Estuvimos en su consultorio el lunes en relación con la desaparición de Lacey Deckler.

—Sí —digo, y miro en dirección a Patrick. Está ocupado con su móvil, desplazándose por los correos electrónicos—. Lo recuerdo. ¿En qué puedo ayudarlo?

—El cuerpo de Lacey fue encontrado esta mañana temprano en el callejón detrás de su consultorio. Siento tener que decírselo por teléfono. —Sofoco un grito y llevo la mano instintivamente a la boca. Patrick se vuelve hacia mí y baja el teléfono. Meneo la cabeza en silencio mientras los ojos se me empiezan a llenar de lágrimas—. Necesitamos que venga a la morgue esta mañana. Para echar un vistazo al cuerpo.

—Yo… eh… —Vacilo, sin saber si he escuchado bien—. Lo siento, detective, vi a Lacey una sola vez. Imagino que le pedirá a su madre que vaya a identificarla, ¿verdad? Yo casi no la conozco…

—Ya ha sido identificada —informa—. Pero como fue encontrada justo fuera de su consultorio, y la última vez que la madre la vio fue cuando la dejó allí, es correcto suponer que usted fue la última persona que la vio con vida. Nos gustaría que le echara un vistazo y nos diga si ve algo diferente de cuando se encontraron para la sesión. Algo que parezca… fuera de lugar.

Suspiro y me llevo la mano de la boca a la frente. Tengo la sensación de que la temperatura en la habitación está aumentando y que el ruido de la lluvia afuera va *in crescendo*.

—Realmente no creo que pueda ser muy útil. Estuvimos juntas una hora. Casi no recuerdo lo que llevaba puesto.

—Todo ayuda —asegura el detective—. Tal vez verla le refresque la memoria. Cuanto antes pueda venir, mejor.

Asiento con la cabeza, cuelgo el teléfono y me dejo caer de nuevo en la cama.

—Lacey está muerta —digo, no tanto para Patrick sino para internalizarlo yo misma—. La encontraron fuera de mi edificio. La *mataron* justo fuera de mi consultorio. Probablemente yo todavía estaba arriba.

—Ya sé adónde quieres ir a parar —me advierte Patrick, y se apoya contra la cabecera. Su mano encuentra la mía en las sábanas y nuestros dedos se entrelazan—. No hay nada que pudieras haber hecho, Chloe. Nada. No tenías forma de saberlo.

Pienso en mi padre, y en esa pala que llevaba descuidadamente sobre el hombro. Una silueta oscura que se abría paso con lentitud por el jardín trasero. Como si tuviera todo el tiempo del mundo. Yo, arriba, acurrucada en mi sillón con la pequeña luz de lectura, mirando a través de una ventana. Presente durante todo ese momento, pero completamente ajena a lo que estaba presenciando.

"Lamento no haberlo dicho antes. Yo… no sabía…"

¿Acaso Lacey me había dicho algo que podría haber salvado su vida? ¿Había visto yo a alguien ese día que pareciera sospechoso, alguien que merodeara por el consultorio, y no me había dado cuenta? ¿Igual que antes?

Las palabras de Aaron resuenan en mi mente.

"Esta persona bien podría conocerte. Podría estar observándote".

—Debería irme —digo, y suelto la mano de Patrick antes de bajarme de la cama. Me siento expuesta deslizándome fuera de las sábanas, mi desnudez ha perdido el poderío y la intimidad de hace unos minutos. Ahora apesta a vulnerabilidad, a vergüenza. Siento los ojos de Patrick que me observan mientras atravieso la habitación y entro en el baño, me muevo con rapidez en la oscuridad antes de cerrar la puerta a mis espaldas.

CAPÍTULO 19

—La causa de muerte fue estrangulamiento.

Estoy de pie junto al cuerpo de Lacey; la lividez de su rostro es de un azul gélido. El forense está a mi izquierda, con la carpeta sujetapapeles en la mano; a mi derecha, el detective Thomas se inclina demasiado cerca. No sé qué decir, así que no digo nada, mis ojos se mueven con rapidez sobre esta chica a la que casi no conocía. Esta chica que había entrado en mi consultorio hacía una semana y me había contado sus problemas. Problemas que había confiado que yo resolviera.

—Se deduce por los hematomas, justo ahí —continúa el forense mientras señala el cuello con un bolígrafo—. Se pueden ver las marcas de los dedos, del mismo tamaño y espaciado que las encontradas en Aubrey. También las mismas marcas de ataduras en las muñecas y los tobillos.

Miro al forense y trago saliva.

—Entonces, ¿cree que están relacionados? ¿Qué fue el mismo sujeto?

—Esa es una conversación para otro momento —interrumpe el detective Thomas—. Ahora concentrémonos en Lacey. Como dije, fue encontrada en el callejón detrás de su consultorio. ¿Alguna vez va usted por allí?

—No —respondo con la vista clavada en el cuerpo que tengo delante. Su pelo rubio está mojado por la lluvia, pegado a su cara como una telaraña de várices. Su pálida piel está aún más pálida, lo que hace todavía más visible su colección de cicatrices, esas hendiduras rojas y delgadas que dibujan cuadros sobre sus brazos, el pecho y las piernas—. No, casi nunca voy por allí. En realidad, es solo un lugar para que los camiones de la basura vacíen el contenedor. Todo el mundo aparca delante.

Thomas asiente con la cabeza y respira con fuerza. Nos quedamos en silencio durante un minuto mientras él me permite asimilar todo, procesar el espantoso espectáculo que tengo ante mí. En este momento me doy cuenta de que, aunque he estado rodeada de muerte toda mi vida, es la primera vez que veo un cadáver. La primera vez que miro uno a los ojos. Me imagino que se supone que en este momento debería estar recordando; la cara de Lacey, su expresión en mi consultorio aquella tarde, cómo se veía antes de que ocurriera esto, pero mi mente es una pizarra en blanco. No puedo evocar ninguna imagen de Lacey con la piel rosada y los dedos crispados y las lágrimas que brotan de sus ojos mientras habla sobre su padre sentada en mi sillón de cuero reclinable. Lo único que puedo ver es esta Lacey. La Lacey muerta. Lacey en una camilla con desconocidos que la tocan.

—¿Hay algo que le parezca diferente? —sugiere el detective por fin, como para incentivarme —. ¿Algo de ropa que le falte?

—La verdad es que no puedo decirlo —admito observando su cuerpo. Lleva una camiseta negra, unos jeans azules desteñidos y unas Converse sucias con dibujos en los lados. Intento imaginarla dibujando las zapatillas en la escuela, aburrida, pasando el tiempo con un bolígrafo. Pero no puedo—. Ya se lo dije, no presté atención a lo que llevaba puesto.

—Está bien —acepta—. No pasa nada. Siga intentándolo. Tómese su tiempo. —Asiento con la cabeza y me pregunto si así estaría Lena una semana después de que le quitaran la vida. Mientras yacía en un campo o en una tumba poco profunda en algún lugar. Antes de que su piel se desprendiera y su ropa se desintegrara; me pregunto si habría tenido este aspecto. Igual que Lacey. Pálida e hinchada por el aire caliente y húmedo—. ¿Le habló sobre eso? —El detective mueve la cabeza en dirección a los brazos, hacia los pequeños cortes en la piel. Asiento con la cabeza.

—Un poco.

—¿Y sobre eso?

Mira la cicatriz más grande en la muñeca, esa línea gruesa, carnosa y morada que yo había visto días antes.

—No —respondo y meneo la cabeza—. No, no llegamos a eso.

—Mierda, qué vergüenza —susurra—. Era demasiado joven para sentir tanto dolor.

—Sí —coincido—. Así es.

El silencio reina en la habitación durante un minuto, los tres nos tomamos ese momento para lamentar no solo la violencia de la muerte de esta chica, sino también la de su vida.

—¿No revisaron el callejón? —pregunto—. Quiero decir, cuando se denunció la desaparición.

El detective Thomas se vuelve hacia mí y detecto un destello de enfado en su rostro. El hecho de que el cuerpo fuera encontrado a pocos metros del lugar donde Lacey había sido vista por última vez y que hubieran tardado casi una semana encontrarlo no es bueno y él lo sabe.

—Sí —admite por fin, y suspira con fuerza—. Sí, lo revisamos. O no lo vimos o alguien lo colocó ahí más tarde. La mató en otro lugar y movió el cuerpo.

—Es un área bastante pequeña —comento—. Muy estrecha. El contenedor de basura ocupa la mayor parte del espacio. Si lo revisaron, me cuesta imaginar que no lo hayan visto. No hay muchos lugares para esconderlo…

—¿Cómo sabe todo esto si casi nunca va por ahí?

—Puedo verlo desde la sala de espera —explico—. La ventana da en esa dirección.

Me estudia un segundo y me doy cuenta de que está tratando de decidir algo, de determinar si me acaba de atrapar mintiendo.

—Obviamente, no tengo las mejores vistas —añado, e intento sonreír.

El detective asiente con la cabeza; o está satisfecho con mi respuesta o ha decidido archivarla para reconsiderarla en otro momento.

—Fueron ellos quienes la encontraron —precisa al cabo de unos minutos—. Los recolectores de basura. Estaba encajada detrás del contenedor. Cuando lo levantaron para vaciarlo, vieron caer el cuerpo.

—Entonces lo movieron con toda seguridad —interrumpe el forense mientras toca la parte posterior de los brazos de Lacey—. Eso de ahí es *livor mortis*. La acumulación indica que murió de espaldas, no en posición sentada. Ni *encajada* en ningún sitio.

Una oleada de náuseas me recorre el estómago y trato de evitar que mis ojos vuelvan a explorar el cuerpo y evaluar las heridas, pero no puedo. Está magullada, en su mayor parte, y la piel pálida se ve veteada en los lugares donde ahora sé que la gravedad hizo que la sangre se acumulara. El forense había mencionado marcas de ataduras y deslizo la mirada a lo largo de las extremidades, desde los hombros hasta la punta de los dedos.

—¿Qué más saben? —pregunto.

—La drogaron —indica el forense—. Encontramos rastros considerables de diazepam en su pelo.

—Diazepam. Eso es Valium, ¿verdad? —interviene el detective Thomas. Yo asiento con la cabeza—. ¿Lacey tomaba medicación para la ansiedad? ¿O la depresión?

—No. —Meneo la cabeza—. No. Le había recetado una medicación, pero todavía no estaba tomando nada.

—Por el nivel de crecimiento parece que ingirió las drogas hace aproximadamente una semana —añade el forense—. O sea, en el momento en que la mataron.

El detective Thomas se vuelve hacia el forense tras esta nueva revelación y percibo una impaciencia repentina en la sala.

—¿Cuándo tendrá lista la autopsia?

El hombre mira al detective y luego a mí.

—Cuanto antes pueda empezar, antes estará lista.

Siento que ambos hombres me observan por encima del hombro, una señal no verbal de que he sido poco útil. Pero mis ojos siguen fijos en el brazo de Lacey. En los pequeños cortes que salpican su piel, en las marcas de ataduras en su muñeca y la cicatriz púrpura e irregular que se extiende a través de sus venas.

—Bueno, no se ofenda, doctora Davis, pero realmente no la he traído aquí para conversar —acota el detective Thomas—. Si no hay nada más que pueda recordar, es libre de irse.

Meneo la cabeza, mis ojos taladran la muñeca.

—No, acabo de recordar algo —digo, y trazo el camino que debió de haber recorrido la hoja de afeitar para dejar una marca tan torcida. Debió de haber hecho un desastre—. Algo sobre Lacey ese día. Algo que es diferente.

—De acuerdo —responde el detective, y pasa el peso de su cuerpo a la otra pierna. Me mira con atención—. La escuchamos.

—Su cicatriz —señalo—. Advertí su cicatriz el viernes. Me di cuenta de que trataba de ocultarla con un brazalete. Cuentas de madera con una pequeña cruz de plata.

El detective baja la vista hacia el brazo, a la muñeca desnuda. Recuerdo ese rosario colgando allí, delante de sus venas, quizás un recordatorio para la próxima vez que sintiera el impulso de cortarse la piel. Sin duda estaba allí, en su muñeca, cuando estuvo sentada en mi consultorio aquella tarde, moviéndose con nerviosismo en mi sillón de cuero. Y estaba allí cuando se levantó y se fue, cuando la sorprendieron fuera de la puerta principal. Cuando la drogaron, cuando la mataron.

Pero ahora no está.

—Alguien se lo ha llevado.

CAPÍTULO 20

PARA CUANDO POR FIN LLEGO al coche, aparcado fuera de la morgue, respiro de manera entrecortada. Inhalo grandes bocanadas de aire con dificultad mientras intento asimilar las implicaciones de lo que acabo de ver.

El brazalete de Lacey no está.

Trato de decirme que podría haberse caído; así como el pendiente de Aubrey había aparecido aplastado en la tierra del cementerio Los Cipreses, el brazalete de Lacey podría haberse desprendido de su muñeca en un forcejeo o haberse enganchado en un lateral del contenedor cuando la policía retiró su cuerpo. Podría estar enterrado en la basura, perdido para siempre. Pero estoy segura de que Aaron no estaría de acuerdo.

"Solo te pido que confíes en tu intuición. Escucha tu instinto".

Suspiro, intento detener el temblor de mis dedos. ¿Qué me dice mi instinto?

Las afirmaciones del forense sobre los hematomas en el cuello de Lacey y las marcas de ataduras en los brazos llevan a un hecho indiscutible: la misma persona es responsable de las muertes de Aubrey Gravino y Lacey Deckler. El mismo método para matar, las mismas marcas de dedos en el cuello. Por mucho que había intentado negarlo antes y convencerme de que Lacey podría haber huido, quizá haberse quitado la vida —después de todo, ya lo había intentado antes—, una parte de mí lo había sabido siempre. Los secuestros ocurren. Especialmente los secuestros de chicas jóvenes y atractivas. ¿Pero dos secuestros en el curso de una semana? ¿Dos secuestros a pocos kilómetros de distancia?

Era demasiada coincidencia.

Sin embargo, la prueba de que Aubrey y Lacey hayan perdido la vida a manos de la misma persona no significa necesariamente que esta persona sea un imitador. No significa que estos homicidios tengan algo que ver con mi padre, conmigo.

"Abandonó a Aubrey en un cementerio, en su última ubicación conocida".

Pienso en Lacey, arrojada detrás de un contenedor en el callejón detrás de mi consultorio, su última ubicación conocida. Oculta a plena vista. No solo eso, sino que ahora sé que *movieron* su cuerpo. No la atraparon al azar y la mataron en el acto, como yo había supuesto que había sido el caso de Aubrey. Alguien la había sorprendido fuera de mi consultorio, la había drogado, la había matado en otro lugar y luego había llevado su cuerpo de regreso allí.

Por un instante, mi corazón se olvida de latir mientras el pensamiento se materializa en mi mente, un pensamiento demasiado aterrador para considerarlo. Intento apartarlo, trato de descartar la idea como paranoia, un *déjà vu* o puro miedo primitivo e instintivo. Otro mecanismo de supervivencia irracional que mi mente simplemente genera para tratar de dar sentido a algo tan absurdo.

Lo intento, pero no puedo.

¿Y si el asesino quería que los cuerpos fueran encontrados..., pero no por la policía? ¿Y si quería que *yo* los encontrara?

El cuerpo de Aubrey había aparecido minutos después de que yo me hubiera alejado del grupo de búsqueda. Yo estaba allí. ¿Acaso esa persona sabía que yo estaría allí?

Y lo más aterrador, ¿él también estaba allí?

Mi mente regresa a Lacey, a la imagen de su cuerpo abandonado a metros de la puerta de mi consultorio. Le dije la verdad al detective Thomas: rara vez voy a ese callejón, pero puedo verlo con claridad desde una ventana de la sala de espera. Puedo ver el contenedor de basura, y es muy probable que si no hubiera estado tan distraída y aturdida esta semana, podría haberlo advertido.

¿Esta persona también sabía eso?

"Tal vez haya pistas en el cuerpo que él quería que se descubrieran".

Mi mente va tan rápido que no puedo seguirla. Pistas en el cuerpo, pistas en el cuerpo. Tal vez el brazalete perdido es la pista. Tal vez el asesino lo tomó a propósito. Tal vez sabía que si yo encontraba el cuerpo y notaba la falta del brazalete, armaría el rompecabezas. Lo entendería.

La temperatura dentro del coche es sofocante, treinta grados, pero todavía tengo piel de gallina. Pongo el motor en marcha y dejo que el aire acondicionado sople a través de mi pelo. Me vuelvo hacia la guantera y recuerdo el envase de Xanax que compré la semana pasada. Me imagino que empujo la píldora sobre mi lengua, y el gusto amargo en la boca antes de que se disuelva en mi torrente sanguíneo y afloje mis músculos, envolviendo mi mente. Abro la guantera y el envase se mueve hacia adelante. Lo tomo y le doy vueltas sobre mis manos. Giro la tapa y vierto una pastilla en mi palma.

Mi móvil vibra a mi lado y me vuelvo hacia la pantalla iluminada: el nombre y la foto de Patrick me miran con fijeza. Observo la pastilla en mi mano y luego vuelvo mi atención al teléfono. Suspiro, tomo el teléfono y deslizo la pantalla para atender.

—Hola —digo, todavía con el Xanax en la mano, inspeccionándolo entre los dedos.

—Hola —responde él, con vacilación—. ¿Ya terminaste?

—Sí, ya terminé.

—¿Cómo te fue?

—Fue horrible, Patrick. Tenía un aspecto...

Mi mente regresa al cuerpo de Lacey sobre la camilla, el color escarcha de su piel y sus ojos como de cera. Pienso en los pequeños cortes en su piel como confites de cereza. El corte gigante en la muñeca.

—Tenía un aspecto horroroso —termino—. No se me ocurre ninguna otra palabra para describirlo.

—Siento que hayas tenido que pasar por eso —comenta.

—Sí, yo también.

—¿Pudiste aportar algo útil?

Recuerdo el brazalete desaparecido y empiezo a abrir la boca antes de darme cuenta de que, sin contexto, esta revelación no significa nada. Para explicar su significado, tendría que explicar mi ida al cementerio Los Cipreses y el hallazgo del pendiente de Aubrey minutos antes de que su cuerpo fuera encontrado. Tendría que explicar mi encuentro con Aaron Jansen y su teoría sobre un imitador. Tendría que volver a visitar todos esos lugares oscuros por los que mi mente había estado vagando la semana pasada, volver a visitarlos delante de Patrick. *Con* Patrick. Cierro los ojos y me froto los dedos contra los párpados hasta ver estrellas.

—No —respondo finalmente—. Nada. Como le dije al detective, solo estuve una hora con ella.

Patrick suspira; puedo visualizarlo pasándose las manos por el pelo mientras se sienta en la cama, con la espalda desnuda apoyada en la cabecera. Puedo ver cómo se apoya el móvil contra el hombro mientras se frota los ojos con los dedos.

—Ven a casa —me pide—. Ven a casa y vuelve a la cama. Vamos a relajarnos hoy, ¿te parece?

—De acuerdo. —Asiento con la cabeza—. Sí, me parece bien.

Me muevo con inquietud en el asiento y guardo la píldora y el envase nuevamente en la guantera. Me dispongo a meter la primera marcha cuando la voz de Aaron vuelve a resonar a mi alrededor. Vacilo, me pregunto si debería volver adentro y contarle todo al detective Thomas. Contarle la teoría de Aaron. Si me lo guardo para mí, ¿cuántas otras chicas podrían desaparecer?

Pero no puedo hacerlo. Todavía no. No estoy lista para ser arrojada de nuevo en medio de algo como eso; para explicar la teoría, necesitaría explicar quién soy, mi familia. Mi pasado. No quiero volver a abrir esa puerta, porque, una vez que lo haga, jamás se cerrará.

—Tengo que hacer algo primero —explico—. No creo que me lleve más de una hora.

—Chloe…

—Todo está bien. Estoy bien. Estaré en casa antes del almuerzo.

Cuelgo antes de que Patrick me convenza de cambiar de opinión; entonces marco otro número y tamborileo los dedos sobre el volante hasta que la voz familiar atiende en el otro extremo.

—Habla Aaron.

—Hola, Aaron. Soy Chloe.

—Doctora Davis —dice, con tono desenfadado—. Este es un saludo bastante más simpático del de la última vez que llamaste.

Miro por la ventana y esbozo una pequeña sonrisa por primera vez desde que el número del detective Thomas apareció en mi teléfono esta mañana.

—Escucha, ¿todavía estás en la ciudad? Quiero hablar contigo.

CAPÍTULO 21

Después de mi conversación con el sheriff Dooley, él nos había dado dos opciones. Quedarnos en la comisaría hasta que obtuvieran la orden de detención de mi padre o irnos a casa, no decir nada a nadie y esperar.

—¿Cuánto tardará la orden? —preguntó mi madre.

—No puedo asegurarlo. Podrían ser horas, podrían ser días. Pero con estas pruebas, creo que lo atraparemos antes de que acabe la noche. —Mi madre me miró como si esperara una respuesta. Como si fuera yo quien debiera tomar la decisión. Yo, con doce años. Lo más inteligente, lo más *seguro*, sería quedarse en la comisaría de policía. Ella lo sabía, yo lo sabía, el sheriff Dooley lo sabía.

—Nos iremos a casa —anunció en cambio—. Mi hijo está en casa. No puedo dejar a Cooper solo con él.

El sheriff Dooley se movió en su silla.

—Podemos ir a buscar al chico y traerlo aquí.

—No. —Mi madre meneó la cabeza—. No, eso parecería sospechoso. Si Dick empieza a sospechar algo antes de que obtengan la orden judicial…

—Pondremos oficiales a patrullar el vecindario, de civil. No dejaremos que huya.

—No nos hará daño —aseguró mi madre—. No lo hará. No le hará daño a su familia.

—Disculpe, señora, pero estamos hablando de un asesino en serie. Un hombre sospechoso de matar a seis personas.

—Si ocurre algo que me haga pensar que estamos en peligro, nos iremos de inmediato. Llamaré a la policía y pediré que uno de los oficiales vaya a casa.

Y así, había tomado la decisión. Nos íbamos a casa.

Por la expresión del sheriff Dooley, me di cuenta de que se preguntaba por qué, por qué mi madre se empeñaba en volver con mi padre. Acabábamos de presentarle pruebas que prácticamente demostraban que su esposo era un *asesino en serie* y, aun así, ella quería volver a casa. Pero yo no me lo preguntaba; lo sabía. Sabía que volvería porque siempre había vuelto. Incluso después de llevar a esos hombres a casa, a su cama, seguía regresando con papá al final de cada noche, le preparaba la cena y se la alcanzaba antes de deslizarse silenciosamente a su habitación y cerrar la puerta a sus espaldas. Me volví hacia mi madre, la expresión obstinada en su rostro. Tal vez tenía dudas, pensé. Tal vez quería verlo, una última vez. Tal vez quería despedirse de una manera discreta.

O tal vez era algo más sencillo. Tal vez no sabía cómo irse.

El sheriff Dooley suspiró con evidente desaprobación antes de levantarse de su escritorio y abrir la puerta de su oficina, lo que nos permitió a mi madre y a mí salir de la comisaría en silencio y atontadas. Viajamos durante quince minutos sin hablar una palabra, yo, con el cinturón puesto, en el asiento delantero del gastado Corolla rojo que traqueteaba con sus ruidos explosivos camino a casa. Había un agujero en el asiento, metí el dedo en él y lo ensanché. Me habían hecho dejar la caja en la comisaría, la caja con los trofeos de mi padre. Me gustaba esa caja, con las campanillas y la bailarina que giraba al ritmo de la música. Me pregunté si alguna vez la recuperaríamos.

—Hiciste lo correcto, cariño —dijo mi madre finalmente. Su voz era reconfortante, pero en cierta forma, las palabras sonaban huecas—. Pero ahora tenemos que actuar con normalidad, Chloe. Lo más normal posible. Sé que va a ser difícil, pero no será por mucho tiempo.

—De acuerdo.

—Tal vez puedas ir a tu habitación cuando lleguemos a casa y cerrar la puerta. Le diré a papá que no te sientes bien.

—De acuerdo.

—No nos va a hacer daño —repitió, y yo no respondí. Tuve la sensación de que esa vez estaba hablando consigo misma.

Entramos en el largo camino que llevaba a casa, ese camino de grava por el que yo solía correr, con mis zapatos que levantaban polvo y las sombras del bosque que se movían con los árboles. Ya no tendría que correr más, me di cuenta. No tendría que tener miedo. Pero a medida que la casa se acercaba a través del parabrisas salpicado de insectos, sentí el impulso irrefrenable de abrir la puerta y arrojarme afuera, escabullirme al bosque y esconderme. Parecía más seguro allí que aquí afuera. Mi respiración comenzó a acelerarse.

—No sé si puedo hacerlo —declaré. Empecé a tomar respiraciones rápidas y cortas, y pronto estaba hiperventilando; los alrededores comenzaron a tornarse moteados y brillantes. Por un segundo, pensé que podría morir ahí mismo, en el coche—. ¿Puedo al menos decírselo a Cooper?

—No —dijo mi madre. Observó la forma en que mi pecho subía y bajaba a una velocidad alarmante. Alejó una mano del volante, giró mi cara hacia la suya y frotó sus dedos contra mi mejilla—. Respira, Chloe. ¿Puedes respirar por mí? Inhala por la nariz.

Cerré los labios e inhalé profundamente por mis fosas nasales, dejando que mi pecho se llenara de aire.

—Ahora exhala por la boca.

Frunci los labios y expulsé el aire con lentitud; sentí que los latidos de mi corazón se desaceleraban un poco.

—Ahora hazlo otra vez.

Lo hice nuevamente. Inhalé por la nariz y exhalé por la boca. Con cada respiración eficaz, empecé a recuperar la visión, y finalmente, cuando el coche se detuvo y mi madre apagó el motor, ya respiraba con normalidad. Clavé la vista en la casa que se cernía ante nosotras.

—No se lo diremos a nadie, Chloe —me recordó mi madre—. No hasta que la policía esté aquí. ¿Entiendes?

Asentí con la cabeza y una lágrima rodó por mi mejilla. Me volví hacia mi madre y vi que ella también miraba con fijeza. Observaba nuestra casa como si estuviera embrujada. Y fue entonces, al ver sus facciones endurecidas, la falsa confianza que ocultaba el terror que se podía ver en el fondo de sus ojos, cuando me di cuenta de sus verdaderas intenciones. Entendí por qué estábamos allí, por qué habíamos vuelto. No era porque ella sintiera que debía hacerlo; no habíamos vuelto porque ella fuera débil. Habíamos vuelto porque quería demostrarse a sí misma que podía enfrentarse a él. Quería demostrar que podía ser la fuerte, la intrépida, en lugar de huir de sus problemas como siempre había hecho. Escondiéndose de ellos, escondiéndose de él, fingiendo que no existían.

Pero esta vez tenía miedo. Tenía tanto miedo como yo.

—Vamos —anunció, y abrió la puerta. Yo la imité y la cerré con fuerza antes de caminar hacia la parte delantera del coche y contemplar el porche, las mecedoras que crujían con la brisa, mi magnolio favorito, que proyectaba su sombra sobre el columpio que mi padre había atado a su tronco hacía años. Entramos, la puerta gimió cuando la empujamos. Mi madre me dio un leve codazo hacia la escalera y yo comencé a subir a mi habitación antes de que una voz me detuviera a mitad de camino.

—¿Dónde han estado?

Me quedé congelada en el lugar y giré el cuello para ver a mi padre, que estaba sentado en el sofá de la sala de estar y miraba en nuestra dirección. Tenía una cerveza en la mano y sus dedos rasgaban la etiqueta húmeda; los trozos de papel se acumulaban en un pequeño montón sobre la mesita plegable. Había semillas de girasol esparcidas por el suelo de madera. Mi padre se veía limpio, duchado, con el pelo peinado hacia atrás y la cara recién afeitada. Estaba bien arreglado, con pantalones caquis y una camisa dentro del pantalón. Pero también parecía cansado. Exhausto, incluso. Su piel se veía flácida y tenía los ojos hundidos, como si no hubiera dormido durante días.

—Fuimos a almorzar —respondió mi madre—. Salida de chicas.

—Parece divertido.

—Pero Chloe no se siente bien —añadió ella señalándome—. Creo que debe estar incubando algo.

—Siento oír eso, cariño. Ven aquí.

Miré a mamá y ella asintió ligeramente. Desanduve los escalones y entré en la sala, el corazón me martillaba en el pecho mientras me acercaba a mi padre. Cuando me detuve frente a él, me miró con curiosidad. De pronto me pregunté si se habría dado cuenta de que su caja había desaparecido. Si me preguntaría sobre ella. Él llevó su mano hacia mi frente y la presionó.

—Estás caliente —precisó—. Estás sudando, cariño. Estás *temblando.*

—Sí —respondí, los ojos fijos en el suelo—. Creo que necesito acostarme.

—A ver. —Puso la botella de cerveza contra mi cuello. Me estremecí, el vidrio frío me adormeció la piel y su humedad se deslizó por mi pecho y me mojó la camisa. Sentí mi pulso contra la botella, un latido frío—. ¿Te alivia?

Asentí con la cabeza y me obligué a sonreír.

—Creo que tienes razón —continuó—. Deberías acostarte. Dormir una siesta.

—¿Dónde está Coop? —pregunté, repentinamente consciente de su ausencia.

—Está en su habitación.

Asentí. Su habitación estaba en el lado izquierdo de la escalera; la mía, en el derecho. Me pregunté si podría escabullirme allí sin que mis padres se dieran cuenta, acurrucarme en su cama y taparme los ojos con las sábanas. No quería estar sola.

—Anda —me urgió mi padre—. Acuéstate. Iré en un par de horas a tomarte la temperatura.

Giré sobre mis talones y comencé a caminar hacia las escaleras, con la botella todavía apretada contra el cuello. Mi madre me siguió, con su cercanía reconfortante, hasta que llegamos al pasillo.

—Mona —gritó mi padre—. Espera un segundo.

Sentí que mi madre se volvía en su dirección. Se quedó callada, así que mi padre volvió a hablar.

—¿Hay algo que tengas que decirme?

Los ojos de Aaron me taladran el cráneo mientras observo el río. Me vuelvo hacia él, sin saber si oí bien o si mis recuerdos vuelven a inundar mi subconsciente, nublando mi juicio y confundiendo mi cerebro.

—¿Y bien? —pregunta de nuevo—. ¿Hay algo…?

—Sí —respondo con lentitud—. Por eso te llamé. Esta mañana recibí una llamada del detective Thomas…

—No, antes de llegar a eso. Algo más. Me mentiste. —Vuelvo la mirada hacia el río y me llevo el café a los labios; estamos sentados en una banca junto al agua; el puente a lo lejos parece aún más industrial y lúgubre en medio de la niebla que está cayendo.

—¿Sobre qué?

—Sobre esto.

Sostiene su móvil frente a mí y lo tomo con la mano libre; veo una foto mía, caminando entre una multitud de gente. Enseguida sé dónde fue tomada. Mi camiseta gris y el pelo recogido, los árboles retorcidos con el musgo español colgando de sus ramas, la cinta policial amarilla que aparece borrosa en la distancia. Esta foto fue tomada hace una semana en el cementerio Los Cipreses.

—¿De dónde la obtuviste?

—En internet —explica—. Estaba buscando en el periódico local, tratando de identificar algunas personas con las que hablar, cuando me encontré con imágenes del equipo de rescate. Imagina mi sorpresa cuando vi que estabas allí.

Suspiro y me regaño a mí misma en silencio por no haber prestado más atención a esos periodistas que vi paseándose con las cámaras colgadas del cuello. Espero que Patrick no vea este artículo, o peor aún, el agente Doyle.

—Nunca te dije que *no hubiera estado* allí.

—No, pero me dijiste que el cementerio Los Cipreses no tenía ningún significado especial para tu familia. Que no habría ninguna razón para pensar que abandonar el cuerpo de Aubrey allí sería sospechoso.

—No lo tiene —aseguro—. No la hay. Lo del equipo de búsqueda fue una casualidad. Estaba dando vueltas en el coche para tratar de despejarme. Los vi en la distancia y decidí echar un vistazo.

Me observa fijamente y entrecierra los ojos.

—En mi trabajo, la confianza es todo. La honestidad es todo. Si me mientes, no podré trabajar contigo.

—No te estoy mintiendo —aseguro, y levanto las manos—. Te lo juro.

—¿Por qué decidiste echar un vistazo?

—No lo sé en realidad —reconozco, y tomo otro trago de café—. Por curiosidad, supongo. Estaba pensando en Aubrey. Y en Lena.

Aaron se queda callado, con los ojos fijos en mí.

—¿Cómo era ella? —pregunta por fin; la curiosidad se adivina en su voz. No puede evitarlo; sé que no puede. Nadie puede evitarlo—. ¿Eran amigas?

—Algo así. Yo pensaba que lo éramos cuando era pequeña. Pero ahora lo veo de otro modo.

—¿A qué te refieres?

—Era una chica mayor que yo, muy popular, que se entretenía con una rarita más joven como yo. Era buena conmigo. Me pasaba su ropa, me enseñaba a maquillarme.

—Eso es una amiga —asevera—. De las mejores, creo yo.

—Sí —admito—. Sí, supongo que tienes razón. Había algo en ella que era simplemente... No sé. Magnético, ¿sabes?

Miro a Aaron y él asiente, como si entendiera de qué estoy hablando. Me pregunto si él también tuvo una Lena. Imagino que todo el mundo tiene una Lena en algún momento de su vida. Una persona que irrumpe como una estrella fugaz deslumbrante y se desvanece con la misma velocidad.

—En cierta medida me usaba y yo lo sabía, pero no me importaba —continúo y tamborileo los dedos contra la taza de café—. Su vida familiar no era muy buena, así que nuestra casa era una especie de escape para ella. Además, creo que estaba enamorada de mi hermano.

Aaron enarca las cejas.

—Todas estaban enamoradas de mi hermano —digo, y el recuerdo dibuja una suave sonrisa en mis labios—. A él no le gustaba Lena en ese sentido, pero creo que esa era una de las razones por las que ella nos visitaba tanto. Recuerdo una vez que...

Me detengo, conteniéndome antes de ir demasiado lejos.

—Lo siento —me disculpo—. Tal vez eso no te importe.

—No, sí me importa —asegura Aaron—. Continúa.

Suspiro y me paso los dedos por el pelo.

—Una vez, ese verano, antes de que pasara todo, Lena estaba en casa, siempre estaba inventando excusas para venir a casa, y me convenció de que entráramos a la fuerza en la habitación de Cooper. Yo no hacía esas cosas…, ya sabes, romper las reglas. Pero Lena tenía esa forma de ser. Hacía que quisieras sobrepasar los límites. Vivir tu vida sin miedo.

Recuerdo aquella tarde con mucha claridad: el calor del sol que me hacía arder las mejillas, las briznas de hierba que se clavaban en mi espalda y me pinchaban el cuello. Lena y yo tendidas en el jardín trasero, adivinando figuras en las nubes.

—¿Sabes qué necesitaríamos para que esto fuera perfecto? —había sugerido con voz ronca—. Un poco de hierba.

Giré la cabeza hacia ella. Lena seguía contemplando las nubes, con los ojos concentrados y los dientes mordiéndose el labio. Tenía un encendedor en una mano y lo encendía y lo apagaba con aire distraído. Sostenía la otra mano sobre la llama, y comenzó a acercarla más y más, hasta que un pequeño círculo negro apareció en su palma.

—Tu hermano debe de tener, estoy *segurísima.*

Observé que una hormiga subía despacio por su mejilla, hacia su ceja. Tuve la sensación de que ella sabía que estaba allí; que podía sentirla, acercándose. Que la estaba probando, probándose a sí misma. Esperando ver cuánto tiempo podía aguantar —como con el fuego, que le había chamuscado la piel—, cuánto podía dejarla acercarse antes de verse obligada a levantar la mano y apartarla.

—¿Coop? —exclamé y volví la cabeza hacia arriba—. Olvídate. Él no se droga.

Lena resopló y se apoyó en un codo para sentarse.

—Ay, Chloe. Me encanta lo ingenua que eres. Eso es lo hermoso de ser una niña.

—No soy una niña —repliqué, y me senté también—. Además, su habitación está cerrada con llave.

—¿Tienes una tarjeta de crédito?

—No —dije, avergonzada otra vez. ¿Lena tenía una tarjeta de crédito? No conocía a ninguna chica de quince años que tuviera una. Cooper tampoco tenía, pero, claro, Lena era diferente—. Tengo la tarjeta de la biblioteca.

—Me imagino —respondió, y se puso de pie en la hierba. Extendió la mano, con las palmas marcadas por las briznas y la tierra pegada a la piel. La tomé, húmeda de sudor, y me puse de pie también. Lena se quitó las hierbas de la parte posterior de sus muslos—. Vamos. La verdad, tengo que enseñarte todo.

Entramos en casa y pasamos por mi habitación para recoger el pequeño portamonedas donde guardaba la tarjeta de la biblioteca antes de cruzar el pasillo hacia la habitación de Cooper.

—¿Ves? —dije mientras movía la manija—. Está cerrada.

—¿Siempre la cierra con llave?

—Desde que encontré esas revistas asquerosas debajo de su cama.

—¡*Cooper*! —exclamó ella, con las cejas enarcadas. Parecía más impresionada que asqueada—. Qué chico travieso. Anda, dame la tarjeta.

Se la entregué y vi cómo la introducía por la rendija.

—Primero tienes que buscar las bisagras —explicó mientras empujaba la tarjeta—. Si no puedes verlas, es el tipo de cerradura correcto. La inclinación del pestillo tiene que estar mirando hacia ti.

—De acuerdo —dije y traté de luchar contra el pánico que subía por mi garganta.

—Luego introduces la tarjeta en ángulo. Una vez que la esquina está dentro, la enderezas. Así.

Observé hipnotizada cómo empujaba la tarjeta más y más adentro en la abertura mientras ejercía presión sobre la puerta. La tarjeta empezó a doblarse y recé para que no se rompiera.

—¿Cómo sabes hacer esto? —pregunté finalmente.

—Bueno, ya ves —dijo, y movió la tarjeta—. Te castigan tantas veces que aprendes a escaparte.

—¿Tus padres te encierran en tu habitación?

Me ignoró, y jaló de la tarjeta un par de veces más hasta que, finalmente, la puerta se abrió.

—¡Chán!

Lena giró sobre sus talones con un semblante de satisfacción hasta que vi que su expresión cambiaba lentamente. La boca abierta, los ojos desorbitados. Luego, una sonrisa.

—Hola, Coop.

Aaron se ríe y termina su café con leche antes de colocar el vaso desechable en el suelo junto a sus pies.

—¿Así que las pescó in fraganti? —pregunta—. ¿Antes de que pudieran entrar?

—Ay, sí —digo—. Estaba de pie justo detrás de mí, observando todo desde el hueco de la escalera. Creo que estaba esperando ver si lográbamos entrar.

—O sea, que se quedaron sin hierba.

—Así es —admito con una sonrisa—. Eso tendría que esperar un par de años. Pero, de todas maneras, no creo que eso fuera lo que Lena buscaba realmente. Creo que quería que la atraparan. Para llamar la atención de Cooper.

—¿Funcionó?

—No —aseguro—. Ese tipo de cosas nunca funcionó con Cooper. De hecho, en cierta forma tuvo el efecto contrario. Esa noche se sentó conmigo y me habló acerca de no consumir drogas, de la importancia de andar con personas que fueran modelos a imitar, bla, bla, bla.

El sol empieza a asomarse; casi instantáneamente, la temperatura parece subir unos cuantos grados y la humedad se vuelve espesa como la leche batida. Siento que mis mejillas empiezan a arder; no sé si es por el sol en mi cara o por compartir este recuerdo íntimo con un desconocido. En realidad, no sé qué me ha llevado a contárselo.

—Dime, entonces, ¿por qué quisiste que nos encontráramos? —inquiere Aaron, percibiendo mi deseo de cambiar de tema—. ¿Por qué cambiaste de opinión?

—Esta mañana vi el cuerpo de Lacey —le cuento—. Y la última vez que nos vimos, me dijiste que confiara en mi instinto.

—Espera, vayamos por pasos —me interrumpe—. ¿Viste el cuerpo de Lacey? ¿Cómo?

—Lo encontraron en el callejón detrás de mi consultorio. Escondido detrás de un contenedor de basura.

—Cielos.

—Me pidieron que le echara un vistazo, que tratara de identificar si había algo diferente de la última vez que la vi. Si faltaba algo.

Aaron se queda callado, esperando que continúe. Suspiro y me vuelvo hacia él.

—Le faltaba un brazalete —prosigo—. Y cuando estuve en el cementerio, encontré un pendiente. Un pendiente que pertenecía a Aubrey. Al principio pensé que probablemente se le había caído de la oreja cuando habían arrastrado su cuerpo o algo así, pero después me di cuenta de que era parte de un conjunto. También tenía un collar. Nunca vi el cuerpo de Aubrey, pero si cuando la encontraron le faltaba el collar…

—¿Crees que el asesino se lleva sus joyas? —interviene Aaron—. ¿Como una especie de trofeo?

—Eso era lo que hacía mi padre —confieso. Admitirlo, incluso después de todos estos años, todavía me produce náuseas—. Lo atraparon porque yo encontré una caja con las joyas de sus víctimas escondida en el fondo de su vestidor.

Aaron abre mucho los ojos antes de bajarlos hacia su regazo mientras procesa la información que le acabo de dar. Espero un minuto antes de continuar.

—Sé que tal vez sea un disparate, pero creo que al menos vale la pena investigar.

—No, tienes razón. —Aaron asiente con la cabeza—. Es una coincidencia que no podemos ignorar. ¿Quién podría saberlo?

—Bueno, mi familia, obviamente. La policía. Los padres de las víctimas.

—¿Nadie más?

—Mi padre se declaró culpable y aceptó un acuerdo con la fiscalía —le recuerdo—. No se hicieron públicas todas las pruebas. Así que sí, creo que nadie más. A menos que de alguna manera se haya filtrado la información.

—¿Se te ocurre alguien en esa lista que tuviera alguna razón para hacer algo como esto? ¿Algún oficial de policía que se hubiera obsesionado demasiado con el caso, tal vez?

—No. —Meneo la cabeza—. No, la policía…

Me detengo, me acabo de dar cuenta de algo. Mi familia. La policía. Los padres de las víctimas.

—Había un hombre —empiezo, lentamente—. Uno de los padres de las víctimas. El padre de Lena. Bert Rhodes.

Aaron me mira y asiente para que continúe.

—Reaccionó de una manera rara.

—Su hija fue asesinada. Supongo que la mayoría lo haría.

—No, no hablo del dolor habitual —explico—. Fue diferente. Fue rabia. Incluso antes de los asesinatos, había algo en él que no estaba bien…

Pienso en Lena mientras hacía palanca en la puerta cerrada de la habitación de mi hermano. En su admisión involuntaria, ese desliz. El hecho de que fingiera no oír cuando la presioné para que me contara más.

"¿Tus padres te encierran en tu habitación?".

Aaron asiente y deja escapar un chorro de aire constante a través de sus labios fruncidos.

—¿Qué fue lo que dijiste el otro día sobre los imitadores? —le pregunto—. ¿Que pueden "venerar" o "denostar" a quienes quieren emular?

—Sí —asevera Aaron—. En general, hay dos categorías diferentes de imitadores. Están los que admiran a un asesino y quieren imitar sus crímenes como una forma de respeto, y luego hay otros que discrepan en algo con un asesino, tal vez tienen una creencia política opuesta o simplemente piensan que está sobrevalorado y quieren superarlo, así que imitan sus crímenes como una forma de alejar la atención de su predecesor y atraerla hacia ellos mismos. Pero en cualquiera de los dos casos, es un juego.

—Bueno, Bert Rhodes *denostaba* a mi padre. Por una buena razón, pero de todas maneras… parecía poco saludable. Como una obsesión.

—De acuerdo —dice Aaron al fin—. De acuerdo. Gracias por contármelo. ¿Vas a decírselo a la policía?

—No —declaro, tal vez demasiado rápido—. Todavía no, al menos.

—¿Por qué, hay más?

Niego con la cabeza y decido no mencionar la otra parte de mi teoría: que la persona que está matando a estas chicas me está hablando a mí específicamente. Se está burlando de mí. Me está poniendo a prueba. Quiere que yo arme el rompecabezas. No quiero que Aaron empiece a dudar de mi cordura, que descarte todo lo que acabo de decirle si lo llevo un paso más allá. Primero quiero investigar por mi cuenta.

—No. Es solo que todavía no estoy preparada para eso. Es demasiado pronto.

Me pongo de pie y aparto de mi frente un mechón de pelo que el viento ha desprendido de mi coleta. Suspiro y me vuelvo para despedirme, me doy cuenta de que Aaron me mira de una forma que nunca antes había visto en él. Hay preocupación en sus ojos.

—Chloe —dice—. Espera un segundo.

—¿Sí?

Vacila, como si tratara de decidir si debería continuar. Se decide y se inclina hacia mí, con la voz baja y firme.

—Solo prométeme que tendrás cuidado, ¿de acuerdo?

CAPÍTULO 22

Recuerdo haber visto una vez a los padres de Lena, Bert y Annabelle Rhodes, sentados entre el público de la obra de fin de curso de la escuela de Breaux Bridge. Ese año, el de los asesinatos, la obra representada era *Grease*, y Lena era Sandy, con sus pantalones de cuero ajustados que brillaban cada vez que la tela reflejaba el resplandor de las luces del auditorio en el ángulo adecuado. Sus habituales trenzas francesas habían sido sustituidas por una permanente y un cigarrillo falso asomaba por detrás de una oreja (aunque yo dudaba mucho de que fuera falso; probablemente se lo había fumado en el aparcamiento después de que hubo bajado el telón). Cooper también actuaba, y por eso estábamos allí. Era bueno para los deportes, pero no tanto para la actuación. El programa lo identificaba en un papel de tercer nivel como "Estudiante número 3".

Pero Lena era la estrella.

Yo estaba con mis padres, nos movíamos entre las filas de asientos en busca de tres sillas vacías contiguas y nos disculpábamos al chocar con las rodillas de los otros padres que ya estaban sentados.

—Mona —llamó mi padre agitando la mano—. Por aquí.

Señaló en dirección a tres asientos en el centro de la sala, situados justo al lado de donde estaban los Rhodes. Observé cómo los ojos de mi madre se abrieron de par en par durante una fracción de segundo antes de que esbozara una sonrisa forzada y me apoyara una mano en la espalda, empujándome hacia delante con demasiada fuerza.

—Hola, Bert —dijo mi padre con una sonrisa—. Annabelle. ¿Están ocupados estos asientos?

Bert Rhodes sonrió a mi padre y señaló los asientos libres, pero ignoró por completo a mi madre. En el momento, me pareció grosero. Ya la conocía; yo lo había visto en casa unas semanas antes. Se ganaba la vida instalando sistemas de seguridad; recuerdo sus brazos bronceados y curtidos mientras estaba arrodillado en el suelo de tierra de nuestro jardín trasero antes de que ella le tocara el hombro y lo invitara a entrar. Observé a través de mi ventana cómo él la miraba y se limpiaba la humedad de la frente; la risa fuerte y forzada de mamá mientras jalaba de él. Entraron en la cocina, donde los oí hablar en voz baja; desde la barandilla de la escalera, vi a mi madre inclinarse sobre la encimera, juntándose los pechos, y con un vaso de té helado dulce en la mano.

Nos sentamos justo antes de que se apagaran las luces y Lena apareciera contoneándose sobre el escenario; el movimiento de sus caderas hacía que la falda amplia y blanca revolotease alrededor de su cintura. Mi padre se movió con inquietud en el asiento y cruzó las piernas. Bert Rhodes se aclaró la garganta.

Recuerdo haber observado al padre de Lena en ese momento, la rigidez de su postura. Y los ojos de mi madre, pegados al escenario. Y a mi padre, entre ellos, ajeno a todo. Bert Rhodes no estaba siendo grosero, me di cuenta. Estaba incómodo. Ocultaba algo. Y mi madre también.

Cuando me enteré de aventura que habían tenido, después del arresto de mi padre, fue toda una conmoción. Supongo que todos los niños piensan en sus padres como personas perfectamente felices, como pertenecientes a una forma de vida infrahumana carente de sentimientos, opiniones, problemas y necesidades. A los doce años, yo no entendía la complejidad de la vida, del matrimonio, de las relaciones. Mi padre trabajaba todo el día mientras mamá estaba sola en casa. La mayor parte del tiempo, Cooper y yo estábamos en clase, practicando lucha libre o de campamento, y nunca me detuve a preguntarme qué hacía ella todo el día. Nuestra lánguida rutina nocturna de cenas servidas sobre mesitas plegables frente al televisor, seguidas de las cabezadas de mi padre en su sillón reclinable mientras ella limpiaba la cocina y se retiraba a su habitación con un libro en la mano, me parecía exactamente eso: rutina. Nunca pensé en lo solitario y tedioso que debía de ser. La falta de intimidad entre ellos me parecía normal —nunca los vi besarse ni darse la mano— porque nunca había presenciado otra cosa. Nunca había *conocido* otra cosa. Por eso, cuando ella empezó a invitar constantemente a distintos hombres a entrar en casa en el transcurso de ese verano —el jardinero, el electricista, el hombre que instaló el sistema de seguridad y cuya hija desaparecería más tarde—, lo tomé como una simple demostración de amable hospitalidad sureña. Una manera de ayudarlos a combatir el calor con un vaso de té dulce casero.

Algunas personas especularon que mi padre había matado a Lena como venganza, como una forma enfermiza de equilibrar la balanza después de descubrir lo de Bert y mi madre. Tal vez Lena, su primera víctima, fue quien desencadenó su oscuridad. Tal vez comenzó a avanzar desde los rincones después de eso, se tornó más grande y confusa, más difícil de controlar. Bert Rhodes ciertamente lo creía.

Lo recuerdo de pie junto a la madre de Lena durante aquella primera conferencia de prensa televisada, antes de que la situación de su hija pasara de *desaparecida* a *presuntamente muerta*. Era un hombre deshecho, solo cuarenta y ocho horas después de la desaparición ya era incapaz de hilvanar las palabras para formar una frase coherente. Pero cuando se identificó a mi padre como el hombre que la mató, Bert Rhodes se desquició por completo.

Recuerdo una mañana en que Cooper me metió en casa porque Bert Rhodes estaba fuera: se paseaba como un animal rabioso en nuestro jardín delantero. No era como nuestros otros visitantes, que arrojaban cosas desde la distancia o salían corriendo cuando los espantábamos. Esta vez era diferente. Bert Rhodes era un tipo fuerte. Estaba furioso, frenético. En esa época, mi madre ya nos había abandonado, al menos mentalmente, y ni Cooper ni yo sabíamos qué hacer, así que nos acurrucamos en mi habitación y observamos por la ventana. Lo observamos patear la tierra y lanzar insultos hacia la casa. Vimos cómo gritaba en nuestra dirección y se arrancaba la ropa, el pelo. Finalmente, Cooper salió. Yo le había rogado que no lo hiciera, le había jalado de la manga de la camisa con las lágrimas rodando por mis mejillas. Luego, con impotencia, lo había observado bajar los escalones del frente y salir al jardín. Vi cómo devolvía los gritos y hundía su dedo extendido en el pecho fornido de Bert. Finalmente, Bert se marchó, prometiendo vengarse.

"¡Esto no ha terminado!", le oí gritar. Su voz ronca resonó en la inmensa nada que era nuestro hogar.

Más tarde supimos que la piedra que atravesó la ventana de la habitación de mi madre aquella noche había salido de sus manos callosas, y que los cortes en las ruedas de la camioneta de mi padre habían sido obra de su navaja. Bert Rhodes se sentía culpable. Después de todo, se había acostado con una mujer casada y, ese mismo verano, el esposo de esta había asesinado a su hija. El karma se había cumplido y la culpa era demasiado grande para soportarla. Estaba loco de furia. Si Bert Rhodes hubiera podido ponerle las manos encima a mi padre después de que este confesó el asesinato de Lena, estoy segura de que lo habría matado, y no con rapidez. No con misericordia. Lo habría matado lenta, dolorosamente. Y lo habría disfrutado.

Pero, por supuesto, no pudo. No pudo ponerle las manos encima a mi padre. Él estaba bajo custodia policial, a salvo encerrado entre rejas.

Pero su familia no lo estaba, así que puso la mira en nosotros.

Hago girar la llave para abrir la puerta principal y asomo la cabeza, buscando a Patrick. Llego antes del almuerzo, como prometí, y puedo oler el café recién hecho en la cocina. Veo mi computadora en la sala de estar y tengo ganas de abrirla y empezar a escribir frenéticamente.

Quiero averiguar más sobre Bert Rhodes.

Él sabía que Lena llevaba un piercing en el ombligo. Sabía cómo miraba mi padre a su hija en la feria y en la obra escolar y cuando ella estaba tumbada en el suelo de mi habitación, con sus largas piernas en el aire. Todas las demás chicas —Robin, Margaret, Carrie, Susan, Jill— también fueron víctimas. Pero fueron fortuitas. Habían muerto por necesidad o conveniencia o alguna mezcla de ambas. Estaban en el lugar equivocado en el momento equivocado, en el momento exacto en que la oscuridad emergía de los rincones y mi padre, incapaz de luchar contra ella, tomaba a la primera chica joven, inocente e indefensa a la que pudiera echar mano y apretaba con fuerza hasta que la oscuridad retrocedía al rincón como un escarabajo que huye de la luz. Pero Lena parecía haber sido algo más, siempre lo había sido. Con Lena, fue algo personal. Ella fue la primera. Mi padre se la llevó por ser quien era, por la forma en que lo hacía sentirse. La forma en la que lo provocaba cuando agitaba la mano antes de desaparecer entre la multitud; la forma en la que Bert lo provocaba acostándose con su mujer para después sonreírle en público y fingir que eran amigos.

Cruzo el vestíbulo hacia la sala de estar y me siento en el sofá; tomo mi computadora, la apoyo sobre el regazo y la enciendo. Bert Rhodes era violento, colérico, despiadado. Bert Rhodes tenía rencor. ¿Estaría todavía resentido, veinte años después? No había olvidado los crímenes de mi padre... y quizá quería que nosotros tampoco los olvidáramos. No puedo evitar la sensación de que estoy a punto de descubrir algo, así que tipeo su nombre en el motor de búsqueda y pulso "Enter". Aparece una serie de artículos, casi todos relacionados con los asesinatos de Breaux Bridge. Me desplazo a través de las páginas y echo una ojeada a los titulares. Son todos viejos y ya los había leído todos antes. Decido afinar mi búsqueda a "Bert Rhodes Baton Rouge" y pruebo de nuevo.

Esta vez, aparece un resultado nuevo. Es el sitio web de Alarm Security Systems, una empresa de seguridad de Baton Rouge. Hago clic en el enlace, observo cómo se carga el sitio web y leo la página de inicio.

"Alarm Security Systems es una empresa de seguridad local que trabaja bajo demanda. Nuestro equipo de profesionales expertos instalará y supervisará personalmente el sistema en su hogar las veinticuatro horas del día, los siete días de la semana, para mantenerlo a usted y a su familia protegidos".

Selecciono una pestaña titulada "Conozca al equipo" y observo cómo la fotografía de Bert Rhodes se carga en la pantalla. Mis ojos absorben su imagen; su mandíbula, antes pronunciada, luce ahora rellena con exceso de grasa y cubierta de piel flácida, estirada como la masa de una pizza que se ha dejado colgada. Está más viejo, más gordo, más calvo. A decir verdad, tiene un aspecto terrible. Pero es él. Definitivamente es él.

Entonces me doy cuenta.

Vive aquí. Bert Rhodes vive *aquí*, en Baton Rouge.

Estoy absorta en su imagen, la forma en la que mira con atención a la cámara, la falta total de expresión en su rostro.

No está feliz, ni triste, ni enojado, ni irritado… simplemente *está*, es la cáscara de un ser humano. Vacío por dentro. Sus labios están ligeramente fruncidos en una mueca, sus ojos opacos no reflejan emoción alguna. Sus pupilas parecen absorber la luz del flash de la cámara en lugar de reflejarla, como hacen las otras fotos. Me inclino más hacia la pantalla, tan ensimismada en la imagen, en este rostro de mi pasado, que no advierto el sonido de pasos que se acercan a mí.

—¿Chloe?

Me sobresalto y me llevo la mano al pecho. Levanto la vista y veo a Patrick, que se inclina sobre mí; instintivamente, cierro la computadora. Él la mira.

—¿Qué estás viendo?

—Lo siento —digo, y mis ojos van de la computadora a él con rapidez.

Está vestido, sostiene una taza gigante en las manos y me mira fijamente. Me acerca la taza y la acepto de mala gana, ya que acabo de tomarme un café doble con Aaron hace treinta minutos y la cafeína, o al menos creo que es la cafeína, ya me está poniendo nerviosa. No respondo, así que lo intenta nuevamente.

—¿Dónde estabas?

—Haciendo un recado —respondo, y dejo a un lado la computadora—. Ya que estaba en la ciudad, pensé en quitármelo de encima…

—Chloe —me interrumpe—. ¿Qué estabas haciendo realmente?

—*Nada* —replico con brusquedad—. Estoy bien, Patrick. De verdad. Solo necesitaba dar una vuelta en el coche, ¿de acuerdo?

—De acuerdo —concede, y levanta las manos—. De acuerdo, lo entiendo.

Se vuelve y me invade una ola de culpa. Pienso en todas las relaciones que he tenido y que terminaron antes de empezar por mi incapacidad para abrirme a la otra persona. Para confiar en el otro. Por culpa de mi paranoia y mi miedo, que silencian cualquier otra emoción en mi cuerpo que pida a gritos ser reconocida.

—Espera, lo siento —me disculpo, y alargo un brazo hacia él. Muevo los dedos, Patrick se gira, vuelve conmigo y se sienta a mi lado en el sofá. Le paso el brazo por la espalda y apoyo la cabeza en su hombro—. Sé que no estoy muy bien.

—¿Qué puedo hacer para ayudarte?

—Hagamos algo hoy —sugiero, y me enderezo un poco. Mis dedos todavía desean volver a la computadora, sumergirse otra vez en mi investigación sobre Bert Rhodes, pero ahora mismo necesito estar con Patrick. No puedo seguir dejándolo de lado así—. Sé que dijiste que podíamos pasar el día en la cama, pero no creo que eso sea lo que necesito ahora. Creo que deberíamos *hacer* algo. Salir de la casa.

Patrick suspira y se pasa los dedos por el pelo. Me mira con una mezcla de afecto y tristeza, y puedo adivinar que no me va a gustar lo que me va a decir a continuación.

—Lo siento, Chloe. Hoy tengo que ir a Lafayette. ¿Te acuerdas de ese hospital con el que he estado luchando por conseguir una reunión? Me llamaron, mientras tú estabas… haciendo tu recado. Me darán una hora esta tarde, y hasta podría llevar a algunos de los médicos a cenar. Tengo que ir.

—Ah, bueno. —Asiento con la cabeza. Por primera vez desde que entré, me doy cuenta de su apariencia. No solo está vestido; está vestido para trabajar—. Bueno…, por supuesto que debes ir. Haz lo que tengas que hacer.

—Pero *tú* deberías salir de la casa —me aconseja, y me clava un dedo en el pecho—. Deberías hacer algo. Tomar un poco de aire. Siento no poder acompañarte, pero debería estar de regreso en casa a primera hora de mañana.

—De acuerdo —digo—. De todas maneras, tengo que ponerme al día con algunas cosas de la boda. Tengo que responder correos electrónicos. Me quedaré aquí y lo haré de una vez. Tal vez llame a Shannon para tomar algo más tarde.

—Esa es mi chica.

Me acerca a él y me besa la frente. Se detiene un minuto y puedo sentir sus ojos clavados en la computadora detrás de mí, todavía cerrada. Me aprieta contra su pecho con un brazo mientras su mano libre zigzaguea por el sofá, llega a la computadora y la acerca. Yo también intento tomarla, pero él me sujeta la muñeca con fuerza antes de que pueda hacerlo y desliza la computadora en su regazo. La abre sin decir nada.

—Patrick —protesto, pero me ignora y me aprieta aún más la muñeca—. Vamos, Patrick...

Trago con fuerza cuando la pantalla ilumina su rostro y espero mientras sus ojos observan la página que sé que aún está abierta: Alarm Security Systems y la foto de Bert Rhodes. Se queda callado un rato y estoy segura de que reconoce el nombre. Sabe en qué ando. Después de todo, sabe lo de Lena. Abro la boca y me preparo para hablar, pero él lo hace primero.

—¿Esto es lo que te tiene tan alterada?

—Mira, puedo explicarlo —empiezo, tratando de liberar mi muñeca—. Después de que apareció el cuerpo de Aubrey, empecé a preocuparme...

—¿Quieres instalar un sistema de seguridad? —pregunta—. ¿Te preocupa que quien esté haciendo esto a esas chicas pueda venir a atacarte a ti después?

Me quedo callada mientras trato de decidir si debo dejarlo creer esto o explicarle la verdad. Abro la boca nuevamente, pero él continúa.

—¿Por qué no me dijiste nada, Chloe? Dios, debes de estar muy asustada. —Me suelta la muñeca, siento que la sangre vuelve a correr por mi mano y un cosquilleo helado se extiende por mis dedos. No me había dado cuenta de lo fuerte que me había estado apretando. Entonces Patrick me atrae hacia su pecho otra vez; sus dedos se deslizan por mi cuello y bajan por mi columna vertebral—. Me imagino los recuerdos que debe traerte todo esto… Quiero decir, sabía que estabas pensando en ello, en tu padre, pero no me di cuenta de que había llegado a *esta situación*.

—Lo siento —digo con los labios apretados contra su hombro—. Es que… me sentía un poco ridícula, ¿sabes? Por tener miedo.

No es la verdad exactamente. Pero tampoco es una mentira.

—Todo va a ir bien, Chloe. No tienes nada de qué preocuparte.

Mi mente se traslada a aquella mañana en particular con mi madre, con Cooper, hace veinte años. Acurrucada en el vestíbulo con la mochila en la espalda. Yo lloraba. Mi madre me consolaba.

"Sí tiene algo de qué preocuparse, Cooper. Esto es serio".

"Al tipo le gustan las adolescentes, ¿recuerdas?".

Trago saliva, asiento con la cabeza y mi mente formula las palabras que ya sé que Patrick va a decir antes de que tenga la oportunidad de decirlas. Como si yo estuviera de nuevo de pie en ese vestíbulo, dejando que mi madre me limpie las lágrimas.

—No te subas a un coche con desconocidos, no camines sola por callejones oscuros. —Patrick se aparta y me sonríe, y yo me fuerzo a devolverle la sonrisa—. Pero si instalar un sistema de seguridad te hará sentir mejor, creo que deberías hacerlo —añade—. Llama a este tipo y dile que venga. Como mínimo, te dará tranquilidad.

—De acuerdo —asiento—. Lo estudiaré. Pero estas cosas son caras.

Patrick niega con la cabeza.

—Tu tranquilidad vale más —asegura—. Eso no tiene precio.

Sonrío, ahora de verdad, y lo rodeo con mis brazos una última vez. No puedo culparlo por estar enfadado conmigo, por sentir curiosidad. Me he mostrado muy reservada estos últimos días y lo sabe. Pero, aun así, todavía no tiene ni idea de que, en realidad, no estoy buscando comprar un sistema de seguridad, sino que estoy investigando al hombre de la pantalla y no al equipo que él instala. Me doy cuenta de que la emoción en su voz es auténtica. Habla en serio.

—Gracias —digo—. Eres increíble.

—Tú también —responde, y me besa la frente antes de levantarse—. Debo irme ahora. Ocúpate de lo que tienes que hacer y te enviaré un mensaje cuando llegue.

CAPÍTULO 23

En cuanto veo que el coche de Patrick abandona el sendero de la entrada, vuelvo corriendo a mi computadora y busco el móvil para empezar a escribirle un texto nuevo a Aaron.

Bert Rhodes vive aquí. En Baton Rouge.

No sé qué hacer con esta información. Desde luego es una pista. Tiene que ser más que una coincidencia. Pero, aun así, no es suficiente para llamar a la policía. Por lo que sé, no han establecido la conexión con las joyas desaparecidas y todavía no quiero ser yo quien lo mencione. Segundos después, mi teléfono vibra con la respuesta de Aaron.

Lo estoy investigando. Dame diez minutos.

Apago el móvil y vuelvo a mirar mi computadora y la imagen de Bert que aún brilla en la pantalla; su propio rostro es una demostración del trauma que ha sufrido. Cuando alguien recibe heridas físicas, los hematomas y las cicatrices son visibles, pero cuando alguien experimenta heridas emocionales o mentales, las secuelas son más profundas. Puedes ver cada noche de insomnio en el reflejo de los ojos, cada lágrima marcada en las mejillas, cada ataque de ira grabado en los pliegues de la frente. La sed de sangre que agrieta la piel de los labios. Dudo durante un minuto mientras mis ojos recorren el rostro de esta persona quebrada. Empiezo a empatizar y a hacerme preguntas. ¿Cómo podía un hombre que ha perdido a su hija de una forma tan trágica dar un giro y quitar una vida de la misma manera? ¿Cómo podía someter a otra familia inocente al mismo dolor? Pero entonces recuerdo a mis pacientes, las otras almas atormentadas que veo día tras día. Me acuerdo de mí misma. Recuerdo la estadística que aprendí en la universidad, la que me heló la sangre: el cuarenta por ciento de las personas que sufren abusos en la infancia se convertirán en abusadores. No le ocurre a todo el mundo, pero sucede. Es cíclico. Se trata del poder, el control o, más bien, la falta de control. Se trata de recuperarlo y reclamarlo como propio.

Yo, más que nadie, debería entenderlo.

Mi teléfono empieza a vibrar y veo el nombre de Aaron en la pantalla. Lo atiendo después del primer timbrazo.

—¿Qué encontraste? —pregunto con los ojos todavía pegados a la computadora.

—Agresión con lesiones corporales, ebriedad en la vía pública, conducir bajo los efectos del alcohol —enumera—. Ha entrado y salido de la cárcel durante los últimos quince años y parece que su mujer pidió el divorcio hace un tiempo después de una disputa doméstica violenta. Tiene una orden de alejamiento.

—¿Qué le hizo?

Aaron se queda en silencio durante un segundo y no sé si está leyendo sus notas o si simplemente no quiere responder la pregunta.

—¿Aaron?

—Intentó estrangularla.

Dejo que las palabras se asienten y, al instante, la temperatura de la habitación parece haberse enfriado veinte grados. "La estranguló".

—Podría ser una coincidencia —insinúa Aaron.

—O no.

—Hay una gran diferencia entre un borracho enfadado y un asesino en serie.

—Podría estar intensificándose —señalo—. Quince años de delitos menores de violencia son un buen indicio de que es capaz de algo más. Atacó a su esposa de la misma manera en la que su hija fue atacada, Aaron. De la misma manera en la que fueron asesinadas Aubrey y Lacey…

—De acuerdo —acepta Aaron—. De acuerdo. Lo vigilaremos. Pero si esto realmente te preocupa, creo que deberías ir a la policía. Contarles la teoría. Sobre el imitador.

—No. —Niego con la cabeza—. No, todavía no. Necesitamos más.

—¿Por qué? —inquiere Aaron; parece nervioso—. La última vez dijiste lo mismo, Chloe. Esto ya *es* más. ¿Por qué tienes tanto miedo de la policía?

La pregunta me deja atónita. Pienso en la forma en la que les he mentido al detective Thomas y al agente Doyle y he ocultado pruebas que podrían contribuir a la investigación. Nunca he creído que tuviera *miedo* de la policía, pero entonces me acuerdo de la universidad y de la última vez en que me había involucrado en algo así y en lo mal que había terminado. En lo mucho que me había equivocado.

—No tengo miedo de la policía —aclaro. Aaron guarda silencio y yo siento que debería continuar, explicar más. Siento que debería decir: "Tengo miedo de mí misma". Pero en vez hacerlo, suspiro—. No quiero hablar con ellos por la misma razón por la que no quería hablar contigo —digo en un tono más duro de lo que me gustaría—. No pedí estar involucrada en esto. En nada de esto.

—Pues lo estás —responde Aaron. Suena dolido, y en este momento, incluso más que en el momento en el muelle mientras me escuchaba relatar el recuerdo con Lena, nuestra relación empieza a parecer algo más que un vínculo entre un periodista y un sujeto. Empieza a parecer algo personal—. Te guste o no, estás involucrada.

Me vuelvo hacia la ventana justo a tiempo para ver a través de las cortinas la silueta de un coche que se detiene en el sendero de entrada. No espero a nadie, así que miro el reloj: Patrick se fue hace treinta minutos. Echo un vistazo alrededor de la casa y me pregunto si se habrá olvidado algo y habrá tenido que dar la vuelta y regresar.

—Escucha, Aaron, lo siento —me disculpo y presiono mi nariz entre los dedos—. No quise hablar así. Sé que estás tratando de ayudar. Tienes razón, estoy involucrada en esto, lo quiera o no. Mi padre se aseguró de que así fuera.

Aaron se queda callado, pero puedo sentir que la tensión desaparece en el otro extremo de la línea.

—Lo que quiero decir es que no estoy preparada para que la policía empiece a hurgar en mi vida —continúo—. Si se lo cuento, si les digo quién soy, no podré dar marcha atrás. Me van a destrozar y voy a volver a estar en el foco del escrutinio público otra vez. Este es mi hogar, Aaron. Mi vida. Aquí soy normal… o tan normal como puedo ser, al menos. Me gusta que sea así.

—De acuerdo —concluye—. De acuerdo, lo entiendo. Siento haberte presionado.

—Está bien. Si encontramos más pruebas, se lo contaré todo. Lo juro.

Oigo el portazo de un coche fuera y me vuelvo para ver la figura de un hombre que camina por el sendero de la entrada acercándose a mi casa.

—Ey, tengo que cortar. Creo que Patrick acaba de llegar. Te llamaré más tarde. —Cuelgo y arrojo el móvil sobre el sofá antes de dirigirme hacia la puerta principal. Oigo el sonido de pasos en los escalones y antes de que Patrick pueda entrar, abro la puerta y me llevo una mano a la cadera.

—No puedes estar lejos de mí, ¿verdad?

Mis ojos se fijan en el hombre que tengo delante y mi sonrisa se desvanece, mi expresión bromista cambia por una de horror. Este hombre no es Patrick. Dejo caer mi mano a un lado y lo observo de arriba abajo, el cuerpo fornido y la ropa sucia, la piel arrugada y los ojos oscuros y apagados. Son aún más oscuros que en su foto, todavía desplegada en la pantalla de mi computadora. Mi corazón empieza a acelerarse y durante un segundo aterrador me aferro del marco de la puerta para evitar desmayarme.

Bert Rhodes está de pie en el umbral.

CAPÍTULO 24

Nos miramos fijamente durante lo que parece una eternidad, cada uno desafiando en silencio al otro a hablar primero. Aunque tuviera algo que decir, no sería capaz de hacerlo. Mis labios están congelados, el terror absoluto de tener a Bert Rhodes frente a mí, en carne y hueso, me deja inmóvil. No me puedo mover, no puedo hablar. Todo lo que puedo hacer es mirarlo. Mi mirada desciende de sus ojos a sus manos, callosas y sucias. Son grandes. Imagino que toman mi cuello con facilidad y lo aprietan suavemente al principio para luego aumentar la presión con cada espasmo. Mis uñas arañan sus manos, mis ojos desorbitados están clavados en los suyos, buscando un indicio de vida en la oscuridad. Sus labios agrietados dibujan una sonrisa. Sus dedos dejan los hematomas que el detective Thomas encontrará en mi piel.

Carraspea.

—¿Esta es la casa de Patrick Briggs?

Lo miro con intensidad durante otro segundo y parpadeo un par de veces, como si mi mente intentara librarse del estupor. No sé si le oí bien: ¿está buscando a Patrick? Como no respondo, vuelve a hablar.

—El señor Briggs nos llamó hace unos treinta minutos

para solicitar la instalación de un sistema de seguridad en esta dirección. —Mira su carpeta sujetapapeles antes de echar un vistazo al cartel de la calle a su espalda, como para comprobar que está en el lugar correcto—. Dijo que era urgente.

Observo detrás de él el coche aparcado en el sendero de entrada con el logotipo de Alarm Security Systems impreso en un lado. Patrick debió de haber llamado a la empresa en cuanto se subió al coche; fue un gesto dulce, bien intencionado, pero que había traído a Bert Rhodes directamente a mí. Patrick no tiene ni idea del peligro en el que me ha puesto. Observo a este hombre de mi pasado, de pie en la puerta de entrada de mi casa, esperando educadamente a que lo invite a pasar. Y de pronto, me doy cuenta.

No me ha reconocido. No sabe quién soy.

No lo había notado, pero estoy respirando con rapidez, mi pecho sube y baja violentamente con cada inhalación desesperada. Bert parece darse cuenta en el mismo momento que yo; me observa con desconfianza, con la curiosidad lógica por saber por qué su presencia hace que una desconocida hiperventile. Sé que tengo que calmarme.

"Respira, Chloe. ¿Puedes respirar por mí? Respira por la nariz".

Imagino a mi madre y cierro los labios; inhalo profundamente por las fosas nasales y dejo que mi pecho se llene de aire.

"Ahora exhala por la boca".

Frunzo los labios y expulso el aire despacio; siento que los latidos de mi corazón se han tranquilizado un poco. Aprieto las manos para que no me tiemblen.

—Sí —respondo.

Me aparto y le hago un gesto para que entre. Observo cómo su pie cruza el umbral de mi casa, mi santuario. Mi refugio seguro y mi lugar de evasión, cuidadosamente diseñado para destilar normalidad y control, una ilusión que se hace añicos en el instante en el que esta presencia de mi pasado pone un pie en su interior. Hay un cambio atmosférico en el aire, un zumbido de partículas que me eriza el vello de los brazos. Ahora de pie, más cerca de mí, a centímetros de mi cara, parece incluso más grande de lo que recordaba, a pesar de que la última vez que estuve en una habitación con este hombre yo tenía doce años. Pero él parece no saberlo. No parece tener ni idea de que soy la niña que lleva la misma sangre que el hombre que asesinó a su hija, la niña que gritó cuando la piedra que él lanzó atravesó la ventana de mi madre. Soy la niña que se escondió debajo de la cama cuando él se presentó en nuestra puerta apestando a whisky, sudor y lágrimas.

No parece tener ni idea de la historia que compartimos. Y ahora, con él en mi casa, me pregunto si puedo utilizar esto en mi beneficio.

Bert Rhodes se adentra en la casa y contempla a su alrededor; sus ojos recorren el vestíbulo, la sala de estar contigua, la cocina y la escalera que lleva al primer piso. Da unos pasos y se asoma a cada habitación, asintiendo para sí mismo.

De pronto, un pensamiento aterrador me invade. ¿Y si me ha reconocido? ¿Y si solo está comprobando si estoy sola?

—Mi esposo está arriba —comento, y mis ojos se dirigen a la escalera. Patrick tiene una pistola guardada en el vestidor de nuestra habitación, por si entrase alguien. Me devano los sesos para tratar de recordar dónde está exactamente la caja. Me pregunto si podré inventar una excusa para subir corriendo y buscarla, por si acaso—. Está en una conferencia telefónica, pero si necesita algo, puedo llamarlo.

Bert entrecierra los ojos antes de pasarse la lengua por los labios y sonreír. Luego menea la cabeza con suavidad y tengo la clara sensación de que se está riendo de mí, burlándose. Que sabe que estoy mintiendo sobre Patrick y que estoy aquí completamente sola. Regresa caminando en mi dirección y noto que se frota las manos contra los pantalones, como si se enjugara el sudor de las palmas. Empiezo a sentir pánico y considero la posibilidad de salir corriendo, pero él voltea, señala la puerta y le da dos golpecitos con el dedo índice.

—No hace falta, solo estoy evaluando los puntos de entrada. Dos puertas principales, la delantera y la trasera. Hay muchas ventanas aquí, así que sugeriría que instaláramos algunos sensores de rotura de cristales. ¿Quiere que eche un vistazo arriba?

—No —digo—. No, abajo está bien. Así… así está todo bien. Gracias.

—¿Quiere cámaras?

—¿Qué?

—Cámaras —repite—. Son pequeñas, podemos colocarlas por toda la propiedad y luego usted puede acceder al video desde su teléfono…

—Ah, sí —respondo con rapidez, distraídamente—. Sí, claro. Eso estaría bien.

—De acuerdo —asiente con la cabeza. Garabatea algunas notas en su carpeta sujetapapeles antes de empujarla en mi dirección—. Firme aquí, buscaré mis herramientas.

Sostengo la carpeta y miro el formulario de solicitud mientras él sale y se dirige a su coche. No puedo firmar con mi nombre, obviamente. No con mi *verdadero* nombre. Sin duda, lo reconocería. Así que, en vez de eso, firmo como *Elizabeth Briggs*, una combinación de mi segundo nombre con el apellido de Patrick, y le devuelvo la carpeta cuando él vuelve a entrar. Observo cómo examina mi firma y regreso al sofá.

—Le agradezco que haya venido habiéndole avisado con tan poca antelación —señalo. Cierro mi computadora y guardo el móvil en mi bolsillo trasero—. Ha sido muy rápido.

—A demanda, las veinticuatro horas del día, los siete días de la semana —me recuerda, recitando el eslogan de la página web.

Ahora camina por la casa y va colocando sensores en cada ventana. La idea de que este hombre sepa exactamente qué áreas evitar para eludir la alarma es, de pronto, preocupante; por lo que sé, bien podría estar dejando algún punto desprotegido, tomando nota mentalmente de la ventana por la que se deslizará cuando regrese más tarde. Me pregunto si es así como elige a sus víctimas, tal vez vio a Aubrey y a Lacey por primera vez cuando hizo la instalación en su casa. Tal vez estuvo en sus habitaciones y echó un vistazo dentro de las gavetas de la ropa interior. Aprendió sus rutinas.

Guardo silencio mientras ronda por mi casa y mete la cabeza en los distintos rincones, sus dedos en cada rendija. Toma una escalera plegable y gruñe mientras se sube y coloca una pequeña cámara circular en un rincón de la sala de estar. La miro con atención, un ojo microscópico me devuelve la mirada.

—¿Es usted el propietario de la empresa? —pregunto por fin.

—No —responde. Me quedo esperando que dé más detalles, pero no lo hace.

Decido seguir insistiendo.

—¿Hace mucho que se dedica a esto?

Se baja de la escalera, me mira y abre la boca como si quisiera decir algo. En su lugar, lo reconsidera y la cierra antes de dirigirse otra vez hacia la puerta principal. Extrae un taladro de su bolsa de herramientas y fija el panel de control a la pared. Observo la parte posterior de su cabeza mientras el sonido del taladro llena el vestíbulo, y vuelvo a intentarlo.

—¿Es usted de Baton Rouge?

El taladro se detiene y veo que sus hombros se tensan. No se vuelve, pero ahora es el sonido de su voz lo que llena la habitación vacía.

—¿De verdad crees que no sé quién eres, Chloe?

Me quedo helada, la respuesta me deja sin habla. Sigo observando la parte posterior de su cabeza hasta que, lentamente, se vuelve.

—Te reconocí en cuanto abriste la puerta.

—Lo siento. —Trago saliva—. No sé de qué está hablando.

—Sí, lo sabes —asegura, y da un paso hacia mí. Todavía sostiene el taladro en la mano—. Eres Chloe Davis. Tu prometido me dio tu nombre cuando llamó. Está de camino a Lafayette y me dijo que me dejarías entrar.

Mis ojos se abren enormes al darme cuenta de lo que acaba de admitir: sabe quién soy. Lo ha sabido todo este tiempo. Y sabe que estoy aquí sola.

Se acerca un poco más.

—Y el hecho de que hayas mentido sobre tu nombre en el formulario de solicitud me dice que también sabes quién soy, así que no sé a qué estás jugando con estas preguntas.

El móvil me quema en el bolsillo trasero. Podría sacarlo, llamar al 911. Pero ahora está frente a mí, y me aterra que cualquier movimiento que yo haga provoque que él se lance a toda velocidad en mi dirección.

—¿Quieres saber qué me trajo a Baton Rouge? —pregunta. Se está enfadando; puedo ver cómo su piel se enrojece y sus ojos se oscurecen. Pequeñas burbujas de saliva se multiplican en su lengua—. Llevo aquí un tiempo, Chloe. Después de que Annabelle y yo nos divorciamos, necesitaba un cambio de aire. Un nuevo comienzo. Durante un tiempo estuve en el lado oscuro, así que recogí mis cosas y me mudé, me largué de esa ciudad y de todos los recuerdos que me trae. Y me estaba yendo bien, dadas las circunstancias, hasta que hace unos años, abrí el periódico del domingo, ¿y adivina con qué me encontré?

Espera un segundo, con los labios curvados en una sonrisa.

—Era una foto tuya —continúa, y apunta el taladro en mi dirección—. Una foto tuya debajo de un pequeño y descarado titular sobre cómo estabas "canalizando tu trauma de la infancia" o alguna mierda como esa aquí en Baton Rouge.

Recuerdo ese artículo, el que le había concedido al periódico cuando empecé a trabajar en el Hospital General de

Baton Rouge. Había pensado que ese artículo sería un acto de redención o algo parecido. Una oportunidad de redefinirme a mí misma, de escribir mi propia narrativa. Pero, por supuesto, no lo fue. Fue solo otra indagación sobre mi padre, otra ostentosa glorificación de la violencia disfrazada de periodismo.

—Leí el artículo —prosigue—. Cada puta palabra. ¿Y sabes qué? Me enfurecí de nuevo. Tú poniendo excusas para tu padre, capitalizando lo que él hizo para beneficio de tu carrera. Y luego leí sobre tu *mamá*, y la salida cobarde que intentó tomar después del papel que desempeñó en todo esto. Para no tener que vivir más consigo misma.

Me quedo en silencio mientras sus palabras se asientan en mí, mientras asimilo la forma en la que me está mirando con odio puro en los ojos. La forma en la que sus manos aferran el taladro con tanta fuerza que puedo ver el blanco de sus nudillos que amenazan con desgarrar la piel.

—Toda tu familia me da asco —sentencia—. Y haga lo que haga, parece que no puedo escapar de ustedes.

—Nunca traté de excusar a mi padre —replico—. Nunca traté de *capitalizar* nada. Lo que él hizo… es, es inexcusable. A mí *también* me da asco.

—Ah, ¿sí? ¿Te da asco? —repite, e inclina la cabeza—. Dime, ¿tener tu propio consultorio también te da asco? ¿Esa pequeña y bonita oficina que tienes en el centro? ¿Las seis cifras que cobras por mes te dan asco? ¿Y tu puta casa de dos pisos y tu prometido perfecto? ¿Te dan asco?

Trago con fuerza. Subestimé a Bert Rhodes. Invitarlo a pasar fue un error. Tratar de jugar a los detectives e interrogarlo… fue un error. No solo me conoce, sabe *todo sobre* mí. Me ha estado investigando de la misma manera en que yo lo he investigado a él, pero durante mucho más tiempo. Conoce mi profesión, mi consultorio. Tal vez eso squiere decir que sabe que Lacey era mi paciente, y él estuvo allí, esperando, el día que ella salió y desapareció.

—Ahora dime —gruñe—. ¿Por qué es justo que la hija de Dick Davis crezca y tenga una vida perfecta mientras la mía se pudre en la tierra donde sea que ese hijo de puta arrojó su cuerpo?

—No tengo una vida perfecta —respondo. De pronto, yo también estoy enfadada—. No tiene ni idea por lo que he pasado, lo jodida que estoy después de lo que hizo mi padre.

—¿Lo que has pasado? —grita, y vuelve a apuntarme con el taladro—. ¿Quieres hablar de lo que *tú* has pasado? ¿De lo jodida que *tú* estás? ¿Qué hay de mi hija? ¿Qué hay de lo que *ella* tuvo que pasar?

—Lena era mi amiga. Era mi *amiga*, señor Rhodes. Usted no es el único que perdió a alguien ese verano.

Su expresión cambia ligeramente, sus ojos se suavizan y su frente se afloja. De golpe, me mira como si yo tuviera doce años otra vez. Tal vez fue la forma en la que dije su nombre, "señor Rhodes", la misma forma en la que lo dije cuando mi madre nos presentó en la cocina una noche después de que yo llegase del campamento, sudada y sucia, y confundida sobre quién era este hombre, de pie tan cerca de mi madre. O tal vez fue la mención del nombre de *ella*: Lena. Me pregunto cuánto tiempo habrá pasado desde que lo oyó pronunciar en voz alta, un nombre tan dulce que sabe a savia que gotea de un trozo de corteza sobre la lengua. Intento aprovechar este cambio momentáneo y sigo hablando.

—Siento mucho lo que le pasó a su hija —añado, y retrocedo un paso para poner algo de distancia entre nosotros—. De verdad, lo siento. Pienso en ella todos los días.

Suspira y baja el taladro a la altura de sus piernas. Se gira hacia un lado y se queda observando algo fuera, a través de las cortinas, con una expresión distante en su mirada.

—¿Has pensado alguna vez en lo que se siente? —pregunta por fin—. Solía desvelarme por las noches, preguntándome. Imaginando. Obsesionándome con ello.

—Todo el tiempo. Pero no puedo imaginarme lo que ella vivió.

—No —me corrige y menea la cabeza—. No estoy hablando de ella. No de Lena. Nunca me pregunté cómo sería perder la vida. Sinceramente, si la perdiera, no me importaría.

Ahora se vuelve hacia mí. Sus ojos se han vuelto a transformar en dos pozos negros como la tinta y han perdido todo rastro de suavidad. Bert Rhodes ha recuperado esa expresión, esa misma expresión indiferente, inexpresiva y carente de emoción. Casi parece inhumano, como una máscara vacía colgada contra una pared negra.

—Estoy hablando de tu padre —dice—. Estoy hablando de quitar una vida.

CAPÍTULO 25

No me muevo hasta que oigo el rugido del motor y el golpe seco de su camioneta al dar marcha atrás sobre el reborde del sendero de entrada y marcharse. Me quedo completamente quieta, escuchando el sonido del vehículo que se aleja y se va haciendo cada vez menos perceptible en la distancia, hasta que, por fin, me rodea el silencio.

"¿De verdad crees que no sé quién eres, Chloe?".

Sus palabras me habían atrapado, me habían dejado inmóvil en el momento en el que se había vuelto y me había mirado a los ojos. Me quedé paralizada de la misma manera que cuando vi a mi padre atravesar el jardín trasero aquella noche, pala en mano. Sabía que estaba presenciando algo malo, algo terrible. Algo peligroso. Sabía que debía correr, gritar. Sabía que debía abrir la puerta de un golpe y salir y agitar los brazos. Pero al igual que los pasos lentos y torpes de mi padre me habían mantenido cautiva, los ojos de Bert Rhodes me habían hipnotizado, habían atornillado mis pies al suelo. Su voz se había enroscado alrededor de mi cuerpo como una serpiente, negándose a soltarme. Era como estar rodeada de agua salada densa; tratar de huir de la situación, de él, era como tratar de correr a través del pantano, con el fango pesado y espeso pegado a los tobillos.

Cuanto más te esfuerzas por avanzar, más agotada te sientes y más te debilitas. Más te hundes.

Espero un minuto más, hasta que estoy segura de que se ha ido y doy un paso adelante con lentitud; el peso de mi tacón hace crujir la madera bajo mis pies.

"No estoy hablando de ella. No de Lena. Nunca me pregunté cómo sería perder la vida".

Doy otro paso cauteloso, despacio, como si él estuviera acechando detrás de la puerta principal aún abierta, esperando para atacar.

"Estoy hablando de tu padre. Estoy hablando de quitar una vida".

Doy un último paso hacia la puerta principal y la cierro con un golpe; luego echo el cerrojo y apoyo la espalda con fuerza contra la madera. Estoy temblando violentamente y la habitación empieza a volverse más luminosa; estoy luchando contra esa sensación sobrenatural que recorre tu cuerpo cuando experimentas los efectos de una descarga de adrenalina inesperada: dedos crispados, visión irregular, respiración entrecortada. Me deslizo por la pared y me siento en el suelo; me paso las manos por el pelo y hago un esfuerzo por no llorar.

Finalmente, levanto la cabeza hacia el panel de control instalado en la pared sobre mí, que brilla con intensidad. Me incorporo e introduzco el código en el teclado antes de pulsar "Activar"; el pequeño ícono del candado pasa de rojo a verde. Respiro, aunque no puedo evitar sentir que es inútil. Hasta donde sé, Rhodes podría no haberlo instalado correctamente. Podría haber omitido algunas ventanas o fijado un código de anulación. Patrick quiso instalar un sistema de seguridad para ayudarme a sentirme más segura, pero en este preciso momentotengo más miedo que nunca..

Tengo que ir a la policía. No puedo posponerlo más. Bert Rhodes no solo sabe quién soy, sino que sabe dónde vivo. Sabe que estoy aquí sola. Tal vez sabe que lo he descubierto.

Por mucho que no quiera involucrarme en otra investigación sobre chicas desaparecidas, este encuentro ha sido la prueba extra que he estado buscando; los desvaríos de Bert Rhodes —su rabia contra mi vida y contra lo que he conseguido, su pregunta sobre lo que se sentiría quitar una vida— fueron prácticamente una admisión de culpa y, al mismo tiempo, una amenaza de violencia futura. Llevo una mano temblorosa al bolsillo trasero y tomo el teléfono, busco mis llamadas previas y pulso el número que apareció en mi pantalla esta misma mañana, el número que confirmó mi mayor temor: que Lacey Deckler estaba muerta. Escucho el timbre sonar en el otro extremo y me preparo para la conversación que sé que vamos a tener. La conversación que he estado tratando desesperadamente de evitar.

El timbre se detiene con brusquedad y una voz me saluda.

—Habla el detective Thomas.

—Hola, detective. Soy Chloe Davis.

—Doctora Davis —dice con tono sorprendido—. ¿Qué puedo hacer por usted? ¿Pudo recordar algo más?

—Sí —respondo—. Sí, lo hice. ¿Podemos vernos? ¿Lo antes posible?

—Por supuesto. —Oigo un movimiento en el otro lado, como si estuviera moviendo papeles—. ¿Puede venir a la comisaría?

—Sí —repito—. Sí, puedo hacerlo. Estaré allí pronto.

Cuelgo, mi mente es un torbellino mientras tomo las llaves, salgo de la casa y compruebo dos veces que la puerta ha quedado cerrada detrás de mí. Entro en el coche y arranco el motor. No hizo falta que me diera indicaciones; sé bien adónde debo ir. Ya he estado antes en el departamento de policía de Baton Rouge, aunque espero que esa parte de mi pasado no sea desenterrada también cuando le revele quién soy. No debería, pero podría suceder. Y si así fuera, no hay nada que pueda hacer salvo tratar de explicarlo.

Detengo el coche en el aparcamiento para visitantes y apago el motor mientras clavo la vista en la entrada, que se cierne ante mí. El edificio tiene el mismo aspecto que hace diez años, aunque se ve más viejo. Menos cuidado. Los ladrillos oscuros todavía mantienen su color, pero la pintura de las juntas se está resquebrajando y los trozos que se van desprendiendo se amontonan sobre el suelo. El jardín está salpicado de parches parduzcos y la cerca de alambre que separa la comisaría del centro comercial vecino es endeble y está doblada. Salgo del coche y cierro la puerta a mis espaldas, me apresuro a entrar antes de cambiar de opinión.

Me dirijo al mostrador y me detengo detrás de la mampara de plástico transparente; observo cómo la mujer al otro lado golpea un teclado con sus uñas acrílicas.

—Hola —interrumpo—. Creo que tengo una cita con el detective Michael Thomas.

La mujer me mira desde atrás del plástico y se muerde el interior de la mejilla, como si tratara de decidir si creerme o no. Mi afirmación titubeante sonó más como una pregunta, sin duda porque la certeza que sentí en casa acerca de confesarle todo a la policía se evaporó en el minuto en el que entré.

—Puedo enviarle un mensaje —agrego, y levanto mi móvil para tratar de convencerla, a ella y a mí misma, de que dejarme pasar es una buena idea—. Le avisaré que ya estoy aquí.

Me mira durante unos segundos más antes de descolgar su teléfono y marcar una extensión. Acomoda el teléfono entre su hombro y la barbilla y continúa tecleando. Oigo sonar el timbre antes de que la voz del detective Thomas responda.

—Hay alguien que quiere verlo —anuncia. Me mira, con las cejas enarcadas.

—Chloe Davis.

—Una tal "Chloe Davis" —repite—. Dice que tiene una cita.

Cuelga el teléfono enseguida y hace un gesto hacia la puerta a mi derecha, custodiada por un detector de metales y un oficial de seguridad que parece nervioso y cansado.

—Dice que pase. Coloque todos los objetos de metal y los aparatos electrónicos en la bandeja. Segunda puerta a la derecha.

Dentro de la comisaría, la puerta de la oficina del detective Thomas está entreabierta. Asomo la cabeza y llamo con suavidad.

—Adelante —dice; está sentado detrás de un escritorio abarrotado de papeles, carpetas y una caja abierta de galletas saladas Saltine, con la mitad de un paquete individual fuera y un sendero de migas esparcido sobre la madera. El detective sigue mi mirada, baja la cabeza, guarda el paquete en la caja y la cierra—. Perdón por el desorden.

—No hay problema —le aseguro.

Entro y empujo la puerta para cerrarla detrás de mí. Me quedo un segundo allí de pie antes de que me señale la silla frente a él. Tomo asiento y mi mente se remonta a principios de esta semana, cuando los papeles estaban invertidos. Cuando yo estaba sentada detrás de *mi* escritorio, en *mi* consultorio, y le hacía un gesto a él para que se sentara donde yo le decía. Suspiro.

—Bien —comienza y cruza las manos sobre el escritorio—. ¿Qué es lo que ha recordado?

—Primero tengo una pregunta —preciso—. Aubrey Gravino. Cuando la encontraron ¿llevaba alguna joya?

—No veo que eso sea relevante.

—Lo es. Quiero decir, según sea la respuesta, podría serlo.

—¿Por qué no me cuenta primero qué es lo que recordó y luego averiguamos eso?

—No. —Niego con la cabeza—. No, antes de compartir esto, necesito saberlo con certeza. Lo prometo, es importante.

Me observa de nuevo durante varios segundos mientras sopesa sus opciones. Suspira en voz alta, tratando de transmitir su fastidio, antes de revolver las carpetas sobre el escritorio. Luego toma una, la abre y hojea unas cuantas páginas antes de que sus ojos examinen el texto con rapidez.

—No, no llevaba ninguna joya —confirma—. Se encontró un pendiente cerca del cuerpo en el cementerio: de plata con una perla y tres diamantes.

Levanta la vista hacia mí, con las cejas alzadas, como si fuera a preguntar: "¿Está contenta ahora?".

—¿O sea que no llevaba un collar?

Sus ojos se quedan fijos en los míos unos segundos antes de volver a bajar la mirada.

—No. Ningún collar. Solo el pendiente.

Suspiro y me llevo las manos al pelo. Vuelve a estudiarme con atención, esperando que diga algo, que haga algo. Me reclino en la silla y hablo sin rodeos.

—Ese pendiente formaba parte de un conjunto —explico—. Hay un collar que combina con él y que seguramente Aubrey llevaba puesto en el momento en que se la llevaron. Aparece con el conjunto en todas las fotografías. En el póster de DESAPARECIDA, en las fotos del anuario, en las fotos etiquetadas en Facebook. Si llevaba los pendientes, también llevaba el collar.

El detective apoya la carpeta sobre el escritorio.

—¿Cómo lo sabe?

—Lo he verificado —respondo —. Antes de venir aquí, quería estar segura.

—De acuerdo. ¿Y por qué cree que esto es importante?

—Porque Lacey también llevaba una joya. ¿Recuerda?

—Así es —responde—. Usted mencionó un brazalete.

—Un brazalete de cuentas con una cruz de metal. Se lo vi en la muñeca en mi consultorio. Lo usaba para ocultar una cicatriz. Pero cuando observé su cuerpo esta mañana… no lo tenía.

Un silencio incómodo reina en la habitación. El detective Thomas no me quita los ojos de encima y no sé si está considerando lo que le estoy diciendo o si está preocupado por mi bienestar. Hablo con más rapidez.

—Creo que el asesino se lleva las joyas de sus víctimas a modo de recuerdos —explico—. Y creo que lo hace porque mi padre solía hacerlo. Dick Davis, ya sabe. De Breaux Bridge.

Observo su reacción mientras encaja las piezas del rompecabezas. Siempre pasa lo mismo, cada vez que alguien se da cuenta de quién soy: el rostro se afloja de manera visible antes de que se tense la mandíbula, como si tuvieran que contenerse físicamente para no abalanzarse sobre mí desde el otro lado de la mesa. Nuestros apellidos, los rasgos parecidos. Siempre me han dicho que tengo la nariz de mi padre, demasiado grande y ligeramente torcida, de lejos lo que menos me gusta de mi cara, pero no por una cuestión de vanidad, sino por el recuerdo constante, cada vez que me miro en el espejo, de que compartimos el ADN.

—Usted es Chloe Davis —dice—. La hija de Dick Davis.

—Por desgracia, sí.

—¿Sabe? Creo que leí un artículo sobre usted. —Ahora me está señalando, agita el dedo mientras intenta capturar el recuerdo—. Es solo que… No lo relacioné.

—Sí, salió hace unos años. Me alivia saber que lo olvidó.

—¿Y cree que estos asesinatos están relacionados de alguna manera con los que cometió su padre?

Sigue escrutándome con esa expresión de incredulidad, como si yo fuera una aparición que flotara sobre la alfombra, como si no supiera si soy real.

—Al principio, no lo creí —admito—. Pero el mes que viene se cumple el vigésimo aniversario y hace poco descubrí que el padre de una de las víctimas de mi padre vive aquí, en Baton Rouge. Bert Rhodes. Y está… enfadado. Tiene antecedentes. Trató de estrangular a su esposa…

—¿Cree que estamos ante un imitador? —interrumpe—. ¿Que el *padre de la víctima* se ha convertido en un imitador?

—Tiene antecedentes —repito—. Y… mi familia. Este hombre *odia* a mi familia. Quiero decir, es comprensible, pero hoy se presentó en mi casa y estaba muy enfadado, y me sentí muy insegura…

—¿Apareció en su casa sin avisar? —Se sienta más derecho y busca un bolígrafo—. ¿La amenazó de alguna manera?

—No, en realidad no fue sin avisar. Es instalador de sistemas de seguridad y mi prometido llamó para que nos instalaran uno…

—¿O sea, que usted lo invitó a su casa? —Se reclina otra vez y deja el bolígrafo.

—¿Quiere dejar de interrumpirme?

La frase sonó más fuerte de lo que hubiera deseado y el detective me mira atónito, con una mezcla de asombro y malestar, mientras se hace un silencio incómodo en la habitación. Me muerdo el labio. Odio esa mirada. La he visto antes. La he visto en Cooper. He visto esa mirada en oficiales de policía y detectives, aquí mismo, en este mismo edificio. Esa mirada que revela el primer indicio de preocupación; no por mi seguridad, sino por mi mente. Esa mirada que me hace sentir que mis palabras no son de fiar, que me voy derrumbando más y más rápido hasta perder el control, hasta que muy pronto quedo reducida a nada.

—Lo siento —me disculpo, y suspiro. Me obligo a calmarme—. Lo siento, pero es que tengo la impresión de que no me está escuchando realmente. Hoy me pidió que fuera a ver el cuerpo de Lacey y le dijera si recordaba algo que pudiera ser importante. Y aquí estoy, diciéndole lo que creo que puede ser importante.

—De acuerdo —concede, y levanta las manos—. De acuerdo, tiene razón. Por favor, continúe.

—Gracias —respondo, y siento que mis hombros se relajan

un poco—. En fin. Bert Rhodes es una de las pocas personas, posiblemente la *única* persona, que conoce ese detalle, vive en el área donde se están produciendo los actuales asesinatos y tiene un motivo para asesinar a esas chicas de la misma manera que mi padre asesinó a su hija hace veinte años. Es una coincidencia que no se puede ignorar.

—¿Y cuál cree usted que es su motivo exactamente? ¿Él conoce a estas chicas?

—No, es decir, no lo sé. No lo creo. Pero ¿no es su trabajo averiguarlo?

El detective Thomas levanta una ceja.

—Lo siento —vuelvo a decir—. Solo…, mire, podrían ser muchas cosas, ¿de acuerdo? Tal vez sea una venganza, que elija chicas que yo conozco para hostigarme o hacerme sentir el mismo dolor que él sintió cuando se llevaron a su hija. Ojo por ojo. O tal vez sea su sufrimiento, la necesidad de control, la misma puta razón por la que las víctimas de abuso se convierten ellas mismas en abusadores. Quizás esté tratando de demostrar algo. O quizás solo sea un enfermo, detective. Hace veinte años atrás, tampoco era exactamente el mejor padre. Incluso de niña, yo tenía este *presentimiento* sobre él. Que había algo en él… que no estaba bien.

—De acuerdo, pero un *presentimiento* no es un motivo.

—Muy bien, ¿y qué le parece esto como motivo? —salto—. Hoy me dijo que después de la muerte de Lena, se obsesionó con la idea de qué se sentiría al quitarle la vida a alguien. ¿Quién *dice* eso? ¿Quién se imagina cómo sería quitar una vida después de que su propia hija ha sido asesinada? ¿No debería ser al revés? Está empatizando con la persona equivocada.

El detective Thomas guarda silencio durante un minuto antes de suspirar de nuevo, esta vez suena a resignación.

—De acuerdo —acepta—. De acuerdo, lo investigaremos. Tiene usted razón…, es una coincidencia que merece ser investigada.

—Gracias.

Me dispongo a levantarme de la silla, pero el detective me mira de nuevo con una pregunta ya en los labios.

—Esto será rápido, doctora Davis. Según usted, es posible que este hombre, este…

Baja la vista hacia el papel debajo de él, que no tiene ninguna nota. Siento que la irritación me sube por la garganta como la bilis.

—Bert Rhodes. Debería escribirlo.

—Así es, Bert Rhodes —repite mientras garabatea el nombre y lo rodea dos veces con un círculo—. Según sus palabras, podría estar centrándose en chicas que usted conoce específicamente.

—Sí, es posible. Admitió saber dónde estaba mi consultorio, así que tal vez por eso se llevó a Lacey. Quizás me estaba observando y la vio salir. Tal vez la abandonó en el callejón detrás de mi consultorio porque sabía que yo podría encontrarla allí, notar la falta de la joya, establecer la conexión. Que me vería obligada a reconocer el hecho de que todas estas chicas siguen muriendo por culpa de…

Me detengo, trago saliva. Me obligo a decir las palabras.

—Por culpa de mi padre.

—De acuerdo —dice, y dibuja una línea a lo largo del borde del papel—. De acuerdo, es una posibilidad. Pero entonces, ¿cuál es exactamente su conexión con Aubrey Gravino? ¿De qué la conoce?

Lo miro a los ojos y me empiezan a arder las mejillas. Es una buena pregunta, una que no se me había ocurrido formularme a mí misma antes. Estuve en el lugar justo antes de que encontraran el cuerpo de Aubrey, lo que pareció una coincidencia, luego la desaparición de Lacey el día que salió de mi consultorio fue otra historia completamente diferente. Pero en términos de una conexión real entre Aubrey y yo, no se me ocurre ninguna. Recuerdo cuando vi su imagen en las noticias por primera vez, la vaga familiaridad de sus rasgos, como si la hubiera visto antes en alguna parte, quizás en un sueño. Lo había atribuido a todas las adolescentes que pasaban por mi consultorio todas las semanas y a que todas guardan algún parecido.

Pero ahora, comienzo a preguntarme si tal vez era algo más.

—No conozco a Aubrey —admito—. No puedo pensar en ninguna conexión en este momento. Pensaré en ello.

—De acuerdo. —Asiente con la cabeza, sin dejar de escrutarme—. De acuerdo, doctora Davis, le agradezco que haya venido. Me aseguraré de seguir esta pista y le informaré en cuanto sepa algo más.

Me pongo de pie y me vuelvo para salir; la oficina me resulta ahora claustrofóbica, la puerta y las ventanas cerradas y el desorden que se amontona en todas las superficies hace que me suden las manos y se aceleren los latidos del corazón. Me dirijo rápidamente a la puerta; siento los ojos del detective clavados en mi espalda, observándome. Está claro que desconfía de mi historia; con algo tan impactante, había imaginado que algo así podría suceder. Pero al venir aquí y revelar mi teoría, había tenido la esperanza de cambiar el punto de mira hacia Bert Rhodes, conseguir que la policía empezara a vigilarlo de cerca y así limitar la posibilidad de que acechara en la oscuridad.

Pero en vez de eso, siento que el punto de mira me apunta directamente a mí.

CAPÍTULO 26

Cuando llego a casa, ya es tarde. En cuanto entro en el vestíbulo, nuestro nuevo sistema de alarma emite dos pitidos y casi me mata de un susto. Lo vuelvo a activar enseguida después de cerrar la puerta a mis espaldas y aumento el volumen del sonido al máximo. Recorro la casa, tranquila y silenciosa. A pesar de todos mis esfuerzos, la presencia de Bert Rhodes está en todas partes. El sonido de su voz parece resonar en los pasillos vacíos, sus ojos oscuros me miran desde todos los rincones sin revisar. Hasta puedo olerlo, ese olor almizclado, mezcla de sudor con un toque de alcohol que iba dejando tras él mientras se paseaba por mi casa, tocaba mis paredes, inspeccionaba mis ventanas y se introducía en mi vida una vez más.

Entro en la cocina y me siento en la isla, pongo el bolso en la encimera y busco el envase de Xanax que tomé de la guantera. Lo hago girar en mis manos, lo agito ligeramente y escucho el ruido de las pastillas al revolverse en el interior. He deseado tomar un Xanax desde el momento en el que salí de la morgue esta mañana; eso fue hace solo unas horas, sentada en mi coche —con la imagen mental del cuerpo azul de Lacey que me hacía temblar los dedos mientras sostenía la píldora en la mano—, pero dado todo lo que ha pasado desde entonces, parece que fue hace un siglo. Giro la tapa y dejo caer una pastilla en la palma de mi mano, me la llevo a la boca y la trago en seco antes de que otra llamada telefónica pueda interrumpirme. Luego miro hacia el refrigerador y me doy cuenta de que casi no he comido en todo el día.

Me incorporo, abro la puerta y me apoyo contra el frío acero inoxidable. Ya empiezo a sentirme mejor. Le hablé a la policía sobre Bert Rhodes. El detective Thomas no parecía muy convencido, pero hice lo que pude. Ahora lo investigará. Seguramente lo vigilará, observará sus movimientos, sus patrones. Tomará nota de qué casas visita y si llega a desaparecer otra chica de una de esas casas, entonces lo sabrá. Sabrá que yo tenía razón y dejará de mirarme como si *yo* fuera la loca. Como si *yo* fuera quien tiene algo que ocultar.

Mis ojos se posan en los restos de salmón de la noche anterior, tomo el recipiente de cristal, le quito la tapa y lo coloco en el microondas. Pronto la cocina se llena con el olor de las especias que se mezclan en el aire. Es demasiado tarde para almorzar, así que será una cena temprana, lo que significa que tengo todo el derecho de disfrutar de una copa de ese cabernet que acompañó tan bien la cena de anoche. Me acerco al armario de los vinos y busco una copa. Sirvo el líquido rojo rubí hasta el borde y bebo un trago largo antes de verter el resto del vino en la copa y arrojar la botella vacía en el cesto de basura. Antes de que pueda sentarme en el taburete, alguien llama a la puerta —un golpe fuerte, dado con el puño, que hace que me lleve la mano al pecho— seguido de una voz familiar.

—Soy yo, Chlo. Voy a entrar.

Oigo el sonido de una llave en la cerradura, un chasquido silencioso cuando el pestillo se sale de su sitio. Observo cómo la manija empieza a girar y me acuerdo de la alarma.

—¡No, espera! —grito, y corro hacia la puerta—. No entres, Coop. Espera un segundo.

Llego al teclado e introduzco el código justo antes de que se abra la puerta; cuando lo hace, me vuelvo hacia el porche; mi hermano me mira con ojos sorprendidos.

—¿Has puesto una alarma? —pregunta de pie sobre la alfombrilla que reza ¡Bienvenidos!, y con una botella de vino en la mano—. Si querías que te devolviera la llave, me la hubieras pedido.

—Muy gracioso. —Sonrío—. Vas a tener que empezar a avisarme cuando vengas. Esta cosa llamará a la policía.

Le doy un golpecito al teclado y le hago un gesto para que entre. Regreso a la isla y me apoyo contra el mármol frío.

—Y si intentas forzar la entrada, te veré en mi teléfono.

Levanto el móvil y lo meneo en el aire antes de señalar la cámara en el rincón.

—¿Eso está grabando de verdad? —pregunta.

—Claro que sí.

Abro la aplicación de seguridad en mi teléfono y lo giro para que Cooper pueda verla; está de pie en el centro de la pantalla de mi móvil.

—¡Ey! —exclama, gira y saluda a la cámara. Luego se vuelve nuevamente hacia mí y sonríe.

—Además —continúo—, por mucho que me gusten tus visitas, ya no vivo sola aquí.

—Sí, sí —responde Cooper, y se sienta en el borde de un taburete—. Hablando de eso, ¿dónde está tu prometido?

—De viaje —respondo—. Por trabajo.

—¿El fin de semana?

—Trabaja mucho.

—Mmm… —dice Cooper. Hace girar su botella de merlot sobre la mesa. El líquido brilla bajo las luces de la cocina y proyecta sombras color rojo sangre sobre la pared.

—No, Cooper —le advierto—. Ahora no.

—No hice nada.

—Pero estabas a punto.

—¿No te molesta? —pregunta. Sus palabras suenan apresuradas y urgentes, como si fueran a brotar por sí mismas si él no las pronunciara—. ¿Con qué frecuencia está de viaje? Quiero decir, no lo sé, Chlo. Siempre te imaginé con alguien que se mantuviera cerca para hacer que te sintieras segura. Después de todo lo que has pasado, te lo mereces. Alguien que esté presente.

—Patrick está presente —replico. Tomo mi copa de vino y bebo un trago largo—. Me hace sentir segura.

—Entonces, ¿para qué quieres la alarma?

Pienso en cómo responder a eso mientras mis uñas golpetean contra el cristal acanalado.

—Fue idea de él —digo por fin—. ¿Ves? Me mantiene a salvo, incluso cuando no está.

—Está bien, como sea —concede Cooper y se pone de pie con un suspiro. Se acerca al armario y busca un sacacorchos para descorchar su botella. Aunque sé que se acerca, el pop me hace dar un brinco—. En fin, iba a sugerir que bebiéramos, pero parece que ya has empezado.

—¿Qué haces aquí, Cooper? ¿Viniste a seguir discutiendo conmigo?

—No, estoy aquí porque eres mi hermana —señala—. Estoy aquí porque estoy preocupado por ti. Quería asegurarme de que estás bien.

—Bueno, estoy bien —asevero, y me encojo de hombros—. Realmente no sé qué decirte.

—¿Cómo llevas todo esto?

—¿A qué te refieres, Cooper?

—Vamos. Ya sabes.

Suspiro y mis ojos se pasean por la sala de estar vacía hacia el sofá, que de pronto parece tan cómodo, tan tentador. Dejo que mis hombros se aflojen un poco; están muy tensos. Estoy tensa.

—Me trae recuerdos —confieso, y bebo otro trago—. Obviamente.

—Sí. A mí también.

—A veces me cuesta diferenciar qué es real y qué no.

Las palabras se me escapan antes de que pueda contenerlas; todavía puedo sentirlas en mi lengua, ese reconocimiento que me he esforzado tanto por reprimir. Por olvidar que está ahí. Bajo la vista hacia mi copa de vino, de pronto medio vacía, y luego la alzo otra vez hacia Cooper.

—Quiero decir, todo me es familiar. Hay muchas similitudes. ¿No te parecen demasiadas coincidencias?

Cooper me estudia y sus labios se separan con suavidad.

—¿Qué tipo de similitudes, Chloe?

—Olvídalo —digo—. No es nada.

—Chloe —dice Cooper inclinándose hacia mí—. ¿Qué es eso? —Sigo su mirada hacia el envase de Xanax que aún está sobre la encimera, el diminuto frasco naranja que contiene un montón de pastillas dentro. Vuelvo a mirar mi copa de vino, el dedo de líquido que queda—. ¿Has estado tomándolas?

—¿Qué? No —respondo—. No, no son mías.

—¿Te las dio Patrick?

—No, no me las dio Patrick. ¿Por qué piensas eso?

—Su nombre está en el envase.

—Porque son *suyas*.

—Entonces, ¿por qué está abierto sobre la encimera si él está fuera de la ciudad?

El silencio se instala entre nosotros. Me vuelvo hacia la ventana, hacia el sol que comienza a ponerse fuera. Los ruidos de la noche empiezan a emerger: el sonido estridente de las cigarras, el canto de los grillos y de todos los demás animales que comienzan a cobrar vida en la oscuridad. Luisiana de noche es un lugar ruidoso, pero lo prefiero al silencio. Porque cuando hay silencio se oye todo. Respiraciones apagadas en la distancia, pasos que se hunden en las hojas secas. Una pala arrastrada por la tierra.

—Esto me preocupa desde hace un tiempo. —Cooper

suspira y se pasa las manos por el pelo—. No me parece seguro que esté trayendo todos estos fármacos a casa con tus antecedentes.

—¿Qué quieres decir con *todos estos fármacos*?

—Es un visitador médico, Chloe. Su maletín está lleno de esa mierda.

—¿Y? Yo también tengo acceso a fármacos. Puedo recetarlos.

—No a ti misma.

Una oleada de lágrimas me hace arder los ojos. Odio que Patrick cargue con la culpa de esto, pero no se me ocurre otra explicación, otra salida, sin decirle a Cooper que he estado comprando pastillas para mí con el nombre de Patrick. Así que me quedo callada. Dejo que Cooper lo crea. Dejo que su desconfianza hacia mi prometido se fortalezca, se vuelva más profunda.

—No vine aquí a pelear —aclara. Se pone de pie y se acerca. Me envuelve en un profundo abrazo, con sus brazos gruesos, cálidos y familiares—. Te quiero, Chloe. Y sé por qué lo haces. Solo deseo que pares de hacerlo. Que busques ayuda.

Siento que se me escapa una lágrima: se desliza por mi mejilla y deja una estela de sal a su paso. Aterriza en la pierna de Cooper y se convierte en una mancha pequeña y oscura. Me muerdo el labio, con fuerza, para evitar que el resto le siga.

—No necesito ayuda —asevero presionando las palmas sobre mis ojos—. Puedo ayudarme a mí misma.

—Siento haberte molestado —se disculpa—. Es solo que… esta relación no parece saludable.

—Todo está bien —respondo, y levanto la cabeza de su hombro. Me limpio la mejilla con el dorso de la mano—. Pero creo que deberías irte.

Cooper inclina la cabeza. Es la segunda vez en una semana que he amenazado con elegir a Patrick antes que a mi hermano. Pienso en la fiesta de compromiso, los dos de pie en el jardín trasero. El ultimátum que le di.

"Quiero que vengas a mi boda. Pero sucederá, contigo o sin ti".

Aunque ahora me doy cuenta, por el dolor que hay en sus ojos, de que no me había creído.

—Sé que estás haciendo un esfuerzo —agrego—. Te entiendo, Cooper. De verdad te entiendo. Eres protector, te preocupas. Pero no importa lo que yo diga, Patrick nunca va a ser lo suficientemente bueno para ti. Es mi *prometido*. Me voy a casar con él en un mes. Así que si no es lo suficientemente bueno para ti, supongo que yo tampoco lo soy.

Cooper da un paso atrás, cierra los dedos sobre la palma de la mano.

—Solo intento ayudarte —dice—. Cuidarte. Es mi trabajo. Soy tu *hermano*.

—No es tu trabajo —objeto—. Ya no. Y tienes que irte.

Me mira fijamente durante un segundo más, sus ojos van y vienen de mí a las pastillas en el mostrador. Estira el brazo y creo que va a llevárselas, pero en lugar de eso, me tiende el llavero con mi llave de repuesto. Me viene a la mente el recuerdo de cuando se la di hace años, cuando me mudé y quería que la tuviera. "Siempre serás bienvenido aquí", le dije, sentados con las piernas cruzadas sobre el colchón de mi habitación, con las frentes húmedas de sudor después de haber montado el cabecero de la cama y los envases de comida china para llevar desparramados por el suelo. Los fideos aceitosos dejaban manchas grasas en la madera. "Además, voy a necesitar que alguien me riegue las plantas cuando me vaya". Ahora observo la llave, que cuelga de su dedo índice. No me atrevo a tomarla, porque una vez que lo haga, sé que no habrá marcha atrás. Que no podré devolvérsela. Así que la deja suavemente sobre la encimera, se vuelve y sale por la puerta.

Me quedo mirando la llave, luchando contra el impulso de salir y ponerla de nuevo en sus manos. Sin embargo, la recojo, junto con el envase de Xanax, y los guardo en mi bolso. Voy hasta la puerta y conecto la alarma. Luego tomo la botella de vino de Cooper, todavía medio llena, y me sirvo otra copa antes de llevarla junto con el salmón, ya frío, a la sala de estar, acomodarme en el sillón y encender el televisor.

Pienso en todo lo que ha sucedido hoy y, al instante, me siento agotada. Ver a Lacey, mi encuentro con Aaron. El altercado con Patrick, el contacto con Bert Rhodes y la visita al detective Thomas para contarle todo. La discusión con mi hermano, la preocupación en sus ojos cuando vio las pastillas. Cuando me vio, sola, bebiendo en la isla de la cocina.

De golpe, más que agotada, me siento sola.

Busco mi móvil y toco la pantalla hasta que el fondo se ilumina en mi mano. Pienso en llamar a Patrick, pero entonces me lo imagino en la cena, pidiendo otra botella en un restaurante italiano de cinco estrellas, las risas estruendosas mientras él insiste en una más. Probablemente sea el alma de la fiesta, el que siempre cuenta chistes y palmea hombros. La idea hace que me sienta todavía más sola, así que deslizo el dedo por la pantalla y abro mis contactos.

Y allí, en la parte superior, me aparece otro nombre: Aaron Jansen.

"Podría llamar a Aaron", pienso. Podría ponerlo al tanto de todo lo que ha pasado desde la última vez que hablamos. Es probable que no esté haciendo nada, solo en una ciudad desconocida. De hecho, quizás esté haciendo lo mismo que yo, sentado en un sofá, medio borracho, con las sobras de comida entre las piernas extendidas. Mi dedo se sitúa sobre su nombre, pero antes de que pueda tocarlo, la pantalla se oscurece. Me quedo esperando durante un minuto, perpleja. Siento la mente algo confusa, como si estuviera envuelta en una manta de lana gruesa. Dejo el teléfono y desisto de mi intención. En cambio, cierro los ojos. Imagino cómo reaccionaría cuando le contase que Bert Rhodes apareció en la puerta de mi casa. Me lo imagino gritándome por el teléfono después de que yo admita que lo dejé pasar. Sonrío levemente, porque sé que se preocuparía. Se preocuparía por mí. Pero después le contaría cómo lo eché de la casa, llamé al detective Thomas y fui a la policía. Le contaría nuestra conversación, palabra por palabra, y sonrío de nuevo, porque sé que estaría orgulloso.

Abro los ojos y le doy otro bocado al salmón; el zumbido del televisor suena más lejano mientras mi mente empieza a concentrarse en el ruido que hago al masticar. En el sonido metálico del tenedor contra el recipiente. En mi respiración agitada. La imagen en el televisor comienza a desdibujarse en la pantalla y me doy cuenta de que los párpados me pesan más y más con cada trago de vino. Muy pronto, un hormigueo me recorre los brazos y las piernas.

"Me lo merezco", pienso y me hundo más en el sofá. Me merezco dormir. Descansar. Estoy agotada. Muy muy agotada. Ha sido un día largo. Apago el móvil, no quiero interrupciones, y lo apoyo sobre mi estómago antes de empujar mi cena sobre la mesita de café. Bebo otro trago, un pequeño hilo de vino desciende por mi barbilla. Luego me permito cerrar los ojos, solo un segundo, y siento que voy quedándome dormida.

Fuera ya es de noche cuando me despierto. Estoy desorientada, mis ojos se abren con brusquedad, estoy tendida en el sofá, con la copa de vino medio vacía todavía apoyada entre mi brazo y el estómago. No se ha derramado de milagro. Me siento y toco el móvil para ver la hora, hasta que recuerdo que lo he apagado. Entrecierro los ojos y miro el televisor: la hora de las noticias dice que son poco más de las diez. Un resplandor azul fantasmal ilumina parcialmente la oscuridad total de la sala de estar, así que busco el control remoto y apago el televisor antes de levantarme del sillón. Miro la copa de vino que tengo en la mano y me bebo el resto del líquido antes de dejarla sobre la mesita de café, subir las escaleras y desplomarme sobre la cama.

Me hundo en el colchón de inmediato y, muy pronto, estoy en un sueño, o tal vez sea un recuerdo. Lo siento un poco como ambas cosas, algo extraño pero familiar al mismo tiempo. Tengo doce años y estoy sentada en mi rincón de lectura, en la oscuridad de mi habitación; el resplandor de mi pequeña luz de lectura ilumina levemente mi cara. Mis ojos recorren el libro en mi regazo, absortos en las palabras de la página, cuando un ruido del exterior interrumpe mi concentración. Miro por la ventana y veo una silueta a lo lejos, se mueve con sigilo en la oscuridad de nuestro jardín. Viene de los árboles que están más allá de nuestra parcela, los árboles que bordean la entrada a un pantano que se extiende a lo largo de kilómetros en varias direcciones.

Entrecierro los ojos para ver mejor la figura y pronto reconozco que es un cuerpo. Un cuerpo de adulto que arrastra algo tras de sí. El sonido empieza a esparcirse por el jardín trasero y se filtra a través de mi ventana entreabierta, lo reconozco como el ruido de metal contra la tierra.

Es una pala.

El cuerpo se acerca a mi ventana y aprieto la cara contra el cristal, doblo el borde de la hoja para marcar la página del libro por la que voy y lo dejo en el suelo. Todavía está oscuro y me cuesta distinguir la cara o los rasgos. A medida que el cuerpo se acerca más, casi directamente debajo de mi ventana, se enciende un reflector y la luz repentina me fuerza a cerrar los ojos. Me protejo la cara con una mano mientras mis ojos intentan adaptarse a la luz. Retiro la mano y la confusión se apodera de mí cuando la persona debajo de mi ventana está por fin lo bastante iluminada como para que pueda verla. No es la silueta de un hombre, como había supuesto en un principio. No es mi padre, tal como debería haber ocurrido en el recuerdo.

Esta vez es una mujer.

Levanta la cabeza hacia el cielo y me mira, como si supiera que yo he estado allí todo el tiempo. Nos miramos fijamente y al principio no la reconozco. Me resulta vagamente familiar, pero no sé cómo ni por qué. Me fijo en sus rasgos uno por uno —los ojos, la boca, la nariz— y es entonces cuando me doy cuenta. Siento que la sangre abandona mi rostro.

La mujer debajo de mi ventana soy *yo*.

El pánico me corta el aliento cuando yo, de doce años, clavo la mirada en los ojos de esta mujer, yo misma, veinte años después. Son completamente negros, como los ojos de Bert Rhodes. Parpadeo un par de veces y observo la pala que tiene en la mano, cubierta de un líquido rojo que de alguna manera intuyo que es sangre. Una sonrisa lenta se dibuja en sus labios y dejo escapar un grito.

Mi cuerpo se incorpora con brusquedad; estoy cubierta de sudor y mi grito todavía resuena por toda la casa. Pero entonces me doy cuenta: no estoy gritando. Tengo la boca abierta, jadeante, pero no sale ningún sonido. Lo que oigo viene de otra parte; es un ruido fuerte y chirriante, casi como una sirena.

Es una alarma. Es *mi* alarma. Está sonando.

De pronto, recuerdo a Bert Rhodes. Lo recuerdo en mi casa, colocando sensores en las ventanas y apuntándome con el taladro. Recuerdo su advertencia.

"Nunca me pregunté cómo sería perder la vida. Estoy hablando de quitar una vida".

Salto de la cama mientras escucho el sonido frenético de pasos en la planta baja. Probablemente esté intentando desactivar la alarma, apagar el timbre antes de subir y estrangularme de la misma manera que estranguló a esas chicas. Corro hacia el vestidor y abro la puerta de un golpe, mis manos tantean el suelo a ciegas en busca de la caja que contiene la pistola de Patrick. Nunca he usado un arma. No tengo ni idea de cómo usar un arma. Pero está aquí, y está cargada, y mientras pueda tenerla en mis manos cuando Bert entre en mi habitación, sentiré que tengo una oportunidad de luchar.

Estoy arrojando ropa sucia al suelo cuando oigo el sonido de pasos que suben las escaleras. "Vamos", susurro. "Vamos, ¿dónde está?". Tomo un par de cajas de zapatos y las abro para luego hacerlas a un lado cuando descubro que solo hay botas dentro. Los pasos están ahora más cerca y son más fuertes. La alarma sigue sonando a todo volumen por la casa. Los vecinos se deben de haber despertado, pienso. No puede salirse con la suya. No puede matarme con la alarma sonando así. Sin embargo, sigo buscando hasta que mis manos encuentran otra caja en un rincón en el fondo. La tomo, me la acerco y la inspecciono. Parece un joyero, ¿por qué tendría Patrick un joyero? Pero es larga, delgada, del tamaño adecuado para un arma, así que abro la tapa con rapidez; ya siento la presencia de una persona al otro lado de mi puerta cerrada.

Cuando miro la caja abierta en mi regazo, me quedo paralizada. No hay ninguna pistola en el interior, sino algo mucho más aterrador.

Es un collar con una cadena de plata larga, una perla en el extremo y tres pequeños diamantes en la parte superior.

CAPÍTULO 27

—Chloeeee.

Oigo una voz al otro lado de la puerta de mi habitación, casi inaudible por encima del estruendo de la alarma. Me llama por mi nombre, pero mis ojos siguen pegados a la caja que tengo en las manos. La caja que encontré en el fondo del vestidor. La caja que guarda en su interior el collar de Aubrey Gravino. De pronto, los sonidos que se arremolinan a mi alrededor se desvanecen y vuelvo a tener doce años, sentada en la habitación de mis padres, observando girar la pequeña bailarina. Casi puedo oír las campanillas, la rítmica canción de cuna que me hipnotiza mientras contemplo el montón de joyas arrancadas de piel muerta.

—¡CHLOE!

Levanto los ojos en el momento en que la puerta de la habitación comienza a abrirse con un chirrido. De manera instintiva, cierro la caja, la pongo de nuevo su lugar y la cubro con ropa. Observo a mi alrededor, buscando algo, *cualquier cosa*, que me sirva de arma, cuando veo la pierna de un hombre entrar en la habitación seguida de un cuerpo. Estoy tan segura de que estoy a punto de ver los ojos sin vida y los brazos extendidos de Bert Rhodes avanzar hacia mí que prácticamente no me fijo en la cara de Patrick cuando dobla la esquina y se queda mirándome, acurrucada en el suelo.

—Dios mío, Chloe —exclama—. ¿Qué estás haciendo?

—¿Patrick? —Me levanto del suelo y empiezo a correr hacia él, pero me detengo en seco al recordar el collar. Me pregunto cómo demonios ha podido llegar eso a nuestro vestidor, a no ser que alguien lo haya puesto allí..., y sé que *yo* no lo hice. Vacilo—. ¿Qué estás haciendo aquí?

—Te llamé —grita—. ¿Cómo se apaga esta maldita cosa?

Parpadeo un par de veces antes de pasar junto a él y bajar corriendo las escaleras. Tecleo una serie de números en el panel y apago la alarma. El silencio sustituye ahora a la sirena ensordecedora y puedo sentir a Patrick detrás de mí, observándome desde las escaleras.

—Chloe —dice—. ¿Qué estabas haciendo en el vestidor?

—Estaba buscando la pistola —susurro demasiado asustada para volverme—. No sabía que ibas a venir a casa esta noche. Dijiste mañana.

—Te llamé —repite—. Tu móvil estaba apagado. Te dejé un mensaje.

Lo oigo bajar las escaleras y acercarse a mí. Sé que debería volverme; sé que debería mirarlo de frente. Pero ahora mismo no puedo hacerlo. No me atrevo a mirar su expresión, me aterra demasiado lo que podría revelar.

—No quería estar fuera toda la noche —explica—. Quería volver a casa contigo.

Siento sus brazos, que rodean mi cintura, y me muerdo el labio cuando hunde la nariz en mi hombro e inspira con lentitud antes de besarme en el cuello. Huele... diferente. Como a sudor mezclado con miel y perfume de vainilla.

—Siento haberte asustado —agrega—. Te echaba de menos.

Trago saliva, mi cuerpo se tensa contra el suyo. La calma medicinal que sentí al principio de la noche se ha evaporado por completo y el corazón me late en el pecho con una intensidad alarmante. Patrick parece sentirlo también y me aprieta más.

—Yo también te eché de menos —murmuro, porque no sé qué otra cosa decir.

—Vayamos a la cama —sugiere, y desliza las manos por mi camisa y mi estómago—. Siento haberte despertado.

—No pasa nada —respondo, y trato de alejarme.

Pero antes de que pueda hacerlo, me voltea para que quede de cara a él, sus brazos me abrazan más fuerte y sus labios presionan con fuerza contra mi oreja. Siento su aliento caliente en la mejilla.

—No tienes que tener miedo —murmura, y sus dedos peinan mi pelo—. Tranquila, estoy aquí.

Aprieto la mandíbula al recordar esas mismas palabras saliendo de la boca de mi padre. Yo corriendo por el camino de grava, subiendo los escalones y dejándome caer en sus brazos extendidos. Él que me abraza con fuerza. Su cuerpo es un receptáculo de calor, seguridad y protección. Me susurra al oído.

"Tranquila, estoy aquí. Tranquila, estoy aquí".

Eso es lo que Patrick siempre ha sido para mí: calor. Seguridad. Protección no solo del mundo exterior, sino también de mí misma. Pero en este momento, inmovilizada en sus brazos, con el calor de su aliento que me pone la piel de gallina y el collar de la chica muerta escondido en el fondo de nuestro vestidor empiezo a preguntarme si no habrá más cosas sobre este hombre que las que creí saber. Pienso en todas las veces en que me he relacionado con alguien y me he preguntado: "¿Qué está ocultando? ¿Qué no me dice?".

Pienso en las palabras de mi hermano, en todas sus advertencias.

"¿Cómo puedes conocer a alguien tan bien en un año?".

Patrick me suelta y me sujeta por los hombros, sonríe. Se ve cansado, su piel parece inusualmente flácida y está despeinado. Me pregunto qué habrá hecho esta noche, por qué tiene este aspecto. Parece darse cuenta de que estoy examinando su rostro porque se pasa la mano por la cara y se baja los párpados.

—Ha sido un largo día —comenta—. Muchas horas conduciendo. Me voy a duchar y luego a dormir.

Asiento con la cabeza y lo observo volverse y subir las escaleras. Me niego a moverme hasta que oigo el ruido del agua, y solo entonces respiro aliviada, abro los puños y lo sigo. Me acurruco lo más posible entre las sábanas de nuestra cama compartida, y cuando Patrick sale del baño, finjo estar dormida. Me esfuerzo por no estremecerme cuando su piel desnuda se desliza contra la mía, cuando sus manos empiezan a masajearme la nuca o cuando sale de la cama minutos después, atraviesa la habitación de puntillas y cierra la puerta del vestidor.

CAPÍTULO 28

Me despierto con el olor a grasa de beicon chisporroteante y la voz profunda de Etta James que llega desde el pasillo. No recuerdo haberme dormido. Había intentado por todos los medios no hacerlo, el peso de los brazos de Patrick sobre mi torso me constreñía como una bolsa para cadáveres. Pero supongo que era inevitable; no podía resistirme para siempre, sobre todo después del cóctel de tranquilizantes que me había tomado justo antes de que él llegara a casa. Me siento en la cama y trato de ignorar los suaves latidos de mi cráneo y la hinchazón de mis ojos, que restringe mi visión a dos rendijas en forma de media luna. Echo un vistazo a la habitación: Patrick no está aquí. Está abajo, preparándome el desayuno, como siempre.

Me escurro fuera de las sábanas y empiezo a bajar las escaleras despacio, esperando oír el tarareo. Lo oigo, lo que confirma que, en efecto, Patrick está abajo, probablemente yendo de un lado a otro con su delantal a cuadros mientras les da la vuelta a los crepes con trocitos de chocolate a las que hace pequeños dibujos. Un gato con bigotes dibujado con un palillo de dientes, una cara sonriente, un corazón henchido. Me vuelvo y subo de regreso a la habitación. Abro la puerta del vestidor.

El collar que encontré anoche pertenece a Aubrey Gravino. No tengo ninguna duda. No solo lo vi en su fotografía de DESAPARECIDA, sino que también vi el pendiente del conjunto. Lo tuve en la mano, inspeccioné el trío de diamantes y el vértice con la perla. Empiezo a apartar la ropa sucia a un lado, con mi mente menos confusa ahora que el vino y el Xanax están totalmente fuera de mi sistema. Vuelvo a pensar en la lista de personas que le mencioné a Aaron. Las personas que sabrían que mi padre se llevaba y escondía las joyas en el fondo de su vestidor.

Mi familia. La policía. Los padres de la víctima.

Y Patrick. Yo se lo había contado a Patrick. Se lo había contado *todo*.

Ni siquiera se me había ocurrido incluir a Patrick, porque ¿por qué iba a hacerlo? ¿Por qué iba a tener motivos para sospechar de mi propio prometido? Todavía no sé la respuesta a esa pregunta, pero tengo que averiguarla.

Levanto la camiseta deportiva oficial de la universidad que recuerdo haber arrojado encima de la caja y extiendo la mano para tomarla..., pero no está ahí. La caja no está ahí. Aparto más montones de ropa y los arrojo a un lado. Paso los brazos por el suelo, esperando sentirla escondida debajo de un par de jeans o un cinturón enredado o un zapato suelto.

Pero no la encuentro. No la veo. No está ahí.

Me echo hacia atrás con un nudo de inquietud en el estómago. Sé que la vi. Recuerdo que levanté la caja, la sostuve en mis manos, abrí la tapa y vi el collar dentro, pero también recuerdo haber oído a Patrick levantarse anoche para cerrar la puerta del vestidor. Quizá tomó la caja entonces y la escondió en otro lugar. O tal vez se levantó temprano esta mañana y la movió de sitio mientras yo dormía.

Suelto el aire despacio y trato de formular un plan. Tengo que encontrar ese collar. Necesito saber qué hace en mi casa. La idea de llevarle esta prueba a la policía; la idea de llevar a

Patrick a la policía me revuelve el estómago. Es casi risible de tan ridículo que parece. Pero no puedo ignorarlo. No puedo fingir que no vi la caja. Que no olí ese perfume en Patrick anoche, que no me di cuenta de que su cuello estaba húmedo de sudor. De pronto, otro recuerdo surge a la superficie. Mi hermano, anoche, sus ojos cansados posados en ese envase de pastillas.

"Su maletín está lleno de esa mierda".

Pienso en la autopsia de Lacey y en el forense que tocaba sus extremidades rígidas.

"Encontramos rastros considerables de diazepam en su pelo".

Patrick tenía las drogas. Patrick tenía la oportunidad. Desaparece durante días seguidos, solo. Pienso en todas las veces que se ha ido en un viaje de negocios del que yo no sabía nada o que no recordaba y cómo, en vez de preguntarle al respecto, me había culpado a mí misma por haberlo olvidado. Ayer fui a ver al detective Thomas con una pista sobre Bert Rhodes basada en mucho menos que esto. Si soy honesta conmigo misma, era una teoría fundada en circunstancias, sospecha y una pizca de histeria. Pero esto..., esto no es una sospecha. Esto no es histeria. Esto parece una prueba. Una prueba sólida y concreta de que mi prometido está de alguna manera involucrado en algo que no debería. Algo terrible.

Me pongo de pie, cierro la puerta del vestidor y me siento en el borde de la cama. Oigo el estruendo de la sartén al ser colocada en el fregadero y el silbido del vapor cuando el agua del grifo cae sobre la superficie caliente. Necesito saber qué está pasando. Si no por mí, por esas chicas. Por Aubrey. Por Lacey. Por Lena. Si no puedo encontrar el collar, necesito encontrar algo. Algo que me acerque a las respuestas.

Vuelvo a bajar las escaleras, dispuesta a enfrentarme a Patrick. Lo encuentro de pie en la cocina; está colocando dos platos de crepes y beicon en nuestra pequeña mesa de desayuno. Sobre la isla de la cocina hay dos tazas de café humeantes y una jarra de jugo de naranja, con gotas de condensación deslizándose por su superficie.

Fue hace poco más de una semana cuando pensé que esto era karma. El prometido perfecto a cambio del peor padre posible. Ahora no estoy tan segura.

—Buenos días —lo saludo de pie desde la puerta. Patrick levanta la vista y esboza una sonrisa. Parece genuina.

—Buenos días —responde, y levanta una taza. Se acerca y me la da, me besa en la coronilla—. Qué noche interesante la de ayer, ¿no?

—Sí, lo siento —digo, y me rasco en el lugar donde acaba de besarme—. Creo que estaba completamente fuera de mí. Ya sabes, despertarme con la alarma y no saber que eras tú el que estaba abajo.

—Lo sé, me siento horrible —admite mientras se apoya en la isla—. Casi te mato de un susto.

—Sí —reconozco—. Un poco.

—Al menos sabemos que la alarma funciona.

Intento sonreír.

—Ajá.

No es la primera vez que me cuesta encontrar las palabras para decirle algo a Patrick, aunque eso suele ser porque nunca nada parece lo bastante bueno. Nada parece transmitir la profundidad de mis sentimientos ni lo enamorada que estoy de él a pesar del poco tiempo de nuestra relación. Pero ahora, las razones son muy diferentes y estoy desconcertada. Es difícil creer que esto esté sucediendo realmente. Durante un segundo, mis ojos se dirigen hacia mi bolso sobre la encimera, hacia el envase de Xanax que sé que está dentro. Pienso en la píldora que me tomé antes de acompañarla con dos copas de vino, la forma en la que me hundí en el sofá como si hubiera estado cayendo entre nubes, el sueño similar al recuerdo que estaba soñando justo antes de que se activara la alarma.

Pienso en la universidad, en la última vez que ocurrió algo así. La última vez que mezclé drogas con alcohol de forma tan imprudente. Pienso en la manera en la que la policía me había mirado entonces, la misma manera en la que el detective Thomas me miró ayer por la tarde en su oficina —la misma manera en que me miró Cooper—, como si cuestionaran en silencio la validez de mi mente, de mis recuerdos. Como si me cuestionaran a mí.

Me pregunto por un segundo si tal vez me he imaginado el collar. Si tal vez no estuvo ahí en absoluto. Si quizás me confundí y mezclé el pasado con el presente, como he hecho tantas veces antes.

—Estás enfadada conmigo —dice Patrick. Se acerca a la mesa y se sienta. Hace un gesto hacia la silla de enfrente y yo lo imito. Me siento y miro la comida que está frente a mí. Tiene buen aspecto, pero no tengo hambre—. Y no te culpo. He estado afuera… mucho. Te he dejado aquí sola en medio de todo esto.

—¿En medio de todo qué? —pregunto con los ojos clavados en los trocitos de chocolate que sobresalen en la masa dorada. Tomo el tenedor, pincho un trozo de un crepe y lo mastico.

—La boda —precisa—. Con toda la organización. Y ya sabes, con lo que ha salido en las noticias.

—No te aflijas. Sé que has estado ocupado.

—Pero hoy no —asegura, corta un trozo y come un bocado—. Hoy no estoy ocupado. Hoy soy tuyo. Y tenemos planes.

—¿Y cuáles son exactamente esos planes?

—Es una sorpresa. Ponte algo cómodo, vamos a estar al aire libre. ¿Puedes estar lista en veinte minutos?

Vacilo un instante preguntándome si es una buena idea. Abro la boca y empiezo a inventar una excusa cuando oigo mi móvil vibrar sobre la encimera de la cocina.

—Un segundo —me disculpo.

Empujo la silla hacia atrás, agradecida por la excusa para alejarme, para dejar de hablar. Me acerco a la encimera y veo el nombre de Cooper en la pantalla; de golpe, nuestra discusión de anoche parece muy trivial. Quizás Cooper tenía razón. Durante todo este tiempo, tal vez haya visto algo en Patrick que yo no podía ver. Quizás ha estado tratando de advertirme.

"Esta relación no parece saludable".

Deslizo mi dedo por la pantalla y entro en la sala de estar.

—Hola, Coop —murmuro—. Me alegra que hayas llamado.

—Sí, yo también. Mira, Chloe. Siento lo de anoche...

—No hay problema —lo tranquilizo—. De verdad, ya pasó. Reaccioné de manera exagerada.

La línea queda en silencio y puedo oír su respiración. Suena temblorosa, como si estuviera caminando deprisa y el golpeteo de sus pies sobre el pavimento enviara una vibración ascendente a lo largo de su columna vertebral.

—¿Está todo bien?

—No —admite—. No, en realidad, no.

—¿Qué pasa?

—Es mamá —explica por fin—. Me llamaron de Riverside esta mañana, dijeron que era urgente.

—¿Qué era urgente?

—Al parecer no quiere comer —añade—. Creen que se está muriendo, Chloe.

CAPÍTULO 29

SALGO POR LA PUERTA PRINCIPAL en menos de cinco minutos; casi no me he llegado a calzar, la tela del contrafuerte de mis zapatos me hace ampollas en los talones mientras corro a través del sendero de entrada.

—Chloe —exclama Patrick detrás de mí, y empuja la puerta con la mano abierta para volverla a abrir—. ¿Adónde vas?

—Me tengo que ir —grito—. Se trata de mamá.

—¿Qué pasa con tu madre?

Ahora él también sale corriendo de casa mientras se pone una camiseta blanca por la cabeza. Yo estoy revolviendo las cosas dentro de mi bolso, tratando de encontrar las llaves para abrir el coche.

—No quiere comer —le explico—. Hace días que no come. Tengo que ir, tengo que…

Me detengo y dejo caer la cabeza entre las manos. Todos estos años he ignorado a mi madre. La he tratado como un escozor que me negaba a rascar. Supongo que pensaba que si me concentraba en eso, en ella, sería agobiante y ya no podría centrarme en otra cosa. Pero si la ignoraba, el dolor acabaría cediendo por sí solo. Nunca *desaparecería* —yo sabía que seguiría ahí, que siempre estaría ahí, listo para erizarme la piel en cuanto se lo permitiera—, pero sería menos perceptible, como un ruido de fondo. Estático. Al igual que con mi padre, la realidad de lo que ella es, de lo que se hizo a sí misma y a nosotros, había sido demasiado duro para elaborarlo. Yo había querido que muriera. Pero nunca, ni una sola vez, me había detenido a pensar en cómo me sentiría si eso *realmente* sucediera. Si muriera sola, en esa habitación mohosa de Riverside, incapaz de expresar sus últimas palabras, sus últimos pensamientos. De golpe, la certeza de lo que siempre he sabido desciende sobre mí; es espesa y sofocante, como intentar respirar a través de una toalla húmeda.

La he abandonado. He dejado a mi madre morir sola.

—Espera un segundo, Chloe —me pide Patrick—. Dime algo.

—No —respondo, y niego con la cabeza. Vuelvo a meter las manos dentro de mi bolso—. Ahora no, Patrick. No tengo tiempo.

—Chloe…

Oigo el tintineo de metal a mis espaldas y me quedo paralizada donde estoy; me vuelvo con lentitud. Patrick está detrás de mí y sostiene mis llaves en el aire. Intento tomarlas y él las aleja fuera de mi alcance.

—Voy contigo —dice—. Me necesitas.

—No, Patrick. Dame las llaves…

—Sí —asevera—. Maldita sea, Chloe. Esto no es negociable. Ahora entra en el coche.

Lo miro sorprendida por este repentino ataque de ira. Por su piel enrojecida y acalorada y sus ojos desorbitados. Luego, igual de repentinamente, su expresión cambia.

—Lo siento —agrega. Suspira y alarga los brazos hacia mí. Cubre mis manos con las suyas y yo me estremezco—. Lo lamento, Chloe. Pero tienes que dejar de apartarme. Déjame ayudarte.

Lo observo de nuevo, su rostro ha cambiado por completo en cuestión de segundos. Ahora es la preocupación la que le forma un gesto que se extiende por los pliegues de su frente, brillantes y profundos. Dejo caer las manos en señal de rendición; no quiero a Patrick allí. No lo quiero en la misma habitación que mi madre moribunda y vulnerable, pero no tengo energía para luchar. No tengo *tiempo* para luchar.

—De acuerdo —accedo—. Conduce rápido.

Reconozco el coche de Cooper en cuanto nos detenemos en el aparcamiento. Salto fuera antes de que Patrick haya terminado de aparcar y atravieso corriendo las puertas automáticas. Puedo oír a Patrick detrás de mí, sus zapatos rechinan en las baldosas mientras trata de alcanzarme, pero no lo espero. Giro a la derecha en el pasillo de mi madre y paso corriendo por delante de la colección de puertas entreabiertas, los murmullos acallados de los televisores y las radios, y los residentes que mascullan para sí mismos. Cuando entro en la habitación, veo primero a mi hermano, sentado en el borde de la cama.

—Coop. —Corro hacia él y me desplomo sobre la cama de mi madre mientras Cooper me abraza—. ¿Cómo está?

Observo a mi madre. Tiene los ojos cerrados y su cuerpo, ya de por sí delgado, se ve todavía más delgado, como si hubiera perdido cinco kilos en una semana. Sus muñecas parecen como si pudieran romperse y sus mejillas son como dos cuevas huecas cubiertas de piel de papel de seda.

—Tú debes de ser Chloe.

Salto al oír la voz que proviene del rincón de la habitación; no había advertido al médico de pie allí, con su bata blanca y una carpeta sujetapapeles apoyada en la cadera.

—Soy el doctor Glenn —se presenta—. Soy uno de los médicos de guardia de Riverside. Hablé con Cooper esta mañana por teléfono, pero creo que tú y yo no nos conocemos.

—No, no nos conocemos —confirmo sin molestarme en incorporarme. Vuelvo a observar a mi madre, su pecho sube y baja con suavidad—. ¿Desde cuándo está así?

—Desde hace poco más de una semana.

—¿Una *semana*? ¿Por qué no nos avisaron hasta ahora?

Un ruido llega desde el pasillo y desvía nuestra atención colectiva; es Patrick, su cuerpo choca contra el marco de la puerta. Veo una gota de sudor que baja por su frente y se la limpia con el dorso de la mano.

—¿Qué está haciendo él aquí? —Cooper comienza a ponerse de pie, pero apoyo mi mano en su pierna.

—Está bien —le digo—. Ahora no.

—Normalmente estamos preparados para manejar este tipo de situaciones; como podrán imaginar, es bastante común en pacientes mayores —prosigue el médico. Sus ojos alternan entre Patrick y nosotros—. Pero si esto continúa por más tiempo, vamos a tener que trasladarla al Hospital General de Baton Rouge.

—¿Sabemos cuál es la causa?

—Físicamente, goza de buena salud. No tiene ninguna enfermedad que podamos identificar y que pudiera causar una aversión a la comida. Así que, en resumen, no lo sabemos, y en todos los años que ha estado a nuestro cuidado, nunca hemos tenido este problema con ella.

Me vuelvo hacia mamá otra vez: la piel flácida del cuello, las clavículas que sobresalen como dos palillos de tambor.

—Es casi como si se hubiera despertado una mañana y hubiera decidido que ya era hora.

Me vuelvo hacia Cooper en busca de respuestas. Durante toda mi vida, siempre he encontrado lo que buscaba en alguna parte de su expresión. En el imperceptible temblor de su labio cuando intentaba reprimir una sonrisa, en los ligeros hoyuelos que se le formaban cuando se mordía el interior de las mejillas mientras pensaba. Solo recuerdo una vez en la que mis ojos se toparon con una mirada vacía y nada más; solo una vez en la que me había vuelto hacia Cooper y me había dado cuenta con espanto de que ni siquiera él podía ayudar, que nadie podía ayudar. Estábamos en la sala de estar de casa, sentados con las piernas cruzadas en el suelo. El resplandor de la pantalla del televisor iluminaba nuestros ojos mientras escuchábamos a nuestro padre hablar de su oscuridad, con las cadenas en sus tobillos que emitían un ruido metálico y una lágrima solitaria que corría por su mejilla y manchaba su bloc de notas.

Pero ahora lo veo de nuevo. Los ojos de Cooper no enfrentan los míos, sino que están clavados con fijeza en el frente. Clavados en los de Patrick, los cuerpos de ambos rígidos como tablas.

—Su madre no se comunica, por supuesto —continúa el doctor Glenn, ajeno a la tensión en la habitación—. Pero esperábamos que tal vez ustedes lograran conectarse con ella.

—Sí, claro —intervengo.

Despego los ojos de Cooper y me vuelvo hacia mi madre. Le tomo la mano y la sostengo en la mía. Al principio, ella se queda quieta, hasta que siento un suave golpeteo, sus dedos se mueven con lentitud contra la fina piel de mi muñeca. Bajo la vista hacia el diminuto movimiento. Los ojos de mi madre siguen cerrados, pero sus dedos… se están moviendo.

Miro a Cooper, a Patrick y al doctor Glenn. Ninguno de ellos parece darse cuenta.

—¿Puedo estar un momento a solas con ella? —pido con los latidos del corazón en el cuello. Tengo las palmas resbaladizas por el sudor, pero me niego a soltarle la mano—. ¿Por favor?

El doctor Glenn asiente, pasa junto a la cama en silencio y sale de la habitación.

—Ustedes también —agrego, miro primero a Patrick y luego a Cooper—. Los dos.

—Chloe —empieza Cooper, pero niego con la cabeza.

—Por favor. Solo un par de minutos. Me gustaría, ya sabes…, por si acaso.

—Claro. —Asiente suavemente con la cabeza, apoya su mano sobre la mía y la aprieta—. Lo que necesites.

Luego se levanta, pasa junto a Patrick y sale a la sala de espera sin decir nada más.

Ahora estoy a solas con mi madre y los recuerdos de nuestro último encuentro se agolpan en mi mente. Cuando le hablé de las chicas desaparecidas, de las similitudes de todo. El *déjà vu*. Y si la línea de tiempo del doctor Glenn es correcta, eso había sido más o menos cuando ella había dejado de comer.

"No sé por qué estoy tan preocupada. Papá está en la cárcel. No hay forma de que pueda estar involucrado".

El golpeteo de sus dedos, frenético, antes de que yo saliera corriendo de la habitación y la visita quedara interrumpida. Nunca le he hablado a Cooper, ni a Patrick, ni a nadie, acerca de la forma en la que creo que mi madre puede comunicarse —el suave movimiento de sus dedos, un golpecito que significa "Sí, te escucho"—, porque, sinceramente, ni yo misma estaba segura de creerlo. Pero ahora me lo pregunto.

—Mamá —susurro sintiéndome a la vez ridícula y aterrada—. ¿Puedes oírme?

Un golpecito.

Bajo la vista hacia sus dedos. Se han movido de nuevo… sé que lo han hecho.

—¿Esto tiene algo que ver con lo que hablamos la última vez que estuve aquí?

Dos golpecitos.

Suspiro y mis ojos van de la palma de su mano al pasillo, la puerta sigue abierta.

—¿Sabes algo sobre estas chicas asesinadas?

Tres golpecitos. Dos golpecitos.

Aparto los ojos del pasillo y vuelvo a bajar la vista hacia mi mano y los dedos de mi madre, que se mueven frenéticamente a través de mi palma. Esto no puede ser una coincidencia; tiene que significar algo. Entonces subo la mirada hacia su rostro, y de inmediato, mi cuerpo se echa hacia atrás con brusquedad y una descarga de adrenalina y miedo me hace retirar la mano de su palma y taparme la boca con incredulidad.

Sus ojos están abiertos y clavados en los míos.

CAPÍTULO 30

De regreso en el coche con Patrick, el silencio es total excepto por el suave ruido del viento que entra por las ventanillas abiertas y me brinda una muy necesaria bocanada de aire fresco. No puedo dejar de pensar en mi madre, en la conversación que acaba de tener lugar en su habitación.

—¿Crees que podrías deletrearlo? —había tartamudeado yo, con la vista en sus ojos muy abiertos y llorosos. Las lágrimas estaban pegadas a sus pestañas como gotas de rocío sobre la hierba, temblorosas. Miré sus dedos, que se convulsionaban contra los míos—. Dame un segundo.

Fui al pasillo y me asomé a la sala de espera. Patrick y Cooper estaban sentados separados por varias sillas, silenciosos y rígidos, de espaldas a mí. Luego atravesé el pasillo hacia la sala de estar y rebusqué en la mesa llena de libros viejos con olor a antipolillas y páginas oscurecidas. Tomé varios DVD al azar, objetos donados que nadie quería ver, y los aparté hasta llegar a los juegos de mesa. Entonces volví a la habitación de mi madre y extraje del bolsillo una pequeña bolsa de terciopelo. Fichas de Scrabble.

—De acuerdo —dije, no muy segura, mientras las volcaba sobre la manta y empezaba a darlas vuelta, una a una, hasta que tuvimos un alfabeto completo, con todas las letras que miraban hacia arriba. No creía que esto pudiera funcionar, pero tenía que intentarlo—. Voy a señalar una letra. Empezaremos de forma sencilla: *S* significa sí, *N* significa no. Cuando yo señale la correcta, tú darás un golpecito.

Contemplé las hileras de letras sobre la cama, la perspectiva de tener una conversación real con mi madre por primera vez en veinte años era emocionante y a la vez tediosa. Respiré hondo y empecé a hablar.

—¿Entiendes cómo funciona?

Señalé la *N*..., nada. Luego señalé la *S*.

Un golpecito.

Suspiré, los latidos de mi corazón se aceleraron. Durante todos estos años, mi madre me había entendido. Entendía las cosas. Me oía hablar. Solo que yo nunca me había tomado el tiempo de dejarla responder.

—¿Sabes algo sobre estas chicas asesinadas?

N..., nada. *S*..., *un golpecito.*

—¿Estos asesinatos están relacionados de alguna manera con Breaux Bridge?

N... nada. *S*... *un golpecito.*

Me detuve y pensé mucho en mi siguiente pregunta. Sabía que no teníamos mucho tiempo; pronto, Cooper o Patrick o el doctor Glenn volverían a entrar y no quería que me sorprendieran así. Bajé la vista hacia las fichas y luego hice mi última pregunta.

—¿Cómo puedo probarlo?

Había empezado con la *A*, mi dedo señaló la ficha en el extremo superior izquierdo..., nada. Pasé a la *B*, luego a la *C*. Finalmente, cuando señalé la *P*, sus dedos se movieron.

—¿*P*?

Un golpecito.

—De acuerdo, primera letra, *P*.

Entonces volví a empezar por el principio: *A*.

Un golpecito.

El corazón me dio un vuelco en el pecho.

—¿*P-A*?

Un golpecito.

Estaba deletreando Patrick. Solté el aire a través de mis labios fruncidos, despacio, tratando de mantener la calma. Levanté los dedos y señalé la *T;* mis ojos perforaban sus dedos... hasta que un ruido en el pasillo me hizo reaccionar.

—¿Chloe? —Podía oír a Cooper acercándose, a centímetros de la puerta abierta—. Chloe, ¿estás bien?

Pasé el brazo por la manta y recogí las fichas, las junté todas en la palma de mi mano y me volví justo cuando Cooper apareció en la puerta.

—Solo quería saber cómo estabas —dijo, y su mirada se movió de mí a mi madre. Una suave sonrisa se dibujó en sus labios, se acercó a nosotras y se sentó en el borde de la cama—. Has conseguido que abra los ojos.

—Sí —respondo. El sudor hace resbalar las fichas en mi mano—. Sí, así es.

Patrick enciende la luz de giro del coche y entramos en un camino de grava; el sonido de los guijarros que golpean el parabrisas lo obliga a cerrar las ventanillas. Levanto la cabeza despacio y me quito de encima el recuerdo; entonces me doy cuenta de que no reconozco los alrededores.

—¿Dónde estamos? —pregunto.

Avanzamos zigzagueando por caminos secundarios polvorientos. No sé cuánto tiempo llevamos en el coche, pero sé que este no es el camino de vuelta a casa.

—Ya casi hemos llegado —señala Patrick, y me sonríe.

—¿Llegamos *adónde*?

—Ya lo verás.

De pronto siento claustrofobia. Estiro el brazo hacia el aire acondicionado y giro el botón hasta la posición máxima a la derecha. Luego me inclino hacia la ráfaga de aire frío.

—Necesito ir a casa, Patrick.

—No —dice—. No, Chloe, no te llevaré a casa ahora para que te revuelques en tu autocompasión. Te dije que tenía planes para nosotros hoy y vamos a seguirlos.

Inhalo profundamente y me vuelvo hacia la ventana; observo los árboles al pasar mientras nos adentramos en el bosque. Pienso en mi madre, deletreando el nombre de Patrick. ¿Cómo puede saberlo? ¿Cómo puede saber quién es si no se conocen? Vuelvo a sentir la inquietud de esta mañana. Miro el móvil, una única barra aparece y desaparece mientras se esfuerza por encontrar señal. Aquí estoy, a kilómetros de casa, atrapada en un coche con un hombre que tiene el collar de una chica muerta, sin posibilidades de pedir ayuda. Quizá me vio sosteniéndolo anoche; quizá no lo guardé en el vestidor tan rápido como creí. Mis pies rozan mi bolso y pienso en el aerosol de pimienta, debidamente guardado en el fondo. Al menos tengo eso.

"No seas ridícula, Chloe. No te hará daño. No lo hará".

Un estremecimiento me recorre el cuerpo y me doy cuenta de que sueno igual que mi madre. Yo, mi madre. Yo, mi madre, sentada en la oficina del sheriff Dooley, tratando de justificar a mi padre a pesar de la creciente montaña de pruebas acumuladas en su contra. Me pican los ojos, las lágrimas se agolpan y amenazan con brotar. Levanto la mano y me las enjugo con rapidez, con cuidado de que Patrick no las vea.

Pienso en mi madre, confinada en la cama en Riverside, con su vida recluida entre las paredes cada vez más estrechas de su propia mente atribulada. Y ahora entiendo. Entiendo por qué lo hizo. Siempre pensé que volvió con mi padre porque era débil, porque no quería estar sola. Porque no sabía cómo dejarlo, no *quería* dejarlo. Pero ahora, en este momento, entiendo a mi madre más que nunca. Entiendo que volvió con él porque buscaba con desesperación cualquier indicio que apuntara en la dirección contraria, un resto de algo a lo que pudiera aferrarse, que demostrara que no estaba enamorada de un monstruo. Y cuando no pudo encontrarlo, se vio forzada a mirarse a sí misma. Se vio obligada a hacerse las mismas preguntas que ahora se arremolinan en mi mente, constriñéndola como debieron de haber constreñido la suya.

Se vio forzada a reconocer que *estaba* enamorada de un monstruo. Y si estaba enamorada de un monstruo... ¿en qué la convertía eso a ella?

Siento que el coche empieza a detenerse. Vuelvo a mirar por la ventanilla y veo que estamos en lo más profundo del bosque, en un único claro entre los árboles con un pequeño arroyo pantanoso que parece ser la entrada a un cuerpo de agua más grande.

—Llegamos —anuncia Patrick. Apaga el motor y se guarda las llaves en el bolsillo—. Vamos. Afuera.

—¿Llegamos *adónde*? —vuelvo a preguntar, y trato de mantener un tono desenfadado.

—Ya verás.

—Patrick —protesto, pero ya está fuera del coche.

Camina hacia el lado del acompañante y me abre la puerta. Lo que solía percibir como un acto de caballerosidad ahora lo siento más amenazante, como si me estuviera forzando a salir contra mi voluntad. Tomo su mano a regañadientes, salgo del coche y hago una mueca cuando cierra la puerta detrás de mí, con mi bolso, mi móvil y el aerosol de pimienta aún dentro.

—Cierra los ojos.

—Patrick...

—Ciérralos.

Cierro los ojos y capto el silencio absoluto que nos rodea. Me pregunto si aquí es donde las trajo, a Aubrey y a Lacey. Me pregunto si aquí es donde lo hizo. Es el lugar perfecto: aislado, escondido. "No te hará daño". Oigo el zumbido de los mosquitos a nuestro alrededor, el correteo de algún animal que hace crujir las hojas en la distancia. "No lo hará". Oigo pasos, los de Patrick, que se dirige al coche, abre el maletero y busca algo. "No te hará daño, Chloe". Oigo un ruido sordo cuando lo que sea que extrae del maletero aterriza en el suelo. Ahora está caminando hacia mí y lleva algo consigo. Oigo cómo raspa contra el suelo. El sonido del metal contra la tierra.

Una pala.

Volteo, lista para correr hacia el bosque y esconderme. Lista para gritar a todo pulmón, esperando contra todas las probabilidades que haya alguien más aquí. Alguien que me escuche. Alguien que me ayude. Cuando miro a Patrick, sus ojos están muy abiertos. No esperaba que yo me volviera. No esperaba que me pusiera así. Observo sus manos, la cosa larga y delgada que sostiene en las palmas. Levanto los brazos para impedir que me golpee con ella cuando la veo bien y me doy cuenta de que… no es una pala. Patrick no está sosteniendo una pala.

Es un remo.

—Pensé que podríamos dar una vuelta en kayak —sugiere, y sus ojos se dirigen al agua.

Me vuelvo y contemplo el pequeño claro donde los árboles se separan y por el que asoma el agua del pantano. Junto a ella, parcialmente oculto detrás de la vegetación, hay un soporte de madera con cuatro kayaks cubiertos de hojas, tierra y telarañas. Respiro aliviada.

—Este sitio está bastante escondido, pero lleva aquí muchos años —continúa mientras sostiene el remo tímidamente en sus manos. Se acerca y me lo tiende para que lo sostenga. Lo acepto y siento el peso en los brazos—. Los kayaks son gratis, pero tienes que traer tu propio remo. No cabía en mi coche, así que tomé tus llaves y lo cargué en tu maletero esta mañana.

Lo estudio con cuidado. Si estuviera planeando usar esta cosa como un arma, no me la habría dado. Observo el remo, y luego los kayaks, la quietud del agua, el cielo despejado. Miro el coche, mi única forma de salir de aquí, lo sé. Las llaves están en el bolsillo de Patrick; no tengo otra forma de regresar a casa. Así que decido en este momento: si él puede actuar, yo también.

—Patrick —comienzo y bajo la cabeza—. Lo siento, Patrick.. No sé qué me pasa.

—Estás tensa. Y es completamente comprensible, Chloe. Por eso estamos aquí. Para que te relajes.

Lo miro, aún sin saber si puedo confiar en él. No puedo ignorar la avalancha de pruebas de las últimas horas. El collar y el perfume, la furia con que Cooper lo había mirado en Riverside, como si pudiera percibir algo en él que yo no podía; algo malo, algo oscuro. La advertencia de mi madre. La manera en la que me había sujetado la muñeca ayer y me había inmovilizado en el sillón; la manera en la que había reaccionado esta mañana cuando había sostenido mis llaves en el aire, fuera de mi alcance.

Pero también están las otras cosas. Hizo instalar un sistema de seguridad. Me llevó a Riverside a ver a mi madre y organizó una fiesta sorpresa y planeó un día para nosotros dos solos. Es exactamente el tipo de gesto romántico que siempre ha tenido desde el momento en el que nos conocimos, cuando me quitó aquella caja de los brazos y se la colocó sobre el hombro. El tipo de gesto del que yo estaba deseando disfrutar por el resto de nuestra vida. No puedo evitar sonreír al ver su sonrisa cohibida —un hábito, supongo—, y es entonces cuando me decido: Patrick puede hacerle daño a la gente, pero aún no puedo creer que me haga daño a mí.

—De acuerdo —acepto, y asiento con la cabeza—. De acuerdo, hagámoslo.

Patrick sonríe abiertamente, se encamina hacia el soporte donde están los kayaks y desengancha uno. Lo arrastra por el suelo del bosque y le quita la suciedad y las telarañas que se han acumulado en el centro antes de empujarlo al agua.

—Las damas primero —dice, y extiende un brazo.

Dejo que me tome de la mano y doy un primer paso

inestable en la embarcación antes de aferrarme instintivamente a su hombro cuando me ayuda a sentarme. Patrick espera a que yo esté sentada antes de saltar al asiento detrás de mí y empujar el kayak de la orilla para alejarnos flotando.

Cuando dejamos atrás el claro, no puedo evitar quedarme boquiabierta ante la belleza de este lugar. El pantano es amplio y apacible, salpicado de cipreses que emergen del agua turbia; sus raíces atraviesan la superficie como dedos que buscan algo que aferrar. La luz del sol se desliza por las cortinas de musgo español como millones de destellos titilantes y los coros de ranas emiten al unísono sus sonidos graves y guturales. Las algas flotan perezosamente en la superficie; por el rabillo del ojo, veo un caimán que se mueve con lentitud, sus ojos brillantes observan a una garza antes de que levante vuelo grácil con sus patas flacas y aletee hacia la seguridad de los árboles.

—Es hermoso, ¿verdad?

Patrick está remando en silencio a mis espaldas, el sonido del agua que golpea contra el kayak me adormece. Mis ojos están fijos en el caimán, en la forma en la que acecha de manera tan sigilosa, escondido a simple vista.

—Espectacular —le digo—. Me recuerda a…

Me interrumpo, mi pensamiento inconcluso pende con pesadez en el aire.

—Me recuerda a mi casa. Pero… en el buen sentido. Cooper y yo solíamos ir al lago Martin. A ver los caimanes.

—Tu madre estaría encantada.

Sonrío al recordarlo. Al recordar cómo gritábamos entre los árboles: "¡Hasta luego, cocodrilo!". Cómo atrapábamos tortugas con las manos y contábamos los anillos en los caparazones para saber su edad. Cómo nos untábamos la cara con fango como si fuera pintura de guerra y nos perseguíamos a través de la vegetación antes de entrar a casa con un portazo y que nuestra madre nos regañara, y reírnos todo el camino hasta el baño, donde ella nos restregaba la piel hasta dejarla roja y en carne viva. Cómo nos hundíamos las uñas en las picaduras de mosquitos hasta que nuestras piernas llenas de equis parecían tableros de tres en raya humanos. De alguna manera, Patrick era el único que lograba que yo evocara estos recuerdos. Solo Patrick podía rescatarlos de su escondite, de los recovecos ocultos de mi mente, de la habitación secreta a la que los había desterrado en el momento en el que vi la cara de mi padre en la pantalla del televisor, llorando no por las seis vidas que había quitado, sino porque lo habían atrapado. Solo Patrick podía forzarme a recordar que no todo era malo. Me reclino en el kayak y cierro los ojos.

—Esta es mi parte favorita —indica ahora, y hace girar la embarcación para tomar una curva. Abro los ojos y allí, en la distancia, está Establos Los Cipreses—. Solo seis semanas más.

La propiedad es aún más imponente desde el agua, la gran casa de campo blanca erguida sobre hectáreas de césped perfectamente cuidado. Las columnas redondeadas que sostienen el porche que rodea tres lados de la casa, las mecedoras que todavía bailan con la brisa. Las veo balancearse adelante y atrás, adelante y atrás. Me imagino bajando esos magníficos escalones de madera, caminando hacia el agua, hacia Patrick.

Entonces, de pronto, de la nada, las palabras del detective Thomas resuenan a través del agua y perturban mi ensueño perfecto.

"¿Cuál es exactamente su conexión con Aubrey Gravino?".

No tengo ninguna. No conozco a Aubrey Gravino. Intento silenciar el sonido, pero por algún motivo, no puedo quitármelo de la cabeza. No puedo quitármela a ella de la cabeza. Sus ojos con el delineador negro corrido y su pelo castaño ceniza. Sus brazos largos y delgados. Su piel joven y bronceada.

—Desde el momento en que la vi, me encantó —agrega Patrick a mis espaldas.

Pero casi no me doy cuenta de sus palabras. Estoy demasiado concentrada en esas mecedoras, que se balancean adelante y atrás con el viento. Ahora están vacías, pero no siempre lo estuvieron. Antes había una chica. Una chica bronceada y delgada que se mecía con indolencia contra la columna con sus botas de montar de cuero gastadas y desteñidas por el sol.

"Es mi nieta. Esta tierra ha pertenecido a nuestra familia durante generaciones".

Recuerdo que Patrick la saludó. Y que ella se cruzó de piernas y se bajó el vestido. Inclinó la cabeza con timidez antes de devolver el saludo. El repentino vacío del porche. La mecedora que se detenía lentamente.

"Le gusta venir aquí a veces después de la escuela. Hace sus deberes en el porche".

Hasta hace dos semanas, cuando ya no regresó.

CAPÍTULO 31

Estoy mirando una foto de Aubrey en mi computadora, una fotografía que nunca había visto antes. Es una imagen pequeña, ligeramente pixelada porque amplié el tamaño de su rostro, pero lo bastante clara como para estar segura. Es ella.

Está sentada en el suelo, con las piernas recogidas debajo de un vestido blanco, con las mismas botas de cuero de montar hasta las rodillas y las manos apoyadas en un césped de un verde prístino y perfectamente cuidado. Es un retrato familiar, y está rodeada por sus padres. Sus abuelos. Sus tías, sus tíos y sus primos. La imagen está encuadrara por los mismos robles cubiertos de musgo que yo había imaginado que enmarcarían el pasillo de mi boda; en el fondo, las mismas escaleras blancas por las que me había imaginado bajando, arrastrando el velo detrás de mí, ascienden hasta el gigantesco porche que rodea la casa. A esas mecedoras que parecen no dejar de moverse nunca.

Me llevo el vaso de café a los labios mientras mis ojos siguen observando la imagen. Estoy en la página web oficial de Establos Los Cipreses yleo sobre sus propietarios. Es cierto que el lugar ha pertenecido a la familia Gravino durante décadas; lo que comenzó como una plantación de caña de azúcar construida en 1787 se había convertido de forma gradual en una granja de caballos y, finalmente, en un lugar para eventos. Cuatro generaciones de Gravino habían vivido allí, y habían producido una de las mejores melazas de caña de Luisiana. Cuando se dieron cuenta de que eran dueños de una parcela de tierra tan atractiva, habían renovado la granja, decorado el granero, adornado el interior de manera inmaculada y podado meticulosamente el exterior para así proporcionar el telón de fondo criollo de Luisiana perfecto para bodas, eventos corporativos y otras celebraciones.

Recuerdo la vaga familiaridad que sentí cuando vi el póster de DESAPARECIDA de Aubrey. Esa sensación persistente de que la conocía de alguna manera. Y ahora sé por qué. Ella estaba allí el día que visitamos Establos Los Cipreses. Estaba allí cuando recorrimos la parcela, cuando reservamos el lugar para nuestra boda. Yo la había visto. *Patrick* la había visto.

Y ahora está muerta.

Mis ojos pasan de la cara de Aubrey a las de sus padres. Los padres que había visto en las noticias hacía casi dos semanas. El padre había llorado con el rostro entre las manos. La madre había suplicado a la cámara: "Queremos recuperar a nuestra niña". A continuación, miro a la abuela. La misma dulce mujer que luchaba con ese iPad y que intentó calmar mis miedos inventados con promesas de refrigeración y rociadores para insectos. Imagino que en algún momento las noticias mencionaron el hecho de que Aubrey Gravino provenía de una familia local conocida, pero yo no lo sabía. Después de que apareciese su cuerpo, había evitado deliberadamente las noticias. Había conducido por la ciudad con la radio apagada. Y una vez que su foto fue sustituida por la de Lacey, ese detalle ya no tuvo importancia. Los medios de comunicación habían seguido adelante. El mundo había avanzado. Aubrey era solo otro rostro vagamente familiar perdido en un mar de otros rostros. De otras chicas desaparecidas igual que ella.

—¿Doctora Davis?

Oigo que llaman a la puerta y levanto la vista de mi computadora. Melissa se asoma desde detrás de la puerta entreabierta. Lleva pantalones cortos de correr y una camiseta de tirantes, el pelo recogido en una coleta y un bolso deportivo colgado de un hombro. Son las seis y media de la mañana, el cielo fuera del consultorio comienza a transformarse de negro en azul. Hay algo inherentemente solitario en pasar una mañana despierta cuando nadie más parece estarlo: ser la que enciende la cafetera, el único coche en una autopista desolada, llegar a un edificio de oficinas vacío y encender las luces. Había estado tan absorta en la imagen de Aubrey, tan ensordecida por el silencio absoluto que me rodeaba, que ni siquiera la había oído entrar.

—Buenos días. —Sonrío, y le hago un gesto para que pase—. Llegas temprano.

—Podría decir lo mismo de ti. —Entra y cierra la puerta antes de limpiarse una gota de sudor que resbala por su frente—. ¿Tienes un paciente tan pronto?

Percibo pánico en su expresión, el temor de haber pasado por alto algo en mi agenda y estar ahora aquí, presentándose al trabajo en ropa de deporte. Niego con la cabeza.

—No, solo estoy tratando de ponerme al día con el trabajo. La semana pasada fue…, bueno, ya sabes cómo fue. Estuve distraída.

—Sí, las dos lo estuvimos.

La cierto es que no podía soportar estar en la misma casa que Patrick ni un minuto más de lo necesario. Sentada en ese kayak, con el agua que nos mecía con suavidad mientras yo contemplaba Establos Los Cipreses en la distancia, finalmente me había permitido sentirme asustada. No solo desconfiada, sino asustada. Asustada del hombre que estaba sentado justo detrás de mí, con mi cuello al alcance de sus manos. Miedo de compartir el techo con un monstruo, un monstruo que se escondía a simple vista, como ese caimán que se deslizaba por la superficie del agua. Como mi padre hace veinte años. No era solo el collar lo que turbaba mi conciencia, o la desconfianza de Cooper o la advertencia de mi madre, sino que ahora estaba esto. Había otra chica muerta relacionada conmigo, relacionada con Patrick Y así como yo le había estado ocultando secretos a Patrick en ese momento estuve segura de que él también me los había estado ocultando a mí. Cooper tenía razón, no nos conocemos. Estamos comprometidos para casarnos. Vivimos bajo el mismo techo, dormimos juntos en la misma cama. Pero este hombre y yo somos dos extraños. No lo conozco. No sé de qué es capaz.

—Me duele un poco la cabeza —le había dicho entonces, y no era del todo mentira. Las náuseas me revolvían el estómago mientras contemplaba aquella casa a lo lejos, aquellas mecedoras vacías empujadas por piernas fantasmas. Me pregunté si Aubrey habría tenido puesto el collar en ese momento, el collar que ahora estaba escondido en algún lugar de mi casa—. ¿Podemos volver?

Patrick permaneció callado a mis espaldas; me pregunté qué estaría pensando. ¿Por qué me llevó allí? ¿Estaba evaluando mi reacción? ¿Era esto parte de la diversión para él, hacer oscilar la verdad frente a mí justo fuera de mi alcance? ¿Me estaba advirtiendo de algo? ¿*Sabe* que yo sé? Recordé mi conversación con Aaron acerca de si el cementerio Los Cipreses tenía algún tipo de significado especial. Debí haberme dado cuenta antes. La primera vez que vi a Aubrey fue en Establos Los Cipreses, y su cuerpo fue encontrado en el cementerio Los Cipreses. No establecí ninguna conexión antes —ese nombre es muy común—, pero ahora, al igual que el hecho de que el cuerpo de Lacey apareciera detrás de mi consultorio, todo parece demasiada coincidencia. Demasiado perfecto para atribuirlo al azar. ¿Acaso Patrick quería que yo reconociera a Aubrey cuando apareció su cuerpo? ¿O se sentía tan confiado como para mostrarme otra pieza del rompecabezas y esperar que yo no viera la imagen más general que estaba empezando a formarse?

—¿Patrick?

—Claro. —Su voz sonó ofendida, calmada—. Claro que podemos volver. ¿Todo bien, Chlo?

Asentí con la cabeza y me obligué a apartar los ojos de la casa de campo y concentrarme en otra cosa. En cualquier otra cosa. Volvimos con el kayak al punto de partida y regresamos a casa en silencio, Patrick con los ojos en la carretera y los labios fruncidos y yo con la cabeza apoyada contra la ventanilla, masajeándome la sien con los dedos. Cuando nos detuvimos en el sendero de entrada, murmuré algo sobre una siesta antes de retirarme a nuestra habitación, cerrar la puerta con llave y meterme en la cama.

—Ey, Mel —pregunto ahora en dirección a mi asistente—. ¿Puedo hacerte una pregunta? Es sobre la fiesta de compromiso.

—Por supuesto. —Sonríe y toma asiento al otro lado de mi escritorio.

—¿A qué hora llegó Patrick?

Se muerde la mejilla mientras piensa.

—No mucho antes que tú, la verdad. Cooper, Shannon y yo llegamos primero. Patrick llegaba tarde del trabajo, así que dejamos entrar a todos los demás y él llegó quizás unos veinte minutos antes que tú.

Vuelvo a sentir esa conocida punzada en el pecho. Cooper tratando de hacer a un lado sus sentimientos. Había intentado apoyarme, a pesar de todo… o tal vez a causa de todo. Lo imagino de pie en el fondo de mi sala de estar, su rostro oculto entre la multitud. Viéndome lanzar un grito, introducir el brazo en mi bolso y buscar frenéticamente. Patrick acercándome a él, con sus manos en mis caderas, el anfitrión perfecto entreteniendo a los invitados. Debió de haber sido demasiado para él, estoy segura. Ver a Patrick exhibir esa sonrisa luminosa, manipularme para someterme. Así que se había dado la vuelta antes de que yo pudiera verlo y se había escabullido al jardín trasero, a solas con su paquete de cigarrillos. Y me había esperado allí. No sé cómo no lo vi antes, por terquedad, supongo. Por egoísmo. Pero ahora era obvio. Había sido la típica forma en que Cooper siempre me había apoyado: en silencio, en el fondo, de la misma manera en la que su cabeza se había asomado sobre el mar de otros rostros en el Festival del Cangrejo y se había abierto paso entre la multitud. Siempre buscándome, reconfortándome, cuando había estado sola.

—De acuerdo. —Asiento con la cabeza y trato de concentrarme. Intento recordar ese día. Lacey se había marchado del consultorio a las seis y media; yo me había ido cerca de las ocho, ya que había pasado un rato guardando las notas de la sesión, recogiendo mis cosas y atendiendo la llamada de Aaron. Luego había hecho una parada en la farmacia CVS antes de detener el coche en el sendero de entrada de mi casa, probablemente alrededor de las ocho y media. Eso le habría dado a Patrick dos horas para atrapar a Lacey fuera del edificio del consultorio y llevarla a dondequiera que la hubiera retenido antes de esconder el cuerpo detrás del contenedor y llegar a casa antes que yo.

¿Era posible?

—¿Qué hizo cuando llegó?

Melissa se mueve en la silla y coloca un pie detrás del otro. Está más tensa que cuando entró; sabe que hay algo personal en estas preguntas.

—Subió a refrescarse; creo que se duchó y se cambió de ropa. Dijo que había estado conduciendo todo el día. Luego bajó justo cuando vimos las luces de tu coche en el camino de entrada. Sirvió un par de copas de vino y luego… entraste tú.

Asiento y vuelvo a sonreír para hacerle saber que aprecio

la información, aunque por dentro tengo ganas de gritar. Recuerdo ese momento perfectamente. El momento en el que vi el mar de personas que se separaba y a Patrick que emergía de entre ellas. Ese momento en el que empezó a caminar hacia mí, con las copas de vino en la mano, y la ola de alivio que se llevó todo el pánico de mi cuerpo en el momento en el que me rodeó la cintura con su brazo y me atrajo hacia él. Recuerdo el olor especiado de su gel de baño y su sonrisa blanca y deslumbrante. Recuerdo haberme sentido tan afortunada, tan malditamente afortunada, en ese preciso momento con él a mi lado. Pero ahora… no puedo evitar preguntarme qué había estado haciendo inmediatamente *antes* de ese momento. Si su jabón olía tan fuerte porque se había esforzado para eliminar el olor de otra cosa. Si la ropa que llevaba puesta antes de cambiarse seguía en casa o si la había arrojado en algún lugar al borde de la carretera o la había quemado con cerillas para incinerar cualquier prueba que pudiera relacionarlo con sus crímenes. ¿Había rastros de Lacey en algún lugar de su piel mientras nuestros cuerpos desnudos yacían entrelazados en la cama esa noche —un mechón de pelo, una gota de sangre, un trozo de uña incrustado en algún lugar— que aún no se habían encontrado? Me pregunto sobre Aubrey, sobre la noche en la que desapareció y sobre lo que podríamos haber hecho juntos después de que Patrick llegase a casa. ¿Se había metido a darse una ducha como solía hacer después de regresar de un largo y solitario viaje en coche? ¿Me había sumado yo a él esa noche y le había quitado la ropa mientras el baño se empañaba de vapor? ¿Lo había ayudado a lavarse los rastros de su víctima?

Me presiono el puente de la nariz y cierro los ojos. Pensar en eso me da náuseas.

—¿Chloe? —Oigo la voz de Melissa, un susurro suave y preocupado—. ¿Estás bien?

—Sí —respondo, y levanto la cabeza.

Esbozo una sonrisa débil. La pesadumbre de la situación se asienta sobre mis hombros. Mi participación implícita me recuerda a la de hace veinte años: ver y no darme cuenta. Llevar chicas hacia un depredador sin saberlo, o más bien, llevar a un depredador hacia ellas. No puedo evitar preguntarme: si no fuera por mí, ¿seguirían vivas? ¿Todas ellas?

De golpe me siento cansada. Muy muy cansada. Casi no dormí anoche, la piel de Patrick irradiaba calor como un horno, advirtiéndome que no me acercara demasiado. Miro la gaveta de mi escritorio, la colección de píldoras que esperan que les haga una seña desde la oscuridad. Podría decirle a Melissa que se fuera. Podría cerrar las cortinas, escapar de todo. Aún no son las siete de la mañana, así que tengo tiempo de sobra para cancelar las citas del día. Pero no puedo hacerlo. Sé que no puedo.

—¿Cómo está mi agenda hoy?

Melissa mete la mano en su bolso y saca su móvil, luego navega hasta su aplicación de calendario y revisa las citas del día.

—Bastante llena —señala—. Muchos pacientes reprogramados de la otra semana.

—De acuerdo, ¿y mañana?

—Mañana estás ocupada hasta las cuatro.

Suspiro y me masajeo las sienes con los pulgares. Sé lo que tengo que hacer, pero no tengo tiempo para hacerlo. No puedo seguir cancelando las citas con mis pacientes o muy pronto no quedará ninguno.

Pero, aun así, imagino los dedos de mi madre bailando locamente sobre mi mano.

"¿Cómo puedo probarlo?".

Patrick La respuesta es Patrick.

—El jueves estás bastante libre —agrega Melissa mientras usa el índice para desplazarse por la pantalla—. Pacientes por la mañana y luego nada después del mediodía.

—Bien —digo, y me siento más erguida—. Deja el resto de ese día libre, por favor. El viernes también. Necesito hacer un viaje.

CAPÍTULO 32

—Estoy orgulloso de ti, cariño.

Levanto la vista desde el suelo hacia Patrick, que está apoyado en el marco de la puerta, sonriéndome. Acaba de salir de la tina, con una toalla blanca anudada a la cintura y los brazos cruzados sobre el torso desnudo. Atraviesa la habitación y examina la hilera de camisas blancas planchadas colgadas en el vestidor. Lo observo por un segundo, su cuerpo perfectamente bronceado. Sus brazos tonificados, su piel húmeda. Entrecierro los ojos y noto un rasguño que va desde su estómago hasta la espalda. Parece reciente y trato de no preguntarme cómo llegó ahí. De dónde salió. En cambio, me vuelvo hacia mi bolso de viaje y al montón de ropa que hay dentro. La mayoría son jeans y camisetas, cosas prácticas, y me doy cuenta de que probablemente debería meter un vestido y unos tacones de aguja para guardar las apariencias; al fin y al cabo, eso es lo que una lleva en una despedida de soltera.

—¿Quiénes me dijiste que van?

—Es algo íntimo —explico, mientras introduzco unos tacones en el bolso. Unos tacones que sé que no me voy a poner—. Shannon, Melissa, algunos viejos amigos del trabajo. No quiero que sea algo ostentoso.

—Bueno, me parece fantástico —asegura, toma una camisa de la percha y se la pone. Camina hacia mí, con los botones todavía abiertos. Normalmente, me habría puesto de pie, habría rodeado con mis brazos su piel desnuda y habría hundido mis dedos en los músculos de su espalda. Normalmente, lo habría besado, tal vez lo habría llevado de vuelta a la cama antes de que los dos nos marcháramos a nuestras respectivas actividades, sin oler ya a gel de baño, sino uno al otro.

Pero hoy no. Hoy no puedo. Así que le sonrío desde el suelo, me vuelvo hacia la ropa que tengo en el regazo y me concentro en la camisa que estaba doblando.

—Fue idea tuya —comento, y trato de evitar sus ojos. Los siento horadar mi cabeza, tratando de vadear los engranajes—. En la fiesta de compromiso, ¿te acuerdas?

—Me acuerdo. Me alegro de que me hayas escuchado.

—Y cuando te fuiste a Nueva Orleans, pensé que podría ser divertido —añado, y alzo la mirada hacia él—. Un viaje sencillo, no demasiado caro. —Veo que sus labios se crispan, un movimiento invisible que nunca habría notado si no supiera la verdad... que nunca estuvo en Nueva Orleans. Que la conferencia de la que me había contado con tanto detalle —el sábado dedicado a establecer contactos, seguido de golf el domingo y sesiones el resto de la semana— nunca había ocurrido. En realidad, eso era mentira. Sí había ocurrido. Los representantes de ventas farmacéuticas habían acudido a la ciudad desde todo el país, pero no Patrick. Él no estuvo allí. Lo sé porque había encontrado la página web de la conferencia y había llamado al hotel para pedir que me enviaran una copia de su factura, alegando ser su asistente que tenía que presentar un informe de gastos. Y no estuvo allí. Ningún Patrick Briggs se había alojado en el hotel y mucho menos se había registrado en la conferencia. No había forma de confirmar su reciente viaje a Lafayette, pero yo tenía el presentimiento de que también era una mentira. Que todos esos viajes que hacía, todos esos largos fines de semana y los viajes de noche que lo traían de regreso a casa agotado y, sin embargo, más lleno de vida que nunca, no eran más que una cortina de humo para ocultar otra cosa. Algo oscuro. Y había una sola manera de averiguarlo con certeza.

Hay muchas cosas que no sé sobre mi prometido, pero la convivencia ha dejado clara una cosa: es un animal de costumbres. Todos los días, cuando llega a casa, deja su maletín cuidadosamente en el rincón del comedor, cerrado con llave y listo para su próximo viaje. Y todas las mañanas, sale a correr: seis, ocho, diez kilómetros alrededor del vecindario, seguido de una larga ducha caliente. Así que, cada día de esta semana, después de que Patrick besaba mi frente y salía de casa, yo me había escabullido al comedor y había presionado una y otra vez los dígitos de la combinación del candado para tratar de descifrar el código. Había sido más fácil de lo que había sospechado: en cierto modo, Patrick es predecible. Había tratado de pensar en todos los números en la vida de Patrick que pudieran tener algún tipo de significado: su cumpleaños, mi cumpleaños. La dirección de nuestra casa. Después de todo, si Aaron me había enseñado algo, era que los imitadores son sentimentales; sus vidas giran en torno a códigos secretos con significados ocultos. Después de días sin suerte, me había sentado en el suelo del comedor y me había quedado pensando mientras mis ojos iban y venían entre el maletín y la ventana, esperando que Patrick apareciera.

Pero entonces, me había puesto de pie; se me había ocurrido algo.

Me había vuelto otra vez hacia la ventana antes de intentar una combinación: 23718. Recuerdo haber alineado los números con la marca grabada en el lateral del candado; recuerdo haber empujado el pasador y haber oído el clic cuando el candado se desbloqueó. Las bisagras se abrieron con un crujido y revelaron el contenido muy bien organizado en el interior.

Había funcionado. El código había funcionado. 23718. 23 de julio de 2018.

El día de nuestra boda.

—Voy a enviarle un mensaje de texto a Shannon para asegurarme de que me mande fotos —comenta Patrick ahora. Se vuelve hacia el armario y abre una gaveta. Se pone la ropa interior, de franela roja y verde, que le compré en Navidad y se ríe—. Quiero una foto tuya con los camareros de Bourbon Street, ya sabes, los que te sirven los tragos en tubos de ensayo…

—No —replico, probablemente demasiado rápido.

Me vuelvo hacia él, observo cómo sus ojos se entrecierran un poco y luego me apresuro a inventar una excusa lo bastante creíble como para convencerlo de que no le envíe un mensaje de texto a Shannon, ni a Melissa ni a nadie, porque ninguna de ellas va a ir a mi despedida de soltera. Ni siquiera *yo* voy a ir a mi despedida de soltera. Porque no existe.

—Por favor, no lo hagas —le pido, y bajo la mirada—. Es mi despedida de soltera, Patrick. No quiero estar cohibida todo el tiempo, preocupada por hacer el ridículo y que todo llegue a tu móvil.

—Ah, vamos —responde, y se lleva las manos a las caderas—. ¿Desde cuándo tomar unas copas de más te hace sentir insegura?

—¡Se supone que no debemos comunicarnos! —exclamo tratando de darle un aire divertido al asunto—. Es solo un fin de semana. Además, dudo que respondan. Ya me leyeron las reglas: nada de llamadas, nada de mensajes. Estaremos aisladas. Fin de semana de chicas.

—De acuerdo —concede, y levanta las manos a modo de rendición—. Lo que ocurre en Nueva Orleans queda en Nueva Orleans.

—Gracias.

—¿Estarás de vuelta el domingo, entonces?

Asiento con la cabeza; la perspectiva de cuatro días completos e ininterrumpidos es un verdadero placer. En realidad, es un alivio. Irme. Dejar de fingir, de actuar constantemente cada vez que piso mi propia casa. Y con suerte, después de este viaje, no necesitaré actuar más. No necesitaré fingir. No necesitaré dormir con mi cuerpo apretado contra el suyo ni disimular el escalofrío que me recorre la espalda cada vez que sus labios rozan mi cuello. Después de este viaje, tendré las pruebas que necesito para ir a la policía, por fin. Para que me crean, por fin.

Pero eso no hace más fácil lo que estoy a punto de hacer.

—Te echaré de menos —dice, y se sienta en el borde la cama.

He estado distante desde la noche de la alarma y él lo sabe. Lo siente, siente que me alejo. Me acomodo un mechón de pelo detrás de la oreja y me obligo a levantarme, a caminar hacia él y sentarme a su lado.

—Yo también te echaré de menos —respondo, y contengo la respiración cuando él me atrae para besarme. Me sujeta la cabeza con las manos y me acuna el cráneo de esa manera tan familiar—. Pero, ey, me tengo que ir.

Me retiro, me pongo de pie y voy hacia el bolso. Bajo la tapa y cierro la cremallera.

—Tengo un par de pacientes por la mañana y luego me iré directamente desde el consultorio. Melissa y yo saldremos juntas y recogeremos a Shannon en el camino.

—Que se diviertan. —Sonríe.

Por un segundo, al verlo sentado en el borde de la cama, con los dedos entrelazados y las palmas apoyadas en el regazo, percibo una tristeza que nunca antes había visto en él. La clase de anhelo desesperado que había reconocido en mí en otros tiempos, antes de Patrick, cuando me sentía la persona más sola del mundo en compañía de los demás. Unas semanas atrás, me habría sentido culpable, esa habitual punzada en el pecho cuando le mientes a alguien que quieres. Me estoy escabullendo a sus espaldas para indagar en su pasado, algo por lo que siempre he regañado a otros que me lo hacían a mí. Pero esto es diferente, lo sé. Esto es serio. Porque Patrick no es como yo, sé que no es como yo. Aunque estoy cada vez más segura de que es igual que mi padre.

Llego al consultorio treinta minutos antes de mi primer paciente, con el bolso de viaje colgado de un hombro. Paso con rapidez por delante del escritorio de Melissa y la saludo mientras ella toma su café con leche; quiero evitar una larga conversación sobre mi viaje inminente. Le dije que era por cuestiones de la boda, pero más allá de esa vaga descripción, no le di ningún detalle que lo justificara. Mi principal preocupación había sido proporcionar una coartada creíble a Patrick y, hasta ahora, creo que lo he hecho bastante bien.

—Doctora Davis —me llama, y pone la taza sobre el escritorio. Estoy a punto de atravesar la puerta del consultorio y me giro hacia el sonido de su voz—. Lo siento, pero tiene una visita. Le expliqué que tiene un paciente, pero… ha estado esperando.

Me vuelvo hacia la sala de espera y observo el grupo de sofás en el rincón que había ignorado por completo al entrar. Allí, sentado en el extremo de uno de ellos, está el detective Thomas. Tiene una revista abierta en el regazo y me sonríe antes de cerrarla y devolverla a la mesita de café.

—Buenos días —me saluda, y se pone de pie—. ¿Se va de vacaciones?

Miro mi bolso de viaje y luego vuelvo a mirar al detective, quien ya ha reducido la distancia entre nosotros a la mitad.

—Solo es un pequeño viaje.

—¿Adónde?

Me muerdo la mejilla, muy consciente de la presencia de Melissa detrás de mí.

—A Nueva Orleans —respondo—. Estoy haciendo unos

recados de último momento para la boda. Hay algunas tiendas allí, proveedores distintos a los que me gustaría ver.

Cuando me sorprendo mintiendo, he descubierto que siempre es mejor simplificar. Atenerse a la misma versión tan a menudo como sea posible. Si Patrick cree que estoy en Nueva Orleans, entonces lo mejor será que Melissa y el detective Thomas piensen los mismo. Advierto que los ojos del detective Thomas descienden hasta el anillo en mi dedo antes de volver a mirar hacia arriba y asentir con un suave movimiento de la cabeza.

—Esto solo llevará unos minutos.

Extiendo el brazo hacia mi consultorio, me vuelvo y le sonrío a Melissa mientras guío al detective a través de la sala de espera. Intento transmitir una sensación de calma y control a pesar del pánico que me sube por el pecho. El detective me sigue al interior y cierra la puerta.

—¿Qué puedo hacer por usted, detective?

Camino hacia detrás de mi escritorio y dejo el bolso en el suelo; luego tomo asiento en mi silla. Espero que él siga mi ejemplo y haga lo mismo, pero permanece de pie.

—Quería informarle que me he pasado la semana siguiendo su pista: Bert Rhodes.

Levanto las cejas; me había olvidado de Bert Rhodes. Han pasado demasiadas cosas en la última semana que han cambiado mi enfoque: el collar en nuestro vestidor y la revelación sobre Aubrey Gravino, el perfume en la camisa de Patrick y la mentira sobre la conferencia y el rasguño en su espalda. La visita a mi madre, las cosas que había encontrado en el maletín de Patrick, ahora guardadas en mi bolso de viaje. Las pruebas que había estado buscando y la que espero encontrar en mi viaje de este fin de semana. El recuerdo de Bert Rhodes en mi casa, con el taladro en la mano y sus ojos en los míos, se me antoja muy lejano ahora. Todavía me estremece esa sensación de parálisis, de miedo. De mis pies clavados con firmeza en el suelo a pesar de la creciente sensación de peligro. Pero ahora, el peligro ha adquirido un significado totalmente nuevo. Al menos no vivo bajo el mismo techo que Bert Rhodes; al menos él no tiene la llave para acceder a las puertas que yo había cerrado detrás de mí. Casi siento nostalgia por la semana pasada, y anhelo ese momento de pie en el vestíbulo, con la espalda contra la puerta, cuando la línea entre el *bien* y el *mal* era tan nítida.

El detective Thomas se mueve inquieto y de pronto me siento culpable. Culpable por haberlo enviado en el rumbo equivocado. Sí, Bert Rhodes es un hombre malo. Sí, me sentí insegura en su presencia. Pero lo que he descubierto en la última semana no apunta en su dirección, y siento que debo decirlo. Aun así, tengo curiosidad.

—¿De verdad? ¿Qué encontró?

—Bueno, para empezar, quiere pedir una orden de alejamiento contra usted.

—¿*Qué*? —El impacto de sus palabras es tal que me pongo de pie de un salto; mi silla hace un chirrido contra el suelo de madera como el de clavos contra una pizarra—. ¿A qué se refiere con una orden de alejamiento?

—Por favor, tome asiento, doctora Davis. Me dijo que se sintió amenazado durante la breve visita a su casa.

—¿*Él* se sintió amenazado? —Estoy levantando la voz; estoy segura de que Melissa puede oírme, pero en este momento, no me importa—. ¿Cómo que se sintió amenazado? *Yo* me sentí amenazada. Estaba desarmada.

—Tome asiento, doctora Davis.

Lo miro con fijeza por un momento y parpadeo para librarme de la incredulidad antes de volver a sentarme con lentitud.

—Alega que usted lo llevó a su casa engañado —prosigue, y da un paso más hacia mi escritorio—. Que llegó con la impresión de que iba a cumplir con un trabajo, pero que en cuanto entró se dio cuenta de que usted tenía otras intenciones. Que usted lo interrogó y lo presionó. Que intentó que admitiera algo incriminatorio.

—Eso es ridículo. Yo no le pedí que viniera a mi casa, lo hizo mi prometido. —El corazón me da un vuelco cuando pronuncio la palabra "prometido", pero me obligo a calmarme.

—¿Y de dónde obtuvo su prometido el número?

—Supongo que de la página web.

—¿Y por qué estaba mirando la página web? Parece demasiada coincidencia, teniendo en cuenta su historia.

—Mire —digo, y me paso las manos por el pelo. Ya veo por dónde va—. Yo tenía abierta la página web, ¿de acuerdo? Me acababa de dar cuenta de que Bert Rhodes vive en la ciudad y estaba pensando en que era demasiada coincidencia, como usted acaba de decir. Estaba pensando en esas chicas y quería averiguar desesperadamente qué estaba pasando con ellas. Mi prometido vio la página en mi computadora y llamó sin que yo lo supiera. Fue un estúpido malentendido.

El detective Thomas asiente en mi dirección. No me cree, me doy cuenta.

—¿Eso es todo? —concluyo destilando irritación.

—No, no es todo —aclara—. También hemos descubierto que no es la primera vez que usted pasa por algo así. De hecho, parece frecuente, y bastante inquietante, por cierto. El acoso, las teorías de conspiración. Incluso la orden de alejamiento. ¿Le suena el nombre Ethan Walker?

CAPÍTULO 33

Lo vi por primera vez en una fiesta en una casa; estaba sumergiendo un vaso de plástico en un refrigerador de líquido rojo neón. Tenía una naturaleza difícil de definir..., era casi etéreo, como si todos los demás en la habitación se hubieran apagado y él estuviera allí brillando, atrayendo toda la luz hacia su centro.

Tomé un trago de mi vaso e hice una mueca; el alcohol en las fiestas de fraternidad nunca era de la mejor calidad, pero eso no era lo importante. Estaba bebiendo lo suficiente para sentir ese pequeño cosquilleo, un poco de aturdimiento. El Valium que corría por mis venas ya había ayudado a tranquilizar mis nervios, a envolver mi mente en una sensación de calma químicamente inducida. Bajé la mirada a mi vaso, al último dedo de líquido que quedaba, y me lo tomé.

—Se llama Ethan.

Miré hacia mi izquierda; mi compañera de apartamento, Sarah, estaba de pie a mi lado y asentía hacia el chico que yo había estado mirando. *Ethan*.

—Es lindo —añadió—. Deberías ir a hablar con él.

—Tal vez.

—Has estado mirándolo toda la noche.

Me volví hacia ella con las mejillas sonrojadas.

—No es cierto.

Sarah sonrió e hizo girar el líquido en su vaso antes de beber un trago.

—De acuerdo —concedió—. Si tú no quieres hablar con él, lo haré yo.

La observé caminar hacia él; Sarah se abrió paso entre la multitud de cuerpos ebrios, el calor y el ruido con cierta determinación: una mujer con una misión. Yo me quedé plantada en mi lugar habitual contra la pared; un lugar que me permitía estudiar la sala, siempre atenta a mi alrededor, nunca en posición de ser abordada por detrás ni sorprendida de ninguna manera. Esto era típico de Sarah. Toda nuestra amistad en la universidad había estado dominada por el hecho de que ella tomaba todas las cosas que yo deseaba: la litera de abajo en la universidad, luego la habitación con el vestidor en nuestro apartamento actual, el último lugar disponible en la conferencia de Psicología Anormal, la única camiseta de talla media que quedaba en la vitrina de la tienda. La camiseta que tenía puesta en ese momento.

Y también Ethan.

La vi acercarse a él y tocarle el hombro. Él se volvió, esbozó una amplia sonrisa y luego la envolvió en un abrazo amistoso. "OK", pensé. "De todas maneras, no cumple con los requisitos de mi lista". Y era cierto. Era un poco demasiado grandote para mi gusto, los músculos de sus brazos se abultaban mientras apretaba a Sarah contra su pecho. Podría haberse quedado sosteniéndola en sus brazos si hubiera querido; podría haber seguido apretando, como una boa constrictora, hasta que ella se partiera. Además, parecía ser demasiado popular. Demasiado acostumbrado a conseguir lo que quería. Yo nunca me relacionaba con tipos que se creían con derecho a imponerse, que se enfadarían si yo cambiaba de opinión de manera imprevista.

Me volví hacia la puerta principal, la vía de salida de esa casa sofocante y el regreso al aire fresco de la universidad en otoño. Siempre me proponía no volver a casa sola, pero en ese momento parecía que Sarah iba a estar allí un tiempo, y no tenía muchas opciones. Llevaba un aerosol de pimienta en mi llavero, junto con la llave del apartamento, y después de todo, solo eran un par de calles. Vacilé, me pregunté si debería ir hasta donde estaba Sarah y despedirme o si debería simplemente marcharme. De todas maneras, dudaba de que alguien se diera cuenta.

Había tomado mi decisión, y me volví de espaldas a la puerta para echar un último vistazo a la fiesta antes de retirarme cuando advertí que los dos me observaban. Tanto Ethan como Sarah estaban mirando en mi dirección. Sarah le susurraba al oído con una delicada mano ahuecada sobre sus labios y Ethan sonreía y asentía con suavidad. Sentí los latidos de mi corazón en la garganta; bajé la vista hacia mi vaso vacío y deseé con desesperación que hubiera algo allí para poder beberlo, aunque solo fuera para que mis manos tuvieran algo que hacer en vez de estar colgando inertes a los lados. Antes de que pudiera moverme de mi sitio, Ethan empezó a caminar hacia mí, centrado en mis ojos como si no hubiera nadie más en la sala. Algo en él me ponía nerviosa, y no de la forma en la que los hombres solían ponerme nerviosa; a la defensiva, con los nervios de punta. Me ponía nerviosa en el buen sentido, en el sentido de que me excitaba. Aferré el vaso en mis manos con tanta fuerza que oí el crujido del plástico. Cuando Ethan llegó hasta mí, rozó sus musculosos brazos contra los míos para que pudiera sentir el suave algodón de su camisa Henley contra mi piel.

—Hola —me saludó con una enorme sonrisa.

Sus dientes eran muy blancos, muy rectos. Olía como esa ráfaga de fragancia fresca que te golpea cuando pasas por la puerta de una tienda en un centro comercial. A trébol y sándalo. No lo sabía entonces, pero llegaría a conocer ese olor muy bien durante los dos meses siguientes; la forma en la que persistiría en mi almohada durante semanas, mucho después de que el calor de su cuerpo se hubiera disipado. La forma en la que lo reconocería en cualquier lugar; en los lugares en los que había estado y en los lugares en los que no debería haber estado.

—¿Así que compartes un apartamento con Sarah? —inquirió como para incentivar la conversación—. Somos compañeros de clase.

—Sí —respondí, y observé a mi amiga, que ya casi había desaparecido entre la multitud. Le pedí una disculpa silenciosa en mi mente por haber supuesto automáticamente lo peor—. Soy Chloe.

—Ethan —se presentó, y en vez de darme un apretón de manos, alargó un vaso hacia mí. Lo observé, deslicé el vaso lleno dentro del mío vacío y bebí de los dos superpuestos—. Sarah mencionó que estás en el curso preparatorio de medicina.

—Psicología —especifiqué—. Espero cursar mi doctorado aquí el próximo otoño y, más adelante, la maestría.

—Vaya —exclamó—. Eso es increíble. Oye, hay mucho ruido aquí, ¿quieres que vayamos a un lugar más tranquilo para hablar?

Recuerdo que en ese momento se me cayó el alma al suelo, cuando me di cuenta de que él era igual al resto. Sin embargo, sentí que no podía juzgarlo. Yo también lo había hecho. Había utilizado a la gente. Había utilizado sus cuerpos para sentirme menos sola. Pero esa vez era diferente. Era yo quien estaba en el otro extremo.

—En realidad, estaba a punto de irme…

—Creo que ha sonado raro. —Me interrumpió y levantó una mano—. Sé que es algo que los chicos dicen mucho. "Un lugar más tranquilo", más como una forma de decir mi habitación, ¿no? No me refería a eso.

Sonrió con timidez mientras yo me mordía el labio y trataba de descifrar qué era lo que *había* querido decir. No cumplía con los requisitos de mi lista, ese sistema probado y comprobado que había utilizado para mantenerme a salvo durante tanto tiempo, física y emocionalmente. Era difícil de definir, con su sonrisa perfecta y su pelo de surfista rubio y despeinado. Unos antebrazos esculpidos que parecían naturales, como si nunca hubiera pisado un gimnasio. Hablar con él generaba una sensación de seguridad y peligro a la vez, como estar en una montaña rusa con el cinturón de seguridad abrochado y sentir que las cadenas empiezan a rodar y jalan tu cuerpo hacia atrás: demasiado tarde para arrepentirse.

—¿Qué te parece ahí dentro?

Gesticuló hacia la cocina, sucia, con vasos usados y pegajosos, cajas vacías de cerveza Natural Light amontonadas en las encimeras y la puerta arrancada de las bisagras. Sin embargo, estaba vacía. Lo bastante silenciosa para hablar y lo bastante visible para sentirse segura. Asentí con la cabeza y dejé que me siguiera por el pasillo atestado de gente hasta la habitación iluminada con luz fluorescente. Tomó un paño y limpió una encimera, le dio dos palmaditas y sonrió. Me acerqué y me apoyé, luego coloqué mis manos sobre la superficie e hice fuerza para levantarme hasta quedar sentada en el borde, con los pies colgando en el aire. Ethan se sentó a mi lado y chocó su vaso contra el mío. Tomamos un trago mientras nos mirábamos por encima del plástico.

Y ahí nos quedamos sentados durante las siguientes cuatro horas.

CAPÍTULO 34

—Doctora Davis, ¿puede responder la pregunta, por favor?

Levanto la vista hacia el detective Thomas e intento apartar el recuerdo. Todavía puedo sentir las manos pegajosas por las bebidas derramadas sobre la encimera, el hormigueo de mis piernas por haber estado sentada allí, inmóvil, durante tantas horas. Tan ensimismada en la conversación. Ajena al mundo fuera de aquella vieja cocina destartalada. El bullicio de la fiesta a nuestro alrededor que fue evaporándose hasta que, de pronto, éramos los últimos que quedábamos. La silenciosa caminata de regreso a casa en la oscuridad, el dedo de Ethan enganchado con gentileza alrededor del mío mientras el viento otoñal se colaba entre los árboles del campus. La forma en la que me acompañó por los escalones de entrada hasta mi apartamento y esperó en la esquina hasta que abrí la puerta principal y lo saludé.

—Sí —susurro con un nudo cada vez más apretado en la garganta—. Sí, conozco a Ethan Walker. Pero me parece que usted ya lo sabe.

—¿Qué puede decirme de él?

—Fue mi novio en la universidad. Salimos ocho meses.

—¿Y por qué se separaron?

—Estábamos en la universidad —repito—. No fue algo muy serio. Simplemente no funcionó.

—Eso no es lo que me contaron.

Ahora le lanzo una mirada furibunda; el odio que bulle en mi pecho me desconcierta por un momento. Está claro que él ya conoce la respuesta. Solo quiere oírme decirla.

—¿Por qué no me cuenta toda la historia, con sus palabras? —sugiere el detective Thomas—. Empiece por el principio.

Suspiro y echo un vistazo al reloj que cuelga sobre la puerta de mi consultorio. Faltan quince minutos para que llegue mi primer paciente. Ya he contado mi versión de esta historia cientos de veces; sé que él puede examinar los archivos del departamento de policía y hasta escuchar una grabación mía contando lo que pasó, pero deseo con desesperación que este hombre esté fuera de mi consultorio para cuando llegue mi paciente.

—Como le dije, Ethan y yo salimos durante ocho meses. Fue mi primer novio de verdad, y la relación avanzó con rapidez. Demasiado rápido para un par de chicos. Se pasaba todo el tiempo en nuestro apartamento, casi todas las noches. Pero a principios de ese verano, justo después de que terminaron las clases, empezó a distanciarse. También fue entonces cuando mi compañera, Sarah, desapareció.

—¿Se denunció como un caso de desaparición?

—No —respondo—. Sarah era espontánea; un espíritu libre. Todos sabían que solía hacer viajes de fin de semana y cosas de ese tipo, pero había algo que me parecía que no estaba bien. No había tenido noticias de ella en tres días, así que empecé a preocuparme.

—Eso parece lo normal —comenta el detective Thomas—. ¿Fue a la policía?

—No —vuelvo a decir, sabiendo cómo suena—. Tiene que recordar que esto fue en 2008. La gente no vivía pegada a sus teléfonos móviles como hoy en día. Traté de convencerme de que tal vez había hecho un viaje de última hora y se había olvidado el teléfono, pero entonces me di cuenta de que Ethan estaba empezando a actuar de manera extraña.

—¿Extraña en qué sentido, exactamente?

—Cada vez que yo mencionaba el nombre de Sarah, se ponía nervioso. Como que se iba por las ramas un poco y cambiaba de tema. Ni siquiera parecía preocupado de que ella se hubiera ido; solo sugería ideas vagas sobre dónde podría estar. Solía decir cosas como: "Son vacaciones de verano, tal vez fue a visitar a sus padres", pero cuando dije que quería llamarlos y asegurarme de que ella estuviera allí, me dijo que estaba exagerando y que tenía que dejar de meterme en los asuntos de los demás. Empecé a pensar que, por su forma de actuar, era como si no quisiera que la encontraran.

El detective Thomas asiente en mi dirección; me pregunto si no habrá escuchado todo esto antes, de la grabación en la comisaría, pero su expresión no delata nada.

—Un día entré en la habitación de Sarah y empecé a husmear, quería ver si podía encontrar una pista o algo sobre adónde había ido. Como una nota o algo, no sé.

El recuerdo es muy vívido: empujé la puerta de su habitación con un dedo y escuché cómo crujía. Entré, en silencio, como si estuviera rompiendo algún tipo de regla tácita. Como si ella pudiera irrumpir en cualquier momento y sorprenderme rebuscando entre su ropa o leyendo su diario.

—Quité el edredón de la cama y vi una mancha de sangre en el colchón —continúo—. Una mancha grande.

Todavía puedo verla, con total claridad. La sangre. La sangre de Sarah. La mancha ocupaba casi toda la mitad inferior de la cama y no era brillante sino de un rojo chamuscado y oxidado. Recuerdo haber apoyado la mano en ella y sentido la humedad que emergía desde algún lugar profundo. Manchas de color escarlata en las yemas de mis dedos, todavía húmedas. Todavía frescas.

—Y sé que esto suena extraño, pero pude *oler* a Ethan en la cama —agrego—. Él tenía un olor... muy característico.

—De acuerdo —interviene ahora el detective—. Seguramente, en ese punto, acudió a la policía.

—No. No, no lo hice. Sé que debería haberlo hecho, pero... —Me detengo, y me recompongo. Tengo que asegurarme de utilizar las palabras correctas—. Quería estar absolutamente segura de que había algo turbio antes de acudir a la policía. Me acababa de mudar a Baton Rouge para escapar de mi nombre, de mi pasado. No quería que la policía lo desenterrara. No quería perder la normalidad que por fin empezaba a encontrar.

Asiente con la cabeza, hay censura en sus ojos.

—Pero así como había invitado a Lena a mi casa y se la había presentado a mi padre, estaba empezando a sentir lo mismo acerca de Sarah y de Ethan —prosigo—. Le había dado la llave a Ethan de nuestro apartamento. Y entonces ella había desaparecido y parecía que tenía problemas, y si Ethan tenía algo que ver, me sentía obligada a hacer todo lo posible para averiguarlo. Estaba empezando a sentirme responsable.

—De acuerdo —dice el detective— ¿Qué pasó después?

—Ethan rompió conmigo esa semana. Fue algo inesperado. Me tomó por sorpresa, pero el hecho de que esto ocurriera justo en el momento de la desaparición de Sarah me pareció una prueba. Una prueba de que él estaba ocultando algo. Me dijo que iba a irse de la ciudad por unos días, que iría a casa de sus padres a "resolver ciertas cosas". Así que decidí entrar a la fuerza en su casa.

El detective Thomas enarca las cejas y yo me fuerzo a seguir hablando, a seguir adelante antes de que pueda interrumpirme de nuevo.

—Pensé en conseguir algunas pruebas para llevar a la policía —explico con la mente en el joyero del vestidor de mi padre, la encarnación física de una prueba innegable—. Sabía por los asesinatos de mi padre que las pruebas eran fundamentales, que sin ellas, solo había sospechas. Sin pruebas no era posible arrestar a nadie o ni siquiera tomar una acusación en serio. No sé qué esperaba encontrar exactamente. Solo algo que pudiera resultar útil. Algo que me hiciera sentir que no me estaba volviendo loca.

Me estremezco un poco ante mi propia elección de la palabra "loca" y continúo.

—Así que entré por una ventana que sabía que Ethan dejaba sin cerrar y empecé a mirar a mi alrededor. Pero enseguida oí un ruido procedente de su habitación y me di cuenta de que él estaba en la casa.

—¿Y qué encontró cuando entró?

—Ethan estaba allí —relato con las mejillas enrojecidas por el recuerdo—. Y Sarah también.

En aquel momento —de pie en la puerta de la habitación de Ethan, mientras los contemplaba a él y a Sarah enredados entre las sábanas raídas— recordé el abrazo de ellos en aquella fiesta, la noche en que Ethan y yo nos conocimos. Recordé la manera en la que ella se tapó los labios con la mano y se inclinó hacia él para susurrarle en el oído. Ethan y Sarah eran compañeros de clase, eso era cierto. Pero yo descubriría más tarde que su relación no se limitaba a eso. Habían salido el año anterior y, cuando Ethan y yo ya llevábamos unos meses saliendo, habían retomado la relación a mis espaldas. Resultó que yo había tenido razón sobre Sarah. Siempre tomaba lo que yo quería. Presentarnos había sido un juego para ella, una forma de pasearse tentadoramente frente a él para luego abalanzarse y reclamarlo, y así demostrar una vez más que era mejor que yo.

—¿Y cómo reaccionó él cuando usted irrumpió de esa manera? ¿Entrando a la fuerza en su apartamento?

—No muy bien, por supuesto —admito—. Empezó a gritarme y me dijo que llevaba meses intentando romper conmigo pero que yo era muy dependiente. Que me negaba a escuchar. Me pintó como la exnovia loca que irrumpía a la fuerza en su apartamento… y pidió una orden de restricción.

—¿Y la mancha de sangre en el colchón de Sarah?

—Al parecer, había quedado embarazada accidentalmente —agrego, con una insensibilidad desapasionada—. Pero tuvo un aborto espontáneo. Eso la alteró bastante, pero quería mantenerlo en secreto. Para empezar, no quería que nadie supiera que había quedado embarazada, pero, sobre todo, no quería que nadie supiera que había sido con el novio de su compañera de apartamento. Llevaba una semana encerrada en casa de Ethan, intentando superarlo. Por eso Ethan no quería que yo me asustara y llamara a sus padres o, Dios no lo permitiera, que denunciara su desaparición.

El detective Thomas suspira y no puedo evitar sentirme estúpida, como una adolescente a la que regañan por intentar emborracharse con enjuague bucal. "No estoy enfadado, estoy decepcionado". Espero que diga algo, lo que sea, pero en vez de eso, sigue sin quitarme los ojos de encima, escrutándome con esa mirada cuestionadora.

—¿Por qué me hace contarle esta historia? —le pregunto por fin. Siento que mi irritación previa está resurgiendo—. Es obvio que ya la conoce. ¿Qué relevancia tiene para este caso?

—Porque tenía la esperanza de que contar este recuerdo la ayudaría a ver lo que yo veo —responde, y da un paso más hacia mí—. Usted ha sido herida en su vida por personas a las que amaba. Personas en las que confiaba. Tiene una desconfianza profunda de los hombres, eso está claro, y quién puede culparla, después de lo que hizo su padre. Pero que no sepa dónde está su novio cada segundo del día no significa que sea un asesino. Eso lo aprendió por las malas.

Siento que se me contrae la garganta y enseguida pienso en Patrick, en mi otro novio (no, *prometido*), a quien ahora estoy investigando por mi cuenta. En las sospechas que se han ido acumulando en mi mente, en los planes que tengo para esta semana. Planes que, en realidad, no se diferencian de entrar por la fuerza por la ventana del apartamento de Ethan. Es una invasión de la privacidad. El clásico fisgoneo del diario personal. Mis ojos se desvían hacia el bolso de viaje a mis pies, cerrado con cremallera y listo.

—Y el hecho de que desconfíe de Bert Rhodes tampoco significa que el hombre sea capaz de asesinar —continúa—. Esto parece ser un patrón en usted: involucrarse en conflictos que no le conciernen, tratando de resolver el misterio y ser la heroína. Entiendo por qué lo hace: usted fue la heroína que puso a su padre tras las rejas. Siente que es su deber. Pero estoy aquí para decirle que esto tiene que parar.

Es la segunda vez que escucho esas palabras esta semana; la última fue con Cooper, en mi cocina, con sus ojos puestos en mis pastillas.

"Sé por qué lo haces. Solo deseo que pares de hacerlo".

—No me estoy *involucrando* en nada —replico con los dedos clavados en las palmas de las manos—. No estoy tratando de *ser la heroína*, sea lo que sea lo que eso signifique. Intento ser útil. Intento darle una pista.

—Las pistas falsas son peores que no tener ninguna —dice el detective Thomas—. Perdimos una semana con este sujeto. Una semana en la que podríamos habernos ocupado de otra persona. Ahora bien, no creo que tenga usted tenga malas intenciones, creo *de verdad* que estaba tratando de hacer lo que piensa que es mejor, pero si me pide mi opinión, creo que necesita considerar la posibilidad de buscar ayuda.

La voz suplicante de Cooper.

"Que busques ayuda".

—Soy psicóloga —declaro, mis ojos fijos en los suyos, y suelto las mismas palabras que le había dicho a Cooper; las mismas palabras que me he estado repitiendo en mi propia mente durante toda mi vida adulta—. Sé cómo ayudarme.

Se hace silencio en la habitación y casi puedo oír la respiración de Melissa fuera, con la oreja pegada a la puerta cerrada. Sin duda, ha escuchado toda la conversación. Al igual que mi paciente, que probablemente esté sentada en la sala de espera. Imagino cómo debe de abrir los ojos cuando escucha a un detective decirle a su psicóloga que *necesita ayuda*.

—La orden de alejamiento de Ethan Walker, la que solicitó después de que usted entrara a la fuerza en su apartamento, mencionaba que usted había tenido problemas de abuso de sustancias en la universidad. Que hacía un uso imprudente de diazepam y lo mezclaba con alcohol.

—Es algo que ya no hago —respondo; la gaveta de pastillas irradia calor contra mi pierna.

"Encontramos rastros considerables de diazepam en su pelo".

—Estoy seguro de que sabe que esas drogas pueden tener algunos efectos secundarios bastante serios. Paranoia, confusión. Puede resultar difícil separar la realidad de la fantasía.

"A veces me cuesta diferenciar qué es real y qué no".

—No me han recetado esa clase de drogas —indico, y no es exactamente una mentira—. No estoy paranoica, no estoy confundida. Solo intento ayudar.

—De acuerdo. —El detective Thomas asiente con la cabeza. Me doy cuenta de que se siente mal por mí, que se compadece, lo que significa que nunca más me va a tomar en serio. No creí que fuera posible sentirme más sola que antes, pero en este instante así es cómo me siento. Completamente sola—. Bueno, supongo que hemos terminado entonces.

—Sí, eso creo.

—Gracias por su tiempo —concluye, y camina hacia la puerta. Toma la manija y duda. Luego se vuelve—. Ah, una cosa más.

Levanto las cejas, una señal silenciosa para que continúe.

—Si volvemos a verla en una escena del crimen, tomaremos las medidas disciplinarias correspondientes. Manipular pruebas es un delito.

—¿Qué? —exclamo realmente atónita—. ¿Qué quiere decir con manipular…?

Me interrumpo en mitad de la frase al darme cuenta de qué está hablando. El cementerio Los Cipreses. El pendiente de Aubrey. El oficial arrancándolo de mi mano.

"Me resulta usted muy familiar y no consigo ubicarla. ¿Nos hemos visto antes?".

—El oficial Doyle la reconoció de la escena del crimen de Aubrey Gravino en cuanto entró en su consultorio. Nos quedamos esperando que dijera algo. Que mencionara que estuvo allí. Era demasiada coincidencia.

Trago saliva, demasiado sorprendida para moverme.

—Pero nunca lo hizo. Así que cuando vino a la comisaría porque "había recordado algo", pensé que iba a admitirlo —prosigue inquieto—. Pero en su lugar, planteó una teoría sobre un imitador. Joyas robadas. Bert Rhodes. Y dijo que ver el cuerpo de Lacey había sido el catalizador de esa teoría. Pero era difícil de entender porque eso fue *después* de que oficial Doyle la hubiera visto con el pendiente en la mano. No tenía sentido.

Pienso en aquella tarde en la oficina del detective Thomas, en la forma en la que me había mirado, incómodo. Como si no me creyera.

—¿De dónde pude haber sacado yo el pendiente de Aubrey? —pregunto—. Si usted de verdad cree que yo lo *puse* allí, eso debe significar que cree que yo…

Me interrumpo, incapaz de pronunciar las palabras. No es posible que piense que yo tengo algo que ver con todo esto… ¿o sí?

—Hay diferentes teorías dando vueltas. —Se clava una uña rosada en el diente, la inspecciona—. Pero puedo decirle que el ADN de ella no estaba en el pendiente. En ninguna parte. Solo el suyo.

—¿Qué está tratando de decir?

—Estoy diciendo que no podemos probar cómo ni por qué ese pendiente llegó allí. Pero usted parece ser el hilo conductor de todo. Así que no genere más sospechas de las que ya hay sobre usted.

Ahora me doy cuenta de que aun cuando encuentre el collar de Aubrey escondido en algún lugar de mi casa, la policía nunca me creerá. Está claro que piensan que estoy colocando pruebas para guiarlos en una dirección determinada, en un intento desesperado por demostrar otra de mis ideas infundadas, inculpando a otro hombre poco fiable en mi vida. O peor aún, creen que *yo* tuve algo que ver con todo esto. Yo, la última persona que vio a Lacey con vida. Yo, la primera persona que encontró el pendiente de Aubrey. Yo, el ADN de carne y hueso de Dick Davis. El engendro de un monstruo.

—De acuerdo —concedo. No tiene sentido discutir. No tiene sentido tratar de explicarme. El detective Thomas asiente de nuevo con la cabeza antes de voltear y desaparecer detrás de la puerta de mi consultorio.

CAPÍTULO 35

El resto de la mañana transcurre en una nube de aturdimiento. Tengo tres pacientes, uno detrás de otro, y no recuerdo a ninguno con claridad. Por primera vez, agradezco el sistema de grabación de mi computadora; podré escuchar las sesiones más tarde, cuando esté menos distraída, más concentrada. Me estremezco al imaginar el murmullo sin emoción que seguramente escucharé desde mi lado de la conversación; los "ajás" distantes que habré pronunciado en lugar de hacer preguntas genuinas. Los largos y prolongados silencios antes de que mis ojos vuelvan a enfocarse y recuerde dónde estoy, qué estoy haciendo. Mi primera paciente estaba en la sala de espera cuando el detective Thomas salió del consultorio. Vi la expresión en su rostro cuando finalmente me levanté de la silla y caminé hacia el vestíbulo, la forma en la que sus ojos se desviaron de mí a la puerta como si tratara de decidir si quería o no entrar o simplemente ponerse pie y marcharse.

Me levanto del escritorio a las 12.02 —no quiero parecer demasiado ansiosa—, tomo mi bolso de viaje y apago la computadora antes de abrir la gaveta y golpetear con los dedos a través del mar de pastillas. Miro el diazepam que hay en un rincón y decido que no; en su lugar, tomo un envase de

Xanax, por si acaso, antes de cerrar la gaveta y pasar corriendo junto a Melissa con instrucciones apresuradas de que cierre la puerta con llave al salir.

—Volverás el lunes, ¿verdad? —pregunta, y se pone de pie.

—Sí, el lunes —le confirmo. Me vuelvo y trato de esbozar una sonrisa—. Tengo que hacer algunas compras para la boda. Cosas de último momento.

—Claro —dice ella, mirándome con atención—. En Nueva Orleans. Eso fue lo que dijiste.

—Así es. —Trato de pensar en algo más que decir, algo normal, pero el silencio se extiende entre nosotras, molesto e incómodo—. Bueno, si no hay nada más que…

—Chloe —agrega, pellizcándose una cutícula. Melissa nunca utiliza mi nombre de pila en la oficina; siempre mantiene los límites entre lo personal y lo profesional. Está claro que lo que me va a decir ahora es personal—. ¿Está todo bien? ¿Te pasa algo?

—Nada —respondo, y vuelvo a sonreír—. No me pasa nada, Melissa. Quiero decir, aparte de que mi paciente ha sido asesinada y que me voy a casar en un mes.

Intento reírme de mi patético intento de broma, pero suelto un sonido ahogado y toso. Melissa no sonríe.

—He estado muy estresada últimamente —agrego. Parece la primera cosa sincera que le he dicho desde hace un tiempo—. Necesito un descanso. Un descanso mental.

—De acuerdo —responde con vacilación—. ¿Y ese detective?

—Solo estaba haciendo algunas preguntas de seguimiento sobre Lacey, eso es todo. Fui la última en verla con vida. Si soy su mejor testigo, es obvio que no tienen mucho por ahora.

—De acuerdo —repite, esta vez más convencida—. Bueno, disfruta de tu descanso. Espero que vuelvas renovada.

Salgo y camino hacia el coche, arrojo el bolso sobre el asiento del acompañante como si fuera correo no deseado, me acomodo en el asiento del conductor y arranco el motor. Luego busco mi móvil, navego hasta mis contactos y empiezo a escribir un mensaje.

En camino.

El trayecto hasta el motel es rápido, a solo cuarenta y cinco minutos del consultorio. Reservé la habitación el lunes, inmediatamente después de pedirle a Melissa que liberara mi agenda. Había encontrado el motel más barato en Google con una calificación de más de tres estrellas, quería pagar en efectivo y sabía que de todas maneras no iba a pasar mucho tiempo en la habitación. Dejo el coche en el aparcamiento y me dirijo a la recepción. Evito entablar una conversación trivial con el empleado mientras retiro la llave.

—Habitación doce —dice, y sostiene la llave en el aire frente a mí. La tomo y le dirijo una leve sonrisa, casi como si me disculpara por algo—. Tiene usted suerte, está junto a la máquina de hielo.

El móvil vibra en mi bolsillo mientras abro la puerta. Lo tomo y leo el mensaje:

Ya llegué.

Envío un texto con el número de la habitación antes de arrojar el bolso sobre la cama doble. Luego echo un vistazo.

Tiene ese aspecto sombrío tan típico de la iluminación fluorescente de los moteles de carretera. Los esfuerzos de decoración casi hacen que el lugar sea más deprimente, con el póster producido en serie del paisaje de una playa que cuelga torcido sobre la cama y el bombón colocado con delicadeza sobre la almohada, tibio y un poco blando entre mis dedos. Observo la mesita de noche y abro la gaveta. Dentro hay una biblia con la cubierta arrancada. Entro en el baño y me echo agua en la cara antes de recogerme el pelo. Llaman a la puerta, respiro despacio y me miro por última vez en el espejo, tratando de ignorar las bolsas debajo de mis ojos que parecen amplificadas bajo la luz intensa. Me obligo a apagar la luz y voy hacia la puerta; al otro lado de las cortinas cerradas se vislumbra una silueta. Aferro la manija con firmeza y abro la puerta.

Aaron está de pie fuera, con las manos en los bolsillos. Parece incómodo, y no lo culpo. Intento sonreír para relajar el momento, para desviar la atención del hecho de que nos estamos reuniendo en una anodina habitación de motel en las afueras de Baton Rouge. No le he dicho por qué está aquí, qué estamos haciendo realmente. No le he contado por qué no puedo dormir en mi propia casa esta noche cuando estoy a una hora en coche de mi vecindario. Todo lo que le dije cuando lo llamé el lunes fue que tengo una pista que le gustaría conocer y que necesito su ayuda para poder seguirla.

—Hola —digo, y me apoyo contra la puerta. La puerta gruñe bajo el peso de mi cuerpo, así que me enderezo y me cruzo de brazos—. Gracias por venir. Espera que busque mi bolso.

Le hago un gesto para que entre y lo hace, cruzando con timidez el umbral de la puerta. Observa a su alrededor, nada impresionado por mi nuevo aposento. Casi no hemos hablado desde que le pedí que investigara a Bert Rhodes el fin de semana pasado, y eso parece que fue en otra vida. No tiene ni idea del enfrentamiento que tuve con Bert, de mi visita a la comisaría y la posterior amenaza del detective Thomas de que me mantenga al margen de la investigación, justo lo contrario de lo que estoy haciendo ahora. Tampoco tiene ni idea de que mis sospechas se han desplazado de Bert Rhodes a mi propio prometido y que estoy reclutando su ayuda para demostrar que mi teoría es correcta.

—¿Cómo va la historia? —pregunto con verdadera curiosidad por saber si ha podido descubrir algo más que yo.

—Mi editor me dio hasta el final de la semana que viene para que averigüe algo —me cuenta, y toma asiento en el borde del colchón con un crujido—. De lo contrario, será hora de hacer las maletas y volver a casa.

—¿Con las manos vacías?

—Así es.

—Pero has venido hasta aquí. ¿Y qué hay de tu teoría? ¿La del imitador?

Aaron se encoge de hombros.

—Sigo creyendo en ella —asegura, y clava una uña en la costura del edredón—. Pero, sinceramente, no tengo nada.

—Bueno, tal vez yo te pueda ayudar.

Camino hasta la cama y me siento junto a él, el colchón se hunde y acerca nuestros cuerpos.

—¿Ayudarme cómo? ¿Tiene algo que ver con esta misteriosa pista tuya?

Bajo la vista a mis manos. Tengo que elegir las palabras con sumo cuidado para revelar solo la información que Aaron necesita saber.

—Vamos a ir a hablar con una mujer llamada Dianne —le explico—. Su hija, otra adolescente joven y atractiva, desapareció en la época de los asesinatos de mi padre y al igual que las víctimas de él, su cuerpo nunca apareció.

—De acuerdo, pero tu padre nunca confesó haberla matado, ¿verdad? Solo a las otras seis.

—No, no lo hizo —respondo—. Y tampoco se encontró ninguna joya de ella. En realidad, no encaja en el patrón, pero como nunca se descubrió al secuestrador, creo que vale la pena investigarlo. Estuve pensando que tal vez *él* podría ser el imitador, ¿no? Quienquiera que sea. Que tal vez empezó a imitar los crímenes de mi padre mucho antes de lo que pensamos, tal vez incluso cuando todavía estaban ocurriendo. Luego desapareció por un tiempo y quizás ahora, para el vigésimo aniversario, está apareciendo de nuevo.

Aaron me mira y casi espero que se levante y salga de la habitación, sintiéndose insultado por haberlo hecho venir hasta aquí para una pista tan poco convincente. Pero en lugar de eso, se golpea las piernas con las manos y exhala con fuerza antes de levantarse de la cama hundida.

—Bueno, de acuerdo —exclama, y me ofrece su mano para ayudarme a levantar. No sé si mi historia lo ha convencido, si está tan desesperado por una pista que está dispuesto a seguirme a ciegas o si simplemente me sigue la corriente para hacerme feliz. Sea lo que sea, le estoy agradecida—. Vamos a hablar con Dianne.

CAPÍTULO 36

Aaron conduce mientras yo busco las indicaciones en mi móvil. Nos adentramos en una parte de la ciudad donde poco a poco las casas modulares de clase media dan paso a una zona ruinosa de Baton Rouge, prácticamente irreconocible. Ocurre tan gradualmente que casi no me doy cuenta; en un momento veo por la ventanilla a un niño pequeño que chapotea en una piscina inflable mientras su madre se moja los pies, distraída con su teléfono móvil y una limonada en la mano, y al momento siguiente, una mujer que parece un esqueleto empuja un carrito de supermercado lleno de bolsas de basura y cerveza. Ahora las casas se caen a pedazos —rejas en las ventanas, pintura descascarada—, y giramos para tomar un largo camino de grava. Finalmente, veo una casa de dos pisos con el número 375 fijado en el revestimiento de vinilo y le hago una señal a Aaron para que se detenga.

—Llegamos —anuncio, y me desabrocho el cinturón de seguridad.

Echo un vistazo a mi imagen en el espejo retrovisor, las gruesas gafas de lectura que me puse antes de salir del motel me tapan parcialmente la cara. Ponerse gafas como un disfraz parece de dibujos animados. Algo sacado de una película mala. No creo que Dianne haya visto nunca una foto mía, pero no puedo saberlo con certeza. Por eso, quiero que mi aspecto sea diferente, y que Aaron sea el que más hable.

—Bien, cuéntame de nuevo cuál es el plan.

—Llamamos a la puerta, le decimos que estamos investigando las muertes de Aubrey Gravino y Lacey Deckler —empiezo—. Podemos mostrarle tus credenciales. Para que parezca oficial.

—De acuerdo.

—Le decimos que sabemos que su hija fue secuestrada hace veinte años y que el secuestrador nunca fue atrapado. Que tenemos curiosidad por saber si puede decirnos algo sobre el caso de su hija.

Aaron asiente sin hacer preguntas, toma el bolso de su computadora del asiento trasero y lo coloca en su regazo. Parece nervioso, pero me doy cuenta de que no quiere que se note.

—¿Y tú eres…?

—Tu colega —respondo, y salgo del coche con un portazo.

Me encamino hacia la casa, un intenso olor a humo de cigarrillo predomina en el aire. No parece reciente, como si alguien hubiera estado aquí afuera, sentado en el porche fumando a escondidas antes de cenar. Huele como si estuviera arraigado en el lugar y brotara en pequeñas bocanadas, como un ambientador programado, un aroma que penetra en la ropa y no desaparece. Oigo que Aaron cierra su puerta y se apresura detrás de mí mientras subo los escalones hacia el porche delantero. Me vuelvo hacia él y enarco las cejas como preguntando:: "¿Estás listo?". Aaron asiente con una sutil inclinación de cabeza, levanta el puño y llama dos veces a la puerta.

—¿Quién es?

Oigo la voz de una mujer que surge del interior, aguda y chirriante. Aaron me mira y esta vez yo levanto el puño y vuelvo a golpear. Mi brazo todavía está levantado en el aire cuando la puerta se abre y una mujer mayor nos mira desde detrás de una mosquitera sucia. Veo una mosca muerta atrapada en la malla.

—¿Qué pasa? —pregunta—. ¿Quiénes son ustedes? ¿Qué quieren?

—Eh... Me llamo Aaron Jansen. Soy reportero de *The New York Times*. —Aaron baja los ojos a su camisa y señala la credencial de prensa que le cuelga del cuello—. Me preguntaba si podría hacerle un par de preguntas.

—¿Reportero de dónde? —inquiere la mujer, cuyos ojos van de Aaron hacia mí. Me mira con fijeza durante un segundo y arruga la frente, tiene una sombra de color azul oscuro a la derecha de la nariz. Sus ojos son gelatinosos y amarillos, con la consistencia de un desengrasante, como si ni siquiera sus conductos lagrimales pudieran salvarse de la nicotina en el aire—. ¿Dijo que trabaja para un periódico?

Por un momento, me aterra que me reconozca. Que sepa quién soy. Pero casi tan rápido como sus ojos se posan en los míos, se dirigen de nuevo a Aaron y se entrecierran hacia la credencial sobre su camisa.

—Sí, señora —responde Aaron—. Estoy escribiendo una historia sobre las muertes de Aubrey Gravino y Lacey Deckler, y me he enterado de que usted también perdió una hija hace veinte años. Una hija que desapareció y nunca fue encontrada.

Mis ojos observan a la mujer, el desencanto en sus rasgos, como si no confiara en nadie en el mundo. La estudio de arriba abajo, noto la ropa raída y demasiado grande que lleva puesta, las mangas cubiertas de agujeros de polilla minúsculos. Tiene los pulgares artríticos, gruesos y torcidos como zanahorias pequeñas, y marcas rojas y moradas en los brazos. Casi puedo distinguir pequeñas marcas de dedos, y entonces me doy cuenta de que la sombra bajo su ojo no es una sombra en absoluto. Es un hematoma. Me aclaro la garganta para desviar la atención de Aaron hacia mí.

—Nos gustaría hacerle algunas preguntas —intervengo—. Sobre su hija. Averiguar qué le ocurrió a ella es tan importante como averiguar qué les ocurrió a Aubrey y a Lacey, incluso después de todos estos años. Y esperábamos, yo esperaba, que usted pudiera ayudarnos.

La mujer me mira de nuevo antes de echar un vistazo detrás de su hombro y suspira casi como a modo de derrota.

—De acuerdo —conviene. Empuja la mosquitera y nos hace una señal para que entremos—. Pero tendrá que ser rápido. Tienen que irse antes de que mi esposo llegue a casa.

Entramos y la suciedad del lugar avasalla todos mis sentidos; hay basura por todas partes, apilada en los rincones de cada habitación. Platos de papel con comida apelmazada forman torres inclinadas en el suelo, las moscas zumban alrededor de bolsas de comida rápida con manchas de kétchup y grasa. Hay un gato sarnoso apoyado en el borde del sofá, su pelaje mojado está salpicado de zonas calvas; la mujer le da un manotazo y el animal sale correteando hacia el suelo con un gemido.

—Siéntense —nos indica, y señala el sofá.

Aaron y yo intercambiamos una mirada breve y luego nos volvemos hacia el sillón, tratando de encontrar suficiente tela que asome por detrás de las revistas y la ropa sucia. Yo decido sentarme encima; el ruido del papel bajo mi peso resulta anormalmente fuerte. La mujer toma asiento en la silla frente a la mesa de café y toma un paquete de cigarrillos de encima; parece haberlos por todas partes, esparcidos por la sala como si fueran gafas de lectura. Retira un cigarrillo del paquete con sus labios finos y húmedos y luego busca un encendedor y acerca el cigarrillo a la llama. Inhala profundamente y sopla el humo en nuestra dirección—. A ver, ¿qué quieren saber?

Aaron extrae un cuaderno de su maletín, lo abre en una página en blanco y pulsa el bolígrafo repetidamente contra su pierna.

—Bueno, Dianne, si pudiera empezar por decirme su nombre completo, para que quede constancia —empieza—. Luego podremos pasar a la desaparición de su hija.

—De acuerdo. —La mujer suspira e inhala otra nube de humo. Cuando exhala, veo que sus ojos se vuelven distantes mientras mira por la ventana—. Me llamo Dianne Briggs. Y mi hija, Sophie, desapareció hace veinte años.

CAPÍTULO 37

—¿Qué puede contarnos sobre Sophie?

Dianne se vuelve hacia mí, como si se hubiera olvidado por completo de mi existencia. No me parece bien que esta sea la forma de conocer a mi futura suegra. Está claro que no tiene ni idea de quién soy, y mientras pueda evitar darle mi nombre, debería seguir así. Ya no tengo Facebook, así que nunca publico fotos mías en internet, e incluso si lo hiciera, Patrick ya no se habla con sus padres. No están invitados a la boda. Me pregunto si ella siquiera sabe que está comprometido.

Parece considerar la pregunta durante un segundo, como si lo hubiera olvidado, y levanta la mano para rascarse la piel curtida del brazo.

—Qué puedo contarles sobre Sophie —repite, y da la última calada al cigarrillo antes de apagarlo sobre la mesa de madera—. Era una chica maravillosa. Inteligente, hermosa. Simplemente hermosa. Es esa, la que está allí.

Dianne señala una única foto enmarcada en la pared, un retrato escolar en el que aparece una chica sonriente de piel pálida y pelo rubio encrespado, con un fondo turquesa que parece el agua de una piscina. Me resulta extraño ver la foto escolar colgada allí, eso y nada más. Parece una puesta en escena poco natural, como una especie de altar deprimente. Me pregunto si a la familia Briggs no le gustaban las cámaras o si simplemente no había momentos que valiera la pena recordar. Contemplo a mi alrededor en busca de fotos de Patrick pero no veo ninguna.

—Tenía grandes sueños para ella —continúa Dianne—. Antes de que desapareciera.

—¿Qué tipo de sueños?

—Ah, ya sabe, que se fuera de aquí —explica y señala la habitación que nos rodea—. Ella era mejor que esto. Mejor que nosotros.

—¿Quiénes son *nosotros*? —pregunta Aaron, y se apoya la punta del bolígrafo contra la mejilla—. ¿Usted y su esposo?

—Yo, mi esposo y mi hijo. Siempre pensé que ella sería quien se iría de aquí. Y se convertiría en alguien.

El pecho se me contrae ante la mención de Patrick; trato de imaginarlo creciendo aquí, enterrado en vida entre las nubes de humo de cigarrillo y las montañas de basura. Me he equivocado con respecto a él, me doy cuenta. Sus dientes perfectos, su piel tersa, su costosa educación y su trabajo bien pagado. Siempre había supuesto que esas cosas eran producto de su crianza, de sus privilegios. Que él es por naturaleza mejor que yo, *Chloe la jodida*. Pero no es así, no lo es. Él también está jodido.

"No te conoce, Chloe. Y tú no lo conoces a él".

No es de extrañar que ahora esté siempre tan impecable, tan inmaculadamente arreglado. Ha estado haciendo un gran esfuerzo por convertirse en lo opuesto a *esto*.

O tal vez ha estado tratando de ocultar quién es en realidad.

—¿Qué puede decirnos sobre su esposo y su hijo?

—Mi esposo, Earl. Tiene mal genio, como estoy segura de que ya se han dado cuenta. —Se vuelve hacia mí y hace como una mueca, como si compartiéramos algún tipo de vínculo tácito con respecto a los hombres. Las cosas que hacen. *Los hombres siempre serán hombres.* Desvío mi mirada del hematoma debajo de su ojo, pero esta mujer no es estúpida. Debe de haberme sorprendido mirando—. Y mi hijo, bueno. Ya no sé mucho de él. Pero siempre me ha preocupado que la manzana nunca cae lejos del árbol.

Aaron y yo nos miramos, y le hago un gesto con la cabeza para que continúe.

—¿Qué quiere decir con eso?

—Me refiero a que él también tiene su temperamento.

Pienso en la mano de Patrick apretando mi muñeca.

—Solía intentar defenderme de su padre, protegerme cuando mi esposo llegaba a casa después de una borrachera —añade—. Pero cuando creció, no sé. Dejó de intentarlo, simplemente empezó a dejar que pasara. Creo que se insensibilizó. Supongo que puedo culparme por eso.

—De acuerdo. —Aaron asiente y garabatea notas en su cuaderno—. ¿Y cómo reaccionó su hijo…, perdón, ¿cómo dijo que se llamaba?

—Patrick —responde ella—. Patrick Briggs.

Se me hace un nudo en el estómago mientras me devano los sesos para recordar si alguna vez le he mencionado a Aaron el nombre completo de Patrick. Creo que no lo he hecho. Me vuelvo hacia él, un gesto de concentración mientras escribe el nombre en su libreta. No parece haberse dado cuenta.

—Bien, ¿cómo reaccionó Patrick a la desaparición de Sophie?

—La verdad es que no pareció importarle —relata Dianne. Se estira para tomar el paquete de cigarrillos y enciende otro—. Sé que no es muy *maternal* de mi parte decir cosas así, pero es cierto. Una pequeña parte de mí siempre se preguntó si…

Se interrumpe, clava los ojos en la distancia y mueve levemente la cabeza.

—¿Se preguntó qué? —la insto.

La mujer se vuelve hacia mí, el momento de turbación ha quedado atrás. Hay una cierta intensidad en sus ojos y, por un segundo, estoy convencida de que sabe quién soy. Que me está hablando a *mí*, Chloe Davis, la mujer comprometida con su hijo. Que está tratando de advertirme.

—Me pregunté si él tuvo algo que ver con eso.

—¿Qué le hace pensar algo así? —inquiere Aaron. Su voz se torna más urgente con cada pregunta. Ahora escribe más rápido, tratando de recordar cada detalle—. Es una acusación grave.

—No lo sé, es solo un presentimiento —admite ella—. Instinto maternal, supongo. Cuando Sophie desapareció, al principio yo le preguntaba a Patrick si sabía dónde estaba y me daba cuenta de que me mentía. Estaba ocultando algo. Y a veces, cuando veíamos las noticias y escuchábamos cómo informaban sobre su desaparición, lo sorprendía sonriendo…, no, más bien era una *mueca de superioridad*, como si se riera de algún secreto que el resto del mundo no conocía.

Percibo que Aaron me mira, pero lo ignoro y mantengo mi atención en Dianne.

—¿Y dónde está Patrick ahora?

—No tengo ni idea —dice Dianne, y se reclina en el sillón—. Se mudó el día después de graduarse del bachillerato y no he sabido nada de él desde entonces.

—¿Le importa si echamos un vistazo? —sugiero, con una ansiedad repentina por interrumpir esta conversación antes de que Aaron descubra demasiado—. ¿Tal vez husmear en la habitación de Patrick para ver si encontramos algo que nos indique la dirección correcta?

La mujer extiende su brazo y señala la escalera.

—Adelante —accede—. Esto mismo ya se lo conté a la policía hace veinte años, pero no llegaron a nada. Según ellos, ningún adolescente podría haber hecho algo así y salirse con la suya.

Me pongo de pie y doy pasos exagerados por encima de los obstáculos en la sala de estar hacia las escaleras; la alfombra está sucia y manchada.

—La primera a la derecha —grita Dianne mientras yo los evito uno a uno—. Hace años que no toco esa habitación.

Llego a la planta superior y observo la puerta cerrada. Mi mano encuentra la manija y la abro. Estoy en el dormitorio de un adolescente, con todas las luces apagadas y un rayo de sol que se cuela por la ventana y revela motas de polvo flotando en el aire.

—Ni la de Sophie tampoco —agrega Dianne, su voz distante. Oigo que Aaron se levanta del sofá y sube las escaleras detrás de mí—. Ya no tengo ninguna razón para subir allí. La verdad es que no sabía qué hacer con ellas.

Me adentro en la habitación, retengo el aire en la boca como un niño que evita pisar una grieta en la acera, una extraña superstición. Como si fueran a ocurrir cosas malas si respiro. Este es el dormitorio de Patrick. Pósters de bandas de rock de los años noventa como Nirvana y Red Hot Chili Peppers con los bordes desgastados cubren las paredes. Un edredón de tela escocesa azul y verde arrugado está extendido sobre un colchón en el suelo, como si alguien acabara de despertarse y hubiera salido a la calle. Me imagino a Patrick tendido en la cama, escuchando a su padre llegar a casa, borracho y pendenciero. Enfadado. Haciendo ruido. Imagino los gritos, el golpeteo de las cacerolas, el sonido de un cuerpo arrojado contra la pared. Lo imagino inmóvil, escuchando todo. Sonriendo. *Insensible*.

—Deberíamos irnos —me susurra Aaron, acercándose sigilosamente por detrás—. Creo que tenemos lo que vinimos a buscar.

Pero no escucho. No puedo escuchar. Sigo caminando, asimilando este lugar del pasado de Patrick. Deslizo los dedos por la pared hasta una estantería donde hay hileras de libros con páginas amarillentas y cubiertos de polvo, un par de barajas de cartas, una vieja pelota de béisbol que descansa en un guante. Mis ojos se pasean por los títulos: Stephen King, Lois Lowry, Michael Crichton. Todo parece tan adolescente, tan normal.

—Chloe —repite Aaron, pero de pronto siento como si tuviera algodón en los oídos.

Casi no puedo oírlo sobre el sonido del torrente acelerado de mi sangre. Alargo el brazo, tomo el libro y lo extraigo de su lugar. Oigo la voz de Patrick en mi mente aquel primer día , cuando nos conocimos. El día que había tomado este mismo libro de mi caja y había arrastrado sus dedos por la cubierta, con ese brillo en sus ojos, mientras sostenía mi ejemplar de *Medianoche en el jardín del bien y del mal.*

"No es una crítica", había comentado mientras pasaba las páginas. "Me encanta este libro".

Soplo el polvo de la cubierta y me quedo mirando la famosa estatua de la joven e inocente muchacha, con el cuello inclinado como si me preguntara: "¿Por qué?". Deslizo los dedos por la cubierta brillante de la misma manera que Patrick lo hizo. Luego lo giro y veo un espacio entre las páginas, igual al espacio que la tarjeta comercial de Patrick había dejado en mi libro.

"¿Te gustan los asesinatos?".

—Chloe —insiste Aaron, pero lo ignoro.

Respiro hondo y meto la uña para abrir el libro. Bajo la vista y esta vez siento la misma opresión en el pecho cuando mis ojos ven un nombre. Solo que esta vez no es el nombre de Patrick. Y no es una tarjeta comercial. Es una colección de recortes de periódicos viejos, aplastados después de dos décadas de estar metidos entre estas páginas. Me tiemblan las manos, pero me obligo a tomarlos. A leer el primer titular en la parte superior en letra de imprenta y negrita:

SIGUEN SIN APARECEN LOS CUERPOS DE LAS VÍCTIMAS DE DICK DAVIS, CONOCIDO COMO EL ASESINO EN SERIE DE BREAUX BRIDGE.

Y allí, mirándome fijamente, hay una foto de mi padre.

CAPÍTULO 38

—¿Qué es eso, Chloe?

La voz de Aaron suena distante, como si me hablara desde el otro extremo de un túnel. No puedo dejar de mirar los ojos de mi padre. Unos ojos que no veía desde que era una niña de doce años, acurrucada en el suelo de la sala de estar, mirándolos a través de las interferencias de la pantalla del televisor. En este momento pienso en la noche en la que le hablé a Patrick sobre mi padre, en la preocupación en su rostro mientras me escuchaba detallar sus crímenes con tan espantosa precisión. La forma en la que negaba con la cabeza y alegaba que nunca lo había oído, que no tenía ni idea.

Pero era mentira. Era todo una mentira. Él ya sabía lo de mi padre. Conocía sus crímenes. Tenía un artículo escondido en la habitación de su infancia que describía todos los detalles, oculto entre las páginas de una novela como un marcador. Sabía que se había llevado a esas chicas y había escondido sus cuerpos en algún lugar secreto, en algún lugar donde nunca los encontrarían.

¿Había hecho Patrick algo parecido con su hermana, algo terrible? ¿Se había inspirado en mi padre? ¿Seguía haciéndolo?

—¿Chloe?

Levanto la mirada hacia Aaron con lágrimas en los ojos. De pronto me doy cuenta de que si Patrick sabía quién era mi padre, eso significa que también sabía quién era yo. Recuerdo la forma en la que nos conocimos en el hospital, ¿una coincidencia desafortunada o el resultado de una meticulosa planificación, estar en el lugar correcto en el momento correcto? Era de dominio público que yo trabajaba en ese hospital; ese artículo en el periódico era prueba de ello. Pienso en la forma en la que me miró, como si ya me conociera. Cómo sus ojos habían recorrido mi cara, como si le fuera familiar. La forma en la que había metido la cabeza en la caja con mis cosas; la sonrisa que se dibujó en su rostro cuando le dije mi nombre. La forma en la que pareció enamorarse de mí enseguida después de aquello, integrarse con facilidad a mi vida de ese modo en el que es capaz de integrarse con facilidad a todo y a todos.

"No puedo creer que esté aquí sentado. Contigo".

Me pregunto si todo esto era parte de su plan. Si yo era parte de su plan. *Chloe la jodida*, otra de sus víctimas desprevenidas.

—Tenemos que irnos —murmuro. Mis manos temblorosas doblan el recorte y lo guardo en el bolsillo trasero—. Yo… tengo que irme.

Paso con rapidez junto a Aaron, bajo los escalones deprisa y regreso con la madre de Patrick, que sigue sentada en el sillón de la sala de estar con expresión distraída. Cuando nos ve caminar hacia ella, levanta la cabeza hacia nosotros y esboza una sonrisa débil.

—¿Encontraron algo útil?

Niego con la cabeza mientras siento los ojos de Aaron pegados a un lado de mi cara, observándome con desconfianza. La mujer asiente ligeramente, como si hubiera esperado esa respuesta.

—Eso supuse.

Incluso después de todos estos años, la decepción en su voz es palpable. Sé muy bien lo que se siente: siempre preguntándose, sin poder dejarlo nunca atrás. Pero también, sin querer admitir nunca que una todavía mantiene la esperanza de conocer la verdad algún día. De entender. Y de que quizás, al final, de alguna manera, la espera haya valido la pena. De pronto me siento atraída hacia esta mujer que casi no conozco. Me doy cuenta de que estamos conectadas. Estamos conectadas de la misma manera en la que mi madre y yo lo estamos. Ambas amamos al mismo hombre, al mismo monstruo. Camino hacia el sofá y tomo asiento en el borde del cojín. Luego coloco mi mano sobre la de ella.

—Gracias por hablar con nosotros —le digo y aprieto su mano con suavidad—. Estoy segura de que no fue fácil.

Dianne asiente y baja los ojos hacia mi mano que sujeta la suya. Con lentitud, veo que su cabeza se inclina un poco hacia un lado, como si estuviera inspeccionando algo. Voltea su mano con rapidez y toma la mía, apretándola más fuerte.

—¿De dónde sacaste eso?

Miro hacia abajo y veo mi anillo de compromiso, la reliquia familiar de Patrick que brilla en mi dedo. El pánico me embarga cuando la mujer me levanta la mano para examinarlo más de cerca.

—¿De dónde sacaste este anillo? —vuelve a preguntar, con los ojos fijos en los míos—. Es el anillo de Sophie.

—¿Qu-qué? —tartamudeo, y trato de retirar mi mano. Pero ella la sujeta con demasiada fuerza; no tiene intenciones de soltarla—. Lo siento, ¿a qué se refiere con que es *el anillo de Sophie*?

—Es el anillo de mi hija —repite en voz más alta, con la mirada fija otra vez en el anillo, en el diamante de corte ovalado y el halo de piedras. La banda opaca de catorce quilates que rodea con cierta holgura mi dedo delgado y huesudo—. Este anillo ha pertenecido a mi familia durante generaciones.

Fue mi anillo de compromiso y se lo regalé a Sophie cuando cumplió trece años. Lo usaba siempre. *Siempre.* Lo tenía puesto el día que…

Ahora se vuelve hacia mí con los ojos muy abiertos, aterrorizada.

—El día que desapareció.

Me pongo de pie y libero mi mano.

—Lo siento, tenemos que irnos —anuncio. Paso por delante de Aaron y abro la mosquitera—. Vamos, Aaron.

—¿Quién eres? —grita la mujer a nuestras espaldas, paralizada en el sofá a causa de la conmoción—. *¿Quién eres?*

Salgo corriendo por la puerta y bajo los escalones de entrada. Me siento mareada, borracha. ¿Cómo pude olvidarme de quitarme el anillo? ¿Cómo pude *olvidarme* de eso? Llego al coche y trato de abrir la puerta, pero no se abre. Está cerrada con llave.

—¿Aaron? —grito. Mi voz suena ahogada, como si tuviera manos estrujando mi cuello—. ¿Puedes abrir las puertas, Aaron?

—*¿QUIÉN ERES?* —chilla la mujer detrás de mí.

Escucho que se levanta y atraviesa la casa corriendo. La mosquitera se abre y se cierra de golpe, y antes de que pueda volverme, oigo que se abren las puertas del coche. Abro la puerta y me arrojo dentro. Aaron está justo detrás de mí y ahora corre hacia el lado del conductor, se sienta en el asiento y arranca el motor.

—*¿DÓNDE ESTÁ MI HIJA?*

El coche avanza con una sacudida, gira y se aleja por el camino. Observo por el espejo retrovisor la nube de polvo que hemos levantado y a la madre de Patrick que corre detrás de nosotros, cada vez más distante a cada segundo que pasa.

—*¿DÓNDE ESTÁ MI HIJA? ¡POR FAVOR!*

Agita los brazos y corre con desesperación hasta que de

pronto se derrumba de rodillas, deja caer la cabeza entre las manos y llora.

El silencio reina en el coche mientras atravesamos la ciudad y nos dirigimos a la autopista. Las manos me tiemblan en el regazo, la imagen de esa pobre mujer persiguiéndonos por la calle me revuelve el estómago. El anillo en mi dedo de pronto me resulta agobiante, así que lo tomo con la otra mano, me lo quito con exasperación y lo arrojo al suelo. Me quedo mirándolo, e imagino a Patrick sacándolo con cuidado de la mano fría y muerta de su hermana.

—Chloe —susurra Aaron, con los ojos en el camino—. ¿Qué fue eso?

—Lo siento —respondo—. Lo siento, Aaron. Lo siento mucho.

—Chloe —repite, esta vez en tono más alto. Más enfadado—. ¿Qué mierda fue eso?

—Lo siento —insisto, con voz temblorosa—. No lo sabía.

—¿Quién es esa mujer? —pregunta con las manos firmes en el volante—. ¿Cómo la encontraste?

Me quedo callada, incapaz de responder a la pregunta. Su cara se vuelve hacia mí, con la boca muy abierta.

—¿Tu prometido no se llama Patrick?

No respondo.

—*Contéstame*, Chloe. ¿Tu prometido no se llama Patrick?

Asiento con la cabeza, las lágrimas corren por mis mejillas.

—Sí —digo—. Sí, pero Aaron, no sabía.

—¡Puta madre! —exclama, y menea la cabeza—. Puta madre, Chloe. Le dije mi nombre a esa mujer. Sabe dónde trabajo. Mierda, voy a perder mi trabajo por esto.

—Lo siento —reitero—. Por favor, Aaron. Tú fuiste el que me ayudó a darme cuenta…, cuando hablamos de las joyas de mi padre, de quién podría saberlo. *Patrick.* Patrick lo sabía. Patrick sabía todo.

—¿Y esto era solo una corazonada o…?

—Encontré un collar en nuestro vestidor. Un collar que se parece mucho al que Aubrey seguramente llevaba el día que desapareció.

—Mierda —repite.

—Y entonces empecé a notar cosas. A notar que olía diferente cuando volvía a casa de sus viajes. Olía a perfume. Como a otras mujeres. Supuestamente estaba fuera de la ciudad cuando se llevaron a Aubrey y a Lacey, pero no estaba donde me dijo que estaría. Yo no tenía ni idea de adónde iba durante días. No tenía ni idea de lo que hacía… hasta que hurgué en su maletín y encontré las facturas.

Aaron me mira finalmente, como si yo fuera su perdición. Como si prefiriera estar en cualquier otra parte del mundo antes que aquí, conmigo.

—¿Qué clase de facturas?

—Te las enseñaré en el motel —respondo—. Por favor, Aaron. Necesito que me ayudes con esto.

Vacila, sus dedos tamborilean contra el volante.

—Ya te lo he dicho —me recuerda, más tranquilo que nunca—. En mi profesión, la confianza es todo. La honestidad es todo.

—Lo sé —replico—. Y te prometo, ahora mismo, que te contaré todo.

Nos detenemos en el aparcamiento, el sombrío motel ante nosotros. Aaron apaga el motor y se queda sentado en silencio a mi lado.

—Por favor, baja —le pido, y muevo mi mano hacia su pierna.

Se aparta con el contacto, pero me doy cuenta de que su determinación se disuelve. Se desabrocha el cinturón de seguridad en silencio, abre la puerta y sale del coche sin decir una palabra.

La puerta de la habitación cruje al abrirse, ambos entramos y la cierro a nuestras espaldas. Hace frío y está oscuro.

Las cortinas están cerradas y mi bolso sigue sobre la cama. Me acerco a la mesita de noche y enciendo la luz, el resplandor fluorescente proyecta sombras sobre el rostro de Aaron, de pie junto a la puerta.

—Esto es lo que encontré —empiezo, y abro la cremallera de mi bolso de viaje.

Meto la mano y rozo el envase de Xanax, que está arriba de todo, pero lo aparto. En lugar de eso, busco un sobre blanco. Mis dedos tiemblan al encontrarlo, del mismo modo que habían temblado cuando revisé el maletín de Patrick, abierto en el suelo del comedor, y rebuscaba entre los papeles organizados en carpetas de cartón y archivadores. Había paquetes de muestras de medicamentos organizados en separadores transparentes, como los que se utilizaban para las tarjetas de béisbol de colección. Había reconocido varios nombres iguales a los de los medicamentos que yo guardaba en la gaveta de mi escritorio: alprazolam, clordiazepóxido, diazepam. Recuerdo que sentí que me atragantaba cuando leí el último, e imaginé un único pelo que caía flotando al suelo como una pluma. Luego me obligué a seguir revisando hasta encontrar lo que buscaba.

Facturas. Necesitaba ver las facturas. Porque sabía que Patrick guardaba todo, desde las facturas de los hoteles y las comidas hasta las de la gasolina y las reparaciones del coche. Todo podía cargarse como gasto.

Ahora abro la solapa del sobre y vuelco el contenido sobre la cama; un montón de facturas cae sobre el edredón. Las reviso una por una y observo las distintas direcciones en la parte inferior.

—Hay facturas de Baton Rouge, por supuesto —comento—. De restaurantes en Jackson, hoteles en Alexandria. Todas estas facturas nos dan una idea de los lugares a los que acude y las fechas en la parte inferior indican cuándo estuvo en cada sitio.

Aaron se acerca y se sienta a mi lado, con su pierna presionada contra la mía. Toma la primera factura y la examina con atención, con los ojos fijos en la parte inferior.

—Angola —lee—. ¿Eso está en su territorio?

—No —niego con la cabeza—. Pero va mucho por allí. Esa es la que me llamó la atención.

—¿Por qué?

Se la quito de la mano y la sostengo a distancia entre las puntas del pulgar y el índice, como si fuera venenosa.. Como si pudiera morder.

—Angola alberga la prisión de máxima seguridad más grande de los Estados Unidos —puntualizo—. La Penitenciaría Estatal de Luisiana.

Aaron levanta la cabeza. Se gira para mirarme, con las cejas levantadas.

—El hogar de mi padre.

—Mierda.

—Quizá se conocen —continúo, y vuelvo a fijarme en la factura.

Una botella de agua, veinte dólares de gasolina. Una bolsa de semillas de girasol. Recuerdo la forma en la que mi padre inclinaba la bolsa, la vaciaba entera dentro de su boca y emitía unos crujidos como si estuviera masticando un puñado de uñas. La forma en la que las cáscaras aparecían por toda la casa, pegadas a todo. Encajadas en las grietas de la mesa de la cocina, atrapadas debajo de mi zapato. Aglutinadas en el fondo de un vaso de agua, un escupitajo ahogado.

Pienso en mi madre, deletreando *Patrick* con los dedos.

—Puede que sea la razón por la que está haciendo esto —reflexiono—. La razón por la que me encontró. Están conectados.

—Tienes que ir a la policía, Chloe.

—La policía no me va a creer, Aaron. Ya lo intenté.

—¿Qué quieres decir con que ya lo intentaste?

—Tengo antecedentes. Un pasado que juega en mi contra. Piensan que estoy loca…

—No estás loca.

Sus palabras me detienen en seco. Me quedo casi como atontada al oírlas, como si él hubiera abierto la boca y hubiera empezado a hablar en francés. Porque por primera vez en semanas, alguien me cree. Alguien está de mi lado. Y es una sensación muy agradable que me crean; que alguien me mire con auténtico cariño en lugar de con sospecha, preocupación o rabia. Recuerdo todos los pequeños momentos con Aaron, momentos que había estado intentando descartar, tratando de fingir que no significaban nada. Sentados junto al puente, cuando hablamos de recuerdos. La forma en la que había querido llamarlo aquella noche en el sofá cuando estaba borracha y sola. Me doy cuenta de que quiere seguir hablando, así que me inclino y lo beso antes de que pueda decir nada más. Antes de que esta sensación desaparezca.

—Chloe.

Nuestros rostros están cerca, las frentes apoyadas una contra la otra. Me mira como si quisiera alejarse, como si debiera alejarse, pero, en cambio, su mano encuentra el camino hacia mi pierna, luego sube por mi brazo y se esconde en mi pelo. Enseguida me devuelve el beso, sus labios apretados contra los míos, sus dedos tomando todo lo que pueden encontrar. Deslizo mis manos por su pelo y luego las bajo para desabrochar los botones de su camisa y sus pantalones. Estoy de nuevo en la universidad, arrojándome a otro corazón palpitante para que el mío se sienta menos solo. Aaron me echa hacia atrás con suavidad, su cuerpo sobre el mío, sus musculosos brazos levantan mis manos por encima de mi cabeza e inmovilizan mis muñecas. Sus labios recorren mi cuello, mi pecho, y durante un par de minutos, cuando siento que se desliza dentro de mí, me permito olvidar.

Está oscuro afuera cuando terminamos, la única luz proviene del tenue resplandor de la mesita de noche. Aaron está acostado a mi lado, sus dedos juegan con mi pelo. No hemos pronunciado ni una palabra.

—Te creo —dice por fin—. Sobre Patrick. Lo sabes, ¿verdad?

—Sí. —Asiento con la cabeza—. Sí, lo sé.

—Entonces, ¿irás a la policía mañana?

—No me van a creer, Aaron. Hazme caso. Empiezo a pensar… —Vacilo y me vuelvo para quedar frente a él. Aaron sigue mirando al techo, una silueta en la oscuridad—. Empiezo a preguntarme si tal vez debería ir a verlo. A mi padre.

Aaron se sienta y apoya su espalda desnuda en el cabecero de la cama. Gira su cabeza hacia mí.

—Empiezo a pensar que tal vez sea el único que tenga respuestas —continúo—. Quizás sea el único que pueda ayudarme a entender…

—Es peligroso, Chloe.

—¿Cómo va a ser peligroso? Está en la cárcel, Aaron. No puede hacerme daño.

—Sí puede. Todavía puede hacerte daño desde detrás de las rejas. Tal vez no físicamente, pero… —Se interrumpe y se pasa las manos por la cara—. Consúltalo con la almohada —sugiere—. ¿Me prometes que lo consultarás con la almohada? Podemos decidir mañana. Y si quieres que te acompañe, lo haré. Te acompañaré a verlo.

—De acuerdo —cedo por fin—. De acuerdo, lo haré.

—Bien.

Saca las piernas de la cama y se inclina para recoger sus jeans del suelo. Observo cómo se los pone, entra en el baño y enciende la luz. Cierro los ojos y oigo el chirrido del grifo y el ruido del agua al correr. Cuando los abro, Aaron vuelve a entrar en la habitación con un vaso de agua en la mano.

—Tengo que salir un rato —me explica, y empuja el vaso

en mi dirección. Lo tomo y bebo un trago—. Mi editor no ha sabido de mí en todo el día. ¿Estarás bien?

—Estaré bien —le aseguro, y me dejo caer sobre la almohada. Veo que baja la mirada y sus ojos se detienen en algo en el suelo. Se inclina y toma mi envase de Xanax, que asoma de mi bolso.

—¿Quieres una de estas? ¿Para ayudarte a dormir?

Miro el frasco, la colección de pastillas que hay dentro. Aaron las agita despacio, levanta las cejas, y yo asiento y alargo la mano.

—¿Me juzgarías si me tomo dos?

—No. —Sonríe, abre la tapa y vierte dos en mi mano—. Has tenido un día infernal.

Examino las píldoras en la palma de la mano, me las echo dentro de la boca y las trago con el agua; siento cómo cada una de ellas desgarra mi esófago como uñas dentadas que intentan volver a subir.

—No puedo evitar sentirme responsable —confieso, y apoyo la cabeza en el cabecero. Pienso en Lena. En Aubrey. En Lacey. En todas las chicas cuyas muertes llevo en mi conciencia. En todas las chicas a las que he guiado sin darme cuenta a las manos de un monstruo; primero, mi padre. Y ahora, Patrick.

—No eres responsable —asevera Aaron sentado en el borde de la cama.

Levanta una mano y me acaricia el pelo. La habitación empieza a girar despacio, siento los párpados pesados. Cuando cierro los ojos, una imagen de mi sueño aparece en mi mente: yo, de pie bajo la ventana de mi infancia, sosteniendo una pala cubierta de sangre.

—Es culpa mía —insisto arrastrando las palabras. Todavía puedo sentir las manos tibias de Aaron sobre mi frente—. Todo es culpa mía.

—Duerme un poco —le oigo decir casi como un eco. Se

inclina para besar mi frente, sus labios se pegan a mi piel—. Cerraré la puerta al irme.

Asiento con la cabeza una vez antes de sentir que pierdo la conciencia.

CAPÍTULO 39

Me despierto con el sonido de la vibración de mi móvil sobre la mesita de noche, se agita con violencia sobre la madera hasta que llega a un lado y se cae al suelo. Abro los ojos, aturdida, y miro el despertador.

Son las diez de la noche.

Intento abrir más los ojos, pero mi visión es borrosa y la cabeza me late con fuerza. Recuerdo la visita a la casa de Patrick, su madre en esa vieja casucha en ruinas, el recorte de periódico insertado entre las páginas del libro. De pronto tengo náuseas, me arrastro fuera de la cama y corro hacia el baño, abro de golpe la tapa del excusado antes de vomitar dentro de la taza. Lo único que sale es bilis, de color amarillo limón, y me quema la lengua. Un delgado hilo de saliva me cuelga desde el fondo de la garganta y me provoca arcadas. Me limpio la boca con el dorso de la mano y me dirijo a la habitación, me siento en el borde de la cama. Me estiro para tomar el vaso de agua que hay sobre la mesita, pero veo que se ha volcado y que el agua gotea desde el borde hasta la alfombra. El móvil lo debe de haber tirado. Me inclino, recojo el teléfono y aprieto el botón lateral para iluminar la pantalla.

Hay un par de llamadas perdidas de Aaron y algunos mensajes. En un instante, recuerdo la noche anterior, la sensación de su cuerpo sobre el mío. Sus manos en mis muñecas, sus labios en mi cuello. Fue un error lo que hicimos, pero tendré que ocuparme de eso más tarde. Me desplazo por la pantalla para ver el resto de las llamadas perdidas y los mensajes de texto, la mayoría son de Shannon y algunos de Patrick. "¿Cómo es posible que tenga tantas llamadas perdidas?", me pregunto. Son poco más de las diez. Dormí cuatro horas a lo sumo. Entonces me doy cuenta de la fecha en la pantalla.

Son las diez de la noche del *viernes*.

Dormí durante un día entero.

Desbloqueo el móvil y observo los mensajes de texto con una sensación de alarma creciente a medida que los voy leyendo.

Llámame, por favor, Chloe. Es importante.
¿Dónde estás, Chloe?
Llámame YA, Chloe.

"Mierda", pienso mientras me froto las sienes. Me siguen latiendo, siguen gritando a modo de protesta. Tomar dos Xanax con el estómago vacío fue claramente un error, pero lo sabía cuando lo hice. Todo lo que quería era dormir. Olvidar. Después de todo, casi no he podido dormir en toda la semana con Patrick apretado contra mí. Está claro que el efecto fue potente.

Me desplazo hasta el nombre de Shannon, pulso "Llamar" y sostengo el móvil junto al oído mientras suena. Es evidente que han descubierto mi mentira. Patrick debe de haberle enviado un mensaje de texto como dijo que haría, a pesar de que le pedí que no lo hiciera. Y una vez que se dieron cuenta de que les estaba mintiendo a ambos, que había desaparecido sin una explicación válida sobre adónde había ido y con quién estaba, se habrán asustado. Pero en este momento, la verdad es que no me importa. No voy a volver a casa con Patrick. Tampoco estoy convencida de que deba ir a la policía. El detective Thomas dejó claro que debo mantenerme al margen de la investigación. Aunque entre el artículo del periódico y el anillo de compromiso, los recibos de Angola y mi conversación con la madre de Patrick, quizás logre llamar su atención esta vez. Tal vez pueda hacer que me escuchen.

Entonces me acuerdo: el anillo de compromiso. Me lo quité en el coche de Aaron y lo arrojé al suelo. Creo que nunca lo recogí. Observo mi mano desnuda antes de girarme y pasar los dedos por el edredón arrugado sobre la cama. Mi mano choca con algo duro y levanto el edredón, pero no es el anillo. Es la credencial de prensa de Aaron, escondida entre las sábanas. En un recuerdo fugaz, me veo desabrochando su camisa y quitándosela del cuello. Tomo la credencial y la acerco. Estudio con atención la foto y me permito preguntarme, por un momento, si lo de anoche fue en realidad un error. Si tal vez, por algún extraño giro del azar, estábamos destinados a encontrarnos de esta forma.

El teléfono deja de sonar, y cuando Shannon atiende, me doy cuenta enseguida de que algo anda mal. La escucho sollozar.

—¿Dónde carajo estás, Chloe?

Su voz suena ronca, como si hubiera estado haciendo gárgaras con clavos.

—Shannon —digo, y me siento más erguida. Guardo la credencial de Aaron en mi bolsillo—. ¿Está todo bien?

—No, no está todo bien —replica. Un pequeño sollozo brota de su garganta—. ¿Dónde estás?

—Estoy… en la ciudad. Necesitaba despejarme un poco. ¿Qué pasa?

Otro sollozo estalla a través del teléfono, esta vez más fuerte, y el ruido me hace retroceder físicamente, como si me hubieran abofeteado. Estiro el brazo y escucho el llanto en el otro extremo de la línea mientras Shannon trata de unir suficientes palabras para formar un pensamiento completo.

—Se trata de Riley… —empieza a decir, y al instante siento que voy a vomitar de nuevo. Ya sé lo que va a decir antes de que tenga la oportunidad de decirlo—. No… no *está*.

—¿Qué quieres decir con que no está? —pregunto, aunque sé lo que quiere decir.

Lo sé en mis entrañas. Recuerdo a Riley en nuestra fiesta de compromiso, encorvada en una silla en la sala de estar, con sus piernas flacas cruzadas. Sus zapatos de deporte golpeando la pata de la silla. El móvil en una mano y el pelo retorcido en la otra.

Pienso en Patrick, en la forma en la que la miraba. Las palabras que le dijo a Shannon, palabras que creí tranquilizadoras pero cuyo significado resulta ahora mucho más siniestro.

"Un día, esto será un recuerdo lejano".

—Quiero decir que *no está*. —Respira rápidamente tres veces—. Cuando nos despertamos esta mañana, no estaba en su habitación. Se escapó de nuevo por la ventana, pero no ha vuelto a casa. Ha pasado un día entero.

—¿Llamaste a Patrick? —pregunto, y espero que la tensión en mi voz no delate nada—. Quiero decir, cuando no pudiste localizarme.

—Sí —responde, ahora con voz tensa—. Creía que estábamos juntas. En tu despedida de soltera.

Cierro los ojos y bajo la cabeza.

—Es evidente que les pasa algo. Nos has estado mintiendo sobre algo. ¿Pero sabes qué, Chloe? No tengo tiempo para eso. Solo quiero saber dónde está mi hija.

Me quedo callada, sin saber siquiera por dónde empezar. Su hija está en problemas, Riley está en problemas y estoy bastante segura de saber por qué. Pero ¿cómo le doy la noticia? ¿Cómo le digo que es probable que Patrick se la haya llevado? ¿Que posiblemente estaba allí, esperando, cuando Riley arrojó la sábana por la ventana de su habitación y bajó hacia la oscuridad? ¿Que él sabía que ella estaría allí porque la misma Shannon se lo había contado aquella noche en nuestra casa? ¿Que eligió la noche de ayer porque *yo* me había ido y eso le dio la libertad de merodear a su antojo?

¿Cómo le digo que su hija probablemente esté muerta por mi culpa?

—Voy para tu casa —le digo, y me levanto de la cama, con piernas temblorosas pero decididas—. Voy para allá y te lo explicaré todo.

—No estoy en casa ahora —aclara—. Estoy en el coche, dando vueltas. Estoy buscando a mi hija. Pero nos vendría bien tu ayuda.

—Por supuesto —aseguro—. Solo dime adónde debo ir.

Cuelgo con instrucciones de recorrer todas las calles laterales en un radio de dieciséis kilómetros de su casa. Me levanto de la cama y bajo la vista; el bolso de viaje está junto a mis pies, con los recibos de Patrick amontonados encima del sobre blanco. Me inclino y vuelvo a meter todo en el bolso, lo levanto del asa y me lo cuelgo sobre el hombro. Luego vuelvo a mirar el móvil, los mensajes de Patrick.

¿Puedes llamarme, Chloe, por favor?
¿Dónde estás, Chloe?

Tengo un mensaje de voz y, por un segundo, me planteo borrarlo. No puedo escuchar su voz en este momento. No puedo escuchar sus excusas. Pero ¿y si tiene a Riley? ¿Y si todavía puedo salvarla? Pulso sobre la grabación y me acerco el teléfono a la oreja. Su voz se filtra en mi cerebro, resbaladiza como el aceite, y llena cada rincón, cada hueco. Lo impregna todo.

Hola, Chloe. Escucha..., no sé qué pasa contigo en este momento. No estás en tu despedida de soltera. Acabo de hablar con Shannon. No sé dónde estás, pero es obvio que algo anda mal.

La línea queda en silencio durante demasiado tiempo. Miro el teléfono para ver si el mensaje ha terminado, pero el temporizador sigue avanzando. Por fin, Patrick vuelve a hablar.

Para cuando llegues a casa, ya me habré ido. Dios sabe dónde estás ahora. Mañana por la mañana ya no estaré aquí. Esta es tu casa. Sea lo que sea lo que estás tratando de resolver, no deberías sentir que no puedes hacerlo desde aquí.

El pecho se me encoge. Se marcha. Está *escapando*.

"Te quiero", concluye. Suena más bien como un suspiro. "Más de lo que crees".

La grabación acaba con brusquedad y me quedo de pie en el centro de la habitación de motel, la voz de Patrick todavía resuena a mi alrededor. "Mañana por la mañana ya no estaré aquí". Vuelvo a mirar el despertador: son las diez y media. Tal vez todavía esté allí. Quizá siga en casa. Tal vez pueda llegar antes de que se vaya, averiguar adónde piensa huir y dar aviso a la policía.

Camino con rapidez hacia la puerta y salgo al aparcamiento. El sol ya ha descendido por debajo de los árboles y el resplandor de las farolas convierte sus ramas en sombras torcidas. Me detengo en seco, instintivamente nerviosa por la oscuridad. El manto de la noche. Pero entonces pienso en Riley. En Aubrey y en Lacey. Pienso en Lena. Pienso en las chicas, en todas las chicas desaparecidas ahí afuera, y me obligo a seguir caminando hacia la verdad.

CAPÍTULO 40

Apago las luces en cuanto entro por nuestra calle, aunque pronto me doy cuenta de que es inútil. Patrick no me verá llegar, porque ya se ha ido. Lo sé en el momento en el que paso por delante del sendero de entrada vacío. Las luces, tanto las interiores como las exteriores, están apagadas. Mi casa, una vez más, parece muerta.

Apoyo la cabeza en el volante. Es demasiado tarde. Podría estar en cualquier lugar, en cualquier lugar con Riley. Hago un esfuerzo enorme por imaginar sus últimos movimientos. Intento visualizar adónde podría haber ido.

Entonces levanto la cabeza. Se me ocurre una idea.

Recuerdo la cámara, esa cosa diminuta que instaló Bert Rhodes en el rincón de la sala de estar. La cámara que Patrick ni siquiera sabe que existe. Tomo el móvil y abro la aplicación de seguridad, contengo la respiración mientras la imagen en la pantalla comienza a cargarse. Es mi sala de estar, oscura y vacía. Casi espero ver a Patrick escondido en las sombras, esperando a que yo entre. Pulso sobre el cursor deslizante en la parte inferior de la pantalla para retroceder en el tiempo y observo cómo mi casa se ilumina y aparece Patrick.

Hace treinta minutos estaba aquí. Caminaba por la casa mientras hacía cosas exasperadamente normales como limpiar una encimera u ordenar la correspondencia dos o tres veces antes de dejarla en un lugar ligeramente diferente. Mientras lo observo, me quedo pensando en esas palabras de nuevo: *asesino en serie*. Me genera el mismo gusto extraño en la boca que hace veinte años, cuando veía a mi padre lavar los platos y secar cada uno de ellos con un cuidado meticuloso, atento a no romper los bordes. *Asesino en serie*. ¿Por qué se preocuparía por algo así? ¿Por qué un asesino en serie se preocuparía por preservar la vajilla de mi abuela cuando ni siquiera le importaba preservar una vida?

Patrick se acerca al sofá y se sienta en el borde, se frota distraídamente la mandíbula. Lo he observado muchas veces antes, he observado las pequeñas cosas que hace cuando piensa que nadie está mirando. Lo he visto preparar la cena en la cocina y he notado la forma en la que llena mi vaso hasta arriba con el último resto de una botella de vino antes de pasar su dedo por el borde y lamerlo hasta dejarlo limpio. Lo he visto salir del baño luego de darse una ducha y despeinarse los mechones de pelo húmedo que caen en cascada sobre su frente antes de tomar el peine y peinarlos cuidadosamente hacia un lado. Y cada vez que lo he observado, cada vez que he sido testigo de uno de esos pequeños momentos privados, he experimentado siempre una sensación de fascinación, como si no pudiera ser real.

Y ahora sé por qué.

No es real. No es verdad. El Patrick que conozco, el Patrick del que me enamoré, es la caricatura de un hombre, una máscara que el verdadero Patrick usa para ocultar su verdadero rostro. Me sedujo de la misma manera que sedujo a esas chicas; me mostró todo lo que yo quería ver, me dijo todo lo que yo quería oír. Me hizo sentir segura, me hizo sentir amada.

Pero ahora pienso enlos momentos en los que me mostró partes de su verdadero ser. Cuando dejó caer su máscara durante un minuto. Debería haberlo visto antes.

Al fin y al cabo, encaja a la perfección en uno de los dos tipos diferentes de imitadores de la descripción de Aaron: los que veneran y los que denuestan. Claramente, Patrick venera a mi padre. Ha estado siguiéndolo durante veinte años y ha imitado sus crímenes desde los diecisiete. Lo visita en prisión, pero en determinado momento, eso no fue suficiente. No fue suficiente con matar. No bastaba con tomar una vida y arrojarla en algún lugar; necesitaba tomar una vida y conservarla. Necesitaba tomar *mi* vida, apropiarse de ella como lo había hecho mi padre. Necesitaba engañarme día tras día, como lo había hecho mi padre. Lo observo ahora, esas manos que pusieron el anillo de su hermana en mi dedo, marcando su territorio. Esas manos que me aferraron de la garganta mientras me besaba y apretaron un poco más de la cuenta. Burlándose de mí, poniéndome a prueba. No me diferencio en nada de una pieza de joyería guardada a salvo en un rincón oscuro de un vestidor; su trofeo, un recordatorio viviente de sus logros. Lo observo ahora y siento que la rabia surge en mi pecho como una marea creciente que se alza cada vez más y más y me arrastra hacia abajo, ahogándome en vida.

Veo cómo Patrick se pone de pie y se lleva una mano al bolsillo trasero. Extrae algo y lo estudia durante un rato. Entrecierro los ojos para tratar de ver qué es, pero es demasiado pequeño. Amplio la imagen del móvil con dos dedos y entonces la reconozco: la fina cadena de plata se amontona en su palma y cae por su muñeca. Un diminuto grupo de diamantes que reflejan la luz.

Me acuerdo de él saliendo de la cama para atravesar la habitación con sigilo y cerrar la puerta del vestidor. Siento que el calor me sube desde el pecho a la garganta, a las mejillas, y se irradia a través de mis ojos.

Estaba en lo cierto. Él tomó el collar.

Recuerdo ahora todas las veces que Patrick me ha hecho dudar de mí misma, de mi cordura, aunque solo fuera por un momento. "Me voy a Nueva Orleans, ¿no lo recuerdas?". Cuestionando las cosas que yo había visto; las cosas que sabía en lo más hondo que eran ciertas. Sigue mirando la palma de su mano hasta que finalmente suspira y vuelve a guardar el collar en el bolsillo. Se dirige hacia la puerta principal y es entonces cuando advierto una maleta en el vestíbulo. Apoyada con cuidado contra ella está el bolso de su computadora. Patrick recoge ambas cosas y se vuelve. Contempla la habitación por última vez. Luego levanta el dedo hacia el interruptor de la luz y, como un par de labios fruncidos que soplan sobre una llama, todo se vuelve negro.

Coloco mi móvil en el portavasos mientras intento entender lo que acabo de ver. No es mucho, pero es algo. Hace media hora, Patrick estaba aquí. No puede estar muy lejos. Solo tengo que descifrar adónde ha podido ir. Las posibilidades son infinitas, la verdad. Podría ir a cualquier parte. Tiene una maleta. Podría estar conduciendo a través del país, preparado para esconderse en una habitación de hotel en algún lugar. Tal vez incluso ir hacia el sur, a México; la frontera está a menos de diez horas de distancia. Podría estar allí por la mañana.

Pero entonces pienso en ese collar, en su dedo que acaricia la cadena de plata sobre su mano. Pienso en Riley, todavía desaparecida. Su cuerpo aún no ha sido descubierto. Y me doy cuenta: no está huyendo, porque aún no ha terminado. Todavía tiene trabajo que hacer.

El forense había determinado que los cuerpos de las víctimas habían sido movidos después de muertas. Que habían muerto en otro lugar antes de ser devueltas al mismo sitio de donde habían desaparecido. Entonces, si ese era el caso, *¿dónde está Riley*? ¿Dónde podría estar ocultándola? ¿Dónde las ocultaba a todas?

Y entonces se me ocurre algo. Lo sé. De alguna manera, en lo más profundo, en mis propias células. Lo sé.

Antes de que pueda disuadirme a mí misma, arranco el coche, enciendo las luces y conduzco. Intento distraerme pensando en cualquier cosa y en cualquier sitio que no sea el lugar hacia donde estoy yendo, pero a medida que pasan los minutos, noto que los latidos de mi corazón se aceleran. Con cada kilómetro que pasa, me cuesta más respirar. Transcurren treinta minutos, luego cuarenta. Sé que ya casi he llegado. Miro el reloj del coche, falta poco para la medianoche, y cuando despego los ojos del tablero y los vuelvo a fijar en la carretera, entonces la veo, acercándose lentamente en la distancia. Esa vieja y conocida señal, oxidada en los bordes y sucia por los años de fango y mugre que se han adherido al metal. El sudor me humedece las manos y el pánico va creciendo en mi interior a medida que se aproxima y se hace más visible. Una luz parpadeante la ilumina con un brillo enfermizo.

"Bienvenidos a Breaux Bridge:
la capital mundial del cangrejo"

Estoy yendo a casa.

CAPÍTULO 41

ENCIENDO LA LUZ DE GIRO y tomo la siguiente salida. Breaux Bridge. Un lugar que no he visto desde que me fui a la universidad hace casi dos décadas; un lugar que no esperaba volver a ver.

Atravieso la ciudad entre las hileras de viejos edificios de ladrillo con toldos color verde musgo. En mi mente, este lugar parece estar separado por una línea nítida y definida: *antes* y *después*. A un lado de la línea, los recuerdos son luminosos y felices. Una infancia en una ciudad pequeña, llena de helados de la gasolinera y patines comprados en una tienda de segunda mano; la panadería por la que solía asomarme todos los días a las tres de la tarde, donde me regalaban una rebanada de pan de masa madre, todavía caliente del horno. La mantequilla derretida me chorreaba por la barbilla mientras volvía a casa de la escuela, esquivando las grietas en la acera, y recogía un ramo de malas hierbas florecidas que le ofrecía a mi madre en un vaso sucio.

Al otro lado, una nube enorme se cierne sobre todo.

Paso por el recinto ferial vacío donde todos los años se celebra el festival. Veo el lugar exacto en el que estuve con Lena, mi frente apoyada contra su estómago tibio, la humedad de su sudor que se pegaba a mi piel. La luciérnaga metálica que brillaba en mis manos. Contemplo el otro lado del recinto, donde mi padre estaba de pie en la distancia, mirándonos. Mirándola a ella. Paso por delante de mi antigua escuela, por delante del contenedor de basura donde un chico del último año me había golpeado la cabeza contra el metal mientras me amenazaba con hacerme lo mismo que mi padre le había hecho a su hermana.

Soy consciente de que Patrick ha estado recorriendo esta misma carretera durante semanas, desapareciendo la noche antes de regresar a casa cansado y sudoroso y lleno de vida. Me acerco a mi calle y detengo el coche a un lado de la carretera, poco antes del viejo camino de entrada. Observo ese largo camino por el que solía correr y levantar polvo antes de desaparecer entre los árboles, para luego subir corriendo los escalones del porche y dejarme caer en los brazos extendidos de mi padre. Es el lugar perfecto para llevar a una chica desaparecida: una vieja casa abandonada ubicada en cuatro hectáreas de tierra olvidada. Una casa que nadie visita, que nadie toca. Una casa que se considera embrujada, el mismísimo lugar donde Dick Davis enterró a sus seis víctimas antes de pasar por mi habitación y darme el beso de las buenas noches.

Recuerdo aquella conversación con Patrick, los dos tendidos en el sofá de mi sala de estar. La conversación en la que le había contado todo por primera vez y cómo me había escuchado con tanta atención. Lena y su anillo en el ombligo, una luciérnaga que brillaba en la oscuridad. Mi padre, la sombra en la oscuridad. La caja en el vestidor que guardaba sus secretos.

Y mi casa. Le había hablado de mi casa. El epicentro de todo.

Después de que mi padre fuese encarcelado y mi madre ya no estuviera en condiciones de cuidar de la casa, la responsabilidad había recaído en nosotros, en Cooper y en mí.

Pero igual que habíamos abandonado a mi madre en Riverside, elegimos abandonar esta casa también. No queríamos lidiar con ella, no queríamos enfrentarnos a los recuerdos que aún vivían en su interior. Así que la abandonamos; ha estado deshabitada durante años, con los muebles todavía dispuestos de la misma manera y una gruesa capa de telarañas que probablemente lo cubra todo. La viga de madera en el vestidor de mi madre todavía rota por el peso de ella al colgarse del cuello, las manchas de la ceniza de la pipa de mi padre aún en la alfombra de la sala de estar. Todo ello, una instantánea de mi pasado, congelado en el tiempo, partículas de polvo suspendidas en el aire como si alguien hubiera pulsado el botón de pausa, se hubiera dado la vuelta, hubiera cerrado la puerta y se hubiera ido.

Y Patrick lo sabía. Patrick sabía que estaba aquí. Sabía que estaba vacía, lista y esperándolo.

Mis manos aprietan el volante, el corazón me late con violencia en el pecho. Me quedo sentada en silencio durante unos segundos, preguntándome qué hacer. Pienso en llamar al detective Thomas y pedirle que se encuentre conmigo aquí. Pero ¿qué haría él exactamente? ¿Qué pruebas tengo? Entonces recuerdo a mi padre, atravesando estos mismos bosques por las noches, con una pala apoyada en un hombro. Y pienso en mí misma, con doce años, observando a través de mi ventana abierta.

Observando, esperando, pero sin hacer nada.

Riley podría estar ahí dentro. Podría estar en peligro. Tomo mi bolso y lo abro, mi mano temblorosa deja al descubierto la pistola en el interior: la pistola que me llevé del vestidor antes de salir de viaje, la pistola que había estado buscando aquella noche de la alarma. Luego respiro hondo, salgo del coche y cierro la puerta con un clic silencioso.

El aire es tibio y húmedo como un eructo de huevo cocido, el azufre del pantano resulta agobiante bajo el calor del verano. Avanzo con precaución hacia el camino de entrada y me quedo allí un rato, contemplando el trayecto que lleva a la casa. El bosque a ambos lados está completamente oscuro, pero me obligo a dar un paso adelante. Y luego otro. Otro más. Pronto me acerco a la casa. Había olvidado lo absoluta que es la oscuridad aquí, sin luces de la calle o de casas vecinas; aunque en contraste perfecto, la luz de la luna siempre brilla con intensidad. Alzo la vista hacia la luna llena sobre mi cabeza, una luna totalmente despejada. Ilumina la casa como un reflector y la hace refulgir. Ahora puedo verla bien: la pintura blanca descascarada, el revestimiento de madera desprendido por los años de calor y humedad, el césped que crece salvaje bajo mis pies. Las enredaderas trepan por los laterales como si fueran venas y le dan un aspecto sobrenatural, como si palpitara con una vida diabólica. Empiezo a subir los escalones del porche, evitando los lugares que puedan crujir, pero me doy cuenta de que las cortinas están abiertas y, con la luna tan brillante, si Patrick está adentro, sé que me podría ver. Así que, en lugar de eso, me vuelvo y voy hacia la parte trasera. Observo los trastos acumulados en el jardín de atrás, como siempre han estado; montones de madera laminada vieja se amontonan contra la parte trasera de la casa junto con una pala, una carretilla y otras herramientas de jardinería en su interior. Imagino a mi madre arrodillada, con la tierra incrustada en la piel y una mancha de polvo en la frente. Intento espiar por las ventanas, pero en esta parte de la casa las cortinas están cerradas y la falta de luz hace imposible ver nada a través de los huecos. Trato de girar la manija de la puerta y la agito un poco, pero no se abre. Está cerrada con llave.

Suspiro y me apoyo las manos en las caderas.

Entonces se me ocurre una idea.

Miro la puerta y traigo a mi mente aquel día con Lena… con la tarjeta de la biblioteca en la mano, cuando forzamos la entrada en la habitación de mi hermano.

"Primero tienes que buscar las bisagras. Si no puedes verlas, es el tipo de cerradura correcto". Rebusco en mi bolsillo y extraigo la credencial de Aaron que todavía llevo en mis jeans después de haberla encontrado enterrada bajo las sábanas del motel. La doblo con las manos —es lo bastante dura— y la introduzco en el hueco en ángulo, como me enseñó Lena.

"Una vez que la esquina está dentro, la enderezas".

Empiezo a mover la tarjeta mientras presiono con suavidad, la muevo arriba y abajo, arriba y abajo. La empujo más adentro y con la mano libre giro la manija, hasta que, finalmente, oigo un clic.

CAPÍTULO 42

La puerta trasera se abre y jalo con fuerza para liberar la tarjeta, envolviéndola en mi mano mientras entro. Tanteo el camino a través del vestíbulo, arrastro los dedos por las paredes conocidas para mantenerme en línea recta. La oscuridad me desorienta; oigo crujidos en todas direcciones, pero no sé si son los ruidos de una casa vieja o si es Patrick que se acerca con cautela por detrás, con los brazos extendidos, listo para atacar.

El vestíbulo da paso a la sala de estar y, al entrar, la habitación se ilumina con el resplandor de la luna a través de las cortinas, lo suficiente como para ver. Echo un vistazo a mi alrededor. Las sombras de la sala se ven exactamente como las recuerdo: el viejo sillón reclinable La-Z-Boy de mi padre en el rincón, con el cuero descolorido y agrietado. El televisor en el suelo con manchas en la pantalla donde mis dedos presionaron el cristal. Aquí es donde Patrick ha estado viniendo: a esta casa. En esta horrible y terrible casa es donde desaparece cada semana. Es donde trae a sus víctimas y hace Dios sabe qué con ellas antes de volver al lugar donde desaparecieron y arrojar sus cuerpos. Me vuelvo hacia la derecha y entonces advierto una forma inusual en el suelo, larga y delgada como un montón de tablas de madera.

Una forma como un cuerpo. El cuerpo de una chica joven.

—¿Riley? —susurro, y atravieso la sala corriendo hacia la sombra.

Antes de alcanzarla, veo que es ella: los ojos cerrados, la boca cerrada, el pelo suelto alrededor de las mejillas que cae en cascada sobre su pecho. Incluso en la oscuridad, o tal vez a causa de la oscuridad, la palidez de su rostro es sorprendente: parece un fantasma, con los labios azules y la tez con un brillo translúcido, como si toda la sangre se hubiera escurrido de ella.

—Riley —repito, y le muevo un brazo con los dedos.

No se mueve, no habla. Observo sus muñecas, la línea roja que empieza a formarse a través de sus venas. Observo su cuello, y me preparo para ver los pálidos hematomas con forma de dedos que empiezan a vetear la piel, pero no están ahí. Todavía no.

—*Riley* —insisto, y la agito ligeramente—. Vamos, Riley.

Llevo mis dedos debajo de su oreja y contengo la respiración, con la esperanza de sentir algo, cualquier cosa. Y ahí está, muy débil, pero ahí está. Una palpitación suave, el latido de su corazón, lento y forzado. Todavía está viva.

—Vamos —murmuro mientras trato de levantarla. Su cuerpo pesa como un cadáver, pero cuando la tomo de los brazos, sus ojos se mueven con rapidez de lado a lado y emite un leve gemido. Es el diazepam, me doy cuenta. Está muy drogada—. Voy a sacarte de aquí. Te prometo que voy a…

—¿Chloe?

Mi corazón se detiene de inmediato; hay alguien detrás de mí. Reconozco su voz, la forma en la que mi nombre rueda en su boca como una pastilla antes de derretirse en su lengua. La reconocería en cualquier lugar.

Pero no pertenece a Patrick.

Me incorporo con lentitud y me vuelvo para enfrentar a la figura a mis espaldas. La habitación está lo bastante iluminada para que pueda distinguir sus rasgos.

—Aaron. —Intento pensar en una explicación, en una razón para que esté aquí, en esta casa, *mi* casa, pero mi mente se queda en blanco—. ¿Qué estás haciendo aquí?

La luna se esconde detrás de una nube y, de pronto, la sala se oscurece. Abro más los ojos para tratar de ver, y cuando la luz vuelve a filtrarse por las cortinas, Aaron parece estar más cerca, a treinta centímetros, tal vez cincuenta.

—Podría preguntarte lo mismo.

Giro la cabeza hacia Riley y me doy cuenta de lo que esto debe parecer. Yo, arrodillada sobre una chica inconsciente en la oscuridad. Recuerdo al detective Thomas en mi consultorio, su vacilación, su mirada intensa y desconfiada. Mis huellas en el pendiente de Aubrey. Sus palabras acusadoras.

"Usted parece ser el hilo conductor de todo".

Hago un gesto hacia Riley y abro la boca para intentar hablar, pero siento que algo se me atasca en la garganta. Me detengo y carraspeo.

—Está viva, gracias a Dios —interrumpe Aaron, y se acerca un paso más—. Acabo de encontrarla. Intenté despertarla, pero no pude. Llamé a la policía. Están en camino.

Lo miro, aún sin poder hablar. Él nota mi indecisión y continúa hablando.

—Recordé que habías mencionado esta casa. Que está aquí abandonada y vacía. Y pensé que ella podría estar aquí. Te llamé varias veces. —Levanta los brazos, como en un gesto hacia la sala, y luego los deja caer a los lados—. Supongo que tuvimos la misma idea.

Suspiro y asiento con la cabeza. Pienso en la otra noche, en Aaron en la habitación de motel. Sus manos ávidas que se deslizaban entre mi pelo; la manera en la que estuvimos tumbados allí después, en silencio. Su voz en mi oído: "Te creo".

—Tenemos que ayudarla —digo encontrando mi voz. Me vuelvo hacia Riley y me inclino junto a ella para comprobar de nuevo su pulso—. Tenemos que hacerla vomitar o algo...

—La policía está en camino —repite Aaron—. Va a estar bien, Chloe. Se pondrá bien.

—Patrick no puede estar lejos —señalo mientras froto mis dedos contra la mejilla de Riley. Está fría. —Cuando me desperté, tenía varias llamadas perdidas. Me dejó un mensaje de voz y pensé que tal vez...

Me interrumpo al recordar la secuencia de esa noche. Yo que me quedé dormida, los labios agrietados de Aaron pegados a mi frente mientras me daba el beso de buenas noches. Me levanto despacio y me vuelvo. De pronto no quiero estar de espaldas a él.

—Espera un segundo. —Mis pensamientos se mueven con lentitud, como si estuvieran caminando por el fango—. ¿Cómo supiste que Riley había desaparecido?

Recuerdo haberme despertado un día entero más tarde, después de que Aaron ya se hubiera ido. Haber llamado a Shannon, esos sollozos lentos y entre lágrimas.

"Riley no está".

—Está en las noticias —responde.

Pero hay algo en la forma en la que lo dice, fría y ensayada, que no me creo del todo.

Doy un pequeño paso hacia atrás para poner más distancia entre nosotros. Intento mantener mi posición entre Aaron y Riley. Observo su expresión mientras me alejo: sus labios se endurecen ligeramente y se convierten en una línea fina y apretada; los músculos de su mandíbula se tensan, sus dedos se curvan en las palmas.

—Vamos, Chloe —continúa, y trata de sonreír—. Hay un equipo de búsqueda y todo eso. La ciudad entera la está buscando. Todo el mundo lo sabe.

Extiende sus brazos como si quisiera tomar mis manos, pero en vez de ir hacia él, levanto mis manos y le hago una señal para que deje de moverse.

—Soy yo —añade—. Soy Aaron. Me *conoces*, Chloe.

La luna se cuela de nuevo a través de las cortinas y entonces la veo, tirada en el suelo entre nosotros. Debí de haberla dejado caer cuando corrí hacia Riley y mis manos buscaron con desesperación su pulso: la credencial de prensa de Aaron. La tarjeta que había usado para forzar la puerta trasera. Pero ahora, algo en ella parece... diferente.

Me inclino sin prisa y sin apartar los ojos de Aaron y la recojo. Me la acerco, la miro más de cerca, y entonces reparo en que está rota, que la fuerza de la puerta ha hecho que se rompa. Los bordes están despegados. Tomo el papel roto, tiro con suavidad, y toda la cara empieza a despegarse. Un escalofrío me recorre la espalda.

No es una credencial de prensa verdadera. Es falsa.

Levanto la mirada hacia Aaron, que permanece de pie, observando. Entonces recuerdo la primera vez que vi esta credencial, en ese café, convenientemente sujeta con un clip a su camisa. Fácil de leer, con el logo de *The New York Times* en letra de imprenta negrita en la parte superior. Ese fue el momento en el que había conocido a Aaron, pero no fue la primera vez que lo había visto. Había sabido que era él porque había visto su fotografía en mi consultorio, con el Ativan que me provocaba un cosquilleo en las extremidades mientras yo estudiaba la foto en internet, pequeña y pixelada, en blanco y negro. La camisa de cuadros azules y las gafas de carey. La misma ropa que llevaba puesta cuando entró en aquella cafetería, con las mangas arremangadas hasta los codos. Y entonces, con una sensación de profundo espanto, me doy cuenta de que había sido a propósito. Que todo había sido a propósito. La ropa, algo que él sabía que yo reconocería. La credencial de prensa con el nombre *Aaron Jansen* impreso en un lugar fácil de ver. Recuerdo haber pensado que parecía distinto de la fotografía, diferente de lo que yo esperaba; más grandote, más musculoso. Sus brazos eran demasiado musculosos, su voz dos octavas demasiado baja. Pero yo había supuesto que ese hombre era Aaron Jansen incluso antes de que se presentara, antes de que pronunciara su nombre. Y el modo en el que había entrado en ese café, con paso lento y confiado, como si supiera que yo estaba allí, dónde estaba sentada. Como si estuviera dando un espectáculo, como si supiera que yo lo estaba observando.

Porque él también me había estado observando.

—¿Quién eres? —pregunto ahora; su cara, en la oscuridad, de pronto es irreconocible.

Permanece de pie en su sitio, callado. Hay una vacuidad que nunca había notado antes, como si su cuerpo se hubiera roto como una cáscara de huevo y toda la yema se hubiera escurrido de su interior. Parece considerar la pregunta por un momento, como si quisiera determinar la mejor manera de responder.

—No soy nadie —responde por fin.

—¿Lo hiciste tú?

Veo cómo abre la boca y la vuelve a cerrar, como si buscara las palabras. No responde, y me sorprendo recordando cada una de las conversaciones que hemos tenido. Sus palabras suenan ahora con fuerza y retumban a mi alrededor como la sangre que oigo palpitar en mis oídos.

"Los imitadores asesinan porque están obsesionados con otro asesino".

Contemplo a este hombre, a este desconocido que se infiltró en mi vida al principio de todo esto. El hombre que había compartido conmigo la teoría del imitador por primera vez y me había llevado en esa dirección hasta que finalmente yo también la creí. Esas preguntas que había hecho, siempre tanteando, acercándose: "Hay una razón por la que esto está sucediendo aquí y ahora". Cuando yo había hablado acerca de Lena, el atolondramiento infantil se había colado en su voz, casi como si no pudiera evitarlo, tenía que saber: "¿Cómo era ella?".

—Respóndeme —presiono esforzándome para que no me tiemble la voz—. ¿Lo hiciste?

—Mira, Chloe. No es lo que piensas.

Me acuerdo de él en mi cama, con sus manos en mis muñecas y sus labios en mi cuello. Lo recuerdo de pie mientras se ponía los jeans. Y cuando me llevó ese vaso de agua y luego me acarició el pelo y dejó que me adormeciera antes de volver a salir a la oscuridad. Esa fue la noche que desapareció Riley. Esa fue la noche en la que se la llevaron; que *él* se la llevó mientras yo dormía, con la frente salpicada de sudor y mi cuerpo todavía vibrando por sus caricias. Siento el asco que brota de la boca de mi estómago. Aunque después de todo, eso era lo que él me había dicho aquel día en el río, con los vasos desechables de café entre nuestros pies, mientras contemplábamos el puente en la distancia que emergía debajo de un manto de niebla.

"Es un juego".

Solo que no me di cuenta de que era su juego.

—Llamaré a la policía —anuncio, porque ahora sé que él no llamó a nadie. Que no van a venir.

Meto la mano en mi bolso y busco a tientas mi móvil. Mis dedos tiemblan mientras rozan todo lo que hay dentro, y entonces me doy cuenta: mi móvil está en el coche, todavía en el posavasos. Sigue en el mismo lugar donde lo coloqué después de haber visto a Patrick por la cámara y antes de conducir sin pensar hasta Breaux Bridge, aparcar el coche y forzar la entrada en la casa. ¿Cómo pude haberlo olvidado? ¿Cómo pude haber olvidado mi móvil?

—Vamos, Chloe —dice Aaron, y se acerca más. Ahora está a solo unos centímetros de distancia, lo bastante cerca para tocarme—. Deja que te explique.

—¿Por qué lo hiciste? —le pregunto, con la mano todavía dentro del bolso y el labio temblando—. ¿Por qué mataste a esas chicas?

En el momento en el que las palabras salen de mis labios, vuelvo a sentirlo: el *déjà vu* que me invade como una ola. El recuerdo de mí misma, sentada en esta misma sala, hace veinte años. Mis dedos presionados contra el televisor mientras escuchaba al juez hacer exactamente la misma pregunta a mi padre. El silencio en la sala mientras todos esperaban, mientras yo esperaba, desesperada por la verdad.

—No fue culpa mía—responde por fin, con los ojos húmedos—. No lo fue.

—No fue culpa tuya —repito—. Mataste a dos chicas y no fue tu culpa.

—No, quiero decir… Lo fue. Sí, lo fue. Pero también fue…

Miro a este hombre y veo a mi padre. Lo veo en la pantalla de mi televisor, con los brazos esposados detrás mientras yo, sentada en el suelo, absorbo cada una de sus palabras. Veo el demonio que vive en algún lugar de su interior: un feto húmedo y palpitante acurrucado en su vientre que va creciendo con lentitud hasta que un día emerge. Mi padre y su oscuridad; esa sombra en el rincón que lo atrae, que lo devora entero. El silencio en la sala del juzgado mientras confesaba, con lágrimas en los ojos. La voz incrédula del juez. Llena de desprecio.

"¿Y me está diciendo que esta oscuridad lo obligó a matar a esas chicas?".

—Eres exactamente como él —lo increpo—. Tratando de culpar a otra cosa por lo que hiciste.

—No. No, no es así.

Casi puedo sentir las uñas clavadas en las palmas de mi mano hasta hacerme sangrar. La ira y la rabia que habían surgido en mi pecho mientras lo observaba aquel día; mi indiferencia al verlo llorar. Recuerdo cómo lo había odiado en ese momento. Lo odié con cada célula de mi cuerpo.

Recuerdo cómo lo había matado. En mi mente, lo había matado.

—Escúchame, Chloe —insiste Aaron, y se acerca un par de pasos más. Observo sus brazos estirados hacia mí, las manos suaves extendidas. Las mismas manos que habían tocado mi piel, entrelazadas con mis dedos. Había corrido a sus brazos de la misma manera que había corrido a los de mi padre, buscando seguridad en todos los lugares equivocados—. Él me obligó a hacerlo…

Lo oigo antes de verlo, antes de que pueda siquiera registrar lo que he hecho. Es como si estuviera viendo lo que le ocurre a otra persona: mi brazo sale de mi bolso con la pistola en la mano. Un único disparo, que estalla con fuerza como un petardo y me tira el brazo hacia atrás. Un destello de luz brillante mientras sus piernas se tambalean hacia atrás sobre el suelo de madera y baja la vista hacia el charco rojo que se expande por su estómago antes de volver a mirarme, sorprendido. La luz de la luna que ilumina sus ojos, vidriosos y confusos. Sus labios, rojos y húmedos, se separan con lentitud como si intentara hablar.

Luego veo cómo su cuerpo se desploma sobre el suelo.

CAPÍTULO 43

Estoy sentada en la comisaría de policía de Breaux Bridge; las bombillas baratas del techo de la sala de interrogatorios le dan a mi piel un brillo verde como de algas radiactivas. La manta que me han colocado sobre los hombros raspa como si fuera velcro, pero tengo demasiado frío para quitármela.

—Muy bien, Chloe. ¿Por qué no nos cuenta una vez más lo que pasó?

Alzo la mirada hacia el detective Thomas. Está sentado al otro lado de la mesa junto al agente Doyle y una policía de Breaux Bridge cuyo nombre ya he olvidado.

—Ya se lo conté a ella —respondo, y miro a la policía sin nombre—. Lo grabó todo.

—Cuéntemelo una vez más a mí —insiste el detective—. Y luego la llevaremos a su casa.

Suspiro y alargo la mano para tomar el vaso de café que está sobre la mesa frente a mí. Es el tercero de la noche, y cuando me lo llevo a los labios, noto motas de sangre seca microscópicas en mi piel. Dejo el vaso, me rasco una mancha con la uña y veo que se desprende como si fuera pintura.

—Conocí al hombre que supuse que era Aaron Jansen hace unas semanas —comienzo—. Me dijo que estaba escribiendo un artículo sobre mi padre. Que era periodista del *New York Times*. En algún momento, alegó que su historia había cambiado debido a las desapariciones de Aubrey Gravino y Lacey Deckler. Que creía que eran obra de un imitador y necesitaba mi ayuda para resolverlo.

El detective Thomas asiente con la cabeza, instándome a continuar.

—A lo largo de nuestras conversaciones, empecé a creerle. Había muchas similitudes: las víctimas, las joyas desaparecidas. El aniversario que se acercaba. En un principio, creí que podría haber sido Bert Rhodes; se lo confié a usted, pero más tarde esa noche, encontré algo en mi vestidor. Un collar que combinaba con los pendientes de Aubrey.

—¿Y por qué no nos trajo esta prueba cuando la encontró?

—Lo intenté —admito—. Pero a la mañana siguiente, había desaparecido. Mi prometido se lo llevó. En mi móvil tengo un video de él con el collar en la mano, y entonces empecé a pensar que él podría haber tenido algo que ver en todo el asunto. Pero incluso si hubiera tenido el collar para mostrárselo, usted dejó bastante claro durante nuestra última conversación que no creía en nada de lo que yo decía. Prácticamente me mandó a la mierda.

El detective me mira atentamente desde el otro lado de la oficina y se mueve con incomodidad. Le devuelvo la mirada.

—En cualquier caso, hay más. Patrick ha estado visitando a mi padre en la cárcel. Encontré diazepam en su maletín. Su propia hermana desapareció hace veinte años y cuando visité a su madre, me dijo que pensaba que él podría haber tenido algo que ver.

—A ver, a ver —interrumpe el detective, y levanta una mano con los dedos extendidos—. Vayamos por partes. ¿Qué la trajo a Breaux Bridge esta noche? ¿Cómo sabía que Riley Tack estaría aquí?

La imagen de Riley, pálida como un fantasma, aún está

grabada en mi mente. La imagen de la ambulancia que avanzaba a toda velocidad por el camino de entrada; mi propia imagen, de pie en el jardín delantero, con el teléfono que había recuperado de mi coche en la mano, mientras esperaba con el cuerpo rígido y los ojos desenfocados. Incapaz de volver a entrar en esa casa, incapaz de enfrentarme al cadáver en el suelo. Los paramédicos que la cargaron en la parte trasera, atada a una camilla, con bolsas de líquidos conectadas a sus venas.

—Patrick me dejó un mensaje de voz en el que me decía que se marchaba —explico—. Y yo intenté descifrar adónde había estado yendo, adónde podría haber estado llevando a las chicas. Y tuve la sensación de que las traía aquí. No lo sé.

—Está bien. —El detective Thomas asiente—. ¿Y dónde está Patrick ahora?

Levanto la vista hacia él, me pican los ojos por la intensidad de las luces, el café amargo, la falta de sueño. Todo.

—No lo sé —repito—. Se ha ido.

La habitación está en silencio excepto por el zumbido de las luces en el techo, como el de una mosca atrapada adentro de una lata. Aaron mató a esas chicas. Intentó matar a Riley. Por fin tengo mis respuestas, pero todavía hay muchas cosas que no entiendo. Muchas cosas que no tienen sentido.

—Sé que no me cree —agrego, y levanto la vista—. Sé que todo suena como una locura, pero le estoy diciendo la verdad. No tenía ni idea...

—Le creo, Chloe —interrumpe el detective Thomas—. En serio.

Asiento con la cabeza, intentando no mostrar el alivio que me invade. No sé qué esperaba que me dijera, pero no esto. Esperaba una discusión, una exigencia de pruebas que no puedo presentar. Y entonces me doy cuenta: él debe de saber algo que yo no sé.

—Usted sabe quién es —deduzco; empiezo a comprender—. Me refiero a Aaron. Usted sabe quién es en verdad.

El detective me devuelve la mirada con una expresión impenetrable.

—Tiene que decírmelo. Merezco saberlo.

—Su nombre era Tyler Price —comienza, y se inclina para levantar su maletín y ponerlo sobre la mesa.

Lo abre, extrae una ficha policial y la coloca entre nosotros. Me quedo mirando la cara de Aaron, no, la cara de *Tyler*. Tiene aspecto de Tyler, diferente sin las gafas que agrandan sus ojos, las camisas ceñidas y el pelo corto. Tiene uno de esos rostros genéricos que todo el mundo cree reconocer; facciones ordinarias, sin marcas fácilmente identificables, aunque guarda un vago parecido con el retrato que yo había visto en internet, con el verdadero Aaron Jansen. Tal vez podría pasar por un primo segundo. Un hermano mayor. De esos que compran el alcohol para los estudiantes de bachillerato y luego aparecen en la fiesta y se escabullen a un rincón. Beben cerveza en silencio y observan.

Trago saliva con los ojos clavados en la mesa. Tyler Price. Me regaño a mí misma por haber caído en la trampa, por haber visto tan fácilmente lo que él quería que viera; aunque, al mismo tiempo, tal vez había visto lo que *yo* quería ver. Después de todo, había necesitado un aliado. Alguien de mi lado. Pero solo había sido un juego para él. Todo, un juego. Y Aaron Jansen no había sido más que un personaje.

—Pudimos identificarlo casi inmediatamente —prosigue el detective Thomas—. Es de Breaux Bridge.

Levanto la cabeza con brusquedad, los ojos muy abiertos.

—*¿Qué?*

—Ya figuraba en el sistema por delitos menores cometidos hace unos años. Posesión de marihuana, violación de la propiedad privada. Abandonó la escuela justo antes del noveno curso.

Vuelvo la atención a la foto y trato de evocar un recuerdo. Cualquier recuerdo de Tyler Price. Después de todo, Breaux

Bridge es una ciudad pequeña, aunque, por otra parte, nunca tuve muchos amigos.

—¿Qué más sabe de él?

—Fue visto en el cementerio Los Cipreses —agrega, y extrae otra fotografía de su maletín. Esta vez es del equipo de búsqueda, con Tyler a lo lejos, sin gafas y con una gorra de béisbol bajada para cubrirse el rostro—. Se sabe que algunos asesinos suelen regresar a sus escenas del crimen, en particular los reincidentes. Parece que Tyler dio un paso más allá contigo. No solo regresó a las escenas, sino que se involucró en el caso. A distancia, por supuesto. No es tan algo tan raro.

Tyler había estado allí, había estado en todas partes. Recuerdo el cementerio, esos ojos que podía sentir en mi espalda todo el tiempo. Que me observaban mientras me abría paso entre las lápidas, encorvada sobre la tierra. Lo imagino con el pendiente de Aubrey en una mano enguantada, inclinándose para atarse el zapato y dejarlo allí para que yo lo encontrara. Esa foto mía que me había mostrado en su móvil. No la había encontrado en internet, me doy cuenta. La había tomado él.

Y entonces me acuerdo.

Pienso en mi infancia, después de la detención de mi padre. Esas huellas que habíamos encontrado alrededor de toda la parcela. Ese niño sin nombre que yo había sorprendido mirando a través de las ventanas. Impulsado por una curiosidad enfermiza, una fascinación por la muerte.

"¿Quién eres?", le grité, y me abalancé sobre él. Su respuesta fue la misma entonces que la de anoche, veinte años después.

"No soy nadie".

—Estamos procesando su coche —continúa el detective Thomas, pero casi no puedo oírlo—. Encontramos diazepam en su bolsillo. Un anillo de oro que suponemos que pertenece a Riley. Un brazalete de cuentas de madera con una cruz de metal.

Presiono el puente de mi nariz con los dedos. Todo esto es demasiado para mí.

—Eh —me dice el detective, y baja la cabeza para poder ver mis ojos. Levanto la vista, cansada—. No es culpa suya.

—Sí lo es —respondo—. Es culpa mía. Las encontró por mi culpa. *Murieron* por mi culpa. Debería haberlo reconocido…

El detective extiende la palma de su mano y niega levemente con la cabeza.

—Ni se le ocurra pensar así —dice—. Pasó hace veinte años. Era solo una niña.

Tiene razón, lo sé. Era solo una niña, tenía poco más de doce. Pero, aun así…

—¿Sabe quién más es solo una niña? —pregunta.

Lo miro, con las cejas levantadas.

—¿Quién?

—Riley —responde—. Y gracias a usted, está viva.

CAPÍTULO 44

El detective Thomas pone los brazos en jarras mientras salimos de la estación de policía como si estuviera de pie en la cima de alguna montaña, no en un aparcamiento, inspeccionando los alrededores. Son las seis de la mañana. El aire es a la vez húmedo y fresco, una anomalía de primera hora de la mañana, y soy muy consciente del canto de los pájaros en la distancia, el cielo como de algodón de azúcar, los primeros conductores que se dirigen al trabajo. Entrecierro los ojos, me siento desorientada y confundida. No hay sensación de tiempo dentro de la comisaría: ni ventanas ni relojes. El mundo se desliza con sigilo a tu alrededor mientras te hacen beber cafeína a la fuerza a las cuatro de la mañana y hueles las sobras medio rancias de algún policía fuera de servicio calentándose en la cocina de la sala de descanso. Puedo sentir el esfuerzo de mi cerebro por tratar de entender cómo puede ser el amanecer, el comienzo de un nuevo día, cuando mi mente sigue atascada en la noche anterior.

Una gota de sudor me resbala por el cuello, me llevo la mano hacia atrás y siento el agua salada correr entre mis dedos como si fuera sangre. Eso parece ser lo único en lo que puedo pensar: en la sangre, en la forma en que se acumula y zigzaguea a través de la senda de menor resistencia, desde que bajé la vista y vi el estómago de Tyler, ese charco oscuro que se expandía despacio por su camisa. La forma en la que se había deslizado al suelo y se había arrastrado con lentitud hacia mí. Me había cubierto los zapatos y me había manchado las suelas. No paraba de avanzar, como si alguien hubiera cortado una manguera de goma con un par de tijeras y el líquido saliera a chorros.

—Escuche, con respecto a lo que dijo antes. —El detective Thomas rompe el silencio—. Sobre su prometido.

Sigo observando mis zapatos, la línea roja en la parte inferior. Si no supiera la verdad, podría haber pisado pintura.

—¿Está segura? —presiona—. Podría haber una explicación…

—Estoy segura —lo interrumpo.

—Ese video en su móvil. No se alcanza a ver bien lo que tiene en la mano. Podría ser cualquier cosa.

—Estoy segura.

Percibo que me observa de perfil, y luego se endereza y asiente con la cabeza.

—De acuerdo —acepta—. Lo encontraremos. Le haremos algunas preguntas.

Pienso en las últimas palabras que me dijo Tyler y que resonaron a través de mi casa y mi mente.

"Él me obligó a hacerlo".

—Gracias.

—Pero hasta entonces, váyase a casa. Descanse un poco. Enviaré un coche de incógnito para que patrulle su barrio, por si acaso.

—Sí —digo—. Sí, de acuerdo.

—¿Quiere que la lleve?

El detective Thomas me deja de nuevo en mi coche, que sigue aparcado en la carretera fuera de la casa de mi infancia. No me permito levantar la vista, así que me deslizo en el asiento del conductor. Con los ojos fijos en la grava, arranco el motor y me marcho. No pienso demasiado durante el viaje de regreso a Baton Rouge, fijo los ojos en la línea amarilla de la autopista hasta ponerme bizca. Dejo atrás una señal que me invita a Angola, a ochenta y cinco kilómetros al noreste, y aferro el volante un poco más fuerte. A fin de cuentas, todo apunta a él: a mi padre. Los recibos de Patrick, la forma en la que Tyler había tratado de impedir que fuera a verlo aquella noche en el motel. "Es peligroso, Chloe". Mi padre sabe algo. Él es la clave de todo esto. Es el denominador común entre Tyler y Patrick y esas chicas muertas y yo, lo que nos une a todos como moscas atrapadas en la misma telaraña. Él tiene las respuestas, él y nadie más. Lo sé, por supuesto. He estado considerando la idea de visitarlo, dándole vueltas en mi mente como dedos que trabajan en una bola de arcilla esperando forjar una forma. Que se revele una respuesta.

Pero nunca sucedió.

Atravieso la puerta de mi casa y espero oír los ahora habituales y tranquilizantes pitidos de la alarma, pero no ocurre nada. Observo el panel y me doy cuenta de que no está activado. Entonces recuerdo haber visto a Patrick en mi móvil apagando las luces, el último en salir. Introduzco el código en el teclado y subo las escaleras, directamente al baño; dejo caer el bolso sobre la tapa del excusado. Me dispongo a prepararme un baño, y giro el grifo hacia la izquierda todo lo posible, con la idea de que el agua hirviendo me queme hasta lo más profundo y elimine a Tyler de mi piel.

Meto los dedos de un pie en la tina y entro en ella; mi cuerpo se torna rosa intenso. El agua me llega al pecho, a las clavículas. Me hundo tanto que todo mi cuerpo queda sumergido excepto mi rostro; el corazón me late con fuerza en los oídos. Contemplo el bolso, el envase de pastillas en su interior. Imagino que me las tomo todas y me quedo dormida. Las pequeñas burbujas que escaparían de mis labios a medida que me fuera hundiendo más y más, hasta que, por fin, estallara la última. Por lo menos sería pacífico. Y estaría rodeada de calor. Me pregunto cuánto tiempo tardarían en encontrarme. Días, probablemente. Tal vez semanas. La piel se me empezaría a desprender y los pequeños colgajos subirían a la superficie como nenúfares.

Bajo la vista al agua y me doy cuenta de que se ha vuelto de un color rosa pálido. Tomo una esponja y empiezo a restregarme la piel, los restos de la sangre de Tyler que aún están adheridos a mis brazos. Incluso después de que han desaparecido, sigo frotando, presionando con fuerza. Hasta que me duele. Luego me inclino hacia delante, quito el tapón del desagüe y permanezco sentada hasta que se escurre la última gota.

Me pongo un pantalón deportivo y una sudadera antes de volver a bajar las escaleras, entrar en la cocina y servirme un vaso de agua. Me lo bebo todo y suspiro al llegar al fondo, dejando caer la cabeza. Y entonces la levanto y escucho. Un escalofrío me recorre el cuerpo, dejo el vaso con cuidado y doy un paso lento hacia la sala de estar. Oigo algo. Un sonido sordo. Un movimiento sutil, algo que no habría notado si no estuviera tan consciente de estar sola.

Entro en la sala de estar y mi cuerpo se pone rígido cuando veo a Patrick.

—Hola, Chloe.

Lo estudio en silencio, de pie ahí, y me imagino a mí misma arriba en la tina, con los ojos cerrados. Imagino que los abro y veo a Patrick encima de mí. Sus manos extendidas, empujándome hacia abajo. Los gritos, la boca abierta, el ruido del agua y yo que tiemblo y me agito hasta morir como un coche viejo.

—No quise asustarte.

Me vuelvo hacia el panel de la alarma, que había quedado sin activar. Y entonces me doy cuenta: nunca se fue. Lo recuerdo de pie junto a la puerta principal, suspirando antes de pulsar el interruptor. La cámara que se oscurece.

Pero nunca lo vi abrir la puerta. Nunca lo vi salir.

—Sabía que no vendrías a casa a menos que pensaras que me había ido —continúa, leyendo mi mente—. Pensaba esperarte para que pudiéramos hablar. Incluso te vi fuera anoche, aparcada junto a la casa. Pero luego te fuiste. Y no volviste.

—Hay un policía vigilando fuera —miento. No vi ninguno cuando llegué, pero podría haberlo. Podría haber uno—. Te están buscando.

—Deja que te explique.

—Conocí a tu madre.

Parece sorprendido; no se lo esperaba. No tengo ningún plan, pero ver a Patrick aquí, en mi casa, de pie y con aire autosuficiente, de pronto me enfada.

—Me contó todo sobre ti —prosigo—. Tu padre, su violencia. La forma en la que intentaste intervenir durante un tiempo, pero que al final dejaste de hacerlo. Permitiste que ocurriera.

Patrick cierra levemente las manos.

—¿Eso fue lo que le pasó? —pregunto—. ¿A Sophie? ¿Te descargaste con ella?

Me imagino a Sophie Briggs que llega a su casa desde la de una amiga, sube los escalones del porche con sus zapatillas deportivas rosas y cierra la mosquitera con un golpe. Entra y ve a Patrick, encogido en el sofá, con los ojos inertes y una sonrisa enfermiza. Imagino que pasa corriendo junto a él y tropieza con la basura mientras se dirige hacia las escaleras alfombradas que llevan a su habitación. Patrick va detrás de ella, se acerca, la aferra de la cola de caballo rizada y jala con fuerza. Jala de su cuello hacia atrás, el chasquido de una rama al quebrarse. Un grito ahogado que nadie oyó.

—Tal vez no fue tu intención. Tal vez se te fue de las manos.

El cuerpo de Sophie al pie de las escaleras, sus miembros fláccidos como fideos mojados. Patrick le mueve el hombro antes de inclinarse hacia delante, le levanta la mano y la deja caer como un peso muerto. Le quita con cuidado el anillo del dedo y se lo guarda en el bolsillo. A veces los malos hábitos empiezan así: un accidente, como un meñique roto que termina en una adicción a las drogas. Sin el dolor, nunca habrías sabido que te gustaban.

—¿Crees que maté a mi hermana? —pregunta—. ¿De eso se trata?

—Sé que mataste a tu hermana.

—Chloe…

Se detiene en mitad de la frase y me mira fijamente. No hay confusión, ni ira, ni anhelo en sus ojos. Es la misma mirada que he visto antes, muchas muchas veces. Esa mirada que he visto en los ojos de mi propio hermano, de la policía. En Ethan, en Sarah y en el detective Thomas. En el espejo cuando contemplo mi propio reflejo y trato de distinguir lo real de lo imaginado; el *entonces* del *ahora*. Es la mirada que he estado temiendo ver en los ojos de mi prometido; todos estos meses, la mirada que he intentado evitar con desesperación. Pero ahora, está aquí.

Ese primer indicio de preocupación no por mi seguridad, sino por mi mente.

Es lástima, es miedo.

—Yo no maté a mi hermana —dice con lentitud—. Yo la salvé.

CAPÍTULO 45

Earl Briggs bebía Jim Beam Kentucky Straight. Siempre estaba un poco tibio porque permanecía abierto sobre la mesa de la sala de estar, con los rayos de luz de las ventanas que se reflejaban en la botella como ámbar fosilizado. Siempre en un vaso largo, con el líquido hasta el borde. Le cubría los labios con una capa resbaladiza permanente, como un charco de gasolina, y le daba a su aliento un olor medicinal. Un olor empalagosamente dulce, como de caramelo de mantequilla expuesto al sol.

—Siempre sabía qué tipo de día iba a ser en función de lo llena que estuviera la botella —relata Patrick. Se deja caer en el sillón y fija la vista en el suelo. Normalmente, me habría acercado a él y le habría rodeado la espalda con el brazo. Habría deslizado mi uña por la pequeña franja de piel entre sus omóplatos. Normalmente. En lugar de eso, me quedo de pie—. Empecé a pensar en ella como en un reloj de arena, ¿sabes? Empezaba llena y luego la veíamos ir vaciándose lentamente. Cuando se vaciaba del todo, sabíamos que nos convenía mantenernos lejos.

Mi padre tenía sus demonios, desde luego, pero la bebida no era uno de ellos. Tengo vagos recuerdos de él abriendo una cerveza Bud Light después de una tarde en el jardín, un cuello sudado que justificaba una botella bien fría. Rara vez tomaba otro tipo de bebida alcohólica, solo en ocasiones especiales. Casi hubiera preferido que bebiera. Todo el mundo tiene sus vicios: algunos fuman cigarrillos cuando están borrachos; Dick Davis asesina. Pero no, no era igual. No necesitaba ningún tipo de sustancia química para activar su violencia. Me resulta imposible entender este demonio en particular.

—Se ensañó con mi madre durante años —continúa Patrick—. Por todo. Cada pequeña cosa lo hacía estallar.

Pienso en ese hematoma debajo del ojo de Dianne, sus brazos rojos como carne tierna. "Mi esposo, Earl. Tiene mal genio".

—Yo no podía entender por qué no lo abandonaba de una vez —agrega—. Por qué no nos marchábamos. Pero nunca lo hizo. Supongo que aprendimos a manejarlo. Sophie y yo. Manteníamos la distancia, andábamos de puntillas. Pero entonces, un día, llegué a casa de la escuela…

Parece como si algo le doliera físicamente, como si estuviera tratando de tragarse una piedra. Aprieta los ojos con fuerza y alza la mirada hacia mí.

—Le dio una paliza, Chloe. A su propia hija. Y eso ni siquiera fue lo peor. Mi madre no lo detuvo.

Me permito imaginarlo: el joven Patrick, de diecisiete años, con la mochila colgada al hombro, escucha los conocidos gemidos que flotan a través de la puerta principal al acercarse a su casa. Entra en la sala de estar llena de humo. Pero en lugar de la escena habitual, ve a su madre inclinada sobre el fregadero de la cocina, intentando que el sonido del agua que corre ahogue el ruido.

—Dios, intenté que hiciera algo. Que se enfrentara a él. Pero ella simplemente dejó que ocurriera. Mejor Sophie que ella, supongo. De verdad, creo que se sintió aliviada.

Imagino que corre por el vestíbulo y sortea con rapidez los montones de basura y el gato sarnoso y las colillas tiradas en la alfombra. Que golpea con fuerza a una puerta cerrada, sus gritos caen en oídos sordos. Corre hacia la cocina y agita el brazo de su madre. ¡*HAZ ALGO!* Imagino la misma sensación de pánico que yo había sentido cuando entré tambaleante en la habitación de mis padres, con el cuerpo casi sin vida de mi madre que formaba un montículo sobre el suelo del vestidor, como un montón de ropa sucia que se hubiera caído por un lado del cesto. Cooper que miraba con fijeza. Sin hacer nada. La repentina toma de conciencia de que estábamos solos.

—En ese momento supe que Sophie tenía que irse. Que si yo no la sacaba de allí, nunca se iría. Se convertiría en mi madre, o peor. Acabaría muerta.

Me permito dar un paso en su dirección, un solo paso. No parece darse cuenta; está perdido en el recuerdo, dejando que brote con libertad. Los papeles se han invertido.

—Me enteré de lo de tu padre en Breaux Bridge y de ahí tomé la idea. La inspiración. Para hacerla desaparecer.

Ese recorte guardado en el libro, la foto de la ficha policial de mi padre.

SIGUEN SIN APARECEN LOS CUERPOS DE LAS VÍCTIMAS DE DICK DAVIS, CONOCIDO COMO EL ASESINO EN SERIE DE BREAUX BRIDGE.

—Se fue a casa de una amiga después de la escuela y nunca regresó. Mis padres no se dieron cuenta hasta la noche siguiente. Veinticuatro horas desaparecida y… nada. —Agita la mano, hace un movimiento de *puf, algo que se esfuma*—. Me quedé esperando que dijeran algo. Seguí sentado allí, esperando que se dieran cuenta. Que llamaran a la policía, *algo*. Pero nunca lo hicieron. Solo tenía trece años. —Menea la cabeza con incredulidad—. La madre de la amiga en cuya casa había estado llamó al día siguiente (creo que se había dejado un libro de la escuela, sabía que ya no lo necesitaría) y solo entonces se dieron cuenta. Fueron otros padres los que se dieron cuenta antes que ellos. En ese momento, todo el mundo supuso que le había pasado lo mismo que a todas esas otras chicas. Que se la habían llevado.

Me imagino a Sophie en ese televisor sucio, del tipo de los que suelen colocarse en las encimeras de la cocina, pero que estaba sobre una mesa portátil en la sala de estar. La misma foto escolar, su *única* foto, desplegada en la pantalla. Dianne que la observa mientras Patrick sonríe en silencio en el rincón, sabiendo la verdad.

—Entonces, ¿dónde está? —pregunto—. Si todavía está viva…

—Hattiesburg, Mississippi. —Pronuncia las palabras con un acento gangoso, como un pasajero perdido leyéndolo en un mapa—. Una casa pequeña de ladrillo con cortinas verdes. Paso a verla cuando puedo, cuando estoy de viaje.

Cierro los ojos. Reconozco esa ciudad por uno de los recibos. Hattiesburg, Mississippi. Un restaurante llamado Ricky's. Ensalada de pollo César y una hamburguesa con queso, bien cocida. Dos copas de vino. Veinte por ciento de propina.

—Ella está bien, Chloe. Está viva. Está a salvo. Es todo lo que siempre quise.

Las cosas empiezan a tener sentido ahora, pero no de la manera que yo esperaba. Todavía no estoy segura de poder creerle del todo. Porque todavía queda mucho por explicar.

—¿Por qué no me lo contaste?

—Quería hacerlo. —Intento ignorar la súplica en su voz, ese pequeño temblor que parece anticipar el llanto—. No tienes ni idea de cuántas veces estuve a punto de hacerlo.

—¿Y por qué no lo hiciste? Yo te hablé de mi familia.

—Exactamente por eso —precisa, y se jala las puntas del pelo. Parece descontento, como si estuviéramos discutiendo sobre quién lavará los platos—. Siempre supe quién eras, Chloe. Lo supe en cuanto te vi en ese vestíbulo. Y luego aquel día en el bar, no tocaste el tema y no quise hacerlo por ti. No es el tipo de cosas que se deba forzar a alguien a contar.

Esas pequeñas sugerencias, la forma en la que no podía dejar de mirarme fijamente. Pienso en aquella noche en el sillón y me ruborizo.

—Dejaste que te contara todo y actuaste como si no lo supieras.

No puedo evitar enfadarme por la magnitud de sus mentiras. Por las cosas que me había hecho creer, por cómo me había hecho sentir.

—¿Qué se supone que debía decir? ¿Detenerte en mitad de una frase? "Ah, sí, Dick Davis. Él me dio la idea de fingir el asesinato de mi hermana". —Deja escapar una risita de autodesprecio y luego, casi con la misma brusquedad, su rostro vuelve a ponerse serio—. No quería que pensaras que todo había sido una mentira.

Recuerdo esa noche con mucha nitidez, lo ligera que me había sentido después de eso, después de contarle todo. Mis entrañas en carne viva pero vacías, una purga verbal para quitarme de encima la enfermedad. Su dedo en mi barbilla, que me había levantado la cabeza. Aquellas palabras por primera vez. "Te quiero".

—¿Y no lo fue?

Patrick suspira y se apoya las manos en los muslos.

—No te culpo. Por estar furiosa. Tienes todo el derecho. Pero no soy un asesino, Chloe. No puedo creer que pienses eso.

—¿Qué haces con mi padre, entonces?

Me observa con atención. Sus ojos parecen cansados, como si hubiera estado mirando el sol directamente.

—Si todo esto tiene una explicación inocente, si no tienes nada que ocultar, entonces ¿por qué lo has estado visitando? —continúo—. ¿Cómo lo conoces?

Lo veo desinflarse un poco, como si tuviera una fuga en alguna parte. Un viejo globo que flota con timidez en el rincón y que va perdiendo el aire hasta convertirse en nada. Entonces mete la mano en el bolsillo y extrae un collar de plata largo. Contemplo cómo su pulgar pule la perla en el centro y dibuja círculos diminutos sobre ella, una y otra vez. Es delicada al tacto, como frotar un amuleto de pata de conejo o la mejilla de un recién nacido, suave y tierna como un melocotón demasiado maduro. Se me cruza una imagen rápida de Lacey frotando su rosario en mi consultorio, de arriba abajo, de arriba abajo.

Por fin, habla.

CAPÍTULO 46

Estoy sentada en la isla de mi cocina, una botella de vino tinto abierta se airea entre dos copas llenas. Hago girar una en mis manos y froto el delicado tallo de arriba abajo entre mis dedos. A mi izquierda hay un frasco naranja, con la tapa desenroscada.

Observo el reloj en la pared, la manecilla de las horas señala las siete. Las ramas crecidas del magnolio de fuera arañan la ventana, como uñas contra el cristal. Casi puedo sentir el golpe a mi puerta antes de oírlo, ese momento de silencio anticipatorio que flota con pesadez en el aire como los segundos que siguen a la caída de un rayo mientras esperas el retumbe del trueno. Luego, ese golpe de puño rápido —siempre igual, único como una huella dactilar— seguido de una voz familiar.

—Soy yo, Chlo. Abre.

—Está abierto —le grito, con la mirada fija en el frente. Oigo el chirrido de la puerta, los dobles pitidos de mi alarma. Los pasos pesados de mi hermano cuando entra y cierra la puerta a sus espaldas. Se acerca a la isla y me besa la sien antes de que yo perciba que se pone rígido.

—No te preocupes —me apresuro a decir, sintiendo sus ojos en las pastillas—. Estoy bien.

Suspira, toma el taburete junto al mío y se sienta. Nos quedamos en silencio durante un rato, un juego de desafío. Cada uno esperando que el otro mueva primero.

—Mira, sé que estas dos últimas semanas han sido duras para ti. —Él cede primero, coloca las manos sobre la encimera—. Para mí también han sido duras.

No respondo.

—¿Cómo te sientes?

Levanto mi vino y mis labios rozan el borde de la copa. Los mantengo allí y observo mi aliento que sale en pequeñas bocanadas antes de volver a desaparecer.

—Maté a alguien —declaro por fin—. ¿Cómo crees que me siento?

—No puedo imaginarme lo que debe de haber sido.

Asiento con la cabeza, bebo un trago y dejo la copa sobre la encimera. Luego me vuelvo hacia Cooper.

—¿De verdad vas a dejar que beba sola?

Me mira con atención, sus ojos escudriñan mi cara como si buscara algo. Algo familiar. Cuando no lo encuentra, alarga la mano para tomar la segunda copa y bebe un trago. Suspira y estira el cuello.

—Lamento lo de Patrick. Sé que lo querías. Siempre supe que había algo en él… —Se interrumpe y vacila—. Sea como sea, ya se terminó. Me alegro de que estés a salvo.

Espero en silencio hasta que Cooper toma otro par de tragos, hasta que el alcohol empieza a correr por sus venas, a aflojar sus músculos, y entonces lo miro de nuevo, directamente a los ojos.

—Háblame de Tyler Price.

Una onda expansiva atraviesa su expresión durante un segundo. Un temblor como un terremoto en miniatura antes de que se recomponga, con cara pétrea.

—¿A qué te refieres? Te puedo contar lo que vi en las noticias.

—No. —Niego con la cabeza—. No, quiero saber cómo era realmente. Después de todo, lo conocías. Ustedes eran amigos.

Me mira y luego sus ojos se desvían otra vez hacia las pastillas.

—Lo que dices no tiene sentido, Chloe. Nunca conocí a ese tipo. Sí, era de Breaux Bridge, pero era un don nadie. Un solitario.

—Un solitario —repito, y hago girar el tallo de la copa en mis manos, el cristal al rotar produce un silbido rítmico contra el mármol—. Bien. ¿Cómo entró en Riverside, entonces?

Recuerdo aquella mañana con mi madre, cuando vi el nombre de Aaron en el registro de visitas. Me había enfadado mucho la idea de que dejaran entrar a un desconocido en su habitación. Estaba tan enfadada que no había escuchado, no había prestado atención a las palabras.

"Cariño, no dejamos entrar a gente que no está autorizada".

—Dios, te he dicho muchas veces que dejes de tomar esas pastillas de mierda —exclama, y se estira hacia el frasco. Lo sostiene y percibe la falta de peso en sus manos—. Carajo, ¿te las tomaste todas?

—No son las pastillas, Cooper. A la mierda con las pastillas.

Me mira de la misma manera que me miró hace veinte años, cuando yo tenía los ojos clavados en la imagen de mi padre en la pantalla del televisor y había escupido entre dientes y con repugnancia aquellas crudas palabras: "Maldito cobarde".

—Lo conocías, Cooper. Conocías a todo el mundo.

Me imagino a Tyler de adolescente, flaco y torpe, casi siempre solo. Un cuerpo sin rostro y sin nombre que perseguía a mi hermano por el Festival del Cangrejo, lo seguía a casa y lo esperaba al otro lado de la ventana. Cumplía sus órdenes. Después de todo, mi hermano era amigo de todos. Los hacía sentir protegidos, seguros y aceptados.

Recuerdo ahora mi conversación con Tyler junto al agua, cuando hablamos sobre Lena. Que era buena conmigo; que me cuidaba.

"Eso es una amiga", había señalado Aaron asintiendo. "De las mejores, creo yo".

—Te acercaste a él —insisto—. Lo buscaste. Lo trajiste aquí.

Cooper me mira ahora con la boca abierta como un armario con una bisagra floja. Puedo ver las palabras atascadas en su garganta como un trozo de pan sin masticar y así es como sé que estoy en lo cierto. Porque Cooper siempre tiene algo que decir. Siempre tiene las palabras, las palabras *correctas*.

"Eres mi hermanita, Chloe. Quiero lo mejor para ti".

—Chloe —susurra con los ojos muy abiertos. Ahora lo noto: el pulso en su cuello, la forma en la que se frota los dedos, resbaladizos por el sudor—. ¿De qué mierda estás hablando? ¿Por qué iba a hacer eso?

Me imagino a Patrick en la sala de estar esta misma mañana, con el collar enredado entre los dedos. La vacilación en su voz cuando empezó a contarme todo, la tristeza en sus ojos, como si estuviera a punto de practicarme la eutanasia; porque lo haría, supongo. Yo estaba a punto de ser víctima de una masacre humanitaria allí mismo, en mi sala de estar. Un sacrificio con delicadeza.

"Cuando me hablaste de tu padre por primera vez", me dijo Patrick, "sobre lo que pasó en Breaux Bridge, todo lo que había hecho, yo ya lo sabía. O, al menos, creía saberlo. Pero muchas cosas que me contaste me sorprendieron".

Pienso en esa noche, a principios de nuestra relación, mientras los dedos de Patrick masajeaban mi pelo. Yo le había contado todo sobre mi padre, sobre Lena, la forma en la que él la había estado observando ese día en el festival, con las manos hundidas en los bolsillos. La figura que se había deslizado a través del jardín trasero, el joyero en el vestidor, la bailarina danzante y las campanillas que aún resuenan en mi mente y acechan mis sueños.

"Me resultaba extraño. Toda mi vida había creído saber quién era tu padre. La maldad misma. El asesino de chicas". Me imaginé a Patrick en su habitación, un adolescente con ese artículo en sus manos, tratando de imaginar. Las noticias nos habían descrito a todos en blanco y negro: mi madre, la cómplice; Cooper, el chico de oro; yo, la niña pequeña, el recordatorio constante. Y mi padre, el mismísimo diablo. Una visión unidimensional y perversa. "Pero mientras te escuchaba hablar de él, no sé. Algunas cosas no encajaban".

Porque con Patrick, y solo con Patrick, yo podía hablar no solo de lo malo. También podía hablar de los buenos recuerdos. Podía contar cómo mi padre cubría las escaleras con toallas de baño y nos empujaba hacia abajo dentro de cestos para la ropa sucia porque nunca habíamos montado en trineo. Cómo pareció realmente asustado cuando salió la noticia; yo, en la cocina, retorciendo mi manta verde menta, esa franja roja brillante en la pantalla. CHICA LOCAL DESAPARECIDA. Cómo me abrazó con fuerza, me esperaba en los escalones del porche, se aseguraba de que mi ventana estuviera cerrada por las noches.

"¿Si hizo esas cosas, si asesinó a esas chicas, por qué intentaría protegerte?", había preguntado Patrick. "¿Por qué estaría preocupado?".

Los ojos me empezaron a picar. No tenía respuesta a esa pregunta. Esa era la pregunta que me había hecho toda la vida. Esos eran los recuerdos a los que me esforzaba por dar sentido, esos recuerdos con mi padre que parecían tan contradictorios con el monstruo que había resultado ser. Cuando lavaba los platos a mano y cuando me quitó las rueditas de la bicicleta; un día me dejaba que le pintara las uñas y al día siguiente me enseñaba a colocar el anzuelo en la línea de pesca. Recuerdo haber llorado después de atrapar mi primer pez y ver cómo jadeaba dando bocanadas mientras mi padre le hundía los dedos en las branquias para tratar de detener la hemorragia. Se suponía que nos lo íbamos a comer, pero yo estaba tan angustiada que papá lo devolvió al agua. Lo dejó vivir.

"Cuando me hablaste sobre la noche que lo arrestaron, que no se resistió ni intentó huir", continuó Patrick, acercándose más, con las cejas levantadas. Esperando que yo por fin lo entendiera. Que lo entendiera *finalmente*. Que no tuviera que decirlo él mismo. Que el asesinato fuera un suicidio; que mi mente, y no su lengua, activara el gatillo. "Y que en vez de eso, solo susurró esas dos palabras".

Mi padre, esposado, haciendo un esfuerzo por tener un último momento. Me había mirado a mí, y después a Cooper. Sus ojos se centraron casi directamente en mi hermano, como si fuera el único en la habitación. Y entonces entendí, un puñetazo en el estómago. Le estaba hablando a *él*, no a mí. Le estaba hablando a Cooper.

Le decía, le pedía, le suplicaba.

"Pórtense bien".

—Tú mataste a esas chicas en Breaux Bridge —asevero ahora, los ojos fijos en mi hermano. Las palabras que habían estado dando vueltas sobre mi lengua mientras yo intentaba encontrarle sentido a su sabor—. Tú mataste a Lena.

Cooper se queda callado, sus ojos empiezan a ponerse vidriosos. Baja la vista hacia el resto de vino que queda en el fondo de la copa, se la lleva a los labios y lo acaba.

—Patrick lo descubrió —agrego, obligándome a continuar—. Ahora entiendo la hostilidad que había entre ustedes. Porque él sabía que papá no había matado a esas chicas. *Tú* lo hiciste. Él lo sabía, solo que no podía probarlo.

Recuerdo la fiesta de compromiso, cuando Patrick me había rodeado la cintura con su brazo para acercarme más a él y alejarme de Cooper. Me había equivocado completamente con respecto a Patrick. No estaba tratando de controlarme;

estaba tratando de *protegerme*, de mi hermano y de la verdad. No puedo imaginar el acto de equilibrismo que había estado tratando de hacer: mantener a Cooper a distancia sin revelar demasiado.

—Y tú también lo sabías —prosigo—. Sabías que Patrick te había descubierto. Y por eso has tratado de ponerme en su contra.

Recuerdo a Cooper en mi porche, cuando pronunció aquellas palabras que habían estado mordiéndome el cerebro como un cáncer desde entonces. "No lo conoces, Chloe". Ese collar, enterrado en el fondo de nuestro vestidor. Cooper lo había puesto allí la noche de la fiesta. Había sido el primero en llegar, había entrado con su propia llave. Lo había deslizado en silencio en el lugar que sabía que produciría el mayor impacto y luego había salido para esconderse en las sombras. Después de todo, eso era algo que yo ya había hecho antes. Con Ethan, en la universidad, sospechando lo peor. Cooper sabía que si desenterraba los recuerdos adecuados y los volvía a sembrar de la forma correcta, empezarían a crecer sin control en mi mente, como la maleza. Lo invadirían todo.

Pienso en Tyler Price llevándose a Aubrey, a Lacey y a Riley y recreando los crímenes de Cooper de la manera correcta porque él mismo le había dicho cómo. Pienso en lo rota que debe de estar una persona para dejar que otra la convenza de matar. Supongo que no es diferente de las mujeres perjudicadas que les escriben a los criminales para proponerles matrimonio, o de las chicas en apariencia normales que se sorprenden a sí mismas en las garras de hombres amenazantes. Es todo lo mismo: almas solitarias en busca de alguna compañía, cualquier compañía. "No soy nadie", había dicho, sus ojos como vasos de agua vacíos, frágiles y húmedos. De la misma manera en la que yo me había encontrado entre las sábanas con un desconocido, una y otra vez, temiendo por mi vida, pero al mismo tiempo dispuesta a correr el riesgo.

"No estás loca", me había dicho Tyler, con sus manos en mi pelo. Porque eso es lo que hace el peligro: lo intensifica todo. Los latidos de tu corazón, los sentidos, el tacto. Es un deseo de sentirse vivo, porque es imposible sentirse de otro modo que *no* sea vivo cuando te encuentras en presencia del peligro, el mundo se cubre de una neblina sombría y su mera existencia es toda la prueba que necesitas de que estás aquí, de que respiras.

Y de que, en un instante, todo podría desaparecer.

Ahora puedo verlo con mucha claridad. Tyler —esta persona perdida y solitaria— había caído otra vez bajo el influjo de mi hermano. "El me obligó a hacerlo". Después de todo, siempre había tenido algo. Cooper. Un aura que cautivaba a la gente, una atracción de la que era casi imposible librarse. Como un imán que intentara resistirse al hierro, esa atracción suave y natural. Podías intentarlo durante un tiempo y temblar bajo la presión creciente. Pero al final te rendías, de la misma manera que mi ira se disolvía cuando él me estrechaba en ese abrazo familiar. Del mismo modo en el que ese enjambre de gente que revoloteaba a su alrededor en la escuela se dispersaba cuando él los espantaba con ese movimiento rápido de su muñeca, cuando ya no los quería, no los necesitaba, como si no fueran realmente personas, sino una plaga. Como si fueran descartables. Como si existieran para su propio placer y nada más.

—Intentaste inculpar a Patrick —añado finalmente, las palabras se asientan en la habitación como el hollín después de un incendio, cubriendo todo de ceniza—. Porque él vio a través de ti. Sabe lo que eres. Así que tenías que deshacerte de él.

Cooper me mira mientras se muerde la mejilla. Puedo ver las ruedas que giran detrás de sus ojos, los cuidadosos cálculos que intenta hacer: cuánto decir, cuánto no decir. Finalmente, habla.

—No sé qué decirte, Chloe. —Su voz es espesa como el jarabe, su lengua está hecha de arena—. Hay una oscuridad dentro de mí. Una oscuridad que surge por las noches.

Oigo esas palabras en la boca de mi padre. La forma en la que las había repetido, casi de manera automática, sentado a aquella mesa del tribunal, con los tobillos esposados y una única lágrima que cayó sobre el cuaderno que tenía debajo.

—Es tan fuerte, no pude luchar contra ella.

Cooper con la nariz pegada a la pantalla, como si todo lo demás en la sala se hubiera evaporado y convertido en nada más que vapor que se arremolinaba a su alrededor. Observando a mi padre y escuchándolo pronunciar las mismas palabras que Cooper debió de haberle dicho cuando lo habían atrapado.

—Es una sombra gigante que acecha en los rincones de cada habitación —dice—. Me atrajo, me tragó por completo.

Trago saliva y evoco esa última frase del fondo de mi vientre. Esa frase que había clavado el último clavo en el ataúd de mi padre, el estrangulamiento retórico que había extraído el aire de sus pulmones y lo había matado en mi mente. Esa frase que me había hecho temblar hasta la médula de furia, que mi padre le echara la culpa a esa cosa ficticia. Que llorara no porque lo lamentaba, sino porque lo habían atrapado. Pero ahora sé que eso no era así. Que no era así en absoluto.

Abro la boca y dejo que las palabras se me escapen.

—A veces pienso que podría ser el mismo diablo.

CAPÍTULO 47

Es como si las respuestas hubieran estado frente a mí todo el tiempo, bailando, fuera de mi alcance. Girando, como Lena, con la botella en el aire, sus pantalones cortos desgastados y sus dos trenzas francesas, los restos de hierba pegados a su piel, el olor pesado de la marihuana en su aliento. Como esa bailarina, mellada y rosada, girando al ritmo de delicadas campanillas. Pero cuando había alargado el brazo para intentar tocarlas, asirlas, se habían convertido en humo en mis manos y se habían escabullido entre mis dedos hasta que me quedé sin nada.

—El joyero —señalo, con los ojos en la silueta de Cooper; su rostro envejecido se va transformando en el de mi hermano adolescente. Había sido tan joven, solo tenía quince años—. Era tuyo.

—Papá lo encontró en mi habitación. Debajo de las tablas de madera. —La tabla del suelo de la que yo le había hablado después de que encontrase las revistas de Cooper. Inclino la cabeza—. Tomó la caja, la limpió y la escondió en su vestidor hasta que decidiera qué hacer con ella —continúa—. Pero nunca tuvo la oportunidad. Tú la encontraste primero.

Yo la encontré primero. Un secreto con el que me había

tropezado mientras buscaba un pañuelo. La había abierto y había recogido el piercing de Lena, muerto y gris, que yacía en el centro. Y yo lo sabía. Sabía que era de ella. Lo había visto aquel día, con mi cara apoyada contra su estómago, su piel suave y cálida contra mis manos ahuecadas.

"Alguien está mirando".

—Papá no estaba mirando a Lena —concluyo mientras recuerdo la expresión de mi padre, distraído, asustado. Preocupado por algún pensamiento silencioso que atormentaba su mente: que su hijo estaba evaluando a su próxima víctima, que se preparaba para atacar—. Ese día en el festival. Te estaba mirando a ti.

—Después de Tara —dice, con las arañas vasculares de sus ojos ya rosadas—, siempre me miraba así. Como si lo supiera.

Ahora que ha empezado a hablar, las palabras fluyen libremente, como yo sabía que sucedería. Observo su vaso, el resto de vino que queda en el fondo.

Tara King. La fugitiva, un año antes de que todo esto comenzara. Tara King, la chica que Theodore Gates puso frente a mi madre; la que no encajaba, el enigma. El que nadie podía probar.

—Ella fue la primera —relata Cooper—. Me había estado preguntando, durante un tiempo. Qué se sentiría.

Mis ojos no pueden evitar desviarse al rincón, al lugar donde Bert Rhodes había estado de pie una vez.

"¿Has pensado alguna vez en lo que se siente? Solía desvelarme por las noches, preguntándome. Imaginando".

—Y entonces una noche, allí estaba. Sola, a un lado de la carretera.

Puedo verlo con absoluta claridad, como si estuviera viendo una película. Estoy gritando en el vacío, tratando de detener el peligro inminente. Pero nadie me oye, nadie me escucha. Cooper, en el coche de mi padre. Había aprendido a conducir hacía poco; la libertad, estoy segura, un soplo de aire fresco. Lo imagino sentado al volante, con el coche en marcha, callado, observando. Pensando. Toda su vida había estado rodeado de gente: los grupos a su alrededor en la escuela, en el gimnasio, en el festival, que nunca se apartaban de él. Pero en ese momento, a solas, vio una oportunidad. Tara King. Una maleta pesada que colgaba de su hombro, una nota garabateada sobre la encimera de la cocina. Se había ido, estaba huyendo. A nadie se le ocurrió buscarla cuando desapareció.

—Recuerdo que me sorprendió lo fácil que fue —prosigue, con los ojos clavados en la encimera—. Mis manos en su garganta y la forma en la que el movimiento simplemente... se detuvo. —Hace una pausa y se vuelve hacia mí—. ¿De verdad quieres saber todo esto?

—Eres mi hermano, Cooper —respondo, y extiendo mi mano para cubrir la suya. En este mismo instante, al tocar su piel, tengo ganas de vomitar. Quiero salir corriendo. Pero en vez de eso, me obligo a repetir las palabras, *sus* palabras, que sé que funcionan muy bien—. Cuéntame qué pasó.

—Me quedé esperando que me atraparan —añadió por fin—. Me quedé esperando que alguien se presentara en casa, la policía, *algo,* pero nadie lo hizo. Ni siquiera se hablaba del tema. Y me di cuenta... de que podía salirme con la mía. Nadie lo sabía, excepto...

Se interrumpe de nuevo y traga con fuerza, como si supiera que las siguientes palabras van a ser más duras que las anteriores.

—Excepto Lena —agrega finalmente—. Lena lo sabía.

Lena..., siempre fuera de su casa por las noches. Se había escapado de su habitación cerrada con llave y había corrido afuera, para perderse en la noche. Había visto a Cooper en ese coche, que se acercaba con lentitud por detrás mientras Tara caminaba por el lado de la carretera, sin darse cuenta. Lena lo había visto. No estaba enamorada de Cooper; lo había estado presionando, poniéndolo a prueba. Era la única en el mundo que conocía su secreto y estaba ebria de poder; jugaba con fuego como siempre lo hacía, acercándose más y más antes de que la llama chamuscara su piel. "Deberías recogerme en ese coche tuyo alguna vez", había gritado por encima del hombro. La espalda de Cooper se había puesto rígida, sus manos se habían cerrado en los bolsillos. "No quieras ser como Lena". Me la imagino tendida en la hierba, con esa hormiga que subía por su mejilla y ella inmóvil y quieta. Dejando que trepe. Y cuando irrumpimos en la habitación de Cooper, la sonrisa que se dibujó en sus labios cuando él nos sorprendió, esa sonrisa cómplice, las manos en las caderas, casi como si le dijera: "Mira lo que puedo hacerte".

Lena era invencible. Eso creíamos todos, y ella también.

—Lena era un estorbo —intervengo, y hago un esfuerzo enorme por contener las lágrimas que suben por mi garganta—. Tenías que deshacerte de ella.

—Y después de eso —se encoge de hombros—, no había razón para parar.

No era el ansia de matar lo que impulsaba a mi hermano, ahora lo sé, mientras lo observo encorvado sobre la encimera, con décadas de recuerdos arremolinándose a su alrededor. Era el control. Y de alguna manera, lo entiendo. Lo entiendo de una manera que solo alguien de la familia puede hacerlo. Pienso en todos mis miedos, en la falta de control que imagino todo el tiempo. Dos manos que rodean mi cuello y aprietan con fuerza. Ese mismo control que yo temía perder era el que a Cooper le encantaba tener. Era el control que sentía en el momento en el que esas chicas se daban cuenta de que tenían problemas; la expresión en sus ojos, el temblor en sus voces cuando suplicaban: "Por favor, lo que quieras". Saber que él y solo él era el factor decisivo entre la vida y la muerte. Siempre había sido así, en realidad; la manera en la que había puesto su mano en el pecho de Bert Rhodes, a modo de desafío.

Cómo caminaba en círculos sobre el tapiz de lucha libre y contraía los dedos a los lados como un tigre que rodea a un rival más débil, listo para clavar sus garras. Me pregunto si eso es en lo pensaba cuando tenía a sus oponentes por el cuello: en apretar, en retorcer. En romper. Qué fácil habría sido, con el latido de la yugular bajo sus dedos. Y cuando los soltaba, se sentía Dios. Les concedía otro día.

Tara, Robin, Susan, Margaret, Carrie, Jill. Eso era una parte de la excitación para él: elegir con los dedos extendidos, de la misma manera en la que uno elegiría un sabor de helado: examinar las opciones detrás de una vitrina antes de tomar una decisión, señalar, tomar. Pero Lena siempre había sido diferente, especial. Te hacía sentir que era algo más, porque lo era. Lena no fue al azar; fue una necesidad. Lena lo sabía, y por eso hubo que matarla.

Mi padre también lo sabía. Pero Cooper lo había resuelto con sus palabras. Ojos llorosos, suplicantes. Había hablado de las sombras en el rincón, de cómo había tratado de luchar contra ellas. Cooper siempre se las había ingeniado para encontrar las palabras adecuadas y usarlas en su beneficio —para controlar a la gente, influir en ella— y le había funcionado. Le había funcionado siempre; con mi padre, a quien había utilizado para librarse de su culpa. Con Lena, dejándole creer que era invisible y que él no le haría daño. Y conmigo, *especialmente* conmigo, sus dedos habían tirado de los hilos atados a mi cuerpo para hacerme bailar de la manera correcta. Me había dado la información justa en el momento justo. Era el autor de mi vida, siempre lo había sido; me había hecho creer las cosas que quería que creyera y había tejido una red de mentiras en mi mente, como una araña que atrae a los insectos con sus hábiles tentáculos y los observa luchar por sus vidas antes de devorárselos enteros.

—Cuando papá se enteró, lo convenciste de que no te entregara.

—¿Qué harías tú —suspira Cooper, y me mira, su piel fláccida—, si tu hijo resultara ser un monstruo? ¿Dejarías de quererlo simplemente?

Pienso en mi madre, cuando volvimos a casa después de la visita a la comisaría de policía, en las racionalizaciones que su mente había elaborado. "No nos hará daño. No lo hará. No le hará daño a su familia". Y en mí con respecto a Patrick, en las pruebas que había acumulado y cómo, aun así, no quería creerlo. Pensándolo, teniendo la esperanza: debe haber algo bueno en alguna parte. Sin duda mi padre había pensado lo mismo. Así que yo lo había entregado —a mi padre, por los delitos de Cooper— y cuando fueron a buscarlo no se resistió. En cambio, miró a su hijo, a Cooper, y le pidió una promesa.

Me vuelvo hacia el reloj. Las siete y media. Media hora desde que Cooper llegó. Sé que este es el momento. El momento en el que he estado pensando desde que invité a mi hermano a venir aquí, después de estudiar todos los escenarios posibles, analizar todos los resultados. Darle vueltas una y otra vez en mi mente como nudillos amansando.

—Sabes que tengo que llamar a la policía —digo—. Tengo que llamarlos, Cooper. Has matado gente.

Mi hermano me mira con los párpados pesados.

—No tienes que hacerlo —responde—. Tyler está muerto. Patrick no tiene ninguna prueba. Dejemos el pasado en el pasado, Chloe. Que se quede allí.

Contemplo la idea, el único escenario que aún no he considerado. Pienso en ponerme de pie y abrir la puerta. Dejar que Cooper se vaya y se marche de mi vida para siempre. Dejar que se salga con la suya, como se ha salido con la suya durante los últimos veinte años. Me pregunto cómo me afectaría un secreto así; saber que está ahí afuera, en algún lugar. Un monstruo escondido a simple vista, que camina entre nosotros. Un compañero de trabajo, un vecino. Un amigo. Y entonces, como si hubiera estirado un dedo y tocado electricidad estática, una descarga me recorre la columna vertebral. Veo a mi madre, impulsada hacia la pantalla del televisor, pendiente de cada momento del juicio de mi padre, de cada palabra, hasta que su abogado, Theodore Gates, nos visitó para hablarle del trato.

"A menos que tengas algo más que nos pueda servir. Cualquier cosa que no me hayas contado".

Ella también lo sabía. Mi madre lo sabía. Cuando llegamos a casa de la comisaría de policía, después de haber denunciado esa caja, mi padre debió de decírselo, cuando la detuvo en seco mientras yo subía corriendo las escaleras. Pero para entonces, era demasiado tarde. El proceso estaba en marcha. La policía iba en camino, de modo que mi madre se quedó de brazos cruzados y dejó que sucediera. Mantuvo la esperanza de que tal vez no hubiera suficientes pruebas; ni arma homicida ni cuerpos. Que tal vez quedara libre. Recuerdo a Cooper y a mí en las escaleras, escuchando. Sus dedos que se clavaron en mi brazo y me dejaron hematomas como uvas ante la mención de Tara King. Sin siquiera darme cuenta, había sido testigo del momento en el que mi madre había tomado su decisión, el momento en que había elegido mentir. Vivir con su secreto.

"No, no tengo nada más para decirte. Ya lo sabes todo".

A partir de entonces, empezó a cambiar. El lento derrumbe de mi madre fue por Cooper. Había estado viviendo bajo el mismo techo que su hijo, viendo como él se salía con la suya. La luz se había extinguido de sus ojos; se había retirado de la sala de estar a su habitación y se había encerrado en ella. No había podido vivir con la verdad: con lo que era su hijo, con lo que había hecho. Su esposo en la cárcel, las piedras que atravesaban la ventana y Bert Rhodes en el jardín, agitando los brazos y rasgándose la piel con sus propias uñas. Siento sus dedos danzando sobre mi muñeca, golpeando la manta mientras yo señalaba las fichas: *P* y luego *A*. Ahora comprendo lo que había intentado decir. Quería que fuera a ver a mi padre. Quería que lo visitara para que él me contara la verdad. Porque lo había entendido al escucharme hablar de las chicas desaparecidas, las similitudes, el *déjà vu*; ella sabía, más que nadie, que el pasado nunca se queda donde intentamos dejarlo, oculto en el fondo de un vestidor, esperando olvidarlo.

Yo nunca había querido volver a Breaux Bridge, nunca había querido caminar por los pasillos de esa casa. Nunca quise evocar los recuerdos que había intentado abandonar en esa pequeña ciudad. Pero los recuerdos no se quedaron allí, ahora lo sé. Mi pasado me ha estado persiguiendo durante toda mi vida, como un fantasma que jamás ha sido sepultado, al igual que esas chicas.

—No puedo hacerlo —respondo ahora, mirando a Cooper y negando con la cabeza—. Sabes que no puedo.

Él me devuelve la mirada, y sus dedos se cierran lentamente para formar un puño.

—No lo hagas, Chloe. No tiene que ser así.

—Sí, tiene que ser así —asevero, y empiezo a empujar mi taburete hacia atrás.

Pero cuando comienzo a ponerme de pie, Cooper extiende su mano y me sujeta la muñeca. Bajo la vista, sus nudillos están blancos mientras me aprieta la piel con fuerza. Y ahora lo sé. Sé, por fin, que Cooper lo habría hecho. Me habría matado también. Aquí mismo, sentado en mi cocina. Habría estirado las manos y las habría cerrado alrededor de mi garganta. Me habría mirado a los ojos mientras apretaba. No tengo ninguna duda de que mi hermano me ama —hasta el punto en que alguien como él es capaz de amar—, pero, a fin de cuentas, soy un estorbo, como Lena. Un problema que debe ser resuelto.

—No puedes hacerme daño —exclamo, y libero mi brazo.

Empujo el taburete hacia atrás, me pongo de pie y observo cómo intenta abalanzarse sobre mí; pero en vez de eso, se tambalea con torpeza hacia adelante. Sus rodillas ceden bajo la repentina presión de su peso. Veo cómo tropieza con la pata del taburete y su cuerpo se desmorona en un montículo en el suelo. Me mira con desconcierto antes de levantar la vista hacia la encimera. A su copa de vino vacía, al envase naranja vacío.

—¿Me has…?

Empieza a hablar, pero se detiene de nuevo, el esfuerzo de pronto es demasiado. Recuerdo la última vez que me sentí así, como Cooper ahora: fue aquella noche en la habitación del motel, cuando Tyler se puso los jeans y entró en el baño. El vaso de agua que había empujado en mi dirección y que me había obligado a beber. Las pastillas que más tarde se encontraron en esos mismos bolsillos. Las pastillas que había mezclado en el agua, del mismo modo en que yo había mezclado las mías en el vino de Cooper y luego había observado cómo sus ojos se volvían muy pesados rápidamente. La violenta bilis amarilla que yo había tosido a la mañana siguiente.

No me molesto en responder. En su lugar, alzo la vista hacia el techo, hacia la cámara en el rincón, tan pequeña como un alfiler, que parpadea despacio. Está grabando todo. Levanto la mano y les hago un gesto para que entren: al detective Thomas, sentado en su coche afuera con Patrick, con el móvil en el regazo. Observándolo todo, escuchándolo todo.

Vuelvo a mirar a mi hermano una última vez. La última vez que estaremos los dos solos. Es difícil no pensar en los recuerdos; en cuando corríamos por el bosque detrás de casa y tropezábamos con las raíces aéreas que brotaban del suelo como serpientes fosilizadas. En cómo me limpiaba la sangre de las rodillas despellejadas y me colocaba un trozo de gasa bien apretado contra la piel irritada. Y esa vez que había atado una cuerda a mi tobillo mientras yo me deslizaba dentro de esa caverna oculta, nuestro lugar secreto… y, de pronto, sé que ahí es donde están. Las chicas desaparecidas, escondidas a simple vista. Empujadas hacia la oscuridad profunda, en algún lugar que solo nosotros sabríamos.

Imagino la figura oscura que había visto emerger de los árboles, pala en mano: Cooper, siempre alto para sus quince años, musculoso por los años de lucha libre. La cabeza gacha, su rostro oculto por la oscuridad. Las sombras que lo devoran… hasta que, por fin, se convierte en nada.

JULIO DE 2018

CAPÍTULO 48

Una brisa fresca entra por las ventanillas abiertas y hace que algunos mechones de pelo bailen hacia el techo abierto y rocen mi mejilla. Siento sobre mi piel la tibieza del resplandor del sol poniente, pero, aun así, hoy está inusualmente fresco. Viernes, 23 de julio.

El día de mi boda.

Bajo la mirada a las indicaciones que tengo en mi regazo, una serie de curvas que terminan en una simple dirección escrita en un trozo de papel. Miro a través del parabrisas el largo camino de entrada que se extiende ante mí y el buzón con cuatro números de cobre clavados en la madera. Giro y mis neumáticos levantan polvo hasta que me detengo frente a una pequeña casa de ladrillo rojo y cortinas verdes. "Hattiesburg, Mississippi".

Salgo del coche y cierro la puerta. Avanzo por el sendero de entrada, subo los escalones y alargo la mano para golpear dos veces contra una gruesa plancha de madera de pino pintada de verde pálido con una corona de paja colgada en el centro. Oigo pasos en el interior y un suave murmullo de voces. La puerta se abre, una mujer está de pie ante mí. Viste unos jeans sencillos, una camiseta blanca de tirantes finos y va calzada con pantuflas. Sonríe con despreocupación, un paño de cocina cuelga de su hombro desnudo.

—¿Qué desea?

Me estudia durante un segundo, sin saber quién soy, hasta que sus ojos delatan el momento en el que se ha dado cuenta. El momento en el que su educada sonrisa comienza a desvanecerse al reconocer mi rostro. Inhalo el perfume conocido que tantas veces había olido en Patrick: empalagosamente dulce, como una madreselva en flor mezclada con azúcar derretida. Todavía puedo ver a la niña que había visto en aquella foto escolar: Sophie Briggs, con su pelo rubio encrespado ahora convertido en rizos gracias al uso de gel y una constelación de pecas esparcidas por el puente de la nariz, como si alguien hubiera tomado una pizca y la hubiera espolvoreado como si fuera sal.

—Hola —la saludo, de pronto cohibida.

Me quedo en el porche y pienso en qué aspecto tendría Lena si hubiera tenido la oportunidad de crecer. Me gusta fingir que está ahí afuera, en algún lugar, escondida como lo ha estado Sophie, a salvo en su pequeño rincón del mundo.

—Patrick está dentro. —Gira el torso y me señala la puerta—. Si quieres…

—No. —Niego con la cabeza, con las mejillas acaloradas. Patrick se había mudado justo después de que Cooper fuera arrestado y, por alguna razón, no se me había ocurrido que pudiera haber venido aquí—. No, déjalo. En realidad, estoy aquí por ti.

Alargo la mano hacia ella con mi anillo de compromiso entre los dedos. Me lo había devuelto la policía la semana pasada, después de encontrarlo en el suelo del coche de Tyler Price. Ella no dice nada mientras se acerca para tomarlo y luego lo hace girar entre sus dedos.

—Es parte de ti —agrego—. De tu familia.

Sophie se lo desliza en el dedo y abre la mano como un abanico para contemplar cómo le queda, de vuelta en su lugar de siempre. Miro detrás de ella, al vestíbulo, y veo fotos expuestas en el mueble de la entrada y unos zapatos que alguien ha dejado descuidadamente al pie de la escalera. Una gorra de béisbol cuelga en el extremo del pasamanos. Desvío la mirada del interior y echo un vistazo al jardín. La casa es pequeña pero pintoresca, innegablemente habitada: un columpio de madera atado a la rama de un árbol con dos trozos de cuerda, un par de patines apoyados en el garaje. Entonces surge una voz desde el interior: la voz de un hombre. La voz de Patrick.

—Soph, ¿quién es?

—Debería irme —digo y me vuelvo.

De pronto me siento como si estuviera merodeando. Como si estuviera fisgoneando dentro del armario del baño de un desconocido para tratar de descifrar una vida. Como si intentara vislumbrar los últimos veinte años, desde el momento en el que ella se marchó de esa vieja casa en ruinas y empezó a caminar, sin mirar atrás. Qué difícil debió de haber sido; trece años, una niña. Salir de la casa de su amiga y caminar sola por aquel oscuro tramo de la carretera. Un coche que se detuvo detrás de ella, con las luces apagadas. Patrick, su hermano, que se alejó conduciendo con lentitud y la dejó en la parada de autobús a dos ciudades de distancia. Le puso un sobre de dinero en la mano. Dinero que había estado ahorrando para ese momento.

"Me reuniré contigo", le prometió. "Después de que termine el bachillerato. Entonces yo también podré irme".

Su madre, con esas uñas sucias que rascaban su piel de papel de seda; los ojos llorosos cuando miraron los míos. "Se mudó el día después de graduarse del bachillerato y no he sabido nada de él desde entonces".

Me pregunto cómo habrán sido esos años, los dos juntos. Patrick estudiaba a distancia. Y obtuvo su título. Sophie ganaba dinero de cualquier manera que pudiera: de camarera, embolsando comestibles. Y entonces, un día se miraron y se dieron cuenta de que habían crecido. Que los años habían pasado y que el peligro había desaparecido. Que ambos merecían una vida —una vida *de verdad*—, y entonces Patrick se había marchado, se había dirigido a Baton Rouge, pero siempre había encontrado la manera de regresar.

Mi pie se apoya en lo alto de los escalones cuando Sophie finalmente vuelve a hablar. Puedo oír la voz de su hermano en la suya, firme y fuerte.

—Fue idea mía. Darte el anillo. —Me vuelvo hacia ella, todavía de pie, con los brazos cruzados contra el pecho—. Patrick hablaba de ti todo el tiempo. Todavía lo hace. —Hace una mueca—. Cuando me contó que iba a proponerte matrimonio, supongo que me pareció una manera de sentirme conectada. Imaginarte llevándolo puesto. Y que un día pudiéramos conocernos.

Pienso en Patrick, en esos artículos guardados dentro de un libro en su habitación. En los crímenes de Cooper, que habían servido como la inspiración para sacar a Sophie de la casa; para hacerla desaparecer. Se habían perdido muchas vidas por culpa de mi hermano; ese hecho todavía me mantiene despierta por las noches, los rostros grabados a fuego en mi mente como la ceniza en la palma de la mano de Lena. Una gran mancha negra.

Tantas vidas perdidas. Excepto la de Sophie Briggs. Su vida había sido salvada.

—Me alegro de que lo hicieras —sonrío—. Y ahora nos hemos conocido.

—He oído que tu padre va a salir. —Da un paso adelante, como si no quisiera que me fuese. Asiento con la cabeza, sin saber muy bien qué responder.

Yo tenía razón en cuanto a que Patrick visitaba a mi padre en Angola; allí era donde había estado yendo durante todos esos viajes. Había estado tratando de llegar a la verdad sobre Cooper. Cuando le contó que los asesinatos habían vuelto a ocurrir —que habían desaparecido más chicas y le ofreció el collar de Aubrey como prueba—, mi padre había accedido a confesar. Pero cuando ya te has declarado culpable de asesinato, no puedes cambiar de opinión sin más. Necesitas algo más; necesitas una confesión. Y ahí es donde entré yo.

Después de todo, habían sido mis palabras las que habían puesto a mi padre entre rejas; parecía lógico que mi conversación con Cooper, veinte años después, fuera la que lo dejara libre.

Había visto a mi padre disculparse en las noticias la semana pasada. Disculparse por mentir, por proteger a su hijo. Por las otras vidas que se habían perdido a causa de eso. No me atreví a verlo en persona, todavía no, pero lo miré fijamente a través de la pantalla del televisor, igual que antes. Solo que esta vez, intenté conciliar su nuevo rostro con el que aún veía en mi mente. Sus gafas de montura gruesa habían sido sustituidas por unas de alambre, sencillas y delgadas. Tenía una cicatriz en la nariz de cuando se le habían roto las gafas originales, que se habían partido al golpearse la cabeza contra el coche de policía, cuando una línea de sangre corrió por su mejilla. Tenía el pelo más corto y el rostro más rugoso, casi como si lo hubieran pulido con papel de lija o lo hubieran frotado contra el cemento hasta dejarlo marcado. Advertí unas marcas como de viruela en sus brazos —quemaduras, quizás—, donde la piel estaba tensa y brillante, con círculos perfectos como la punta de una colilla de cigarrillo.

Pero a pesar de todo, era él. Era mi padre. Y estaba vivo.

—¿Qué vas a hacer? —pregunta Sophie.

—No estoy muy segura —confieso. Y es la verdad. No estoy segura.

Algunos días, todavía estoy muy enfadada. Mi padre mintió. Asumió la culpa por los crímenes de Cooper. Encontró ese joyero y lo escondió, y guardó el secreto. Cambió su libertad por la vida de Cooper. Y a causa de eso, dos chicas más están muertas. Pero otros días, lo entiendo. Lo comprendo. Porque eso es lo que hacen los padres: protegen a sus hijos, sin importar el costo. Recuerdo a todas esas madres con la vista clavada en la cámara y a los padres desmoronándose a su lado. Ellos tenían hijas que la oscuridad se había llevado, pero ¿qué pasaría si tu hijo *fuera* esa oscuridad? ¿No querrías protegerlo también? Al fin y al cabo, todo se reduce al control. La ilusión de que la muerte es algo que podemos retener en nuestras manos, sujetar con fuerza y no permitir que escape nunca. La ilusión de que Cooper, si tuviera otra oportunidad, podría cambiar de algún modo. De que Lena podía tentar a mi hermano y sentir el fuego que le chamuscaba la piel y que, aun así, podría alejarse en el momento justo. Salir indemne.

Pero eso es solo una mentira que nos decimos a nosotros mismos. Cooper nunca cambió. Lena no pudo huir de las llamas. Incluso Patrick lo había intentado, había tratado de controlar la ira innata en él. Desesperado por hacer desaparecer esos pequeños atisbos de su padre que asomaban en sus momentos de mayor debilidad. Yo también he caído en ello. Todos esos pequeños envases en la gaveta de mi escritorio, que me atraen como susurros en la noche.

Solo cuando estuve de pie ante Cooper en mi sala de estar y observé su cuerpo debilitado en el suelo pude probar cómo se sentía realmente tener el control. Pero no solo tenerlo, sino quitárselo a otra persona. Arrebatarlo y reclamarlo como propio. Y por un solo instante, como un destello en la oscuridad, me sentí bien.

Sonrío a Sophie antes de voltear y bajar los últimos escalones; siento mis zapatos pisar la calle. Me dirijo hacia el coche con las manos en los bolsillos y contemplo cómo el crepúsculo colorea el horizonte con rosas, amarillos y naranjas, un último momento de color antes de que la oscuridad descienda de nuevo, como siempre lo hace. Y entonces lo percibo: el aire que me rodea vibra con esa habitual carga eléctrica. Me detengo, me quedo completamente quieta, observo. Espero. Y de pronto, ahueco las manos y atrapo algo; siento un ligero aleteo en las palmas cuando cierro las manos con fuerza. Clavo la vista en mis dedos apretados, en lo que tengo atrapado dentro. La vida, literalmente, que descansa en mis manos. Luego me las acerco a la cara y espío a través del diminuto agujero entre los dedos.

En su interior, una sola luciérnaga brilla con intensidad, su cuerpo palpita con vida. La estudio con atención durante un rato, con la frente apoyada contra los dedos apretados. La observo resplandecer y parpadear, y pienso en Lena.

Entonces abro la mano y la dejo en libertad.

SI TE HA GUSTADO ESTA NOVELA...

No puedes dejar de leer *La chica de la tormenta*, de Megan Miranda. Un thriller psicológico en el que la autora jugará contigo, planteará más de un misterio a resolver y deberás seguir los pasos de Olivia para poder descubrir la verdad.

Al igual que Chloe, Olivia ha sufrido un grave trauma durante su infancia: una noche de lluvia en la que caminaba dormida, fue arrastrada por la corriente y alejada de su hogar. Afortunadamente, fue rescatada después de pasar tres días en una alcantarilla y su caso se volvió famoso.

Fue tanto lo que sufrió al estar expuesta su vida que al cumplir la mayoría de edad decidió cambiar su identidad. Todo marcha bien, hasta que una noche comienza a caminar dormida nuevamente. Despierta con horror al descubrir que a sus pies yace un cadáver y ella sabe quién es.

Como la protagonista de *No salgas de noche*, Olivia hace lo posible por dejar todo atrás, sin embargo, su pasado la atormenta.

Anímate a descubrir *La chica de la tormenta*

El equipo editorial

Escanear el código QR
para ver el booktrailer
de *La chica de la tormenta*